FURIE

Grażyna Plebanek est écrivaine, feuilletoniste et boxeuse. Née en Pologne, elle est diplômée en philologie polonaise et anthropologie culturelle. Elle est l'auteure de plusieurs best-sellers en Pologne, traduits en Angleterre, aux États-Unis et au Canada. *Furie* est son premier roman traduit en français. Elle vit à Bruxelles depuis 2005.

GRAŻYNA PLEBANEK

# *Furie*

ROMAN TRADUIT DU POLONAIS PAR CÉCILE BOCIANOWSKI

EMMANUELLE COLLAS

*Titre original :*
PANI FURIA
Paru chez Znak, Cracovie, 2016.


ISBN : 978-2-253-93441-7 – 1re publication LGF

*À Halina, Anka Ś., Jasiek, les deux Wojtek,*
*Maciek et Andrzej*

« Ce n'est qu'un travail. L'herbe pousse, les oiseaux chantent, et moi, je frappe les gens, tout simplement. »

Mohamed ALI

« Franchir une frontière, n'importe laquelle… »

Richard KAPUŚCIŃSKI,
*Voyages avec Hérodote*

« Je les vois. Mais elles, me voient-elles ? Et si oui, qui suis-je, pour elles ? »

Henning MANKELL,
*Un paradis trompeur*

28 juin 2014. *Le Matin,* informations locales :

Heureusement pour lui, son sang a coulé jusque sur le plancher. C'est grâce à cela qu'il a été retrouvé. L'homme enfermé dans l'armoire métallique était menotté. On lui avait tailladé les tendons derrière les genoux. Il a repris connaissance un court instant mais n'a pas été en mesure de donner d'informations à son sujet. Il ne comprend probablement aucune langue européenne. Des recherches sont en cours pour établir son identité.

Le quartier ne lui plaisait pas. La lumière capricieuse d'une lampe torche s'éteignait par intermittence dans le ventre de l'immeuble caverneux.

Mariusz alluma l'autoradio et un rap aux sons chuintants envahit le silence. C'est à peine si elle entendit sa voix.

« C'est un groupe polonais. Tu n'as qu'à écouter », lui lança-t-il avant de descendre.

Elle resta seule dans l'espace clos de la voiture que venaient hacher des mots étrangers et jeta un regard aux alentours : personne. Elle finit par éteindre la musique et ouvrir la vitre. Le silence de la banlieue industrielle lui parut irréel.

Soudain, elle entendit un cri venant de l'immeuble dans lequel Mariusz avait disparu. Elle s'élança hors de la voiture et sortit son pistolet. Elle poussa la porte au heurtoir rouillé. La lumière du lampadaire balaya l'intérieur du couloir : des escaliers menaient vers le haut, d'autres, plus étroits, vers le bas. Elle descendit quelques marches avec précaution. Quelque chose couina juste au-dessus de sa tête, et elle dirigea par réflexe sa lampe torche dans cette direction. Un rat s'agrippait aux briques avec ses griffes, il semblait sur le point de tomber. Sa queue grise et les muscles de ses cuisses velues tremblaient dans le halo de la lampe.

Un nouveau cri. Le rat fila sur le mur puis tomba dans un couinement, éraflant au passage son bras nu. La cave, comme vivante et tapissée d'une fourrure humide, se referma sur elle. Elle se fit violence pour remonter quelques marches – une, deux, trois, quatre, cinq, six, sept – et retrouva le dallage cassé du hall. Elle dirigea le faisceau lumineux vers sa peau égratignée. Les réactions de son corps, plein de ressources, la surprenaient toujours : les griffures se remplissaient de rouge foncé, les gouttes de sang se cristallisaient.

Encore un cri. Elle gravit l'escalier en courant, s'arrêta sur le palier. Elle entendit un chien grogner derrière la porte et reconnut peu à peu les voix de l'Entraîneur et de Paolo, puis, après un temps, celle de Pascale, bizarrement essoufflée. Et une autre encore, qui geignait dans une langue qu'elle ne comprenait pas.

Elle poussa la porte et s'arrêta sur le seuil, jambes écartées, son arme tendue devant elle.

« Putain, je lui avais dit de rester dans la voiture, chef. »

Elle reconnut les larges épaules et le crâne rasé de Mariusz sur lequel se reflétait la lumière vacillante du réverbère. Il était penché sur un ballot gisant sur le sol. Pascale donna un coup de pied dans la forme oblongue et y écrasa sa cigarette.

Un fracas assourdissant leur parvint de l'extérieur – la pluie qui menaçait de tomber depuis quelques jours battait avec fureur le pavé irrégulier, martelait le toit de leurs voitures, étouffait les gémissements émanant de cette forme sur laquelle était penché Mariusz.

« Qu'est-ce qui se passe, ici ?! »

Son cri couvrit le martèlement de la pluie.

L'Entraîneur sortit de l'obscurité avec un gros berger allemand à ses pieds. Les crocs du chien brillaient dans l'obscurité. Il n'avait pas de muselière.

« Tu seras la suivante, Alia », prononça lentement l'Entraîneur en la regardant dans les yeux.

Le père d'Alia lui raconta comment il l'avait engendrée. C'était une nuit de juillet, la ville entière ne vivait que pour le duel qui approchait. Les hommes devisaient autour d'une Primus du combat à venir. George Foreman avait vingt-cinq ans et la carrure d'un tank, il pouvait briser du bois de ses propres mains. Mohamed Ali était rapide et dansait sur le ring. Il se moquait de ses adversaires, surtout des plus massifs.

« Mais Ali était déjà vieux à l'époque. Il avait trente-deux ans, dit Eddy.

— Et toi, tu as quel âge, papa ? » demanda Alia.

Eddy haleta, comme s'il était essoufflé. Alia se retourna sur le dos et disparut sous la couette, d'où parvinrent bientôt des rires étouffés. Son père pouvait se transformer en vieillard, en bouc, en avion, en tout ce qu'il voulait. À présent, il se glissait sous la couette tel un serpent et, d'un sifflement, il en délogea la petite fille.

« Ali faisait semblant d'être faible, reprit-il. Et c'était une ruse.

— Quelle ruse, papa, quelle ruse ?!

— Ne m'interromps pas, petit moustique ! »

Le père fit mine d'écraser un moustique tout près de son oreille puis se redressa et reprit d'un ton complètement différent :

« C'est moi, Eddy, conteur de Kinshasa, qui raconte cette histoire… *Cette nuit-là, il pleuvait très fort. L'eau nous arrivait jusqu'aux chevilles. Tout le monde se dirigeait vers le stade où un ring avait été installé pour les deux plus grands boxeurs au monde. Et les plus hautes tribunes, car tout le monde – je dis bien tout le monde – voulait voir le combat du siècle ! Beaucoup se blessèrent aux pieds car ils marchaient pieds nus, et on sait bien ce qu'il y a dans les flaques d'eau : de vieilles canettes, des tessons de bouteille, des fils de fer rouillés. Mais il ne m'est rien arrivé, à moi, car le dieu des conteurs m'envoya deux tortues. J'ai posé les pieds sur leurs carapaces, et c'est ainsi que je suis arrivé jusqu'au stade. Le combat commença. Moi aussi, j'y étais et je regardais. Une fois le combat terminé, je suis rentré par les rues de Kinshasa…*

— Mais qui a gagné, papa, qui a gagné ?

— *Comme je le disais, moi aussi j'y étais et je regardais. Après le combat, la foule se déversa dans les rues de Kinshasa et avança en chantant* : “Ali bomaye !” *Moi aussi, je hurlais. L'eau m'arrivait déjà aux genoux et, pour les enfants et les nabots, elle montait jusqu'aux cuisses.* “Ali bomaye !” criait-on. Et *c'était vrai : Ali avait gagné ! Et, à chacun de nos cris, il gagnait à nouveau. Car sache que les mots ont ce pouvoir !*

« *Pendant ce temps, le courant torrentiel de nos corps qui se déversait dans le cœur de Kinshasa se divisa en deux bras, puis en trois, puis en petits ruisseaux, puis en tout petits filets. C'est pourquoi, avant de rentrer à la maison, je m'élevai au-dessus de Kinshasa : pour pouvoir regarder tout ça d'en haut.*

— Tu es monté haut ?

— À cent mètres environ.

— Tu sais vraiment voler, papa ?

— *À vrai dire, c'est Eddy qui s'est élevé, Eddy le conteur de Kinshasa. Il vit les lampes à carbure s'allumer devant chaque maison de la ville. Elles traçaient un nouveau chemin, non plus liquide, mais lumineux. Eddy comprit alors que c'étaient les étoiles qui étaient tombées sur la Terre pour former une voie lactée. Et celle-ci le guida jusqu'à sa femme.*

«*À la maison, Fourmi, la femme d'Eddy, faisait semblant de dormir. Eddy s'étendit auprès d'elle et commença à lui raconter la façon dont Foreman avait acculé Ali dans un coin au premier round. Eddy enlaça Fourmi mais celle-ci le repoussa, marmonna qu'elle avait le ventre plein et qu'elle voulait dormir. Il raconta la façon dont Ali avait changé de stratégie sur le ring : il avait cessé de fuir, s'était appuyé sur les cordes et avait commencé à accuser les coups – à ce moment-là, Eddy fendit l'air de ses poings, imitant les gestes du champion. Bam ! Crochet du gauche, bam-bam ! Crochet du droit, l'air sifflait autour de leur lit. Eddy palpa la cuisse ferme de Fourmi mais celle-ci le repoussa à nouveau. Ne se laissant pas décourager, il continua : Ali avait tellement fatigué Foreman que celui-ci avait le visage tout gonflé, il n'y voyait presque plus rien. Eddy lécha le sein de Fourmi sans cesser de parler. Foreman se préparait justement à étaler Ali sur les cordes, mais voilà que celui-ci lui flanqua un crochet du droit, alors qu'il y a un instant il semblait à moitié mort !*

*«Les yeux grands ouverts de Fourmi semblaient demander : "Qui va gagner ?" Eddy l'attrapa par les hanches. Elle se déroba, mais il décrivait justement la chute de l'énorme Foreman qui s'écroulait comme un arbre ! Eddy écarta les jambes de Fourmi, Foreman essaya de se relever. Fourmi se débattit, l'arbitre commença à compter : un, deux, trois, quatre... Fourmi se raidit pour se débarrasser d'Eddy. Cinq, six, sept... L'arbitre arriva à neuf, et Foreman était toujours allongé. Tout comme Fourmi...*

*«Le duel du siècle était terminé, mais la lutte d'Eddy et de Fourmi venait juste de commencer. Vingt-huit minutes plus tard, Fourmi annonça le vainqueur. "Eddy !" cria-t-elle.*

— *Eddy bomaye* ? s'assura Alia, regardant la silhouette sombre de son père se dessiner dans l'encadrement de la porte de sa chambre d'enfant.

— Tu es née neuf mois plus tard, expliqua le père.

— Tu m'apprendras à voler, papa ? »

Eddy hocha solennellement la tête. Il remonta la couette jusqu'au menton de sa fille et disparut dans l'embrasure lumineuse de la porte.

Alia est venue au monde le 26 juillet 1975, un samedi, mais les contractions avaient déjà saisi sa mère le vendredi. C'est pourquoi Fourmi appela sa fille Aya, « vendredi » en swahili. Eddy rajouta la lettre « l » et changea le « y » en « i » pour qu'Alia, conçue la nuit de la victoire historique de Mohamed Ali, héritât de la force de la légende du ring. « Alia, allait-il répéter des années durant, c'est celle qui vole comme un papillon et pique comme une abeille. »

Quatre ans après Alia, vint au monde son frère Joe, ainsi nommé en hommage à Joe Frazier, qui avait vaincu le grand Mohamed Ali. Eddy travaillait à l'époque comme mécanicien dans un garage où les expats du quartier chic de Gombe, à Kinshasa, faisaient réparer leurs voitures. À l'un d'entre eux, Eddy ramenait quatre voitures, une pour chaque membre de la famille, et la quatrième pour la maîtresse du propriétaire. Bastien, fonctionnaire à l'ambassade de Belgique, louait une maison avec vue sur le fleuve Congo et, sur l'autre rive, la paisible ville de Brazzaville. Sa femme se montrait aux côtés de son mari lors des raouts diplomatiques ou bien passait son temps sur la plus haute des terrasses à se dorer la pilule. Leur fille allait à l'école pour enfants de diplomates, non loin de la maison, mais ne faisait jamais le trajet à pied. C'est pour elle que Bastien embaucha Eddy en tant que chauffeur.

Eddy raconta plus tard à Alia comment il avait été promu de « chauffeur de la fille de Bastien » à « chauffeur de sa maîtresse », puis comment il était vite devenu indispensable à l'amante de son employeur. Elle s'appelait toujours Lily. Le prénom passait d'une femme à l'autre, tout comme le logement dans lequel les installait Bastien, un appartement situé de l'autre côté du boulevard du 30-Juin, dans le quartier Bon-Marché. Pour que les chemins des maîtresses et de sa femme ne se croisent jamais.

« Deuxième bureau, ordonnait Bastien pour se faire déposer chez Lily. J'ai plusieurs femmes. Je deviens un vrai Congolais, pas vrai ? »

Eddy riait et hochait la tête. Il arrivait qu'au Congo – le Zaïre à l'époque –, les hommes aient plusieurs compagnes. À côté du « premier bureau », s'implantaient le « deuxième », le « troisième », le « quatrième bureau », et autant de maîtresses.

« Deuxième bureau », grommelait Bastien depuis l'arrière de la voiture, tout en allumant deux cigarettes : une pour lui, l'autre pour son chauffeur.

L'accent flamand de Bastien, qui hachait ses phrases comme on hache un steak tartare, amusait Eddy. Ce dernier saisissait et apprenait volontiers des mots anglais, aussi. Il prenait plaisir à divertir son employeur des anecdotes accumulées au cours de sa vie, où il lui semblait qu'il serait le plus heureux des hommes en parcourant le pays, en créant et en aimant – sans forcément le faire dans cet ordre. Bastien aimait pardessus tout les histoires sur les absurdités de la vie quotidienne à Kinshasa.

« Tu savais qu'on pouvait mourir dans une flaque d'eau ? lança un jour Eddy.

— Chez nous, on dit "se noyer dans un verre d'eau". » Bastien s'installa confortablement dans le fauteuil aux coussins violets.

« C'est l'histoire d'une flaque d'eau mortelle. »

Eddy s'éclaircit la gorge, se redressa et alla se placer à un endroit stratégique, entre deux piliers de la véranda. Les rideaux de mousseline du même ton que les coussins formaient dans son dos comme un rideau de scène à travers lequel passait l'éclat du soleil qui se couchait sur les eaux puissantes du fleuve Congo. La silhouette du chauffeur, dessinée par ce doux rayon, semblait moins anguleuse, sa coupe afro était passée du noir au doré. Eddy avait l'air d'un saint, et il en était conscient.

«C'est l'histoire d'une flaque d'eau mortelle, commença-t-il. C'est moi, Eddy, conteur de Kinshasa, qui la raconte… *Un jour dans notre grande ville, on construisit une brasserie. Tout le monde se réjouissait et allait voir comment on y creusait des trous et y installait des tuyaux. Comment se dressaient des bâtiments pris dans une toile d'araignée de câbles, comment des camions livraient les tapis sur lesquels allaient rouler les bouteilles vides. Comment on fermait les robinets d'où coulerait la bière, comment on montait la machine à remplir les bouteilles et à fixer les capsules. Moi aussi, j'y allais et je regardais. Jusqu'à un moment précis. Un beau jour, le grand mur qui grandissait autour de la brasserie finit par l'entourer complètement, à l'exception d'un passage laissé pour la porte d'entrée. Et l'on sait ce qui se passe, avec les trous. On le boucha. On y installa une porte, fermée par un cadenas.*

*«De ce jour, les gens se mirent à faire le tour de la brasserie, car on ne pouvait plus y pénétrer. Ils se tenaient devant le mur et tendaient l'oreille, curieux des bruits que faisait la production de bière, mais de derrière le mur, on n'entendait qu'un bourdonnement. Les gens finirent par se désintéresser de la brasserie, et même par ne plus l'aimer. Ils s'imaginaient qu'en tant que voisins ils auraient au moins reçu un peu de Primus gratis, mais tu penses! Le mur faisait trois mètres de haut et la porte montrait ses dents, si bien que quelqu'un dessina une vache qui chie sur le mur. Et c'est là que tout a commencé!*

— On se mit à rechercher les auteurs du graffiti?» Bastien prit une cigarette et fit claquer son briquet doré orné de lions : d'un côté, un lion doré sur fond noir, de l'autre, un rouge sur fond jaune, avec une bande verte au milieu. Le lion belge et le lion congolais.

« Tu parles ! » Eddy se mit à rire, puis il baissa la voix jusqu'à chuchoter mystérieusement : « *La brasserie commença à tuer des gens…* »

Bastien pencha la tête en arrière, un hoquet s'échappa de sa gorge, toute sa silhouette frissonna sur le fauteuil.

« La brasserie ! » Il rit si fort qu'il fut pris d'une quinte de toux. Il se frappa le torse de la paume de la main. « Ici, c'est le président Mobutu qui tue les gens, pas les brasseries. »

Eddy se redressa et émit un grognement qui tenait autant de la surprise que du mépris.

« *C'est là que ça a commencé…*, reprit-il, sans prêter attention à Bastien. *On retrouva le premier cadavre devant la brasserie le lendemain de l'apparition de la vache sur le mur. Il était allongé dans une flaque d'eau, le visage vers le sol, et lorsqu'ils le soulevèrent, ils lurent une telle peur dans ses yeux, comme s'il avait vu le diable en personne.*

— Je te l'avais dit ! » Bastien se pencha vers le journal posé sur la table basse et claqua des doigts en direction de la photographie du dictateur à la toque de léopard qui faisait la une.

« *Le deuxième jour, on retrouva un autre cadavre. Il gisait à deux pas de l'endroit où était mort le premier et avait la même grimace de frayeur sur les traits. À partir de ce moment-là, les gens évitèrent de passer près de la brasserie. Aucune personne saine d'esprit ne s'y aventurait, tout le quartier savait que, devant la vache, on pouvait mourir. Les ouvriers gagnaient la porte d'entrée par l'autre côté, par la rue, d'où l'on ne voyait pas le dessin.*

«*Jusqu'à ce qu'un jour la fille du directeur, qui se déplaçait toujours en voiture avec chauffeur, décide de faire une surprise à son père. Elle demanda au conducteur de l'attendre à l'arrière de la brasserie et descendit seule du véhicule, un parapluie à la main, car il pleuvait beaucoup, et elle courut le long du mur...*»

Le soleil couchant illuminait la coiffure afro d'Eddy, sa silhouette s'assombrissait, derrière lui Brazzaville se dessinait sur l'autre rive. Bastien se racla la gorge.

«Et alors, après sa mort, le directeur a fini par donner de la bière gratis aux gens du quartier ?»

Eddy haussa les épaules avec lenteur, les paumes levées vers le ciel. Il fredonna quelque chose tout bas puis s'interrompit et baissa les bras.

«*Le directeur s'est révélé être un vrai radin,* lança-t-il sèchement. *Il ne donna pas de bière, et des filles, il en avait plein. Le syndicat a exigé l'éclaircissement de l'affaire. Le directeur fit venir une désensorceleuse, tandis que le syndicat envoya un électricien devant le mur. Il s'avéra que les câbles qui dépassaient de derrière le mur n'avaient pas été sécurisés. Quand il pleuvait, les flaques d'eau conduisaient le courant, et pendant la saison des pluies, quand presque toute la rue devenait un seul et grand torrent, ce passage se transformait en piège mortel.*» Il se replia comme un couteau suisse. «Voilà comment ça s'est passé. Et c'est moi, Eddy, cont...

— Attends, l'interrompit Bastien. C'est dans quelle rue ? La brasserie est à Bon-Marché, c'est près de l'appartement de Lily. J'imagine que, depuis ce temps, ils ont sécurisé les câbles ?

— … teur de Kinshasa. » Eddy termina sa phrase, la main sur la poitrine. « Lily n'habite pas loin, c'est vrai. Et les câbles n'ont toujours pas été sécurisés.

— Et c'est seulement maintenant que tu le dis ?! »

Eddy quitta le cadre des rideaux de mousseline.

« Chaque histoire en son temps. »

Des années plus tard, Eddy avait avoué à sa fille que la vie pouvait être surprenante. Même s'il était enchaîné par son travail et sa famille, il se sentait libre. Il déclamait dans des cafés et aux soirées de diplomates organisées par la femme de Bastien, il aimait intensément en réconfortant les maîtresses délaissées par son employeur. Il n'oubliait pas Fourmi, qu'il prenait le mieux lorsqu'elle était enceinte. Quand son ventre commençait à se voir, elle avait tellement envie et était si facile à satisfaire que le sculpteur Récup, l'ami d'Eddy chez qui ils logeaient, devait faire venir des filles plus souvent. Il se les tapait de l'autre côté de la cloison, rivalisant avec Eddy à laquelle gémirait le plus fort. Il préférait ça plutôt que de rester avec son érection sur son lit à écouter les chants de Fourmi auxquels nul homme ne pouvait rester indifférent.

Un jour, Bastien appela Eddy. Il demanda à son chauffeur ce qu'il préférait entendre d'abord : la bonne ou la mauvaise nouvelle. Celui-ci, optimiste, choisit la bonne.

« Tu pourras venir avec moi, lui déclara Bastien.

— Où ça ? » Eddy le regarda, désorienté.

« Tu aurais dû choisir la mauvaise nouvelle, tu l'aurais su. »

La mauvaise nouvelle était que le mandat de Bastien à Kinshasa toucherait bientôt à sa fin et qu'il allait rentrer en Belgique. Il proposa à Eddy de venir avec lui, il aurait besoin d'un chauffeur une fois rentré. Il comptait agrandir sa boîte. Et puis, il s'était habitué à ses histoires.

Eddy accepta tout de suite. Il ne pouvait s'imaginer retourner travailler au garage ni passer à nouveau son temps à réparer des voitures dans une chaleur insupportable. Aux côtés de Bastien, il avait goûté à une vie pleine de nuances. Il aimait Kinshasa, surtout Matonge, mais il était certain que le conteur ambulant qui sommeillait en lui n'était pas mort, même s'il avait fondé une famille. Pour s'en persuader, il lui fallait reprendre la route.

Alia ne se rappelait rien du Congo. Comme si, quand elle était entrée dans l'avion, les portes s'étaient refermées à tout jamais sur ce pays. Ce qui s'était passé à partir de cet instant-là était resté gravé dans sa mémoire avec une précision douloureuse : le rugissement des moteurs et les pleurs de Joe durant le décollage, la pression soudaine dans l'estomac quand l'avion avait pris de l'altitude, la sensation de flotter en apesanteur quand il s'était élevé au-dessus des nuages. Sa mère passait son temps à allaiter son fils, son père suivait avec attention tout ce qui passait derrière le hublot puis, une fois que tout s'assombrit, scrutait sa propre image qui se reflétait dans la vitre. Pendant tout le vol, Alia n'avait pas bougé de sa place, pas même pour aller faire pipi. Elle fixait la serviette blanche posée sur l'appui-tête du siège devant elle. Plus tard, elle avait rêvé pendant des années de cette serviette dans laquelle avaient sombré pour toujours ses souvenirs de Kinshasa.

La sœur de son père les récupéra à l'aéroport. Alia ne la connaissait pas, car on avait envoyé sa tante en Belgique avant sa naissance pour qu'elle y épouse un Blanc. Mais au lieu d'écouter ses parents, celle-ci avait fait des études d'infirmière, trouvé un travail dans le métier et loué un appartement en sous-sol. Alia devait l'appeler « Mama Issa », même si sa tante ne lui rappelait aucune des mamas que la fillette avait connues. Grande, mince, elle semblait être la sœur jumelle d'Eddy, bien qu'elle fût plus jeune que lui. Ils se différenciaient par les cheveux : Eddy avait maintenant de courtes dreadlocks, sa sœur, une coiffure afro.

Les souvenirs des premiers jours passés en Europe sombrèrent dans la pluie, le froid du sous-sol de Mama Issa, chez qui ils habitèrent au début, et les allées et venues nocturnes d'Alia aux toilettes. Quoi qu'elle fasse, elle se réveillait le matin dans une tache jaune, humide et froide.

Elle se souvenait du jour où ils avaient déménagé de chez Mama Issa vers leur nouvel appartement, car cette fois-là, lorsqu'elle avait grimpé les escaliers en se tenant à la rambarde brinquebalante et avait poussé la porte de l'immeuble, un rayon de soleil l'avait soudain enveloppée. Il faisait sec et beau pour la première fois depuis leur arrivée.

Alia s'était arrêtée devant les barreaux de la fenêtre avec lesquels Mama Issa lui avait appris à compter. « Un, deux, trois… » Dans ses souvenirs, la voix de sa tante se mêlait au grondement du tramway qui passait tout près de là.

« Qu'est-ce que tu fais plantée là ? » Fourmi, qui venait de se hisser jusque dans la rue avec Joe installé sur sa hanche, lui donna un coup de coude.

Un tramway klaxonna au loin. « Quatre, cinq. » Mama Issa comptait en français. Les freins avaient crissé, le tram était sur le point de s'arrêter, les portes allaient s'ouvrir avec fracas. « Six, sept », compléta mentalement Alia. Elle ne comptait jamais jusqu'à huit, parce qu'il n'y avait que sept barreaux rouillés au soupirail. Mama Issa avait beau continuer à compter, après le chiffre sept, Alia fermait les yeux et secouait la tête si fort que les élastiques de ses couettes en tombaient. Mama Issa soupirait alors. Elle connaissait la ténacité d'Alia, qui allait aussitôt rétorquer qu'il y avait sept nains, que les bottes magiques parcouraient sept lieues, que les sept mouches tuées d'un coup gravées sur la ceinture du fanfaron avaient le pouvoir d'éloigner les brigands. Il en était ainsi dans les dessins animés qu'elle regardait à la télévision. Mais, à cet instant, la petite se contentait de sauter des genoux de sa tante.

« Sept, c'est parfait », disait-elle.

Mama Issa se levait et se dirigeait vers la cuisinière à deux feux. Elle touchait le riz du doigt pour vérifier s'il était prêt et murmurait sous son nez qu'elle ne savait pas ce qu'allait devenir cette petite fille, avec son français bancal et sa répulsion pour les chiffres. Elle répétait sans cesse qu'une femme devait être éduquée, parce qu'on ne pouvait pas compter sur les hommes. Elle s'énervait en voyant qu'Alia, plutôt que d'étudier, passait son temps devant la télévision.

Fourmi aussi restait figée devant la télé ; elle s'abîma à tel point dans les séries que rien ne pouvait l'en éloigner, pas même les pleurs de Joe. Après avoir passé le seuil de l'appartement dans lequel Bastien les avait installés quelques semaines après leur arrivée, elle prit place sur le canapé devant l'écran et n'en bougea plus. À Kinshasa, elle sortait rarement de la maison, disant qu'elle avait peur de se perdre, et chez Mama Issa elle ne mettait pas le nez dehors à cause de la pluie. Ici, c'était l'ascenseur qui l'avait dissuadée de sortir : vieux, métallique, il faisait penser à une cage à oiseau. Il se bloquait souvent entre deux étages, et il fallait alors attendre que quelqu'un l'appelle du rez-de-chaussée. Un jour, après avoir passé deux longues heures dans l'ascenseur avec Joe en pleurs, Fourmi annonça qu'elle ne l'utiliserait plus jamais. Mais elle n'avait pas la force de monter l'escalier en portant à la fois le petit et les sacs de commissions.

Les deux chambres sous les toits que leur louait Bastien se remplirent très vite d'un bric-à-brac de vêtements, de sacs et de bouteilles en plastique, de pots de yaourts et de boîtes à fromage que Mama Issa leur avait conseillé de conserver. Cette dernière n'avait pas pensé qu'il n'y aurait personne pour les laver, puisque Fourmi limitait les tâches ménagères au strict minimum. C'était Mama Issa qui leur faisait les courses et, si d'aventure elle était de permanence à l'hôpital, Alia la remplaçait.

La petite fille n'osait pas avouer qu'elle aussi avait peur de prendre l'ascenseur. Elle n'était pas assez grande pour appuyer sur le bouton le plus haut, elle descendait donc à l'avant-dernier étage et montait jusqu'au dernier dans l'obscurité, car personne n'avait changé l'ampoule grillée de la cage d'escalier.

Sept marches menaient au palier, sept encore jusqu'à la porte, auxquelles s'ajoutait le seuil de l'appartement. Pour ne pas trébucher dans l'escalier, elle devait compter, c'est ainsi qu'elle dépassa le chiffre sept.

Elle avait vite compris aussi que le mieux pour elle était d'échapper à la surveillance de ses deux mamans. Mama Issa venait leur rendre visite après son service à l'hôpital, imprégnée de l'odeur de désinfectant qui se mêlait à celle de la nourriture. Elle leur préparait à manger puis faisait recopier à Alia des lignes d'écriture sur la table de la cuisine.

« Tu dois être la meilleure », lui répétait-elle.

Alia se pliait en deux et feignait d'avoir mal au ventre.

« Écris ! » Mama Issa était infirmière et savait différencier le vrai mal de ventre du faux.

Alia écrivait les premières lettres, saisissant au vol la mélodie de *Dallas,* les soupirs de *Dynastie* et les réactions de sa mère, qui suivait le destin de ses héroïnes, ses « Aïe, aïe, aïe ! », ses « Oh ! » et ses tchips doublés d'une claque sur la cuisse. Quand à ces bruits s'ajoutaient les cris de Joe, la voix de la mère passait au gémissement.

« Aliaaaa !... Joe pleure, change-le ! »

Alia se penchait alors sur son cahier et traçait ses gribouillages avec d'autant plus d'application. Elle s'attendait à ce qui arrivait ensuite systématiquement : le grognement de Mama Issa qui n'en croyait pas ses oreilles, ses mains aux longs doigts atterrissant comme les serres d'un oiseau sur ses hanches moulées dans son jean, et une voix rauque venant des profondeurs de son diaphragme dissimulé sous les muscles saillants de son ventre – l'opposé des rondeurs qui remplissaient les jupes colorées de Fourmi.

« Aliaaaa !… Joe pleure, change-le !

— Et puis quoi, encore ! » L'ombre ovale de la coiffure de Mama Issa se posait sur le cahier d'Alia, qui traçait avec une application suspecte des « r » à la française.

Les pleurs de Joe recouvraient à la fois les sons de *Dynastie* et les protestations de la tante qui défendait les droits de sa nièce à étudier dans le calme. Des droits qui revenaient à chaque enfant, et en particulier aux filles, parce que c'était toujours plus difficile pour elles, dans la vie.

« Aliaaaa !… »

Sifflement de Mama Issa, cliquetis colérique de ses bracelets suivi d'un bond de la cuisine au salon.

« Tu ne vois pas qu'elle fait ses devoirs ?

— Al…

— C'est moi qui vais le changer ! » finissait par gronder Mama Issa en saisissant Joe qui hurlait.

Alia voyait son père le matin. Quand elle se réveillait, elle sentait l'odeur de l'eau de Cologne dont il se parfumait avant d'aller travailler. Elle le suivait pas à pas jusqu'à l'entrée et l'observait tandis qu'il enfilait son uniforme de chauffeur devant le miroir : un costume gris, une cravate et une casquette noires. Puis elle s'habillait elle-même en vitesse et revenait dans l'entrée sous la photo de son père prise quand il avait son âge. Sur le cliché en noir et blanc, son short noir semblait être une version plus courte du pantalon qu'il portait à présent, et sa chemise blanche serrée par la ceinture se froissait de la même manière sur son ventre plat.

« Sauf que maintenant, je roule dans une moins belle voiture », dit-il un jour en désignant la Mercedes blanche sur laquelle il s'appuyait sur la photo. À côté de son père se tenait Mama Issa vêtue d'une robe bouffante, les yeux plissés à cause du soleil.

« Qu'est-elle devenue, celle-là ?

— Papa a fini par la vendre. C'est dommage qu'on ne fasse plus de voitures comme ça, aujourd'hui. Il y avait tellement de place à l'intérieur qu'on pouvait y danser.

— Tu ne peux pas en acheter une comme ça ?

— Moi, en acheter une ? » pouffa Eddy. Il lissa les pans de sa veste. « Bastien a des voitures en veux-tu, en voilà ! Une Volvo pour sa femme, une Simca pour sa fille, et pour lui une Corvette rouge… Elle a une sacrée accélération, mais on en sort tout froissé. Peut-être que si j'avais la taille de Bastien… Tu as pris le papier avec notre adresse, au cas où tu te perdrais ? »

Alia tapota sa poche et suivit son père dans l'ascenseur. Elle avait décidé de dépasser sa peur et d'apprivoiser le monde au-delà de l'appartement. La voix de sa mère et les ambitions pédagogiques de sa tante qui s'entêtait à ce que sa nièce apprenne à écrire avant d'aller à l'école avaient fini par la pousser dehors. Alia traînait pendant des heures dans les rues et ne rentrait que quand sa mère s'extirpait de l'immeuble avec la poussette pour faire une promenade avec Joe. Lorsqu'ils disparaissaient au coin de la rue, la fillette ouvrait la porte au moyen de la clef qu'elle portait avec fierté autour du cou. Quand la cage de fer descendait au rez-de-chaussée, elle se faufilait dans l'escalier, prête à le dévaler pour ne pas avoir à s'occuper de son frère.

Elle faisait le tour du pâté de maisons qui, dans son esprit, avait pris la forme d'une portion de camembert. Tout au bout, elle découvrit un magasin alimentaire avec une enseigne jaune. Son nom commençait par la lettre A.

« A-li-men-ta-tion gé-né-rale », déchiffra-t-elle un jour.

Ce jour-là, elle dépassa comme à son habitude le magasin et remonta la rue qu'elle appelait la rue des Becs, qui menait à un petit square avec un terrain de football entouré d'un grillage. Alia s'y faufila en passant à travers un trou. Elle resta immobile un instant, prête à filer au cas où, puis son regard repéra une balle derrière laquelle courait une nuée de garçons. Sans trop réfléchir, elle s'élança.

« Qu'est-ce que tu fais ici ? » Un mince garçon de la taille d'Alia sortit du but et s'avança vers elle. Il avait des cheveux noirs qui bouclaient sur le front. Son français sonnait étranger et rocailleux. Il intimida Alia. Elle ne répondit rien, mais montra la balle du doigt.

« Tu sais jouer, au moins ? » demanda-t-il.

Elle haussa les épaules. Qu'y avait-il à savoir, au juste ?

« On a besoin d'un deuxième gardien de but », dit un deuxième garçon, plus petit qu'elle, dont le physique évoquait un koala.

Il regarda le meneur du groupe qui jeta un regard scrutateur aux baskets sales d'Alia, à son survêtement rapiécé au niveau des genoux et à son T-shirt trop long qui pendait sur ses maigres épaules. Son regard s'arrêta enfin sur sa casquette de la marque « Bayer » que Mama Issa lui avait rapportée de l'hôpital.

Il fit signe qu'on lui passe la balle. Il la toucha du bout du pied puis la fit rebondir un moment pour étaler sa dextérité. Soudain, il l'envoya d'un coup de pied à Alia, qui la rattrapa en un éclair et se dirigea vers le but abandonné par son gardien.

« Mohamed, protège le but ! » entendit-elle dans son dos.

Le garçon à la silhouette de koala fit barrage dans la cage, les autres le suivirent, le soutenant de leurs cris. Alia expédia la balle par-dessus les épaules de Mohamed et marqua un but.

« Goooaaal ! » crièrent plusieurs voix.

Le leader du groupe l'observait sans un mot. Ses cheveux lui tombaient sur le front. Il prit la balle et, avant qu'Alia puisse réagir, la lança tout droit en l'air. Le corps de la petite fille se raidit et s'élança vers le haut. D'une tête, elle renvoya la balle dans le but.

« Goooaaal ! »

Elle se pencha pour ramasser sa casquette. Quand elle se redressa, le silence se fit autour d'elle.

« Eh, c'est une fille ! » Quelqu'un la montrait du doigt.

« Je sais jouer. » Alia parla pour la première fois. Sa voix était rauque.

« Et alors ? » Le leader du groupe haussa les épaules. Il ne souriait plus.

« Tu as bien vu qu'elle savait jouer, Younes », dit Mohamed.

Younes se retourna brusquement vers lui. « Et alors ?! »

Alia rentra chez elle. Il pleuviotait, son T-shirt collait à ses omoplates. Quand elle arriva à la maison, l'ascenseur se bloqua à nouveau entre deux étages.

Elle jeta sa casquette sur le sol. Elle n'avait aucune idée du temps qu'elle devrait passer enfermée.

Soudain, quelque chose bruissa du côté droit. Des chaussures marron se rapprochèrent des barreaux de l'ascenseur. Une chaussette en accordéon sur un mollet apparut et, au-dessus, un short sale.

« Regardez qui s'est retrouvé enfermé dans la cage ! » La voix du garçon avait un accent étranger.

Il s'accroupit pour observer Alia. Il avait un visage triangulaire parsemé de taches de rousseur et les cheveux coupés ras.

« Il y a un singe dans la cage ! cria-t-il. Un sin… »

Il s'interrompit à la seconde où une chaussure atterrit en plein dans son derrière.

« Et toi, le rital, tu te crois meilleur ?! lança une voix familière.

— Mohamed, qu'est-ce qui t'arrive ? » Le garçon se frottait la fesse. « J'ai rien contre toi, c'est à elle que je parlais.

— Tu te crois meilleur qu'elle, Giovanni ?

— Meilleur que toi, ça c'est sûr, gros crado ! »

Mohamed se jeta sur Giovanni, mais celui-ci fut plus rapide et le renversa, s'assit sur son ventre et se mit à le frapper au visage. Alia grimpa aux barreaux jusqu'au plafond de l'ascenseur. Elle attrapa une jambe de Giovanni, la tira de toutes ses forces vers elle et la mordit au mollet.

La cage d'escalier se remplit d'un hurlement terrible. Mohamed dévala les marches et appela l'ascenseur avant que les cris fassent sortir la voisine sur le palier. Au moment où Fourmi entra dans l'immeuble en poussant Joe dans sa poussette, deux silhouettes, l'une mince et longiligne, l'autre ronde comme celle d'un koala, disparaissaient au coin de la rue.

Durant les semaines qui suivirent, Alia comprit pourquoi le fait d'être une fille l'avait exclue de l'équipe de football. Les petites Italiennes, Grecques et Turques restaient à la maison, seuls les garçons passaient leur temps dehors. Mais, grâce au soutien de Mohamed, Alia réussit à intégrer l'équipe. Au début, les autres la regardaient de travers, mais son talent pour le football, qu'elle avait développé à Kinshasa, lui fut d'une grande aide. Et plus encore le fait qu'elle ne ressemblait pas à une fille : elle était grande, mince, et elle cachait plus soigneusement que jamais ses cheveux sous sa casquette.

Elle vit des petites filles pour la première fois quand elle accompagna sa tante à la laverie, un dimanche. Elle surveillait le linge dans la machine et les observait, assise dans un coin, tout en balançant ses pieds chaussés de baskets trouées. Les fillettes ne portaient pas de clef autour du cou, contrairement à elle, et certaines avaient un foulard sur la tête. Quand elles parlaient, elles baissaient les yeux. L'une d'elles, une Grecque aux grands yeux et aux boucles d'oreilles dorées, lui sourit avec coquetterie. Tout le monde n'était pas encore au courant qu'Alia était une fille.

Gênée, Alia sauta de l'appui de fenêtre où elle était installée et se dirigea vers la porte. Mama Issa se tenait sur le trottoir avec un panier rempli de linge sale et tentait de convaincre Eddy de la suivre à une réunion, mais celui-ci essayait de s'en débarrasser comme d'une mouche insistante.

« Ce sont des Africains qui ont fui la guerre ou le chômage. Maintenant, certains regrettent de ne pas être restés chez eux. Au moins, ils travailleraient pour leur propre pays, ils s'emploieraient à le changer, plutôt que de servir une nation qui ne les mentionne même pas dans ses livres d'histoire. » Elle pérorait en agitant les bras sous le nez de son frère, comme pour dépeindre ce qu'elle disait. « Et qui n'accepte pas de travailleurs étrangers aux postes bien payés.

— Tu exagères, tu as un bon travail, et Bastien me paie pas mal non plus. Elles sont inventées de toutes pièces, ces histoires de discrimination. » Eddy épousseta de ses longs doigts la casquette qui avait laissé une marque sur son front.

« Inventées de toutes pièces ? » Mama Issa secoua la tête de colère. « Tu es allé à l'université, et ici tu travailles comme chauffeur. Et pourtant, tu es plus intelligent que ton Bastien, là. Alors quoi, tu veux passer ta vie entière à transporter ses fesses de Blanc ? Certains émigrés ont un diplôme et, malgré ça, ils doivent se contenter d'être serveurs, ici. À choisir, ils préfèrent le chômage. »

Eddy sortit un paquet de cigarettes de sa poche. « Que veux-tu que je dise à ces gens ? » Il fit crépiter son briquet.

« Qu'il existe une troisième voie. Qu'on peut rester soi-même, apporter ici ce qui est nôtre. Tu es un conteur. Et tu ne t'es pas vendu au dieu d'ici, le fric.

— Un homme sans argent n'est pas un homme… » Le visage d'Eddy se crispa. « Tu te souviens ? Papa le répétait toujours. »

Mama Issa arrangea son turban orange sur sa tête.

«Les Belges l'ont façonné, comme tous les "évolués".» Elle haussa les épaules. «Ils les ont coupés de leurs racines, leur ont ordonné de parler comme des Blancs, bouger comme eux, danser, s'habiller comme eux. Papa et les autres pensaient que, grâce à cela, ils seraient meilleurs. Tu te rappelles à quel point maman ne supportait pas les jupes européennes? Quand il partait en voyage, elle portait ses robes congolaises en cachette.

— Et elle nous a appris le lingala. Par quel miracle a-t-elle pu le cacher à papa? Cela dit, il passait peu de temps à la maison, de toute façon.

— Il était tellement fier que tu fasses des études!

— Et quand j'y ai renoncé, il ne me connaissait plus, s'offusqua Eddy.

— Il ne comprenait pas pourquoi tu allais dans les villages. Il avait fui son village, et toi, tu y retournais pour écouter des bêtises. Il t'avait appris à écrire, mais toi, tu ne voulais pas écrire, tu voulais raconter.

— Raconter, c'est notre littérature! Qu'est-ce que ça peut faire qu'en Europe on écrive? Moi, j'ai les récits dans ma tête. D'ailleurs, dans trente ans presque plus personne ne lira.»

Mama Issa se mit à rire, donnant un coup de pied dans le panier de linge.

«Quel brodeur tu fais! Ne parle pas comme ça devant la petite, tu lui ôterais l'envie d'étudier. Ces gens, ces émigrés, reprit-elle, ils sont perdus. Certains ne connaissent que la langue des colonisateurs, le français ou l'anglais. Nous, grâce à maman, on a appris quelles étaient nos racines.

— Tu sais quel est mon problème avec ce genre de réunion?» Eddy enfonça sa casquette sur sa tête, la visière à l'arrière. « C'est que là-bas, je dois être noir. Et moi, ça ne m'intéresse pas, la couleur. Blanc, noir… Je veux être moi-même.

— Mais tu es noir. » Le turban sur la tête de Mama Issa vacilla dangereusement. « Ici, en Europe, tu es un barbare civilisé. Les Blancs s'attendent même à ce que tu leur témoignes de la gratitude, parce qu'ils t'ont "civilisé".

— Ce n'est pas aussi simple que ça. »

Mama Issa se pencha sur le tas de linge sale et en sortit deux chaussettes.

« Celle-ci est blanche, tu vois ? Et l'autre, noire. Il n'y a rien entre les deux. »

Eddy fit un pas en arrière. « À mon avis, toutes les deux sont sales. » Il fit la grimace. « Il est grand temps de les laver. »

Alia pensa à ces chaussettes lorsqu'elle rentra de l'école pour la première fois. Si seulement elle pouvait se glisser dans la machine à laver et changer sa couleur de peau pour un gris qui ne sauterait pas aux yeux. Ou, mieux encore, lessiver le cerveau des petites tortionnaires qui la suivaient depuis l'école en criant : « Chocolat ! Cho-co-lat ! »

Mohamed et les garçons lui manquaient. Durant tout l'été, elle avait joué avec eux au football, à chat, s'était faufilée dans les caves à la poursuite de rats et de chats. Ils partageaient leurs frites avec elle, échangeaient des tapes. À présent, elle marchait dans cette rue dont elle avait parcouru chaque centimètre en leur compagnie et avançait, les épaules rentrées, sous une pluie d'injures dont l'abreuvaient ces filles qui n'avaient jamais mis le nez dehors toutes seules.

« Chocolat ! »

Et même si Mohamed les entendait, il ne pourrait pas leur donner de leçon comme il l'avait fait pour Giovanni. Les garçons ne se battaient pas avec les filles. En plus, Mohamed avait changé. Elle entendait les filles dire que les Marocains détestaient les Noirs et vice versa. Elle ne savait pas pourquoi ni si c'était vrai.

« Cho-co-lat ! »

Et à présent, ces pestes lui avaient appris que la couleur était importante.

Quelques jours plus tard, Fourmi l'emmena chez le coiffeur. Alia fut surprise mais ne protesta pas. Avec sa mère, on ne discutait pas de ce qui faisait plaisir ou mal. Ce n'est que lorsque le liquide à défriser lui rongea la peau qu'elle se mit à pleurer en silence. La coiffeuse forma une coque rigide sur son crâne, et les Congolaises, Rwandaises, Sénégalaises et Malaises assises en rang dans le salon, qui observaient les passants par la vitre, se mirent à tchiper avec approbation en touchant ses cheveux aussi raides que des fils de fer. Mais avec cette nouvelle coiffure, Alia ressemblait à un James Brown miniature. Elle avait honte de sortir dans la rue.

Sur le chemin du retour, elles passèrent devant la statue du roi Léopold triomphant à cheval. Malgré les bourrasques, pas un seul des cheveux d'Alia ne bougea. Les larmes se remirent à couler sur son visage. Elle se dit que Mama Issa lui avait menti : le début de l'école n'avait rien d'un prélude annonçant une vie excitante. Le début de l'école n'était que brûlante douleur.

En voyant la nouvelle coiffure d'Alia, sa tante déchaîna un véritable ouragan. Elle hurla que ce n'était rien d'autre qu'une trahison de ses racines, que Fourmi avait fait de son enfant un pantin et l'avait abêtie. Fourmi cria à sa belle-sœur de faire attention, car elle allait bientôt finir par se dessécher, elle n'était qu'une vieille fille sans enfants quasi trentenaire qui régnait en mégère sur le foyer de son frère parce qu'elle n'avait pas de foyer à elle. Mama Issa tourna la tête avec incrédulité en se demandant jusqu'où irait l'influence des stupides séries américaines sur ces idiotes débarquées de leur campagne qui s'imaginaient qu'en lissant leurs cheveux et en se tartinant de crème blanchissante, elles deviendraient blanches. Sur ce, Fourmi douta que celles qui ne se blanchissaient pas la peau et portaient une coupe afro puissent un jour trouver un mari, peu importe la couleur de peau.

Joe pleurait mais, cette fois, personne n'en fit cas. Fourmi et Mama Issa s'affrontaient et il n'y avait aucune oreille pour entendre que le cuir chevelu d'Alia lui brûlait atrocement. Le petit eut une crise de spasmes, alors elle souleva son frère, tout en pleurs, de son lit. L'enfant toucha une mèche de ses cheveux hérissée comme une brosse et se calma. Il avait la bouche ouverte de surprise, en regardant leur reflet dans la vitre du four : un petit garçon à la coupe afro et une fille à la coupe tout droit sortie de Dynastie – personne n'aurait pu deviner qu'ils étaient frère et sœur. Alia craignait qu'on se moque de ses cheveux à l'école, mais une bonne surprise l'attendait. Les petites filles grecques, italiennes, turques et marocaines l'entourèrent en vantant sa nouvelle coiffure. Elle crut tout d'abord qu'elles la raillaient, mais elle finit par comprendre que les fillettes venaient justement de l'accepter. Alia avait souffert pour pouvoir leur ressembler, à elles qui avaient les cheveux raides. Elles apprécièrent ses efforts et son sacrifice réalisés au nom d'une valeur supérieure : la féminité.

Son père ne commenta pas son changement de coiffure, mais quelques jours plus tard il rentra à la maison avec un sac de boxe légèrement usé. Il le fixa au crochet de l'entrée où un jour serait suspendu un lustre qu'ils n'avaient pas encore les moyens de s'acheter, et il frappa quelques coups dedans.

Grand et mince, il prenait naturellement la posture du boxeur. Il donnait des coups rapides, avec la flexibilité d'un chat, ce qui avait trompé nombre de ses adversaires sur les rings amateurs de Kinshasa. La petite fille scruta ses bras musclés et les compara avec ses bras fins où l'on ne voyait même pas se dessiner l'ombre d'un muscle.

Il se pencha au-dessus d'Alia pour emmailloter ses mains d'étroites bandes de boxe.

« Et les gants ? demanda-t-elle.

— Les bandages suffiront. Tes phalanges vont s'endurcir, comme les miennes. »

Il posa la main sur les siennes. Effectivement, il avait les phalanges plus dures, plus rugueuses que le reste de sa peau. Il lui enveloppa les mains de telle sorte qu'elle puisse soutenir ses doigts de son pouce plié.

Alia recula ensuite et donna un coup dans le sac qui bougea paresseusement.

« Aliaaaa. » La voix de Fourmi résonna depuis le salon.

« Place tes mains devant ton visage pour le protéger, comme ça. Frappe en tendant ton bras et tourne ton poing au dernier moment. »

Elle leva les mains et regarda son père. Il acquiesça d'un mouvement de tête. Elle frappa de nouveau.

« Aliaaaa ! »

Mama Issa passa la tête par la porte de la cuisine.

« Tu peux me dire pourquoi tu embêtes la petite avec des bêtises précisément quand elle doit faire ses devoirs ? » Elle jeta un regard à son frère en fronçant les sourcils.

« Aliaaaa ! hurla Fourmi. Réchauffe de la soupe pour Joe ! »

Mama Issa leur jeta un regard puis se tourna en direction de l'endroit d'où provenait la voix de Fourmi. Elle finit par aller ouvrir dans un élan la porte du salon et se planta sur le seuil, les jambes écartées.

« Qu'est-ce que tu lui veux, encore ?! lança-t-elle en recouvrant le bruit de la télévision. Elle étudie, laisse-la tranquille, à la fin !

— Elle étudie, c'est ça. J'entends bien qu'elle ne fait rien !

— Si je te dis qu'elle étudie, c'est qu'elle étudie. Il faut bien que quelqu'un le fasse ! Il y a assez d'ignares et de bons à rien dans cette famille ! »

Sans prêter attention à sa mère, Alia frappa le sac de son poing droit, puis du gauche. La pointe de sa mèche raidie lui rentra dans l'œil, elle l'écarta avec impatience. Elle cogna de nouveau, en engageant cette fois son corps tout entier, si bien que son épaule suivit le coup. Son père hocha la tête en signe d'approbation.

« Aliaaaa… ! Et la soupe ? »

Joe avait rampé jusqu'aux pieds de Mama Issa revenue dans l'entrée, il se redressa, prit appui sur le sac et le tapa avec le creux de ses mains. Alia lança un coup direct, le mouvement du sac fit perdre l'équilibre à son frère. Mama Issa souleva le petit et l'installa sur sa hanche.

« Et la soupe, et la soupe ! Elle se fait, la soupe. Elle se fait toute seule ! » Et elle claqua ostensiblement la porte.

Le soir, Eddy vint s'asseoir sur le lit de sa fille. Il se leva au bout d'un instant, écarta les rideaux et s'installa devant la fenêtre par laquelle passait la lumière des lampadaires de la rue. Les rideaux créèrent comme un cadre autour de lui.

« Ce sera l'histoire du Combat dans la Jungle. C'est moi, Eddy, conteur de Kinshasa, qui vais te la raconter.

— Mais on n'habite plus à Kinshasa. » La couette dans laquelle essayait de s'emmitoufler Alia glissait sans cesse de son dos étroit.

Eddy leva les bras au ciel comme s'il soulevait un ballon d'un mètre de diamètre.

« ... *de Kinshasa,* répéta-t-il. *Un beau jour, à Kinshasa, il y eut un grand mouvement. Des camions pleins de matériaux de construction se dirigeaient vers une énorme place, les gens s'affairaient autour de leur déchargement comme des fourmis. Et personne ne vola ne serait-ce qu'une pincée de ciment ! En revanche, de nombreux ouvriers tombèrent plus tard des échafaudages qui avaient été montés en toute hâte. Mais qui se serait soucié de vies humaines alors que naissait un tel colosse ? Car on construisait un stade ! Et pas n'importe lequel. C'était là qu'allait avoir lieu le duel du siècle.* »

Les courtes dreadlocks d'Eddy accrochèrent les rideaux. Il avait l'air d'une jeune mariée avec un voile, à présent. Alia éclata de rire.

« Cot, cot, cot. » Eddy battit des bras comme si c'étaient des ailes.

Le rideau se tendit, des attaches sautèrent en tintant. Eddy écarta le tissu et prit la pose du penseur, de profil.

« *Deux gladiateurs, deux géants allaient se rendre à Kinshasa. Deux des plus grands boxeurs devaient combattre ici, et le monde entier allait regarder.*

— Comment ?

— *Transmission télévisée,* murmura Eddy. *Pour que tous sachent où se trouve Kinshasa, pour qu'ils glorifient son nom. Cependant, il y avait un troisième héros dans cette histoire, un géant qui tenait tous les fils en main : le président Mobutu en toque de léopard. Il savait qu'il ne pouvait y avoir de temple sans victimes. Il savait qu'il fallait que du sang coule, et ce, avant même que ne débute le duel du siècle. C'est pourquoi un beau jour, il fit réunir mille criminels dans le stade…*

— Des criminels ? interrompit Alia.

— Des gens qui avaient volé ou tué. Il les rassembla dans le stade, puis en choisit cent parmi eux.

— Les cent meilleurs ? demanda Alia, fixant l'image de son père qui se découpait sur la fenêtre.

— Cent au hasard. Cent malheureux qu'il fit placer devant un peloton d'exécution et qu'il ordonna d'abattre. Le sang de cent personnes irrigua le stade…

— Et que s'est-il passé avec le plus grand de ces crimi… criminels ?

— Lequel ?

— Celui qui avait ordonné de les tuer. Tu m'as dit qu'on n'avait pas le droit de tuer.

— Ça dépend qui. Lui justement s'en sort toujours. *Quand il les tua, il annonça qu'il tuerait toute personne qui, pendant le duel de boxe, commettrait même le plus petit des délits. Que s'il venait à manquer ne serait-ce qu'une seule cigarette, il retrouverait le voleur et le fusillerait comme il avait fusillé ces cent autres. C'est pourquoi, quand les deux boxeurs atterrirent à l'aéroport de N'Djili, on disait que Kinshasa était la ville la plus sûre au monde. Et Mohamed Ali, celui auquel tu dois ton prénom, se promenait tranquillement dans les rues et saluait les habitants en personne. Il ne connaissait pas le lingala, mais il apprit une phrase. Devine laquelle.* »

Alia se redressa, se mit debout au milieu du lit et chanta :

« *Ali bomaye ! Ali bomaye !* »

Eddy hocha la tête en signe d'approbation.

« Exactement, *Ali bomaye*, autrement dit "Ali, tue-le".

— Celui qui a tué cent personnes ? Le plus grand méchant ? demanda Alia en s'asseyant.

— Non ! Son adversaire sur le ring, George Foreman ! *Quand Foreman arriva, Kinshasa était déjà conquise par son adversaire. Certes, les gens se moquaient de l'horrible accent américain d'Ali, mais ils le considéraient comme un des leurs. Il était noir comme eux, il parlait beaucoup et riait. Les habitants de Kinshasa aiment les gens bavards, les gens joyeux comme eux.*

« *Foreman descendit de l'avion avec un berger allemand au bout d'une laisse, Dago. Le chien ressemblait comme deux gouttes d'eau à ceux que les Belges utilisaient pour mater les Congolais, du temps de la colonie belge. Dès le premier regard, les gens détestèrent et le chien et Foreman. Et Ali, malin, s'écria en voyant le chien : "Foreman est belge !" Il savait que, plus que tout au monde, les Congolais ne supportent pas les Belges.*

— Et nous ? Nous aussi on ne supporte pas les Belges, papa ?

— *Et même si Foreman était noir comme Ali et comme tous les habitants de Kinshasa, à l'instant où il descendit de l'avion avec Dago, il fut considéré comme un Blanc. Et, de surcroît, comme un Belge ! Et Foreman aggrava les choses en se moquant des gens : "Vous qui avez des hyènes et des lions, vous avez peur d'un berger allemand ?! Ça n'a pas de sens !" Ils le détestèrent encore plus pour ça. On disait de lui qu'il avait ses humeurs et que ni le combat ni le public ne l'intéressaient, seulement les femmes.*

« *Et plus tard, une femme splendide fit effectivement son apparition. Mais aux côtés d'Ali. Elle s'appelait Veronica Porsche et elle l'enjôla tant et si bien qu'il épousa cette jeune beauté de dix-huit ans à Kinshasa, alors même qu'il était déjà marié.*

— Mais on peut avoir deux femmes en même temps ? » Alia se décala sur son lit pour mieux voir le visage de son père.

« *Le deuxième mariage n'avait pas été reconnu aux États-Unis, alors, après son retour, Ali dut se remarier avec elle après avoir divorcé de sa première femme. On soupçonnait la belle Veronica d'espionner Ali pour le compte de Foreman afin de dévoiler sa tactique. Le jour du combat, Ali renvoya la jeune fille à son hôtel pour se concentrer sur le match. Mais elle ne tint pas et vint le retrouver. Elle fut très surprise de constater que le garde du corps ne la laisse pas entrer dans la chambre. Alors Veronica lui tendit une enveloppe et demanda au garde de la transmettre à Ali avant le match. Elle insista beaucoup pour qu'il le fasse. Mais lui avait peur que dans l'enveloppe ne se trouve quelque chose qui déconcentre Ali avant le combat. Il décida donc de ne pas la lui donner. Ou peut-être qu'il la lui donna, mais d'abord il l'ouvrit pour vérifier ce qu'avait écrit Veronica.*

— Qu'y avait-il dans l'enveloppe ?

— Une seule phrase : "Que tu gagnes ou que tu perdes, je t'aime quoi qu'il arrive." *Jusqu'à la fin du match, personne ne savait qui allait l'emporter. Foreman était fort comme un bœuf. Quand il frappait dans un sac de boxe, il le déformait. Les gens venaient spécialement à son entraînement pour voir ça. Il était alors champion du monde de boxe. Ali avait trente-deux ans et il avait perdu son titre de champion parce qu'il avait refusé de s'enrôler dans l'armée américaine et de partir pour le Vietnam. Mais ses esquives légendaires et sa rapidité… !*

«*Le président Mobutu à la toque de léopard avait payé dix millions de dollars pour les faire venir tous les deux. Dix millions de dollars ! Rien n'avait de prix pour lui, rien ne l'aurait fait hésiter. Un jour, il fit rassembler les enfants de la rue, les enfants sans abri, les mendiants, et les mit dans un hélicoptère. Une fois arrivé au-dessus de la rivière Congo, celle qui partage Kinshasa de la calme Brazzaville, la trappe de l'hélicoptère s'ouvrit et… tous les enfants se noyèrent.*

— Et leurs parents ?

— Ils étaient orphelins. Mobutu estimait qu'il était leur père, puisqu'il était le père de toute la nation.

— Et le père tua ses enfants ? » Alia fixait d'un air effaré les dreadlocks de son père qui se dessinaient sur le fond clair.

Eddy ouvrit la fenêtre, le brouhaha de la rue s'engouffra dans la chambre.

« C'était un sacré fils de pute. » Il cracha au-dehors. Sa salive passa en arc de cercle par-dessus l'appui de fenêtre.

« *Il appelait ça nettoyer les rues. Il nettoya les rues des enfants qui mendiaient. Voilà le sacrifice sanglant qui précéda le Combat dans la Jungle. Car du sang d'Ali et de celui de Foreman seules quelques gouttes tombèrent. Jusqu'à ce que la nature se rebelle et envoie sur Kinshasa une pluie torrentielle… Comme si elle devait laver les ruisseaux rouges s'écoulant des corps des victimes, laver les terribles péchés du dictateur léopard.*

« *Les gens rentraient du duel en pataugeant dans les flaques d'eau. Le verre cassé et les bords des canettes rouillées blessaient leurs pieds nus, mais même si la pluie lavait le sang, de nouvelles blessures continuaient à s'ouvrir. Les gens n'y prêtaient pas attention car ils parlaient constamment de Foreman, du fait qu'il avait cogné trop fort et que cela l'avait fatigué. Et d'Ali, qui volait comme un papillon et piquait comme une abeille.*

« *Ce qui, pour le coup, n'était pas vrai, car moi j'y étais et j'ai tout vu. J'ai vu que pendant le combat Ali ne dansait pas du tout. Au moment de monter sur le ring, il sentit que ses jambes étaient lourdes, qu'elles ne se mettaient pas en place pour danser. L'entraîneur cria : "Mohamed, danse ! Ne te laisse pas massacrer !" Mais Ali n'en faisait qu'à sa tête. Il esquivait, s'appuyait sur les cordes, se laissait frapper par Foreman. Il était comme un sac d'entraînement que Foreman déformait. Et tout le monde pensa qu'il était fini, y compris Foreman.*

«*Après le combat, Foreman se plaignit que les cordes du ring sur lesquelles s'appuyait Ali étaient trop lâches. "À méchant ouvrier..." – on se moqua de lui.* "Ali bomaye!" *criaient-ils. Foreman soutint plus tard qu'à sa vue, ils criaient la même chose :* "Foreman bomaye!" *Et tu sais ce que les gens disaient aussi? Que pendant le combat, Foreman prit l'aspect de Dago, son chien. Et qu'il se jetait à la gorge d'Ali en grondant. Mais Ali était un léopard qui jouait avec lui comme un chat avec une souris. Jusqu'à ce qu'il s'ennuie. Foreman tomba lentement, car il ne pouvait pas croire que cela lui arrivait pour de vrai. Personne n'y croyait. À la fin, son corps claqua sur les planches. Comme Dago.*

— Et le méchant qui a tué ses enfants, c'est aussi un léopard?

— Non, lui, c'est un varan du Nil.

— Qu'est-ce que c'est?

— C'est un reptile. *C'est ainsi que se termine l'histoire du duel d'Ali "le Noir" et de Foreman "le Blanc". Et moi j'y étais et j'ai tout vu, et je suis venu spécialement pour le raconter. C'est moi, Eddy, conteur de Kinshasa, actuellement en Belgique, qui l'ai raconté.*

— Encore, encore! réclama Alia. Raconte-moi ce qui s'est passé après, papa!»

Eddy passa la main sur son visage, comme s'il venait de se réveiller.

«Je t'ai raconté tout ce que je sais. La suite, c'est toi qui la raconteras un jour.

— Quelle suite?

— Ce qui se sera passé depuis cet instant et jusqu'à ce que tu racontes cette histoire à quelqu'un. Puise chez moi le début et raconte la suite toi-même. C'est comme ça que font tous les griots.

— Mais comment je vais savoir comment ça finira ?

— Rien ne finit, tout perdure. Les uns commencent une histoire, les autres la continuent. Promets-moi que tu auras les yeux et les oreilles ouvertes, et quand viendra le moment, tu transmettras cette histoire.

— Mais je ne connais pas le lingala. Et tu as dit pas de griot sans lingala.

— Sans lingala, pas d'Eddy, griot de Kinshasa. » Le père approcha sa main, mais au contact des cheveux raides et lissés d'Alia, il la retira. « Ta langue sera le français.

— Mama Issa dit que ce n'est pas notre langue, mais celle des colonisateurs.

— Notre langue est celle que l'on parle le mieux. Si tu es bonne dans cette langue, tu gagneras. C'est comme avec une épée. Peu importe qui l'a faite, pourvu que tu saches la manier. »

Au début de l'hiver 1983, les routes belges se mirent à grouiller de voitures de police. Des BM avec une bande rouge et un gyrophare bleu ne cessaient de circuler, sirènes hurlantes. D'étranges rumeurs commencèrent à circuler à l'école d'Alia, selon lesquelles on tuait les gens dans les magasins. Surtout dans les supermarchés comme Delhaize ou Colruyt. On disait qu'il ne fallait plus y mettre les pieds, voire qu'il ne fallait plus sortir de chez soi, car on pouvait mourir par balle. On racontait que, bientôt, les écoles fermeraient.

Mama Issa apporta d'autres nouvelles encore : dans les rues sévissaient des criminels qui attaquaient les magasins, torturaient les employés, tiraient sur les gens au hasard et abandonnaient leurs cadavres dans la rue. En février, on amena à l'hôpital où elle travaillait un blessé qui s'était fait tirer dessus dans un Delhaize d'un quartier chic. Six cent mille francs belges avaient été volés dans ce magasin.

Eddy, depuis son siège de chauffeur, tendait également l'oreille aux spéculations. Bastien et ses collaborateurs discutaient de la psychose que l'affaire avait créée en ville. Personne ne savait qui étaient les auteurs des attaques et des crimes : des sadiques, de simples voleurs ou des membres d'une organisation terroriste. On ne savait pas non plus pourquoi la police n'arrivait pas à leur mettre la main dessus ni à éviter les attaques. L'inscription «SOS 901» sur les portières des voitures de police prit une signification ironique de mauvais augure.

Joe avait trois ans à l'époque et allait à la maternelle, mais Fourmi évitait toujours aussi soigneusement de sortir faire les courses. Un soir, après qu'Eddy eut lu une histoire et souhaité bonne nuit à sa fille, la mère d'Alia s'assit à son tour sur le lit et lui fit la liste de ce qu'elle devrait acheter le lendemain après l'école : des oignons, de l'ail, des feuilles de manioc ou d'épinards, du lait, du poisson fumé, une boîte de sardines, de la levure, du sel, du poivre, du paprika. Elle ne demandait pas de riz car Eddy l'achetait une fois par mois en sacs de dix kilos que l'on stockait dans le placard sous l'évier. Si Fourmi ne préparait rien à manger, Alia pouvait ainsi se faire cuire du riz au beurre et aux herbes après l'école.

À cause des commissions, Alia ne pouvait pas rester après l'école pour jouer à la marelle ou à la corde à sauter. Quand elle revenait au square après avoir déposé les courses, il n'y avait plus personne, car on avait dit aux filles de ne pas traîner dehors une fois la nuit tombée. Alia voulait rejoindre les garçons qui jouaient au football jusqu'au soir, mais ils avaient trouvé quelqu'un d'autre comme gardien de but. Seul Mohamed lui rendait visite en cachette de temps en temps. Avant de sortir de chez elle, il lui demandait de vérifier si la cage d'escalier était vide, parce qu'il avait peur de tomber sur Giovanni : il prendrait une sacrée raclée si l'Italien se rendait compte qu'il s'intéressait à Alia. Ils boxaient l'un après l'autre le sac de boxe, mais en silence, pour que la voix de Mohamed ne le trahisse pas.

Quand la victime de la fusillade du Delhaize arriva à l'hôpital où elle travaillait, Mama Issa déclara fermement qu'Alia n'avait plus le droit d'aller au supermarché. Elle lui interdit de traîner dans les parkings autour des magasins. Après l'école, elle devait rentrer à la maison et ne pas dévier de sa route.

« Va la chercher à l'école. » Sa tante se tourna vers Fourmi. « Eddy et moi, on travaille.

— Et puis quoi, encore ! s'écria Fourmi. Elle est presque adulte. Et je devrais aller la chercher comme je vais chercher Joe ?

— Elle n'a que huit ans ! s'insurgea Mama Issa.

— Presque neuf ! Moi, à son âge, je cuisinais, je faisais le ménage, je trayais les vaches, je tuais les poules et je m'occupais des sept enfants de ma belle-mère et de mon père, hein ! »

Alia se dit qu'elle n'avait jamais vu ses deux mères se parler calmement. La mère et la grand-mère de Giovanni se détestaient elles aussi, et il arrivait que la cage d'escalier retentisse de leurs disputes en italien. Seule la mère marocaine de Mohamed et Younes vivait en paix avec ses belles-sœurs. Elles sortaient voilées, avec les poussettes, elles plaisantaient entre elles et riaient, on voyait qu'elles se sentaient bien ensemble. Mais dès qu'un homme apparaissait dans les environs, elles se taisaient et baissaient les yeux.

Mama Issa finit par se charger elle-même des courses après son travail, pour qu'Alia rentre directement de l'école à la maison. Le soir, les adultes se réunissaient devant la télévision et suivaient les épisodes de l'affaire des tueurs du Brabant. Alia, l'oreille collée au mur, écoutait leurs commentaires, allongée sur son lit.

En mars, les tueurs frappèrent de nouveau. Ils abattirent un client du Colruyt et dérobèrent plus de sept cent mille francs belges. En mai, ils cambriolèrent un autre supermarché, le GB, pour une somme plus élevée encore : huit cent mille francs.

« Les médecins disent que c'est une bande dirigée par un psychopathe, commenta Mama Issa. Ils viennent pour voler, mais ils sont prêts à tout. S'il faut tuer, ils n'hésitent pas.

— Bastien dit qu'ils veulent racketter Delhaize, ajouta Eddy. Ou alors que ce sont des meurtres sur commande, mais réalisés dans des supermarchés pour mettre les enquêteurs sur une fausse piste.

— Tout ça, c'est par amour, lança Fourmi.

— Par amour pour qui, s'il te plaît ? » Mama Issa n'en croyait pas ses oreilles.

« Quelqu'un a raconté devant l'école qu'il paraît que la fille du propriétaire de Delhaize est tombée amoureuse d'un Rwandais, mais que son père lui interdit de l'épouser. Et maintenant, lui, il tire pour se venger !

— Les Rwandais ne sont pas responsables de tous les malheurs du monde, déclara Eddy pour calmer sa femme.

— Comment ça, non ?! s'insurgea Fourmi.

— Alors, peut-être que les filles des propriétaires de Colruyt et de GB sont tombées amoureuses du même Rwandais et que maintenant elles tirent chacune sur les clients des magasins du père de leur rivale ? ajouta ironiquement Mama Issa. Tu regardes trop de séries télé ! Au travail, ils disent que ça peut aussi être un groupe de gens qui tirent pour le sport et que leur passion les a complètement dépassés. Ils ont peut-être décidé de tirer sur des cibles humaines, dorénavant.

— Aujourd'hui, j'ai transporté un ami de Bastien qui travaillait dans les services secrets. » Eddy posa ses jambes sur l'accoudoir du canapé. « D'après lui, c'étaient des provocations pour faire élargir les droits de la police et de l'armée. Une mesure que réclament certains groupes.

— Les communistes auront plus vite fait de prendre le pouvoir, rétorqua Mama Issa.

— Ou les néonazis, murmura Eddy.

— Ce sont les Rwandais, ces brutes pleines de haine, et c'est tout ! »

Les courses manquèrent bien vite à Alia. Elle préférait encore aller au magasin que de rentrer directement à la maison où sa mère lui fourguait Joe, dont elle ne pouvait se débarrasser qu'au retour de Mama Issa.

Mais l'arrivée de sa tante signifiait aussi qu'elle devait se mettre à ses devoirs. Comme elle, la plupart des enfants étaient fatigués de la psychose créée par les tueries. Leurs parents leur interdisaient de sortir en ville et ils ne savaient pas quand cette interdiction serait levée.

Les vacances arrivèrent et, quand tout le monde pensa que les tueurs s'étaient calmés, ils attaquèrent à nouveau : un mort, un blessé et sept gilets pare-balles volés.

« Sept, ton chiffre préféré. » Mama Issa toucha du doigt le journal déplié sur la table de la cuisine.

Alia la regarda d'un air interrogateur. Elle ne se souvenait déjà plus qu'elle refusait d'apprendre les nombres au-delà de sept, autrefois.

En août, de plus en plus de voitures de police circulaient dans les rues, les ambulances et les Mercedes blanches filaient. Alia demanda à son père de lui expliquer ce qui se passait, comme il lui avait raconté un jour le Combat dans la Jungle et ses cadavres. Mais Eddy détourna la tête, toucha ses dreads puis ouvrit les bras en un geste d'impuissance.

« Je ne sais pas le faire, reconnut-il. Je ne comprends pas cette ville.

— Tu disais qu'il ne fallait pas en avoir peur, que c'était chez nous.

— Mais c'est différent.

— Comment ça, différent ? Raconte-moi, s'il te plaît !... Tu sais si bien raconter la ville. »

Eddy souleva les épaules et commença avec hésitation :

« Ce sera l'histoire des voleurs de gilets pare-balles. Je te la raconte moi, Eddy. Eddy de... de la ville. *Un beau jour à l'Auberge du Chevalier dans la province du*

*Brabant, quelques jeunes hommes frappèrent à la porte. Ils commandèrent du rôti et du champagne. L'hôtesse leur donna tout ce qu'ils demandaient, comme toute bonne hôtesse. Mais, au lieu de la remercier, les hommes la battirent et lui crachèrent dessus. Puis ils la torturèrent longuement, et lorsqu'ils en eurent assez, ils la tuèrent. Et ils se mirent à table pour manger ce qu'elle leur avait préparé. Ils mangeaient et buvaient en dégustant le champagne.*

— Et qu'est-ce qu'elle faisait, pendant ce temps ? demanda Alia.

— Eh bien, elle était morte. *Les fêtes de fin d'année passèrent, jusqu'à ce qu'on tue un chauffeur de taxi.*

— C'étaient ceux qui avaient tué l'hôtesse ? »

Eddy voulut continuer à raconter, mais l'histoire s'effritait. Il luttait avec la trame de son histoire comme avec une maille filée sur un bas. Alia s'inquiéta en voyant son impuissance et fit semblant de s'endormir.

« Je l'ai raconté moi, Eddy », déclara-t-il enfin.

Alia ferma les yeux avec soulagement.

Elle ne savait pas que c'était alors la dernière fois qu'elle entendrait cette phrase dans la bouche de son père. Eddy tomba après cela dans de telles incertitudes que Bastien l'appela le conteur en crise. Eddy essaya d'en parler avec Fourmi. Un soir, il s'assit près d'elle sur le sofa, mais elle ne fit pas même semblant de l'écouter. Elle sortit de son sac à main abyssal un prospectus vantant les mérites d'une crème blanchissante qu'une amie revendait moins cher que dans les magasins et réclama de l'argent à son mari.

« Mais je t'en ai donné il y a une semaine ! soupira-t-il.

— Tout est parti dans la nourriture, rétorqua-t-elle du tac au tac.

— C'est Issa qui achète à manger, et moi je ramène le riz. Qu'est-ce que tu as fait de cet argent ?

— Il y en a, des bouches à nourrir. Tu crois vraiment que les clopinettes que tu me donnes suffisent ?! » s'exclama Fourmi en élevant la voix.

Alia s'enfouit sous la couette. Sa mère criait de plus en plus souvent sur son père, ces derniers temps, elle lui tombait dessus pour un rien. La première fois, il s'était tu, surpris. Il ne connaissait pas cette Fourmi-là. De la jeune fille taciturne qu'elle était, elle s'était transformée en une femme criarde ; même sa peau avait changé, elle devenait de plus en plus claire. Ses cheveux, autrefois noués en un chignon lâche de fines tresses, elle les lissait et les éclaircissait. Comme ils s'abîmaient très vite, elle acheta une perruque blonde. Eddy ne pouvait lui faire l'amour comme avant car elle lui interdisait de toucher sa tête. La perruque était la plus importante, et elle traitait les avances de son mari comme le fléau de Dieu.

Ce soir-là, Eddy ne dit rien, il se contenta de sortir en claquant la porte. Alia était sur le point de s'endormir quand son père entrouvrit la porte de la chambre qu'elle partageait avec Joe et lui ordonna de s'habiller. Fourmi entendit peut-être qu'ils sortaient tous les deux à cette heure tardive, mais elle ne leur jeta pas même un regard depuis le salon où elle se trouvait. Ils montèrent dans un bus, un des derniers qui roulaient ce soir-là. L'obscurité les enveloppait, la route vers le sous-sol de Mama Issa semblait interminable. Alia se souvint de sensations particulières : l'odeur de patchouli de la couette dont la recouvrit sa tante, le froid du mur contre lequel était collé le lit et les conversations de son père avec sa sœur. Elle s'endormait et se réveillait, les mots des adultes s'entremêlaient à ses rêves, l'entraînant dans des endroits et des époques qu'elle ne connaissait pas.

Ses rêves la transportèrent dans la maison de famille d'Eddy et d'Issa. Alia se vit accroupie derrière le canapé en cuir. Le frère et la sœur se tenaient à côté d'elle, ils devaient être un peu plus âgés qu'elle. Le canapé était grand et semblait valoir beaucoup d'argent, comme tout ce qu'il y avait dans cette maison équipée à l'européenne où seule la tenue d'une femme ne collait pas avec le reste. Elle portait une jupe à fleurs orange et un haut à manches bouffantes, taillé à la congolaise, et sur la tête, un turban coloré. « Maman, maman ! » gémissait l'un des enfants, le petit Eddy ou bien Issa. Alia comprit que la femme qu'elle voyait était leur mère, donc sa grand-mère.

Un homme sortit une ceinture en cuir de son pantalon gris et se mit à battre la femme. Il la frappait méthodiquement, une fois du côté gauche, une fois du côté droit, comme un joueur de tennis expérimenté : revers, coup droit. Ses gestes étaient automatiques, seule une grimace sur son visage témoignait des émotions engagées dans cette action. Au bout d'un moment, il se mit à suer, des auréoles fleurirent sur sa chemise. Il finit par sortir en laissant la femme agenouillée sur le sol.

Les enfants l'aidèrent à se relever, essuyèrent le sang sur son coude et ses tempes, et l'emmenèrent dans leur chambre. Ils la déposèrent sur le lit d'Issa et la recouvrirent du drap. La mère se recroquevilla contre le mur, sa fille la veilla de l'autre côté. Au petit matin, les enfants s'endormirent profondément, et quand ils se réveillèrent, leur mère s'affairait déjà à la cuisine, comme elle le faisait tous les jours. Elle ne dit pas un mot sur les événements de la nuit. Les enfants se plantèrent devant elle et lui exposèrent leur plan : elle divorcerait de leur père. Et si ça n'était pas possible, elle s'enfuirait. Avec eux, bien évidemment.

« Pour que ça s'arrête. » Issa leva sur sa mère ses grands yeux fichés dans son visage triangulaire.

« Pour qu'il ne te batte plus, maman », ajouta Eddy.

Leur mère se mit alors à crier. Qu'ils ne se risquent pas à lui parler ainsi une nouvelle fois. Qu'ils ne se mêlent pas de ce qui ne les regardait pas et qu'ils ne comprenaient pas. Ils devaient s'occuper de l'école, et c'était tout. Il y avait tant de haine dans ce cri qu'ils prirent peur. C'étaient eux qu'elle haïssait. Elle les haïssait depuis le moment où ils étaient nés, ils sentaient ça depuis des années. Ils finirent par quitter la maison – Issa partit pour l'Europe, Eddy alla de village en village raconter ses histoires de la ville. Quand il rentrait à Kinshasa, il habitait chez son ami sculpteur Récup.

« Maman ne nous aimait pas », dit Eddy.

Alia ouvrit les yeux. Elle était allongée dans le sous-sol, sous la couette embaumant le patchouli. La lampe jetait une lumière fade sur la table où s'appuyait Mama Issa, le visage tourné vers Eddy.

« Elle avait peur de nous aimer, répondit-elle lentement. Papa aurait pu la renvoyer à la campagne d'un jour à l'autre et elle ne nous aurait plus jamais revus.

— Elle s'y était préparée depuis le moment où elle nous avait mis au monde. » Eddy hocha la tête.

« Son cœur s'était endurci pour ne pas éclater. Parfois, quand elle regardait papa, j'en avais la chair de poule. Ce n'était pas une victime, mais une guerrière, sauf que papa était un adversaire trop fort pour elle. Cette bataille ne pouvait pas se jouer autrement. »

Alia sombra à nouveau dans le sommeil. Quand elle se réveilla, une question la taraudait : Fourmi avait-elle peur qu'Eddy ne la renvoie au Congo, à la campagne, d'où il l'avait emmenée à Kinshasa ? Était-ce pour cela qu'elle préférait regarder des séries plutôt que s'amuser avec Joe, et utiliser Alia plutôt que la cajoler ? Était-ce pour cette raison qu'elle criait sur son père : par peur ? Elle aurait voulu poser la question à Mama Issa ou à Eddy, mais tous deux étaient couchés, à présent.

À la fin de l'été, Eddy tailla ses dreadlocks. À compter de ce jour, il se rasa la tête tous les dimanches matin, et Alia s'asseyait sur le rebord de la baignoire pour observer les mouvements précis de ses longs doigts guidant la tondeuse à cheveux qui vibrait. Il la faisait glisser du front au sommet de sa tête et à la nuque, autour des oreilles puis vers le haut des tempes. À la fin, il passait sa main sur son crâne et secouait la tondeuse au-dessus du lavabo. Le soir, quand Fourmi donnait le bain à Joe, on l'entendait maugréer : elle devait encore nettoyer les bouts de cheveux coincés derrière le robinet, qui collaient au lavabo et tachetaient le miroir.

Après son changement de coiffure, Eddy se fit moins bavard. Plutôt que de s'entraîner sur le sac de boxe comme il en avait l'habitude, il s'affalait devant la télévision. Quand Fourmi s'arrachait de ses séries pour aller ragoter chez le coiffeur, Eddy zappait sur une chaîne de sport.

« Oh, regarde, un direct ! Tu vois, un crochet, tu vois, tu vois…, commentait-il lors des combats de boxe. Tiens ! Je l'avais pas dit ?! Il détourne l'attention de son adversaire avec des coups isolés… Il va pas tarder à attaquer avec une combinaison. Tu as vu ? J'avais raison ! »

Son parler recherché avait disparu, sa pugnacité s'était émoussée, la fraîcheur de ses observations s'était évaporée. Alia ne supportait pas de le voir comme cela. Elle demandait parfois :

« Raconte-nous l'histoire d'Ali et de Foreman, papa ! »

Mais Eddy ne faisait que poser distraitement la main sur sa tête.

« Alors celle de Joe Frazier, s'il te plaaaaît !…

— Les Noirs ne sont pas que des boxeurs, lança-t-il un jour.

— Plutôt que de nous dire qui ils ne sont pas, dis-nous plutôt qui ils sont. » Mama Issa passa la tête par la porte, elle tenait un saladier dans lequel elle battait des œufs et du sucre.

« Ils sont ce qu'ils veulent ! » Eddy haussa le ton.

La main de Mama Issa s'immobilisa.

« Tu sais que ce n'est pas vrai. Mais donne-lui l'exemple de nos héros, tu as dû récolter des tas d'histoires congolaises dans les villages.

— Mais pas pour les répéter, pour les trans-for-mer ! Les auteurs lisent les classiques pour apprendre à écrire, et moi, les classiques oraux, je les écoutais, j'étudiais leur forme. Mais je ne suis pas un brodeur de campagne. Mon élément, c'est la ville. Je suis Eddy de Kinshasa, barde des villes ! » rechigna-t-il, impatient. Il s'énervait vite, ces derniers temps.

Mama Issa leva les yeux au ciel sans un mot. Ce jour-là, elle avait mis de faux cils qui agrandissaient ses yeux déjà grands sans cela.

« Alors ne me demande pas de raconter des sornettes à la petite ! se fâcha Eddy.

— Et qui devrait lui raconter notre histoire, sinon toi ? s'énerva-t-elle. Tu sais bien qu'à l'école ici, ils ne disent pas un mot du Congo ! Par contre, on parle bien de Léopold II, le roi des Belges, qui a civilisé les "petits sauvages" ! Ci-vi-li-sé ! On ne parle nulle part de notre culture ni de qui on était avant qu'il se mette à nous couper les mains. Pas un mot sur les huit millions de Congolais tués. Ça ne te fait rien ? C'est aussi ton combat à toi ! »

Le père se leva du canapé et, un instant plus tard, on entendit la porte de l'appartement claquer à grand fracas. Alia resta sur son lit, à écouter le son de la télévision qui traversait les murs. Fourmi interdisait à sa fille de regarder la télé le soir, elle l'obligeait à se coucher quasiment à la même heure que Joe. Et les protestations d'Alia n'y faisaient rien. Le jour suivant, à l'école, les enfants parlaient des films de la veille, mais la fillette avait honte de reconnaître qu'elle n'en voyait aucun parce qu'elle était obligée de se coucher à la même heure que son frère de quatre ans. Elle apprit donc à « regarder » les films en écoutant les dialogues. Elle retenait des phrases entières qu'elle citait ensuite à l'école en prétendant connaître l'intrigue. Les « Mains en l'air ! », les « Je t'aime, mais… » ou les « C'est compliqué » imprégnaient son langage en même temps que la langue française, à la place des histoires d'Eddy.

Un soir tard, Eddy se faufila dans sa chambre et s'assit au bord de son lit.

« Tu veux que je te raconte une histoire ? » demanda-t-il.

Elle le regarda sans savoir quoi répondre. Elle était absorbée par l'intrigue du film de l'autre côté du mur et tendait l'oreille pour saisir les dialogues, mais, comme par hasard ce jour-là, ce n'étaient pratiquement que des cris. Fourmi regardait un film de zombies.

« Je vois que tu as une façon bien à toi de compter les moutons, s'amusa Eddy en lisant l'hésitation sur son visage. Tu comptes les moutons blancs ou noirs ?

— Blancs, répondit Alia, surprise.

— Un jour, Mohamed Ali fit la liste des choses blanches et il s'avéra que tout ce qui était blanc était toujours bon : Jésus, les anges, le pape, la Maison Blanche, tout. Et tout ce qui était noir était mauvais : le chat noir qui porte malheur, les nuages noirs qui s'amoncellent au-dessus de nos têtes.

— La Reine des Neiges est blanche.

— Et le diable, noir.

— Et il porte toujours des gants blancs. » Alia avait déjà oublié le film de l'autre côté du mur. Elle était entrée dans le jeu.

« Tu sais ce que veut dire "montrer patte blanche" ? » Eddy se pencha au-dessus d'elle. « C'est prouver qu'on a le droit d'entrer quelque part. Et les cols blancs, tu connais cette expression ? »

Alia toucha la chemise de fonction de son père. Le col était taché d'une trace rouge, mais les coins avaient été soigneusement repassés par Fourmi, qui, de toutes les tâches ménagères, accomplissait seulement celle-ci de bon gré et, qui plus est, avec un plaisir visible. Quand elle faisait glisser le fer chaud sur le tissu immaculé, tout absorbée par ce qu'elle faisait, elle ressemblait à Joe quand il construisait ses tours en cubes, il ne manquait que la langue qui dépassait.

« Les cols blancs, ce sont des gens qui ont un travail intellectuel, expliqua Eddy.

— Comme toi ?

— Non, moi, j'ai un travail physique. Je suis donc quel type de col ?

— Noir ! »

Eddy éclata de rire. Joe marmonna dans son sommeil, son mille-pattes en peluche avec des antennes à clochettes tomba entre les barreaux de son petit lit. Eddy fit un mouvement comme pour ramasser le jouet, puis se ravisa.

« Je suis un col-bleu, dit-il en se tournant vers Alia. On ne voit pas la saleté sur les cols-bleus. »

Elle voulut dire que sur les cols blancs, on voyait effectivement tout parce que le sien était taché de rouge, mais elle voulut plutôt savoir :

« Qu'est-ce qui est noir encore ?

— Les histoires.

— Et blanc ?

— Un mariage, le mariage blanc.

— C'est quoi, un mariage blanc ? » Elle remonta les genoux sous le menton.

« Je te le dirai quand tu seras plus grande. »

Eddy se leva et se dirigea vers la porte.

« Je suis déjà grande !

— On en discutera quand tu seras comme moi », lança-t-il en fermant la porte.

Eddy n'expliqua jamais à Alia en quoi consistait un mariage blanc. Quelques dizaines d'années plus tard, elle en fit l'expérience elle-même.

Entre-temps, elle dut faire face à l'expression « Blanche ». Contrairement à ce qu'avait dit Mohamed Ali, ce mot n'avait pas du tout un sens positif. Il avait plus en commun avec la psychose blanche qui contenait aussi de la folie et du mépris.

L'éducation d'Alia sur ces questions passa par toutes les phases possibles. En guise d'abécédaire, la connaissance de la première Blanche. Considérée de façon différente par son père et les amis de son père, selon une gamme allant du dénigrement à l'admiration. Puis la connaissance d'une seconde Blanche qui fit basculer la vie d'Alia. La haine éprouvée contre elle. L'amitié qui en naquit. L'envie de porter secours. La douleur après ce qui se passa avec cette seconde Blanche.

Mais tout cela eut lieu plus tard.

Un beau jour, Mohamed passa chez Alia. Il vint un mercredi après-midi, quand ils n'avaient pas école. Il toqua doucement à la porte, de peur d'attirer sur le palier la grand-mère de Giovanni qui surveillait la vie de tous les habitants de l'immeuble. Rien ne pouvait lui échapper. Qu'aurait-on dit si on avait su que Mohamed voyait une fille, et par-dessus le marché, une Noire ?

Il se faufila dans l'appartement, se déchaussa et lui tendit un gâteau recouvert de sucre glace qu'avait confectionné sa mère. Il était encore chaud, la petite fille avait envie de mordre dedans, d'en casser le glaçage blanc et brillant, mais elle se retint. Elle aimait la mère de Mohamed, une femme silencieuse et gentille, mais ses gâteaux étaient si sucrés qu'Alia se sentait mal après en avoir mangé.

Elle s'était également sentie mal le mercredi précédent, quand Mohamed s'était tellement rapproché d'elle qu'elle avait senti l'odeur de sa transpiration. « Mohamed, Alia... Ensemble, on est comme Mohamed Ali », avait-il murmuré. L'entrée de l'appartement avait alors paru beaucoup trop exiguë à la fillette.

Elle posa le gâteau sur la cuisinière et se tint à distance de Mohamed.

« Tu veux boxer un peu ? » demanda-t-elle en montrant le sac dans l'entrée.

Mohamed se gratta la tête comme il en avait l'habitude lorsqu'il était nerveux.

« Je vais te montrer quelque chose », lâcha-t-il.

Ils dévalèrent les escaliers en silence pour que personne ne les remarque. Ce n'est qu'après avoir passé le coin de la rue qu'ils soufflèrent avec soulagement : les fenêtres de l'appartement de Giovanni ne donnaient pas de ce côté. Ils dépassèrent l'alimentation générale et remontèrent la rue des Becs.

« On va au terrain de foot ? » demanda Alia.

Mohamed fit non de la tête et tourna dans une ruelle étroite. Ils avancèrent jusqu'à un passage entre deux sombres murs de brique. Alia faisait le moins de bruit possible en marchant. Elle était intimidée par la vague d'échos retentissants que le moindre bruit créait à cet endroit. Un rat mort gisait derrière des escaliers. Quelques pas plus loin, Mohamed s'arrêta, tira un trombone de sa poche et le fit tourner dans un cadenas rouillé fixé à la chaîne d'une grille.

Ils se retrouvèrent aussitôt hors de portée des bruits de la ville. Alia jeta un regard incertain sur des groseilliers, des pommiers nains aux fruits difformes, des rhododendrons plantureux. Ils longèrent un chemin à l'ombre d'une haie de thuyas géométriquement taillés et dépassèrent successivement une fontaine où l'eau jaillissait de sous les pieds d'un garçonnet rondelet, la statue d'un cygne qui leur lançait un regard enjôleur et un obélisque à l'inscription à demi effacée recouverte de lierre.

Elle s'arrêta sur un signe de Mohamed. Au centre d'une pelouse dense et soigneusement tondue se dressait une villa à trois étages. Des colonnes blanches jetaient leur ombre sur une porte ornée d'un lourd heurtoir, les fenêtres arquées brillaient au soleil et le gazon était entouré de vieux chênes. Une épaisse haie dont dépassaient les pointes d'une clôture séparait la propriété de la rue.

Sur un côté de cette plate-bande verdoyante se dressait une balançoire. Une petite fille aux cheveux clairs s'y balançait, poussée par une femme vêtue de blanc. Alia ressentit une vague de bien-être. Le mouvement de la balançoire, les cheveux de la fillette chatoyant au soleil et le murmure de la fontaine donnaient envie de s'enraciner à cet endroit tout comme l'avaient fait les vieux chênes.

Mais Mohamed la pinça sous les côtes et lui fit signe de le suivre. Ils s'insinuèrent jusqu'à l'arrière de la propriété où poussaient de denses buissons surmontés d'une nuée d'insectes. Ils se glissèrent dans le premier rang de buissons et s'accroupirent. Quelque chose bruissa près d'eux. Mohamed montra la cage dans laquelle deux paires d'yeux les observaient – des lapins, un blanc et un noir, s'étaient immobilisés à leur vue, puis, un instant plus tard, se remirent à s'activer en heurtant leurs petits corps mous sans cesser de remuer le museau.

Mohamed écarta les branches ; devant leurs yeux apparut un coin du jardin gorgé de soleil et entouré de verdure des trois côtés. En son centre, une femme était assise sur une chaise longue. Le large bord de son chapeau lui cachait le visage. Mis à part le chapeau, elle était nue.

Alia entendit la respiration de Mohamed s'accélérer. Elle fit un mouvement, mais il la retint. Un lapin passa la porte vitrée de la véranda, suivi par une personne qui s'y arrêta, mais la marquise dissimulait sa silhouette. La femme tira son chapeau vers l'arrière, découvrant ses cheveux blonds. Elle dirigea son regard vers l'endroit où Alia et Mohamed étaient accroupis.

« Encore ces lapins », soupira-t-elle.

Alia leur jeta un coup d'œil. Ils se flairaient à présent avec ardeur en prélude à une parade nuptiale. Le regard de la fillette retourna se river sur la pelouse au moment précis où entre les cuisses de la femme apparaissait la main foncée de l'homme. Il avait dû quitter l'auvent pendant qu'Alia regardait les lapins. Il s'était assis au pied de la chaise longue et, d'un mouvement paresseux, massait le triangle pâle entre les jambes de la femme. Le soleil glissait sur ses doigts humides. Il tourna la tête, dévoilant son profil. C'était Eddy.

À la place d'un cri, ce fut un coassement qui sortit de la bouche d'Alia. Mohamed sursauta, il avait le regard hébété. La femme porta la main au-dessus du front, l'homme regarda dans leur direction, mais le soleil l'aveuglait.

Alia poussa la cage dans laquelle copulaient les lapins, sauta par-dessus les buissons et atterrit sur la pelouse.

« C'est interdit, ici, c'est une propriété privée ! » lui cria la femme en blanc.

Alia traversa le labyrinthe de thuyas et se jeta dans la rue, elle sentit le corps du rat sous son pied. Mohamed la rattrapa à la moitié de la rue des Becs.

« Toute la rue parle de ton père qui couche avec une Blanche ! » haleta-t-il.

Elle y alla jusqu'à la fin de l'été. Elle savait à quelle heure la femme en blanc sortait promener le chien aux poils beiges, elle la voyait ramasser ses crottes. Elle apprivoisa le chat qui, comme elle, rôdait illégalement dans le parc. Elle lui apporta un jour des restes de poulet, et lui la remercia en lui offrant une tête de souris. Elle apprit à éviter les toiles des araignées poilues et cessa d'avoir peur des chauves-souris ; elle se fondait si souvent dans cette obscurité qu'elle faisait presque partie de son monde. Elle ne tomba jamais sur Mohamed ; en revanche, il lui arrivait de tomber sur des couples qui couchaient ensemble dans le labyrinthe de thuyas.

Elle s'y glissait à la tombée de la nuit, quand sa mère s'endormait sur le sofa devant la télévision. Son père avait été absent tout l'été, il avait menti à Fourmi en disant que Bastien avait besoin de lui comme chauffeur pendant ses vacances en France. Il passait ses journées dans le jardin de la Blanche ou dans l'appartement attenant qu'elle louait aux propriétaires de la résidence. Le soir, des amis venaient les voir, la plupart d'entre eux étaient des couples mixtes. Alia les observait depuis sa cachette près de la cage à lapins et écoutait leurs conversations. Parfois, elle s'endormait pendant les récits des étrangers, mais elle n'en perdait pas grand-chose car lorsqu'elle se réveillait, le sujet des conversations était encore le même.

Au centre de ces réunions se trouvait la Femme. Elle était un champ de bataille, un crachoir, un trophée.

L'Afrique était une femme. La femme noire était la Femme. La Blanche l'était aussi.

L'Afrique était la mère, le berceau de la civilisation, et les femmes qu'elle avait mises au monde étaient fortes et exigeantes. Les femmes blanches étaient plus faibles, comme faites d'une autre glèbe. Pendant des siècles, elles avaient été privées de liberté par les hommes blancs, elles étaient comme des esclaves.

Les femmes noires demandaient aux hommes noirs combien ils gagnaient.

Les femmes blanches parlaient d'amour. On les aveugla pendant des siècles avec l'amour, on les nourrit d'histoires d'amour, l'amour devait leur suffire. L'amour, au lieu de leur propre argent.

Les femmes noires disaient : « Il n'y a pas d'amour sans argent. »

Les femmes blanches admiraient les hommes noirs parce qu'elles pouvaient les choisir elles-mêmes.

Les femmes noires étaient revêches.

Les femmes blanches étaient mielleuses.

Les femmes noires avaient des enfants des hommes noirs.

Les femmes blanches avaient l'argent des hommes blancs.

On conquérait les femmes soit avec l'amour, soit avec l'argent. La femme était un champ de bataille. Piétiné, labouré, sans cesse, à nouveau.

Cet été-là, derrière les buissons entourant la maison de la Blanche, la maîtresse qu'Eddy réconfortait après que Bastien l'avait quittée, Alia apprit que l'amour allait de pair avec la rancune, le désir avec l'avidité, et la sensibilité avec le désespoir.

La nouvelle concernant Mama Issa arriva grâce à la grand-mère de Giovanni. Elle courut jusqu'à l'appartement d'Alia pour annoncer qu'il y avait eu une fusillade dans un supermarché près de Nivelles. Eddy arriva justement à ce moment-là : il avait oublié ses papiers, Bastien l'attendait dans la voiture en relisant des documents pour son prochain rendez-vous. Fourmi se jeta sur son mari dès qu'il franchit le seuil. Mama Issa était partie rendre visite à des amis à Nivelles et, au retour, elle devait passer acheter des sardines et de la farine dans ce Colruyt qui était soi-disant moins cher que celui à côté de chez eux.

« Cette idiote d'Issa, elle est partie et maintenant ils l'ont abattue ! » commença à se lamenter Fourmi.

Eddy la regarda avec stupéfaction. Il n'arrivait toujours pas à comprendre comment elle avait pu devenir hystérique à ce point. Comme si elle avait acquis les traits de caractère des personnes qu'elle avait rencontrées ici. À présent, elle hurlait comme la mère de Giovanni quand celle-ci se disputait avec sa belle-mère.

« C'en est fini pour elle ! » La voix de Fourmi s'élevait dans les aigus. « Plus d'Issa ! C'est fini ! Et qui va m'aider avec tout ça, maintenant ?! »

Eddy fut pris de panique. Il saisit ses papiers, sortit de l'immeuble et cria à Bastien :

« Ils ont tué ma sœur ! »

Bastien lui prit les clefs des mains et l'installa sur le siège passager.

« Où ça ? » lança-t-il en démarrant.

L'histoire de ce qui se passa ensuite à Nivelles, Alia en entendit deux versions : une officielle et une autre, chuchotée avec fébrilité. Quand la porte se referma sur Eddy, Fourmi se planta devant la télévision. Cette fois, Alia la rejoignit car sa mère ne regardait pas une de ses séries, mais les actualités. L'information selon laquelle, le 17 septembre, trois personnes avaient été tuées par balle et un policier blessé devant le supermarché Colruyt, à Nivelles, passait en boucle. Mais elles avaient beau scruter les corps gisant sous les draps blancs, elles ne virent nulle part les cheveux noirs de Mama Issa.

Alia ne les aperçut que le soir. Elle faisait le guet à la fenêtre après avoir laissé sa mère devant la télévision. Elle reconnut de loin la voiture que conduisait son père. Quand il se gara, elle se pencha si fort qu'elle faillit tomber. Elle ne se recula que lorsqu'elle vit Mama Issa sortir de la voiture, soutenue avec prévenance par Bastien. Alia eut peur qu'elle soit blessée, elle se répéta les informations de la télévision qui ne collaient pas avec ce qu'elle voyait en bas : trois morts et un blessé, mais un policier. Que s'était-il passé avec sa tante pour que Bastien la conduise ainsi ? Elle n'était pas morte, et elle ne pouvait pas non plus être blessée.

Le mystère s'éclaircit le soir, une fois Bastien parti. Alia était dans l'entrée et regardait à travers la porte entrouverte de la cuisine. Son père interdisait à sa sœur d'avoir une liaison avec son employeur, qui changeait de femme plus souvent que de voiture. Et même s'il était généreux avec ses maîtresses, il leur brisait le cœur à toutes, si bien qu'Eddy devait les réconforter, ensuite.

« Et comment je pourrais te réconforter, toi ?! » Il faisait des allers-retours dans la cuisine et finit par jeter ses allumettes par terre.

« J'en ai rien à foutre de son argent ! cria Mama Issa.

— Il a une femme, un enfant ! Et au moins quarante-cinq ans.

— Il y a eu une petite étincelle entre nous, tu as bien vu…

— Tu ne peux pas devenir une Lily. » Eddy s'efforçait de prendre une cigarette, mais le paquet lui tomba des mains. « Tu n'as pas idée de combien il en avait à Kinshasa… Et combien ici !

— Ce n'est qu'un café, il m'invite à boire un café après le travail demain, c'est tout.

— Tu ne peux pas être une Lily ! » cria Eddy en écrasant d'un pied les cigarettes, de l'autre les allumettes.

Pourtant, Bastien devint un hôte régulier de la maison de son chauffeur. Mama Issa décida de paraître inaccessible et de ne pas l'inviter chez elle, Bastien était donc obligé de réaliser sa parade nuptiale en présence de chaperons : Eddy, sa femme et ses enfants. Fourmi, enchantée, laissa tomber ses séries. Ce qui se passait sous son toit était bien plus passionnant.

Mama Issa, infirmière de trente-huit ans au caractère difficile et au charme garçonnier, devint l'objet des soupirs (selon la terminologie de Fourmi tirée des séries télévisées américaines) d'un homme d'affaires de quarante-cinq ans, au redoutable tableau de chasse de conquêtes sexuelles. À la surprise générale, la stratégie de Mama Issa qui consistait à se rendre inapprochable, si elle fut d'emblée décelée par ce vieux loup de Bastien, fonctionna. Il savait à quoi il jouait, mais il n'en sombra pas moins. Il se comportait à la fois comme un adolescent amoureux et un vieillard libidineux : il offrait à sa bien-aimée tantôt des fleurs, tantôt des perles. Il devait ensuite rendre les bijoux au magasin car Issa se vexait des preuves matérielles de sa supériorité financière. Elle préférait aller avec lui au théâtre ou à des concerts, ce qui le déstabilisait. Il n'avait pas pour habitude de se montrer avec ses maîtresses, il les logeait dans des garçonnières et ne les voyait que là. La simple allusion à la perspective de faire sortir Issa de son sous-sol pour lui louer « un joli petit appartement » avait failli lui coûter la perte de sa bien-aimée. Elle lui fit toute une leçon sur le fait d'acheter les femmes, sur les marques du racisme et l'esclavage sexuel contemporain. Elle lui signala qu'il avait affaire à une femme indépendante qui méritait l'amour, une femme qu'il devait respecter. C'est alors qu'elle ficha ses longs doigts sur ses hanches et agita le nuage de ses cheveux, et lui n'osa pas poser son regard là où il regardait d'ordinaire ses maîtresses qui avaient moins de principes.

Il voyait pour la première fois une de ses conquêtes dans une situation qui ne se limitait pas à servir sa propre personne. Mama Issa ne lui épargnait aucune des scènes qui constituaient le quotidien familial : elle essuyait le nez de Joe, poussait Alia à faire ses devoirs, descendait les poubelles, raclait les restes de viande sur les carcasses de poulet. Elle l'entraîna dans des tâches prosaïques, et lui les réalisait avec le sourire bêta d'un amoureux qui donnait de l'espoir à Issa mais ne trompait pas son frère.

Eddy s'inquiétait, même s'il appréciait le fait que Bastien essayât de rester politiquement correct et ne les offensât qu'involontairement. Son employeur s'intéressait à ce que faisait, disait, lisait et ressentait Mama Issa, et si d'aventure un mot d'amour pour son « petit chocolat » lui échappait, le racisme, le sexisme et le paternalisme de ces expressions n'étaient qu'inconscients, même si elle relevait immédiatement ses propos. Mama Issa avait pour mission l'éradication de tous ces « -ismes ». Bastien faisait preuve de bonne volonté et, en théorie, intégrait volontiers ces nouvelles connaissances. En pratique, cependant, ses vieilles habitudes ressurgissaient de temps en temps et il laissait échapper des expressions du type : « Chez vous dans la brousse » qu'il essayait aussitôt de rattraper avec un sourire gêné.

Les dîners se transformèrent en repas de fête et la maison se remplit, bien qu'il n'y eût en réalité qu'une seule personne de plus. Eddy raviva ses histoires, même si elles demeuraient bancales.

« Cette histoire s'intitule *Le monde est plein de fourberies* », annonça-t-il un soir d'octobre.

Il s'installa de telle sorte que le soleil couchant pose ses reflets rougeâtres sur son crâne rasé.

« *Un beau jour, un jeune homme arriva dans un village.*

— Un village ? l'interrompit Bastien. Tu racontes une histoire de village, maintenant, toi, le barde des villes ?

— Tu vois à quoi on en est réduit. » Eddy laissa tomber sa tête sur la poitrine. « Cette ville ne m'inspire pas ! Cette histoire vous sera contée par moi, Eddy de… » Il fit un geste de la main puis se plaça de profil au soleil couchant. « *Le jeune homme alla voir le chef du village, et celui-ci lui dit : "Choisis une femme qui te plaît, et prends-la pour épouse." Le jeune homme n'hésita pas et désigna la fille du chef du village. Il la prit pour épouse, la jeune femme tomba rapidement enceinte et lui donna un enfant. Elle s'occupa tant de l'enfant qu'elle n'eut plus de forces pour son mari, celui-ci se mit donc à aller voir la voisine. Quand le chef du village l'apprit, il fit appeler son gendre. "Que fais-tu donc ? N'as-tu pas assez d'une seule femme ?" Le gendre le regarda avec effronterie. "Ne dois-tu pas ta force au fait que tu as tant de femmes et qu'elles t'ont donné de nombreux enfants ?" demanda-t-il. "Mais moi, je suis le chef !" rétorqua le vieil homme en bombant fièrement le torse. "Tu l'es précisément parce que tu as une nombreuse descendance. Tu ne vois pas ce qui vient en premier ? L'ardeur des sens vient avant le pouvoir, elle lui trace le chemin, et non l'inverse", répondit le gendre.*

— Hum, pas sûr…, ne put s'empêcher de commenter Bastien. Tu n'as pas idée à quel point les femmes raffolent du pouvoir.

*— Le jeune homme fit un enfant à la voisine et, peu après, il fit un deuxième enfant à sa femme. Pendant que les deux s'arrondissaient en même temps, il se tourna vers une troisième femme. Le chef du village n'en pouvant plus d'entendre les lamentations de sa fille, fit appeler son gendre derechef. "Deux, ce n'est pas assez, tu vas courir après toutes les femmes du village ?" Mais le gendre hocha la tête. "Et toi, que faisais-tu quand ta femme était enceinte ? répliqua-t-il. Un homme bon ne fatigue pas sa femme qui doit lui donner un descendant."*

— Quelle ruse ! s'amusa Bastien.

— C'est justement ce que je ne comprends pas, ici. » Eddy s'éloigna de la fenêtre car le soleil venait de se coucher. « Fourmi avait tellement envie, quand elle était enceinte, que je n'avais pas de force pour quoi que ce soit d'autre.

— Coucher avec une femme enceinte ? » Bastien était perplexe. « Chez nous, ça ne se fait pas.

— Comment ça ? Mais les femmes ont justement envie à ce moment-là, et à l'intérieur elles sont…

— Ça suffit avec ces âneries. » Mama Issa alluma la lumière, ruinant ainsi l'atmosphère propice à la confession.

Elle était coiffée d'un turban tissé de fil argenté qui la rendait encore plus grande.

« Prêtresse de la lune. » Un sourire bête apparut sur le visage de Bastien.

« Vous parlez de vos cochonneries, et la petite écoute. » Elle désigna Alia, assise dans un coin de la cuisine, dont ils avaient complètement oublié la présence.

Eddy lança en vitesse :

«*Et c'est là que se termine l'histoire que j'ai retracée pour vous. C'est ici que je l'interromps, moi, Eddy de…*

— Au lieu de radoter sur les crapuleries des hommes ou les nids-de-poule à Kinshasa, tu pourrais raconter à Alia l'histoire du Congo, grogna Mama Issa. Ce qui s'est passé avant que le roi Léopold II, ce “grand voyageur”, ne se mette à couper les mains de nos ancêtres.»

Bastien s'agita. Après un silence gêné, il sortit de sa poche une boîte plate et la tendit à Mama Issa.

«Je sais que les cadeaux te vexent, mais j'ai vu cette petite merveille aujourd'hui et je n'ai pas pu résister. Tout comme je n'ai pas pu te résister à toi.»

Mama Issa déballa le cadeau avec méfiance. Une tiare argentée incrustée d'un croissant de lune entouré de cristaux en forme d'étoile étincelait sur un fond de velours bleu.

«Pour la reine de mes nuits», chuchota Bastien avant de sursauter en sentant Fourmi regarder par-dessus son épaule.

Vêtue d'un T-shirt blanc et d'une longue jupe, des mules à petits talons aux pieds et une perruque blonde sur la tête, Fourmi jetait un regard envieux sur la tiare. Elle attrapa la boîte et la ficha sous le nez d'Eddy.

«Tu vois ?! Quand un homme aime une femme, il lui offre des cadeaux précieux ! Et toi, hein ?»

Eddy hocha la tête comme pour la féliciter d'avoir élargi son vocabulaire à l'adjectif «précieux». Elle s'imprégnait de couleurs européennes, même si la forme que prenaient ses lèvres tandis qu'elle admirait le cadeau de Bastien rappelait plutôt une héroïne de série brésilienne.

Fourmi plaça la tiare sur sa perruque. À cet instant, Issa se ranima et attrapa la tiare, mais celle-ci s'était enfoncée dans les faux cheveux, si bien que Mama Issa se retrouva la perruque à la main, déconcertée. Bastien tressaillit, Eddy se mit à dire « Ça va, ça va », comme s'il calmait un cheval. Sa sœur tenta de démêler la tiare de la perruque puis finit par tout jeter par terre.

« Tu as vu ce que tu as fait ? cria-t-elle à Bastien.

— Moi ?

— Tu vois ce qu'il a fait ? » Fourmi interpellait Eddy.

« Eh bien quoi ?

— Ça ! » crièrent en chœur Mama Issa et Fourmi.

D'un seul et même geste, elles désignaient le sol, mais la tiare et la perruque y avaient disparu. On entendit le ricanement diabolique de Joe depuis le salon. Mama Issa se précipita hors de la cuisine. Elle revint un instant plus tard, remit la tiare dans son écrin tapissé de velours et la tendit à Bastien.

« Ramène ça tout de suite où tu l'as acheté. »

Pendant ce temps, Eddy restait planté devant Fourmi et l'observait comme s'il la voyait pour la première fois.

« J'aime tellement quand tu as tes cheveux naturels », dit-il.

Pendant l'hiver, Alia n'allait pas dans le jardin de la Blanche car les fenêtres de la terrasse étaient fermées et ses chaussures laissaient des traces dans la neige. « La neige aussi est blanche », pensa Alia en observant les mystérieuses stalactites suspendues à l'abribus où elle attendait le bus pour l'école.

Cet hiver-là, elle avait découvert que les déclarations des adultes étaient comme la neige : au début, dans les intentions, elles étaient propres, mais elles se salissaient bien vite de leurs actes. La bonne volonté s'évaporait, les émotions fondaient ou se transformaient en flaques boueuses. Il n'en restait plus rien au printemps.

Elle comprit aussi que cette fonte allait de pair avec l'incrédulité. Douloureuse comme un souffle de vent glacial, comme une grêle soudaine, une pluie cinglante. Les épaules rentrées, les mains gelées, le nez rouge – voilà ce qu'il en restait.

« Et moi qui voulais te montrer que l'amour existait », sanglotait Mama Issa cinq mois après « l'étincelle » qu'il y avait eu entre elle et Bastien.

À partir des conversations et des scènes épiées, des allusions de sa tante et de son père, Alia recréa cette première histoire d'amour vue de près.

Le début fut véritablement digne d'un film : une voiture rouge déboula en trombe sur le parking du Colruyt, à Nivelles, freina en faisant crisser ses pneus, et Eddy bondit de la voiture. Bastien fit claquer la portière côté conducteur et courut vers les policiers. Une fois qu'il eut échangé quelques mots avec eux et leur eut montré ses papiers, ils le laissèrent passer là où les autres n'avaient pas accès. Il était sur le point de se pencher sur le premier des trois corps couchés sur l'asphalte lorsqu'il se rendit compte qu'il ne savait pas à quoi ressemblait la sœur de son chauffeur. Il fit signe à Eddy, mais celui-ci s'était précipité dans la direction opposée, vers la foule de badauds qu'un ruban de police séparait de la scène de crime. Il prit une personne dans ses bras et ne la lâcha pas, même lorsque Bastien les eut rejoints.

« Voilà Issa. » Eddy s'écarta de la femme qui était pratiquement de sa taille, plus mince que lui, et dont le visage était auréolé de cheveux noirs.

Par réflexe, Bastien la détailla du regard jusqu'aux pieds – il n'avait jamais vu de si longues jambes. Il remonta ensuite le long du jean moulant, de la chemise blanche qui y était glissée, de la veste en daim, jusqu'au visage dans lequel les émotions se reflétaient comme dans un miroir. Mama Issa lui dit plus tard qu'il l'avait observée comme on examine une jument sur un marché. « Mes jambes, mon ventre, ma poitrine, tu ne regardais que ça », le taquinait-elle, avec toutefois une note plus sérieuse dans la voix ; c'était là un des « -ismes » qu'elle essayait de déconstruire pour qu'il apprenne à les reconnaître. « J'ai vu tes yeux, et en eux, ton âme, lui assurait-il avec ardeur. Et ta chatte. »

Bastien venait presque tous les jours avec Eddy après le travail et restait dîner chez eux. Au début, le simple fait de regarder Mama Issa lui ôtait toute son éloquence. Cette phase passa rapidement pour laisser place à une fascination mutuelle. Au début, il traitait Mama Issa comme ses maîtresses précédentes, il disait par exemple, par habitude : « Ne te casse pas ta jolie tête pour ça. » Mais Mama Issa le dressa comme un chien, jusqu'à ce qu'il fasse attention à chaque tournure de phrase, chaque mot, qu'il en filtre tous les « -ismes ». Il ressortait de cet effort en sueur, mais heureux. L'estime de la famille d'Eddy pour ses progrès dans la lutte contre les ornières de pensée qu'il avait rapportées de la maison, de l'école, de l'air que respiraient les hommes blancs, le flattait.

Mama Issa se reprocha plus tard d'avoir été trop sévère avec lui. Il lui en imposait par ses connaissances, son esprit d'entreprise, il la séduisait avec son humour. Elle aurait dû l'accepter comme il était, s'ouvrir à cet amour et laisser ses bizarreries de côté.

« Et le fait qu'il t'ait présentée comme la sœur de son chauffeur, alors que chez nous il t'appelait la déesse de la lune, tu appelles aussi ça une bizarrerie ? » avait grogné Eddy.

Il ne se souvenait que trop bien de l'affaire qui avait alors éclaté. La première sortie au théâtre de Mama Issa et de Bastien s'était terminée par une rupture. C'est elle qui avait insisté pour qu'ils aillent au théâtre et ne se contentent pas de discuter chez Eddy et Fourmi ou de faire l'amour dans son sous-sol. Ils étaient tous les deux intelligents, ils pourraient très bien être des amants qui s'inspirent mutuellement, plutôt que des amants qui n'échangent que des liquides organiques.

Bastien acheta donc des billets pour une pièce et commanda un taxi, parce que Eddy ne pouvait décemment pas les y emmener. Devant le théâtre, ils tombèrent sur des amis de Bastien et de sa femme. Bien que, à tout hasard, il se fût préparé à une explication habile (« C'est ma collègue »), il perdit la tête à leur vue et au lieu de ça dit : « C'est la sœur de mon chauffeur. » Le visage de Mama Issa se décomposa, puis elle fit une sorte de révérence dans laquelle, plutôt que de la soumission, transparaissait l'ombre d'une menace.

«Je vous remercie de m'avoir déposée», dit-elle en tournant les talons.

Eddy se souvenait de la semaine qui suivit cet incident comme d'un véritable cauchemar. Mama Issa cessa de venir les voir. Elle ne répondait plus au téléphone, sortait de l'hôpital par les portes de derrière pour éviter Bastien. Celui-ci fatiguait Eddy en le suppliant de le mettre en contact avec sa sœur et refusait de comprendre qu'elle avait également coupé les ponts avec son frère.

«On ne va tout de même pas encercler l'hôpital.» Eddy tentait de ramener son employeur à la raison.

Il s'était lassé de ce sujet, des pensées rétives galopaient dans son esprit en une suite d'associations atypiques : hôpital encerclé – cordon sanitaire – État tampon – la Belgique, et avant cela le royaume des Pays-Bas, créé au Congrès de Vienne, en 1815, comme tampon entre la France et l'Angleterre. La Belgique, issue du royaume des Pays-Bas après l'insurrection de 1830, était censée unir les Flamands et les Wallons, les catholiques et les protestants, des personnes parlant différentes langues. Et tout cela sous le règne du roi Léopold dit le Premier, nouvellement élu. Soixante-dix ans plus tard, pendant la conférence de Berlin, des crayons à papier divisèrent la carte de l'Afrique, donnant naissance à des colonies dessinées à la règle.

«... on ne se serait pas rencontrés», dit Bastien depuis le siège arrière.

Eddy hocha la tête. C'était vrai, sans le fils de Léopold, qu'on appela en toute logique Léopold II, ils ne se seraient jamais rencontrés. Ils n'auraient jamais été assis dans la même voiture. Qui sait d'ailleurs si autant de voitures auraient jamais circulé. On sait bien qu'au début du XXe siècle, quand Dunlop inventa le pneu, la plus grande partie du caoutchouc provenait du Congo, alors colonie belge.

« … demander sa main ? » s'emportait Bastien, nerveux.

Eddy ralentit aux feux et ferma les yeux un court instant. Les hommes du roi Léopold firent des Congolais des esclaves en leur ordonnant de les approvisionner en caoutchouc. Certains leur coupaient les mains pour ne pas avoir fourni leur part.

« … il y a des limites ! » Bastien se frappa la cuisse et Eddy passa la première.

Des limites avaient été fixées sur la carte du vaste continent africain, mais pas dans la tête de ses habitants. Ils ne les respectaient pas et cessèrent de se respecter les uns les autres. À cause de divisions internes et de la domination étrangère, ils perdirent leur foi, l'histoire de leurs ancêtres, leurs racines. C'est pourquoi Eddy, lui, devait les leur rappeler comme il le pouvait, même si cela ne concernait que sa Kinshasa chérie. C'est à ce moment-là qu'il s'aperçut qu'il désignait sa ville ainsi.

« … chérie », sanglota Bastien depuis le siège arrière.

Eddy s'arrêta sur le bas-côté, il ne pouvait plus conduire. Ils ravalèrent tous deux leurs larmes en silence, aucun ne voulant rien laisser paraître aux yeux de l'autre. Au bout d'un long moment, Bastien toussota.

« Je n'arrive pas à m'imaginer que je ne reverrai plus jamais Issa, dit-il. Mais je ne vais tout de même pas lui demander sa main ! Même si la vérité, c'est qu'aucune Lily n'a été aussi proche de moi, aussi… chérie. »

Mais Eddy était déjà à six mille deux cent vingt-trois kilomètres de là en pensée. Il avait devant lui le fleuve Congo le long duquel s'étendait la tranquille Brazzaville, et sur l'autre rive, la vibrante Kinshasa.

« Chérie », répéta Eddy après son employeur, puis il posa la tête sur le volant.

Les sentiments de Bastien finirent par se frayer un chemin à travers les couches de fierté de Mama Issa, et son ardeur se révéla contagieuse. Mama Issa elle-même vouait à présent à son amant ce type d'admiration qui imprime sur le front des femmes les mots « mon homme ». Ses priorités dans la vie ne furent pas sacrifiées à son amour, il n'était donc pas question que Bastien « l'aide » financièrement en échangeant son sous-sol pour un endroit plus convenable. Elle soulignait son attachement à son travail, ce qui l'incita à se projeter dans un avenir brumeux où Bastien quitterait sa femme, avec laquelle il ne couchait plus depuis des années, et emménagerait avec elle. Il sentait en lui la force d'un tribun de la plèbe. Il fantasmait en se disant qu'avoir une femme noire serait positif pour son image, s'il voulait « faire quelque chose pour les gens ».

Sous l'influence des déclarations de Bastien, le système de défense de Mama Issa commença à céder. Alors qu'avant, tenant à son indépendance, elle s'offusquait au simple mot de « mariage », à présent elle pouvait s'imaginer dans le rôle d'épouse. Quelque chose changea dans la posture de son corps, dans son regard, son port de tête. Cela donna de l'assurance à Bastien, et ôta un peu de son arrogance à elle. Elle l'approuvait plus souvent dans ce qu'il disait, elle se référait à lui – Bastien ceci, Bastien cela – si bien que Fourmi se prit à se moquer d'elle.

Mama Issa se mit à rêver d'un enfant. Ce qu'avait balbutié Bastien au tout début de leur relation, qu'il pourrait en avoir un avec elle, même si en vérité il se sentait déjà comblé du point de vue de la paternité, l'enhardit. Cette phrase s'était ancrée en elle, son corps commençait à s'adapter à cette idée. Les jours où elle était fertile lui lissaient la peau, éclaircissaient son regard, calmaient son tempérament, tout cela dans le but de sentir en elle les gouttes porteuses de vie de la jouissance amoureuse. Bastien devait ressentir ce changement en elle. Alia entendit alors les premières déclarations de Bastien faire place au « discours de raison ». Comment Issa s'imaginait-elle cela : une infirmière noire, célibataire et enceinte ? Ils la renverraient ! Ils regardaient déjà de travers sa coupe afro qu'elle ne voulait ni lisser ni attacher, et ses turbans n'allaient pas avec sa blouse blanche.

Issa ne discuta pas le terme de « célibataire ». Sa fierté lui dit que, si quelqu'un pouvait changer son statut, ce devrait être Bastien. S'il ne le sentait pas, la seule chose qu'elle pouvait faire était d'attendre, mais pas de réclamer. Elle n'aurait pas supporté un refus. Elle serrait les poings comme Eddy lorsqu'il s'approchait du sac de boxe, elle frappait sur ses pensées – sur l'obstination de Bastien, sur les normes sociales, sur sa maudite fierté. Elle se répétait comme un mantra : « Noire ou pas noire, j'aurai un enfant, si je le veux. Et je l'élèverai, célibataire ou pas. »

Un jour, Alia vit sa tante prendre sa température et noter quelque chose dans un carnet. Quand Mama Issa alla aux toilettes, Alia jeta un œil sur son carnet. Elle y vit une courbe sous laquelle avait été écrit : « jours fertiles ».

Le grand changement fut, comme toujours, déclenché par une bêtise.

« Je ne veux pas de pondu. » Joe jeta sa fourchette.

Mama Issa fronça les sourcils. Dernièrement, elle avait de plus en plus souvent l'air d'un complotiste en plein conseil avec lui-même.

« Je n'en mangerai pas ! J'en ai marre, du pondu », grimaça le petit garçon.

Mama Issa quitta la cuisinière pour se planter devant lui.

« Qu'est-ce qui ne va pas, encore ? Tu n'aimes pas le dîner ? »

Ces derniers temps, elle avait encore moins de patience que d'ordinaire. Elle posa son regard sur Alia qui trifouillait paresseusement son riz de la pointe de sa fourchette.

« Et toi ? demanda-t-elle, menaçante.

— Je n'ai pas faim. » La petite fille haussa les épaules.

La tante la regarda, sceptique.

« Après toute une journée à l'école, tu n'as pas faim ?

— Ben, c'est vrai qu'il y a tout le temps du riz à manger. » Bastien se joignit à la conversation.

Il avait pris l'habitude de commenter, bougon, les initiatives d'Issa.

« Hier, ils ont eu des spaghettis à la bolognaise, lui rappela-t-elle.

— Mais avant-hier, du riz. Et tout le reste de la semaine aussi », grommela-t-il.

De dessus son assiette, Alia observait tantôt l'un, tantôt l'autre. Ils se regardaient différemment, désormais. Sans cette brume qui attirait les coups d'œil envieux des autres, comme s'ils avaient gagné au loto. À présent, ils avaient l'air d'avoir dilapidé tout leur trésor. Alia regardait le profil de ces deux personnes qui ne se voyaient l'une l'autre que trop nettement. Quand ce changement était-il survenu ? Elle n'en avait aucune idée, même si elle les étudiait depuis le début de ce processus mystérieux que Fourmi appelait l'amour.

Mama Issa dut se sentir elle aussi désorientée, car elle se tenait au milieu de la cuisine sans savoir quoi répondre.

Elle finit par détourner le regard pour le poser, accusateur, sur Alia.

« Avoue que tu as acheté des sucreries après l'école !

— Je n'ai rien acheté…

— Je t'ai vue manger des pralinés », murmura Joe. Il venait de faire un puits dans son pondu avec sa fourchette.

« Des pralinés ? » Mama Issa s'empara de la fourchette du garçonnet et la pointa sur Bastien. « Tu y es pour quelque chose ? Elle ne se les est tout de même pas achetés toute seule !

— J'aime faire des cadeaux. » Bastien gonfla ses joues.

« On n'a pas le droit de donner des sucreries aux enfants avant le dîner !

— Et pourquoi ça ?

— Parce que c'est antipédagogique ! Et mauvais pour la santé. Tu veux qu'elle ait des caries, c'est ça ? Comme la plupart des Belges ? »

Bastien se leva, fit un salut et prit sans un mot la direction de la porte.

« Où vas-tu ? » Mama Issa se précipita derrière lui, la sauce verdâtre de la fourchette qu'elle tenait toujours tomba sur le seuil de la cuisine. « Attends. »

Mais Bastien venait de refermer la porte derrière lui.

Ce soir-là, quand Alia entra dans la salle de bains pour se laver, elle tomba sur Mama Issa. Elle était assise sur les toilettes, le jean descendu aux genoux, et elle tenait quelque chose de rouge et blanc. Alia pensa d'abord que c'était un marque-page.

« Retourne-toi, dit la tante en la voyant.

— Pourquoi tu pleures ? » demanda Alia.

Mama Issa ne répondit pas, Alia se retourna face au mur. Elle entendit sa tante remonter son pantalon et tirer la chasse d'eau.

« Tu t'es blessée ? demanda Alia.

— Non, j'ai mes règles. Tu sais ce que c'est ? »

Alia fit non de la tête.

« Chaque femme saigne une fois par mois pendant quelques jours. Ça s'appelle les règles, expliqua Mama Issa.

— D'où vient le sang ?

— De la chatte.

— Ça fait mal ?

— Des fois.
— C'est pour ça que tu pleurais ? » demanda la petite.
Mama Issa ne répondit pas.
« Toutes les femmes ont ça ? insista Alia.
— Sauf celles qui sont enceintes. Et celles qui ne peuvent plus avoir d'enfants.
— C'est vrai que toutes les femmes saignent tous les mois ?...
— Toutes celles qui ne sont pas tombées enceintes. »
Mama Issa se remit à pleurer.

Plus tard le même soir, Alia se faufila dans l'entrée pour écouter la conversation entre sa tante et son père. Par la porte entrouverte, elle voyait Mama Issa appuyée sur le rebord de la fenêtre, fumant nerveusement une cigarette. Eddy faisait tourner sa petite cuillère dans une tasse. Avant d'aller dormir, il avait pour habitude de boire du lait chaud dans lequel il trempait un biscuit.
« Il s'est lassé de moi. » Mama Issa lâcha une boucle de fumée vers le vasistas. « Je le sens. »
Eddy ne répondit pas ; elle ajouta donc dans un murmure :
« Et moi, je l'aime. »
Quand elle fut rentrée dans sa chambre, Eddy ouvrit la porte et s'assit sur le lit d'Alia. Pendant un moment, ils écoutèrent tous les deux les bruits de la télévision qui leur parvenaient de l'autre côté du mur et la respiration régulière de Joe.
« Que va-t-il se passer avec Mama Issa ? » demanda Alia.

Mais Eddy se contenta de hocher la tête, comme s'il contestait quelque chose. Puis il se mit à raconter une histoire. Ces derniers temps, il n'ouvrait plus ses récits par son habituelle phrase : «Cette histoire, c'est moi, Eddy, conteur de Kinshasa, qui vous la raconte», comme s'il se détachait de ses histoires, comme s'il indiquait qu'elles ne lui appartenaient pas. Qu'il ne les avait pas créées, mais ne faisait que les transmettre, anonymement.

«Ce sera une histoire que j'ai entendue dans un village congolais. *Il était une fois une fille qui n'aimait pas être parmi les gens. Elle aimait sortir du village, s'allonger sous un arbuste et écouter le silence et les serpents passer. Un jour, elle s'endormit, et quand elle se réveilla, elle sentit quelque chose bouger dans son ventre. Elle rentra à la maison, mais ces mouvements ne s'arrêtèrent pas. Son ventre grossissait de jour en jour, jusqu'à ce que les gens se mettent à parler et à demander qui était le père de cet enfant.*

«*"Ce n'est pas un enfant, mais un serpent qui s'est glissé dans mon ventre", répondait-elle, mais personne ne la croyait.*

«*Son ventre s'arrondissait, la fille avait de plus en plus de mal à marcher, si bien que sa mère lui fit boire un bouillon en espérant que celui-ci la guérirait.*

«*"Qui est le père ? Dis-nous qui t'a fait ça, demandaient inlassablement les voisins.*

*— Un serpent. Je vous le prouverai, mais vous devez venir avec moi", répondit-elle enfin.*

«*Elle se mit en route et ils la suivirent. Elle arriva à l'endroit où elle avait l'habitude de s'allonger et s'accroupit sous l'arbuste. C'est alors qu'un serpent sortit de son ventre.*

«*Et l'histoire s'arrête là, voilà !*»

Alia regardait, bouche bée, le profil de son père qui se dessinait sur le mur blanc.

«Eh oui», murmura-t-il enfin, embarrassé, après quoi il ajouta : «*Cette histoire est difficile à comprendre, parce que personne ne sait par quel miracle le serpent entra dans le ventre de la fille ni pourquoi il se décida à en sortir et à se présenter au public qui s'était réuni. On savait juste que ça s'était passé après que la mère lui eut fait boire le bouillon. Morale de l'histoire : attention à ce que tu donnes à boire à ton enfant !*»

Sur ce, Eddy embrassa sa fille et sortit de sa chambre.

La dernière dispute de Mama Issa et de Bastien changea la vie d'Alia. Elle eut lieu après le spectacle d'une performeuse américaine qu'ils étaient allés voir ensemble. Bastien était l'un des seuls Blancs et l'un des plus âgés dans le public de ce nouveau club situé à l'arrière d'une rue commerçante. L'immeuble était un échec du point de vue de l'architecture, mais son contenu artistique était censé compenser sa laideur. Selon Bastien, il ne le compensait pas du tout. Pour lui, la performeuse était une bonne femme grossière, et toute la représentation n'était qu'une farce prétentieuse à la Serge Gainsbourg. Mama Issa soutenait mordicus que Black Sphinx, Américaine au sang haïtien, portugais, indien et russe, était la précurseuse d'une nouvelle tendance et contribuait largement à la lutte pour la libération des femmes.

«Elle fume, elle boit et elle hurle sur scène. C'est ça, ta nouvelle tendance ? s'emporta Bastien. En plus, elle est raciste. Elle dit que les Blancs n'ont jamais rien fait d'intéressant dans leur culture et que c'est pour cela qu'ils doivent puiser dans la culture noire.

— Mais il ne faut pas prendre ça à la lettre ! La blancheur, c'est un concept, un ensemble de privilèges dont profitent les Blancs. Quand tu entres dans un magasin, les vendeuses t'accueillent comme un roi. Quand moi j'y entre, elles me suivent pour vérifier si je ne vole rien. C'est ça qui nous différencie, dit-elle en désignant sa peau sur son bras.

— Je n'aime pas les artistes qui montent les gens les uns contre les autres. » Eddy entra dans la conversation. « C'est facile de créer des antagonismes, mais c'est plus dur de trouver ce qui lie les gens.

— Parce que c'est ennuyeux, le soutint Bastien. Les gens préfèrent les énoncés en noir et blanc.

— L'art devrait être au-dessus de tout ça. » Eddy hocha la tête.

« Mais puisque je te le dis : ce n'était pas de l'art, ça, grogna Bastien.

— C'est la colère de plusieurs générations qui parle à travers elle, s'éleva Mama Issa.

— Une plouc, et c'est tout ! » Bastien fit un signe de la main.

De cette conversation Alia retint encore Mama Issa qui cria :

« Tout ce qui vient de vous, les Blancs, est "classique" ! La musique est classique, la littérature est classique. Et ce qui vient de nous, c'est du folklore. Quand les auteurs blancs écrivent sur l'Afrique, on les admire pour leur ouverture au monde. Mais quand les

Noirs écrivent sur l'Europe ou les États-Unis, on les critique en disant qu'ils imitent les écrivains blancs. »

Se doutant qu'Alia les écoutait, elle passa au flamand. Elle pensait que la petite n'en comprenait pas grand-chose, mais elle sous-estimait l'éducation de la rue.

« Regarde mon frère : il crée de la littérature classique africaine, parlée. Mais pour toi, il n'est qu'un chauffeur ! »

Bastien regarda Mama Issa de travers, tel un perroquet dur d'oreille.

« Je préférais quand tu parlais trois mots de flamand, dit-il lentement. Maintenant tu parles trop. Et ce n'est plus intéressant. »

Alia retint cette phrase pour toujours. Des années plus tard, elle entendrait une autre version, tout aussi annonciatrice de catastrophe dans une relation amoureuse : « Tu ne m'inspires plus. »

Bastien rompit définitivement avec Mama Issa le premier jour de l'été 1984. Alia retint cette date car, ce jour-là, une guêpe la piqua alors qu'elle rentrait de l'école. Elle arriva à la maison avec l'oreille enflée, ce que la mère de Giovanni, qui monta dans l'ascenseur avec elle, commenta sèchement :

« Ton père t'en a collé une ?

— Papa ne me bat pas, rétorqua Alia, fâchée.

— On ne me la fait pas, à moi, grogna la voisine. Ils sont tous pareils ! »

La mère de Giovanni descendit de l'ascenseur et Alia continua à monter en ravalant ses larmes. Mama Issa ouvrit la porte, en pleurs elle aussi. On entendait la voix de Fourmi du fond de l'appartement, qui débitait visiblement un monologue depuis un moment.

«… Je te l'ai pourtant dit tant de fois : prends soin de toi ! Mais rien n'y a fait.

— Arrête au moins devant la petite ! répliqua en criant Mama Issa, avant de se tourner vers Alia.

— Il t'a laissée tomber parce que tu es noire, bougonna Fourmi. Si tu t'étais fait blanchir la peau… »

Mama Issa interrogeait Alia du regard. Les traits de son visage se durcirent.

« Qui est-ce qui t'en a mis une ?

— Personne. Une guêpe m'a piquée », répondit Alia, sentant de nouveau les larmes lui monter aux yeux.

Mama Issa sortit un mouchoir du paquet qu'elle tenait à la main.

« Aujourd'hui, c'est le premier jour de l'été », sanglota Alia. Son oreille la lançait terriblement.

«… les Blancs font semblant de préférer les femmes noires, mais ils se marient avec les Blanches. Si seulement tu avais écouté ce que je te disais et utilisé ces crèmes blanchissantes, il t'aurait épousée.

— Le premier jour de l'été », murmura Mama Issa.

Fourmi continuait à parler, mais Eddy, qui apparut soudain derrière Alia, recouvrit sa voix.

« Et qu'est-ce que la couleur a à voir là-dedans ? » lâcha-t-il.

Alia sentit une odeur d'alcool, ce qui la surprit, car son père ne buvait jamais, contrairement à Bastien qui arrosait de vin tous ses dîners.

« Qu'est-ce que la couleur a à voir, je te le demande un peu ? » Eddy s'appuya avec classe sur la porte de l'armoire. « Nous, les hommes, on jette les femmes, et c'est tout. On est comme ça ! »

Fourmi surgit du salon et se planta dans le couloir, près du sac de boxe qui se balançait.

« Qu'est-ce que tu fais là à cette heure-ci ? demanda-t-elle, méfiante.

— Les femmes et les hommes se différencient par leur rapport aux nombres, bredouilla Eddy. Vous, vous préférez le pluriel, être en couple. Nous, on mise tout sur le singulier.

— Eddy, que s'est-il passé ? » Mama Issa le fixa droit dans les yeux.

Il tenta de fixer son regard sur elle.

« Bastien m'a foutu dehors. Je ne sais pas comment te réconforter, ma sœur. »

Les jours suivants furent diamétralement différents des précédents. Quand Alia rentrait de l'école, son père se trouvait toujours à la maison. Vêtu de son pantalon de pyjama, il traînait ses pantoufles comme s'il ne pouvait pas soulever les pieds. Leur bruit sur le sol se grava dans la mémoire d'Alia. Il contrastait avec le claquement des chaussures noires parfaitement cirées que son père portait pour travailler, auparavant.

Ce qu'il racontait à présent n'avait rien à voir avec les numéros qu'il leur faisait d'ordinaire au dîner. Il avait l'habitude de partager ses observations avec humour, il leur faisait connaître ce monde étranger, il le rendait plus accessible en les faisant rire. Désormais, il parlait comme un disque rayé. Il répétait des phrases de sa dispute avec Bastien qui avait précédé son licenciement, une phrase en particulier : « Ma sœur, ce n'est pas une pute congolaise. »

Un mercredi, quand Alia rentra de l'école, elle trouva son père dans la salle de bains. Il ne l'entendit pas entrer. Il se tenait devant le miroir dans une tenue qu'elle ne lui avait jamais vue auparavant : une chemise grise en soie à carreaux argentés et un pantalon noir. Il s'assit sur le rebord de la baignoire et mit des chaussures blanches à semelle épaisse, en murmurant dans sa barbe : « *Rocker's style.* » Enfin, il enfila une veste et enfonça une pochette dans la poche de la veste.

« Gris, blanc, rouge vif, maximum trois couleurs », dit-il au miroir avant de poser un chapeau gris au galon cendré sur sa tête.

Alia ne se rappela pas combien de temps ils restèrent ainsi immobiles, son père face à son reflet, et elle un œil dans l'entrebâillement de la porte. Elle l'entendit encore dire :

« Article quinze : se débrouiller d'une manière ou d'une autre. »

Il fit un geste vers la porte, Alia eut le temps de rejoindre sa chambre d'un bond. Il ne la remarqua pas, plongé dans ses pensées. Il s'approcha de l'armoire et en sortit ses vêtements de chauffeur : pantalon gris, chemise blanche et casquette. Il roula le tout en un paquet serré, alla à la cuisine et extirpa de sous l'évier un sac plastique dans lequel il fourra l'uniforme.

Alia attendit que les portes de l'ascenseur se referment sur lui pour dévaler les marches et le suivre à distance. Il commença par jeter son paquet de vêtements à la poubelle puis se promena dans les rues du quartier, à la surprise des passants qui s'en amusaient. Dans le regard des gens qui croisaient Eddy, il n'y avait pas d'admiration, mais une sorte de désapprobation, comme si, à leurs yeux, cette tenue élégante n'allait pas à celui qui la portait.

Il se mit à pleuvoir. Le bord gris du chapeau fonça sous les gouttes de pluie, la pochette rouge vif se mit à pendre tristement sur sa poitrine. Eddy avança encore un moment d'un pas léger, jetant alentour des regards lascifs savamment étudiés. Soudain, un scooter passa près de lui. Une flaque d'eau éclaboussa son pantalon soigneusement repassé.

Quand il rentra dans l'appartement, trempé jusqu'aux os, Fourmi l'accueillit en criant :

« Aïe ! Mais pourquoi tu parades dans cette tenue ? L'envie de faire le dandy t'a repris ? On n'est pas à Kinshasa, hein ! »

Mama Issa passa la tête par la porte de la cuisine, suivie de Joe.

« Eddy ? Pourquoi tu t'es habillé en sapeur ?

— C'est quoi, sapeur ? » demanda Joe en levant la tête.

Personne ne lui répondit. Les deux femmes regardaient Eddy qui se tenait au milieu de l'entrée, le visage gris.

« Eddy ? » répéta doucement Mama Issa.

Fourmi tchipa, comme si ce bruit avait le pouvoir d'ôter le charme qui avait saisi Eddy. Et en effet, tout le monde remua aussitôt. Fourmi fit claquer ses tongs en remettant en place les plis de son T-shirt blanc enfoncé dans le tissu fleuri qui enveloppait ses hanches. Sans demander son avis à Eddy, elle lui ôta sa veste et son chapeau, retira sa chemise trempée, son pantalon couvert de boue et ses chaussures.

« C'est quoi, sapeur ? répéta Joe.

— C'est un monsieur qui aime s'habiller élégamment et être au centre de l'attention, lui expliqua Mama Issa. Et le mot "sapeur" vient de la Sape, la Société des ambianceurs et des personnes élégantes. Ton papa en faisait partie quand il habitait à Kinshasa. Les Congolais élégants avaient un principe : bien s'habiller, se coiffer et sentir bon. Le plus connu d'entre eux était Papa Wemba. Je t'ai déjà fait écouter ses rumbas congolaises, tu te souviens ? "La vie est belle…", fredonna-t-elle.

— Pourquoi ils faisaient ça ?

— Par opposition. Parce qu'autour, tout était… insipide.

— Qu'est-ce que ça veut dire, "insipide" ? » insista Joe.

Pendant ce temps, Fourmi s'affairait tant et si bien autour d'Eddy que sa perruque tomba sur ses sourcils épilés. Elle déshabilla son mari jusqu'au slip puis sortit des billets de son décolleté.

« Va, achète du whiskey pour ton père, ordonna-t-elle à Alia en lui donnant l'argent. Du Johnnie Walker, la bouteille avec la bande rouge. »

Au milieu de l'été, Mama Issa tomba malade. Fourmi, coincée à la maison avec Joe, râlait : « Qui tombe malade en plein mois de juillet ? » Sa belle-sœur lui était devenue indispensable. Mais quand elle lui rendit visite, elle se retint de faire d'autres commentaires.

Alia s'effraya à la vue de sa tante. Celle-ci respirait avec difficulté, brûlant d'une fièvre qui tantôt la secouait de frissons, tantôt l'assommait sans pitié dans ses draps froissés. À l'odeur d'humidité du sous-sol vint se mêler l'odeur sucrée de la sueur et des draps non changés. En voyant l'état de Mama Issa, Fourmi ordonna à sa fille de s'occuper de Joe et prit en main l'appartement. Elle le fit à sa façon, en remplaçant un chaos par un autre, mais elle eut le mérite de ramener un peu de vie dans la pièce.

Une fièvre de quarante degrés ne quitta pas Mama Issa pendant trois jours. Eddy veillait sa sœur la nuit, Fourmi venait dans la journée et amenait Joe avec elle. Alia insistait pour rester tout le temps auprès de sa tante jusqu'à ce qu'elle guérisse.

« Un virus, c'est un virus. Mais qu'il s'en prenne à une infirmière ? maugréait Fourmi.

— Mais quel virus ? murmura Eddy. C'est du trop-plein de chagrin.

— Pouah ! » Fourmi voulut donner à la malade du riz bouilli.

Mais celle-ci n'ouvrit même pas les yeux. Elle ne se levait que pour ses besoins, soutenue par Eddy ou Alia. Elle ne parlait à personne, évitait du regard les visages et les miroirs.

« C'est un fils de pute, un fils de pute », répétait Eddy dans sa barbe.

Alia regardait sa tante amaigrie et se rappelait les bribes de conversation entre Mama Issa et son frère avant qu'elle ne tombe malade. « Mais il m'a dit qu'il m'aimait, il le disait encore il n'y a pas si longtemps. » « Il m'a quittée si soudainement, pourquoi a-t-il subitement changé d'avis ?... » « Pourquoi s'est-il lassé de moi ? Quelle a été mon erreur ? Est-ce ma faute ? » Eddy l'avait remise à sa place : ce n'était pas sa faute, les hommes étaient comme ça. Elle savait très bien qui était Bastien, Eddy l'avait prévenue. D'où venait, chez une femme intelligente, cette croyance naïve que d'un vaurien elle ferait un homme dévoué ? À présent, il s'en voulait de lui avoir parlé si durement, il pensait qu'elle était tombée malade à cause de cela.

« Elle est malade parce qu'elle n'arrive pas à se faire à l'idée qu'il ne l'aime plus, voilà ! lança Fourmi. Elle a tenu au début, ces sept semaines, mais elle s'est effondrée quand elle a vu Bastien avec une autre. Vous auriez vu sa tête, quand elle me l'a raconté... Oh là là !

— Sept semaines ? » Alia souleva la tête.

Encore un sept. Ce chiffre était-il assigné à Alia ou au sous-sol ?

Elle ne s'éloigna pas du lit de Mama Issa, elle la tenait par la main et, à travers sa peau, pouvait sentir le chagrin qui consumait sa tante, l'humiliation qui la dévorait, la jalousie qui bouillait en elle. Elle ne savait pas comment la soulager, elle essayait de répéter comme Eddy « ce fils de pute », comme si cela pouvait chasser le mauvais œil.

« Que va devenir Mama Issa ? » Elle questionna son père au bout du troisième jour de veille auprès de la malade.

« Article quinze. » Il haussa les épaules.

« Qu'est-ce que ça veut dire ?

— Le quinzième article de la constitution dit ça : la base, c'est de se débrouiller tout seul. Voilà ce qu'on dit à Kinshasa.

— C'est écrit dans la Constitution ?

— Non ! » Le rire d'Eddy résonna bizarrement étranger dans le sous-sol. « Nous, les gens de Kinshasa, nous avons le sens de l'humour. Même si, autour de nous, ça ne va pas, il faut s'en sortir. Rappelle-toi ça, Alia, parce que tu es de Kin', c'est là que tu as été conçue et que tu es née. »

Alia regarda la main émaciée de Mama Issa, sombre sur la housse à motifs rouges que Fourmi avait mise récemment.

« Qu'est-ce qu'on dit encore à Kin' ? » Elle caressa la main brûlante de sa tante.

« On dit : "On attend." À Kinshasa, ça marche de dire ça. »

Quelques jours plus tard, Alia était planquée dans les buissons devant la maison de la Blanche, respirant à pleins poumons le parfum des fleurs dont elle n'avait pas encore appris le nom en français. Après une semaine passée dans la chambre sombre de Mama Issa, le parc lui apparut comme un jardin enchanté.

Mama Issa s'en sortit. Était-ce l'article quinze qui avait fait effet ou bien son organisme qui avait surmonté le mal de la rupture, toujours est-il qu'au bout de trois jours, sa température chuta et elle se mit à suer fortement. Les espoirs, les habitudes amoureuses, la loyauté, tout ce qui, unique et exceptionnel, était né entre Bastien et elle s'écoulait, sortait de son corps. Affaiblie et amaigrie, elle finit par manger, même si Alia la soupçonnait de le faire juste pour que Fourmi cesse de se lamenter.

La petite fille était assise près de la maison de la Blanche, elle regardait au passage la cage ne comptant plus qu'un seul lapin qui couinait de temps en temps ou grignotait quelque chose. L'animal semblait accablé, tout comme Eddy qui parcourait le jardin. Contrairement au lapin, son père énonçait les raisons de sa peine. Si Alia avait eu à citer les mots qui revenaient le plus souvent, ç'aurait été : «le manque», «l'argent», «la liberté» et «le reste». À cela vint s'ajouter le mot «impuissance», qu'utilisait la Blanche en voyant toutes ses tentatives de réconfort vouées à l'échec.

La Blanche essayait de comprendre si Eddy n'était pas tombé amoureux de quelqu'un d'autre. Elle voyait la façon dont il observait la gent féminine dans le jardin. La Blanche lui rappelait un peu Mama Issa quand celle-ci avait compris qu'elle ne remplacerait pas les autres femmes aux yeux de Bastien. Mais pour la Blanche, la ville entière était une concurrence. Eddy composait en hommage à Kinshasa des panégyriques qu'il déclamait quand les invités s'étendaient sur les chaises longues, sur des couvertures sur l'herbe, épuisés d'avoir dansé, d'avoir flirté, d'avoir bu. Il appelait Kin' «la femme inconnue qu'il aime, qui a été sienne mais qu'il ne peut posséder totalement». Il s'emportait en disant que l'indépendance du Congo était de la fiction, il évoquait les conversations de Bastien avec ses amis prouvant qu'ils s'étaient installés pour de bon dans le milieu des affaires et continuaient à s'enrichir. À Kin', il ne sentait pas cela, quand il était entouré des siens. Et ce n'était qu'ici qu'il s'était rendu compte qu'on manipulait son pays prétendument autonome.

Eddy déplorait aussi qu'au Nord, que la Blanche appelait « l'Ouest », seule comptât la richesse. Sa verve créatrice s'était éteinte au contact du culte de l'argent. Il disait qu'il était tombé de Charybde en Scylla – il avait fui la maison de son père matérialiste pour s'enliser dans un trou centré sur le gain. Il s'inquiétait de perdre ce sur quoi il avait construit son identité : le contact avec les gens, la rue, le pouls de Kinshasa. Il devenait étranger à lui-même, il avait une femme blanchie et une maîtresse blanche qui ne comprenait pas son âme car, dans sa tête, elle ne pensait qu'à l'amour et le tourmentait avec sa jalousie.

« Où est la liberté ? lança Eddy. Dans l'art ? » Il leva une main vers le ciel. « Oh, Récup, Récup, comme tu me manques ! » invoquait-il, si bien qu'Alia comprit que ce mot commençait par un « R » majuscule.

Elle se souvint d'une sculpture qui se trouvait sur une étagère au-dessus du canapé dans le salon. C'était un petit homme fait de vieux morceaux de métal, d'une cuillère rouillée et d'un doseur à lait en plastique. Son père lui avait raconté un jour qu'il avait rapporté cette sculpture en Belgique enveloppée dans une couche de Joe pour qu'elle ne s'abîme pas en route. C'était un cadeau de son ami d'enfance resté à Kinshasa, un cadeau de Récup.

« Tu me manques, Récup. » La voix d'Eddy portait jusqu'aux buissons entourant le jardin, même si, dans son imagination, elle devait sûrement atteindre Kinshasa. « Je veux rentrer, maintenant ! »

Le souvenir de la dernière fois où Alia fit de la boxe sous les yeux de son père lui resta en mémoire. C'était le début du mois d'août, Joe et elle s'ennuyaient à la maison, l'école et la maternelle étaient fermées, les copains étaient partis en vacances, sauf ceux dont les parents ne pouvaient pas se le permettre. Mama Issa travaillait, alors quand les enfants commençaient à se chamailler, Eddy les emmenait dans l'entrée et leur faisait frapper le sac de boxe.

«… trois, quatre…» Eddy comptait les coups tandis que Joe et Alia s'activaient de chaque côté du sac.

«Je dois te parler», dit Mama Issa en entrant dans l'appartement et en déposant son sac sous le portemanteau.

Eddy hocha la tête sans s'arrêter de compter. Joe, muni des grands gants de son père, frappait énergiquement, ses petits bras en tremblaient. Alia frappait rapidement et avec précision.

«… six, sept… Joe, pivote plus sur ton bassin, comme ça.» Il attrapa le garçon et fit bouger son torse.

«Eddy», insista Mama Issa en désignant la porte de la cuisine.

Il dit aux enfants de donner vingt coups droits de chaque main et suivit sa sœur. Il ne ferma pas complètement la porte derrière lui et Alia put saisir les premières phrases de la conversation.

«Je suis enceinte», lui avoua Mama Issa.

La porte claqua sous le poids d'Eddy qui s'y adossa. Puis ils se disputèrent, et quand Eddy sortit de la cuisine, il avait l'air plus fatigué que Joe qui était couché, en sueur, sur le sol.

«Qu'est-ce qui t'est arrivé ?» demanda Eddy à Alia.

Elle regarda le bandage de sa main gauche, taché de rouge. Elle s'était ensanglanté les poings sans même s'en rendre compte, à force de frapper mécaniquement le sac depuis le moment où elle avait entendu l'aveu de sa tante.

Mama Issa sortit de la cuisine et s'approcha du portemanteau dans l'entrée. Elle devait être vraiment bouleversée pour ne pas prêter attention aux blessures d'Alia, comme si l'avaient quittée non seulement sa préoccupation ordinaire, mais aussi ses réflexes d'infirmière.

« N'oublie pas », elle regarda son frère avec insistance. « Ne dis rien à Bastien. »

À compter de cet après-midi, plus rien ne convainquit Eddy de boxer avec ses enfants. Il passait son temps à faire les cent pas en silence dans l'appartement ou à regarder la télévision, affalé sur le canapé. Il lui arrivait encore de venir les voir le soir pour leur raconter une histoire au coucher, mais sa voix n'avait plus le même timbre. Ses histoires étaient décousues, éclatées par des mots étrangers entendus à la radio ou à la télévision, son phrasé se contractait, à l'instar de celui des actualités, ses phrases devenaient lourdes. Quand Alia fut grande, elle comprit qu'à ce moment-là l'enfant qui était en Eddy, qui adorait raconter, était en train de mourir.

Son père ne sortait presque plus de la maison, il n'allait plus chez la Blanche. Celle-ci ne cessait de l'appeler, mais il coupait court aux conversations, si bien que Fourmi commença à avoir des soupçons. Un jour, après l'une de ces mystérieuses conversations téléphoniques, elle le suivit et le vit monter dans la voiture de la Blanche. Ils ne partirent pas, mais restèrent assis dans le véhicule, tandis que Fourmi les observait, cachée derrière une poubelle. Quand son mari rentra et, selon ses nouvelles habitudes, s'assit devant la télévision avec une bouteille de bière – l'alcool aussi était une nouveauté –, Fourmi se planta devant lui.

L'attention d'Alia fut attirée par le vert de ses sandales. Fourmi souleva la jambe et, d'un geste rapide, détacha la boucle à sa cheville. Le talon fendit l'air et s'abattit sur Eddy encore et encore, jusqu'à ce que des gouttes de sang apparaissent sur la sandale. Un mince filet de sang coula sur la tempe de son père, traversa sa joue, atteignit la mâchoire et tomba sur son maillot de corps blanc. Le rouge vif surprit Alia.

« Que m'as-tu fait ? » Son père semblait se réveiller. Il ne fit aucun geste.

Un cri attira Joe dans le salon.

« Pourquoi maman te frappe ? Pourquoi, Papa ? »

Le cri s'arrêta. C'était Alia qui criait. Joe regardait tantôt Alia, tantôt ses parents, et répétait « Pourquoi maman te frappe ? » comme si, dans son esprit de garçon de cinq ans, quelque chose s'était enrayé. Fourmi regarda la chaussure comme si elle la voyait pour la première fois. Elle remit en place sa perruque, et Alia fut frappée alors de voir à quel point le blond de ses faux cheveux rappelait celui de la Blanche. Fourmi prit une inspiration.

« Je l'ai vue te donner de l'argent ! Elle t'a acheté comme un esclave sur un marché ! » hurla-t-elle.

Eddy se rendit dans la chambre d'Alia et de Joe quand ils furent couchés. Cette fois, ils étaient allés dormir tout seuls, sans qu'on le leur demande.

« Maman a peur, dit-il.

— Que maintenant tu la frappes ? demanda Joe.

— Que je fasse avec elle ce que son papa faisait avec sa maman.

— Il la battait ?

— Il lui prit ses enfants et l'envoya chez ses parents, à la campagne. Et à sa place il épousa sa petite sœur. C'est pour ça que votre mère a été élevée par sa tante.

— C'est comme pour nous. » Joe hocha la tête.

« Qu'est-ce que tu racontes ! » Eddy sembla vouloir se libérer à ce moment-là des coups qu'il avait reçus. « Votre maman est toujours avec vous !

— Devant la télévision, murmura Alia.

— Elle est toujours avec vous, répéta clairement Eddy. Ne l'oubliez pas. »

La nuit suivant la dispute, les gémissements de Fourmi réveillèrent Alia. Ils étaient si forts qu'ils effrayèrent la fillette : à présent son père battait sa mère ! Elle se leva doucement de son lit et s'approcha de leur chambre.

« Eddy ! » gémit Fourmi.

Alia décampa, rentrant la tête dans les épaules. Elle voulait oublier le corps à corps de ses parents, mais elle n'y arrivait pas : les gémissements de sa mère résonnaient sans cesse à ses oreilles, avec en écho la curiosité de savoir si son père, à l'image de son idole, Mohamed Ali, mettrait K.-O. son adversaire.

Quelques jours plus tard arriva la nouvelle selon laquelle le père d'Eddy et de Mama Issa était en train de mourir. Le frère et la sœur décidèrent qui devait partir pour aider leur mère à s'occuper du malade. Mama Issa était infirmière, mais on ne savait pas combien de temps il lui faudrait rester à Kinshasa et elle avait peur de perdre son travail. Ils décidèrent donc que c'était Eddy, alors sans emploi, qui partirait.

Plus tard, Alia ne put se rappeler la façon dont ils s'étaient dit au revoir, son père et elle. Elle ne se souvenait que du fait qu'il ne voulait pas que les enfants l'accompagnent à l'aéroport. La seule image qui lui resta plus tard de cet instant était le mouvement majestueux du sac de boxe que la valise avait heurté au passage et le silence qui s'installa après que ses parents et sa tante furent sortis. Alia resta alors seule pour la première fois à s'occuper de Joe. Fourmi lui avait annoncé qu'elle avait déjà dix ans et qu'elle s'en sortirait très bien avec un petit frère de six ans, et cette fois Mama Issa ne protesta pas. Elle serra Alia contre ses longues jambes et lui dit de ne pas quitter Joe des yeux jusqu'à ce qu'elles rentrent. « Elles, elles rentreront, pensa Alia, mais pas lui. »

Peu après le départ d'Eddy eut lieu la rentrée des classes. Joe alla au CP, et Mama Issa tâcha de l'aider avec les devoirs comme elle l'avait fait pour Alia, mais elle était fatiguée et distraite. Joe en profitait allègrement : il se blottissait contre sa mère vissée devant la télévision ou descendait dans la rue jouer au foot.

Ce jour-là, quand Mama Issa arriva avec la nouvelle, il jouait dehors. C'était à la fin du mois de septembre, Alia faisait ses devoirs dans la cuisine. La clef tourna dans la serrure, l'odeur de l'hôpital envahit l'entrée. Mama Issa sortit un papier de la poche de sa veste en daim. Elle ouvrit la bouche pour appeler Fourmi, mais se ravisa et se rendit au salon. La télévision fut d'abord éteinte, puis les protestations de Fourmi, qui se voyait violemment interrompue en plein milieu de sa série, cessèrent. Le silence dura si longtemps qu'Alia ferma son cahier et repoussa sa chaise en se penchant dangereusement en arrière – ses mères n'avaient jamais passé aussi longtemps dans la même pièce sans se disputer.

Alia se dirigea vers le salon. Fourmi, adossée au canapé, se cachait la bouche de ses mains. À l'autre bout du canapé, Mama Issa, penchée en avant, tenait un papier à la main.

« Ce n'est pas la fin du monde. » La voix de sa tante se voulait apaisante.

Fourmi tourna la tête. Des cris de garçons jouant au foot se firent entendre de l'extérieur. Alia reconnut la voix du petit frère de Giovanni, Nico, qui était dans la même classe que Joe.

« On fera tout pour que ça se passe bien », dit Mama Issa avec insistance.

Alia se rappela comment sa tante fustigeait Bastien quand il la réconfortait de cette façon. « Tu me traites comme une enfant ! » s'énervait-elle. Mais Fourmi ne disait rien, elle regardait simplement Mama Issa d'un air abasourdi.

Mama Issa posa le papier sur la table et le lissa d'un geste affectueux.

« Tu vas juste avoir un troisième enfant… N'aie pas peur. On s'en sortira. »

Des grésillements dans le combiné recouvrirent la voix d'Eddy, puis la connexion fut coupée. Alia, intimidée par la distance qui les séparait, n'avait eu le temps de dire que quelques lieux communs du type : « Comment ça va, papa ? Moi, ça va. » Le combiné était encore humide, Fourmi l'avait longuement serré dans sa main en y hurlant la nouvelle de sa troisième grossesse. Alia songea que son père n'avait même pas dû avoir l'occasion de répondre car Fourmi n'avait pas cessé de parler. Quand il appela pour la deuxième fois, Mama Issa s'empara du combiné. Elle assura à son frère qu'elles s'en sortiraient et écouta les nouvelles de l'état de santé empirant de son propre père, tout en faisant signe à Fourmi d'arrêter de répéter tout haut : « Demande-lui quand il nous enverra de l'argent. »

« Moi ? lança-t-elle soudain dans le combiné, surprise par la question d'Eddy. Je me sens bien, pourquoi ? Ah oui, un quatrième enfant dans la famille… »

En octobre, l'hôpital appela pour annoncer que Mama Issa avait fait une fausse couche. Elle était alors en service et put donc être prise en charge immédiatement. La grossesse était avancée, il y eut des complications, et l'état psychique de la patiente empirait, c'est pourquoi ils la gardèrent plus longtemps à l'hôpital.

Alia resta de nouveau seule avec Joe. Sa mère alla à l'hôpital d'un pas nouveau, comme s'il lui restait non pas des semaines, mais des minutes avant d'accoucher. Elle voulait ramener sa belle-sœur à la maison, mais Issa insista pour rentrer chez elle. Fourmi lui promit de lui apporter ses repas. En réalité, c'était Alia qui les lui apportait. Elle préparait du riz, mais Mama Issa ne voulait pas manger, elle ne faisait que rester allongée et fixer d'un regard inexpressif la photo en noir et blanc d'Angela Davis qu'elle avait découpée dans un journal et collée au mur.

Le soir, Alia remettait dans des récipients en plastique la nourriture à laquelle elle n'avait pas touché et la rapportait à la maison, où Fourmi l'avalait. Alia passait son temps à aller du sous-sol d'Issa à leur appartement sous les toits et observait scrupuleusement les deux mamans : la silencieuse Issa se déplaçait dans sa chambre telle une ombre ; Fourmi prenait ses aises sur le sofa et se lamentait sur son sort : elle avait été abandonnée par son mari, privée de l'aide de sa belle-sœur, négligée par sa fille, enceinte une nouvelle fois. Tandis que Mama Issa sombrait en elle-même, Fourmi s'arrondissait de plus en plus, si bien que les deux femmes rappelaient deux incarnations de la lune : un mince croissant et la pleine lune.

Alia voulait raconter quelque chose à sa tante, mais, comme par hasard, elle ne pouvait se rappeler aucune des histoires racontées par son père, comme si elles s'étaient évaporées avec son départ. Ne lui venaient à l'esprit que celles que tout le monde connaissait ici : *Cendrillon* ou *Blanche-Neige et les sept nains.* Mais elles ne servaient à rien car dans chacune un prince apparaissait à la fin. Alia avait assez de tact pour ne pas servir à Mama Issa de telles histoires. Et encore moins à Fourmi.

Ce fut Alia qui répondit au téléphone quand Eddy appela pour annoncer la mort de son père. Peu après, la connexion fut coupée, les lignes étaient saturées avant Noël. Alia resta debout, le combiné grésillant à la main. Elle avait peur de voir ses mamans sombrer encore plus dans le désespoir à l'annonce de la mort de son grand-père.

Pourtant, en entendant la nouvelle, Fourmi se leva du canapé et se mit à nettoyer l'appartement qu'elle avait négligé. Elle ne cessait de demander quand Eddy rentrerait.

« Je ne sais pas, répétait Alia. Je t'ai dit que la communication a été coupée.

— Mais il a dû te dire quelque chose ! Il sait bien que j'attends un enfant. Rappelle-toi ! »

Alia leva les yeux au ciel et sa mère continua de plus belle : quand cet Eddy serait-il enfin de retour, il n'y avait plus rien qui le retenait à Kinshasa, ses enfants et sa femme étaient ici.

En apprenant la mort de son père, Mama Issa entra sans un mot dans la cuisine et resta debout devant la fenêtre. Elle contempla les toits un moment avant de se retourner vers Fourmi et Alia, et d'expirer bruyamment. Alia eut l'impression que cet instant avait duré une éternité, comme si sa tante était un énorme ballon.

« Maintenant Feza va se remettre à vivre, dit-elle à la fin.

— Qui est Feza ? demanda Joe en entrant dans la cuisine, le T-shirt trempé de sueur.

— Je t'ai déjà dit de ne pas jouer au foot en hiver ! cria Fourmi.

— Feza est votre grand-mère », rétorqua Mama Issa.

Joe hocha distraitement la tête et mordit dans un pilon de poulet froid. Il ne connaissait pas sa grand-mère. Ni son grand-père, d'ailleurs, c'est pourquoi il accueillit l'annonce de sa mort d'un haussement d'épaules.

« Elle va se remettre à vivre ? » Alia n'était pas sûre d'avoir bien compris les mots de sa tante.

« Son mari la frappait, répondit Mama Issa en sortant une cigarette de son paquet. C'est-à-dire mon père. Du plus loin qu'il m'en souvienne.

— Elle ne pouvait pas le lui rendre ? » s'étonna Joe.

Mama Issa regarda Fourmi : son T-shirt dépassant de sa jupe collait à son ventre qui grossissait de jour en jour. Le silence n'était interrompu que par le bruit de Joe qui mâchait son poulet la bouche ouverte, mais personne ne pensa à lui faire de remarque.

« Et moi, j'ai été promue chef des infirmières, dit enfin Mama Issa.

— Oh ! s'écria Fourmi. Ils te paieront plus ! »

Mama Issa acquiesça de la tête, ouvrit le robinet et éteignit sa cigarette à moitié grillée sous le mince filet d'eau.

« Je déménage à Liège. »

Soudain, tout redevint silencieux. Même Joe cessa de mâcher sa viande. Alia posa la main sur celle de sa mère, mais celle-ci la retira avec impatience. Elle s'avança au milieu de la cuisine et se mit à brasser de l'air de ses bras en répétant en boucle la même question : « À Liège ? » Mama Issa était debout face à elle et fixait sa belle-sœur d'un air indéfinissable.

« Je vous enverrai de l'argent, dit-elle enfin, tandis que Fourmi posait les mains sur sa tête, comme pour retenir sa perruque. Tous les mois. »

Après le départ de Mama Issa, seul le ventre de Fourmi continua de grossir, le reste du monde s'arrêta. Alia ne retint rien de cette période, ni ce qui se passait à l'école, ni en dehors de l'école. Le silence régnait tout autour, le téléphone ne sonnait pas, Joe ne batifolait pas, Fourmi ne criait pas « Aliaaaaa ! ».

Une fois seulement, cette coquille fut percée par une lettre. Fourmi l'ouvrit, la lut en diagonale et recommença du début. Puis la lettre tomba sur le lino.

« Je n'y comprends rien. » Elle éclata en sanglots.

Elle sanglota comme Joe quand il se blessait au genou. Son ventre, déjà très gros, tremblait ; ses joues étaient trempées de larmes.

Alia ramassa la lettre – c'était une facture d'eau. Elle se souvenait de Mama Issa qui ouvrait ce genre d'enveloppe puis les mettait dans son sac, et Alia ne les revoyait plus. Elle regarda l'appui de la fenêtre de la cuisine. Depuis que Mama Issa avait déménagé, le tas de factures ne cessait de croître.

Elle s'approcha de sa mère. Elle la prit dans ses bras jusqu'à ce que ses sanglots cessent. Ce n'est qu'une fois que Fourmi se fut mouchée qu'Alia alla dans la chambre pour demander à son frère s'il avait fait ses devoirs.

« Aliaaaaa ! » La voix de sa mère parvint jusqu'à elle. « Occupe-toi de tes cheveux ! Tu ne vois pas de quoi tu as l'air ! »

4 août 2014. *Le Matin*, informations locales :

L'homme aux tendons coupés retrouvé dans l'armoire métallique est l'une des nombreuses victimes d'un gang de sadiques. Le leader de ce groupe est un ancien adepte de sports de combat qui donnait à ses associés et associées des conseils professionnels sur la façon de frapper.

Les membres du groupe ont fait preuve d'une particulière cruauté. Une autre des victimes, un jeune homme, s'est vu coincer la tête dans un tiroir de bureau par sa tortionnaire. Une fois immobilisé, elle le frappa jusqu'à ce qu'il perde connaissance. Mais son calvaire ne s'est pas arrêté là. D'après les déclarations d'autres membres, la femme aurait sauté sur son corps comme sur un trampoline.

L'Entraîneur convoqua tout le monde en réunion, non pas dans la salle de briefing mais dans le bureau qui, avant d'être le sien, avait appartenu à Erik, son prédécesseur. Sur les murs, à côté de la photo de l'Entraîneur entouré de ceux de ses pupilles qui étaient allés loin dans la vie, une phrase écrite en rouge : « Sois l'un des nôtres. » Sous son bureau haletait un gros chien de berger.

« Le système ne s'en sort pas avec les étrangers », dit l'Entraîneur. Il gratta le chien sur la tête. « Je l'ai dressé », la voix de l'Entraîneur trahit une tendresse inattendue, « mais il n'a pas réussi l'évaluation de la police. Ils ont dit qu'il était trop agressif.

— Comment il s'appelle ? demanda Pascale.

— Dago. »

Quand, une heure plus tard, Alia marchait dans le couloir orange vif, elle entendit la voix de Nawal dans la salle de briefing.

« Personne ne m'obligera à frapper des gens innocents ! Je suis une bonne musulmane. »

Alia recula et se colla au mur.

« Tu dois être la suivante. » Un homme parlait si bas qu'elle l'entendait à peine.

« Laissez-moi tranquille, j'ai des enfants !

— C'est ton tour, maintenant, dit-il avec effort, comme à travers les dents serrées. C'est ce qu'a dit l'Entraîneur. »

Alia reconnut alors la voix de Paolo. Elle ferma doucement la porte des toilettes derrière elle.

Comme elle s'y attendait, Nawal pénétra dans les toilettes quelques minutes plus tard. Face au miroir, elle était en train d'essuyer son mascara qui avait coulé quand Alia sortit d'une cabine et lui demanda sans détour de quoi elle avait parlé avec Paolo.

Au début, Nawal ne voulut rien dire. Ce n'est que lorsque Alia lui expliqua qu'elles étaient dans le même bateau qu'elle lui avoua ce qu'elle savait. Elle refusa de donner des noms, comme si elle avait peur qu'ici aussi quelqu'un ne les écoute. Elle évoqua l'un des supérieurs qui obligeait ses subordonnés à s'entraîner aux arts de la lutte sur des étrangers sans titre de séjour. Elle raconta qu'ils emmenaient ces gens dans des endroits reculés où avait lieu la « formation ». Qu'on les y torturait. Qu'une de leurs collègues plus âgée y excellait. Mais qu'ils étaient nombreux à les frapper. On leur faisait du chantage et on faisait peur à ceux qui refusaient. On les harcelait : des menaces, des coups de fil en pleine nuit, des pneus crevés. Les enfants de Nawal lui avaient dit qu'une voiture les suivait partout où ils allaient. Ils avaient très peur.

Nawal raconta aussi qu'elle avait demandé à l'un de ceux qui frappaient pourquoi il le faisait. Il avait répondu que c'était parce qu'il se sentait étranger, ici. On l'avait toujours traité ainsi, comme un étranger, même s'il avait grandi ici, même s'il était blanc.

À présent, il frappait donc ceux qui étaient vraiment étrangers. D'après lui, il ne frappait pas, mais protégeait les siens. Et grâce à cela, il se sentait enfin chez lui.

« Laura aussi les frappe ? » lança Alia en chuchotant.

Nawal jeta un regard inquiet sur la porte des toilettes et haussa les épaules.

« Darren ? »

Nawal répéta son geste.

« La cruauté est comme un virus. » Elle approcha son visage du miroir qui s'embua sous son souffle. « Est-ce qu'il reste des gens intègres ? Ce monde court au désastre. Et moi, j'ai des enfants, Alia. »

Alia avait dix ans quand elle devint mère. Cette nuit-là, un bourdonnement la réveilla. Elle enfouit sa tête sous la couette. En mai, des hannetons entraient dans la chambre par la fenêtre entrouverte et se cognaient au plafond en faisant un bruit qu'elle se rappelait avoir entendu dans le vol de Kinshasa. Avec Joe, elle les chassait, lui avec une tapette, elle avec un verre et un morceau de carton. Leurs pattes velues progressaient sur les murs lisses, leur bourdonnement faisait vibrer le verre qui chatouillait la main.

Cette fois, ce n'était pas un hanneton qui bourdonnait, mais Fourmi. Dans le salon où elle dormait depuis le départ d'Eddy pour ne pas se fatiguer à déplier le clic-clac, la lumière était allumée.

« Aliaaaaa ! »

La petite fille ne bougea pas pendant un instant, dans l'espoir que sa mère se rendorme, mais le cri se répéta. Elle sortit les jambes du lit, prit une profonde inspiration, comme un nageur qui s'apprête à plonger, et posa les pieds sur le linoléum froid.

« Aliaaaaa !… »

La voix de sa mère sonnait comme la plainte d'un enfant, cette fois.

Fourmi était à moitié allongée sur le sofa, ses cheveux, que ne venait pas écraser une perruque, nimbaient sa tête d'une auréole noire. À la vue de sa fille, elle toucha le drap qui était trempé.

« Tu as vu ce qui s'est passé… »

Alia aida sa mère à s'asseoir puis alla dans l'entrée. Comme le lui avait appris Mama Issa, elle fit le numéro de l'hôpital et prononça la formule qu'elles avaient répétée plusieurs fois :

« Ma maman va accoucher, venez le plus vite possible, elle a perdu les eaux. Je suis toute seule à la maison avec mon petit frère. »

Fourmi gémit jusqu'à l'arrivée des secours et, quand ils la placèrent sur le brancard, Alia se dit qu'elle faisait de la concurrence à la sirène de l'ambulance. Une aube rougeâtre venait à peine de se lever dans la rue des Becs, et pourtant, malgré l'heure précoce, la moitié de l'immeuble était réveillée. Des femmes inquiètes en robe de chambre répétaient à tour de rôle les mots « dilatation », « perte des eaux », « césarienne ». Elles donnaient à Alia l'impression de parler un langage codé. Les joues de la mère de Giovanni se gonflaient tandis qu'elle évoquait ses propres accouchements ; sa belle-mère en bigoudis lui déniait tout mérite, elle qui avait accouché non pas de deux, mais de cinq enfants. La mère de Mohamed et de Younes ne disait rien, tandis que sa sœur ôtait sa robe de chambre sans un mot et la posait sur les épaules d'Alia.

Tout à coup, elles se concentrèrent toutes sur elle, l'interrogeant pour savoir si sa mère leur avait laissé quelque chose à manger pour les jours qu'elle passerait à l'hôpital. La cuisine se remplit de femmes mettant le nez dans les casseroles, tchipant avec désapprobation. La mère de Mohamed entreprit de nettoyer la pile de vaisselle, sa sœur essuya d'un torchon le sofa sur lequel s'étaient déversées les eaux. La mère de Giovanni fouilla dans les placards en commentant d'un ton aigre leur contenu en italien avec sa belle-mère.

Alia se glissa avec soulagement sous sa couette. Elle eut l'impression qu'elles la réveillaient aussitôt, bien qu'en réalité trois heures fussent passées. La mère de Giovanni avait préparé un gaspacho, et sa belle-mère, des lasagnes aux épinards. L'appartement étincelait, nettoyé par la mère de Mohamed et sa sœur, même les sacs de courses fourrés derrière le tuyau sous l'évier avaient été rangés dans un sac. Joe et Alia furent envoyés à l'école avec des sandwichs et des fruits dans des boîtes en plastique entourées d'élastiques colorés. Alia ignorait d'où provenaient ces récipients, elle n'en avait jamais vu de tels à la maison.

Après l'école, la mère de Giovanni attendit la fillette à la maison. Elle lui apprit à préparer des tomates à la mozzarella, lui montra comment faire cuire des spaghettis. Quand Fourmi rentra de l'hôpital, Alia savait préparer quelques plats italiens. Plus tard, elle prendrait l'habitude de dire qu'elle devait à la mère de Giovanni ses connaissances en cuisine, tout comme sa tendance à prendre du poids. Qui a dit qu'on ne pouvait pas hériter des traits de plusieurs mamans ?

La discipline s'installa pour de bon dans sa vie quand sa mère ramena le bébé de l'hôpital. Aux yeux d'Alia, le garçon n'était pas très beau. Il n'avait pas de prénom car Fourmi attendait qu'Eddy revienne pour lui en donner un. Mais celui-ci n'appelait pas, et il n'y avait aucun moyen de l'informer qu'il avait eu un deuxième fils. Mama Issa, qui vint de Liège la première semaine du retour de Fourmi à la maison, envoya une lettre à son frère par l'intermédiaire de leur cousine Kesa qui partait pour Kinshasa.

C'est justement grâce à elle qu'elles apprirent qu'après la mort de son mari, la grand-mère Feza s'était effectivement remise à vivre. Elle avait gardé une seule pièce dans leur immense maison avec jardin et mis en location le reste du logement. Sur la parcelle voisine, où l'on était censé bâtir une habitation pour Eddy, Issa et leur famille, elle fit construire un restaurant spécialisé dans la viande de crocodile. Elle ne s'habillait qu'à la congolaise, désormais, et donnait des cours gratuits de lingala pour les jeunes de son quartier.

« Et Eddy ? demanda pour la énième fois Fourmi. Quand rentre-t-il ?

— Où est-ce que grand-mère trouve les crocodiles ? » voulut savoir Joe.

Le nouveau-né gémit dans son lit à barreaux. C'était un enfant calme qui ne faisait pas de crise pour un rien. Dans la journée, il passait la plupart de son temps au sein, et la nuit, il dormait.

« Il faut lui donner un prénom. » Mama Issa remonta la couette sur le bébé.

— Quand Eddy rentrera, rétorqua Fourmi.

— Au moins temporairement. Georges, peut-être ? Ça plairait à Eddy. George Foreman était aussi champion du monde poids lourds, comme Joe Frazier et Mohamed Ali.

— Oui, Georges ! » Alia applaudit.

Elle se souvint des récits de son père sur le combat du siècle et se sentit frappée par une vague de nostalgie qui la fit se plier en deux, comme si on l'avait frappée au plexus solaire. Si cela devait faire aussi mal chaque fois qu'elle appellerait son frère par son prénom…

« Ou alors un autre prénom », ajouta-t-elle.

Son petit frère venait d'apprendre à se tenir assis quand un télégramme arriva de Kinshasa : *Allez à l'aéroport vendredi soir. J'arrive.*

« Enfin ! Qu'est-ce qu'il s'imagine ! » s'écria Fourmi avant de reprendre sa litanie de reproches, tel un disque rayé : « Il nous a laissés sans argent », « Il me salissait le lavabo de ses poils de barbe ».

Alia était furieuse contre sa mère qui gâchait leur joie de voir leur père rentrer. Elle pensait « nous », même si elle voyait que Joe montrait de la joie pour lui faire plaisir, car il avait un peu oublié son père, une année et demie de séparation avait laissé des traces.

Mais elle, elle l'attendait. Le week-end, elle s'entraînait sur le sac qu'elle n'avait pas voulu qu'on décroche de l'entrée. Elle menait à l'époque sa première guerre psychologique contre sa mère. Quand ses arguments ne fonctionnaient plus, Alia faisait la grève : elle cessait de l'aider avec ses frères, de faire les courses, de ranger, de cuisiner, jusqu'à ce que Fourmi cède. Alia comptait les coups, comme lui avait appris son père, elle s'encourageait en se rappelant ses compliments, elle s'imposait une discipline.

Pour son retour, elle avait prévu de faire le plat italien le plus difficile que la mère de Giovanni lui eût appris : le tiramisu. Elle-même ne mangeait pas de sucré auparavant, elle avait découvert le goût en Belgique seulement, grâce aux chocolats de Bastien et aux gâteaux de Mohamed. Elle n'arrivait pas à se rappeler si Eddy aimait le sucré, mais le tiramisu lui parut assez raffiné pour fêter son retour. Elle voulait qu'il soit fier d'elle. Le vendredi matin, elle fit semblant d'avoir mal à la gorge, moyennant quoi elle put rester à la maison. Elle se libéra des exhortations de sa mère qui lui demandait de surveiller son petit frère et passa plusieurs heures dans la cuisine. Le tiramisu qu'elle confectionna était liquide, elle avait dû se tromper dans le dosage, mais Mama Issa, qui était arrivée de Liège dans l'après-midi, la complimenta malgré tout.

Tout le monde se rendit à l'aéroport : Fourmi avec sa nouvelle perruque et son enfant en écharpe, Mama Issa avec Joe, et Alia avec sa nouvelle coiffure. Elle avait forcé la coiffeuse à lui faire de fines tresses plutôt que de céder aux suggestions de Fourmi qui l'incitait à se lisser les cheveux de nouveau.

Ils se tenaient debout sous le tableau des arrivées, fixant le mot « Kinshasa » et l'inscription clignotante à côté : « vol retardé », puis les premiers passagers commencèrent à débarquer. Chaque fois qu'apparaissait une grande silhouette, l'estomac d'Alia se nouait et elle se précipitait en avant, mais Mama Issa répétait alors : « Ce n'est pas lui, ce n'est pas lui… » Fourmi se mit à bougonner à l'encontre d'Eddy qui était, comme toujours, le dernier ; tandis que le bébé geignait, Joe glissait d'ennui sur le sol.

Il semblait que tout le monde était déjà sorti quand apparut encore un passager. Sa tenue bleu et blanc rendait sa silhouette majestueuse, à ses poignets brillait de l'or. Mama Issa inspira en un spasme et avança droit devant elle. Elle ouvrit les bras mais, au dernier moment, elle les abaissa, et au lieu de cela, elle dit :

« Mama Feza. »

À la vue de sa belle-mère, Fourmi se mit à se lamenter en mélangeant les langues, le bébé commença à pleurer si fort que ses cris attirèrent l'attention de tous les voyageurs et du personnel de l'aéroport. Alia remonta la capuche de son sweat sur sa tête et fixa le sol. Elle ne releva les yeux que lorsqu'elle sentit qu'on lui touchait l'épaule. La main de grand-mère Feza sentait bon la vanille, ses bracelets tintaient. Ses cheveux blancs étaient tressés comme ceux de sa petite-fille.

« Tu ressembles comme deux gouttes d'eau à Issa quand elle avait ton âge. » Le français de Feza avait un fort accent lingala.

Elle était plus petite que Mama Issa, corpulente, et des boucles d'oreilles dorées se balançaient à ses oreilles.

« Et toi, tu ressembles à ta maman ! » dit-elle en se tournant vers Joe.

Mama Issa cherchait à consoler Fourmi, qui sanglotait, en lui expliquant les choses, mais celle-ci semblait ne rien comprendre. Sa bouche ouverte gobait l'air avec difficulté, son mascara coulait sur ses joues, ses doigts s'agrippaient à l'écharpe qui soutenait son enfant.

Alia sentit sa grand-mère la pousser vers l'avant. Elles s'avancèrent toutes les deux vers Fourmi, Joe se tenait un pas derrière elles. Le bébé pleurait, mais Feza retira un de ses bracelets et l'agita devant les yeux du nourrisson. Il se calma petit à petit, tout comme Fourmi, comme si un seul et même mécanisme les dirigeait tous les deux. Le petit garçon finit par taper le cercle doré et se mit à rire.

« Nous l'appellerons Riva », déclara Feza.

La grand-mère se réjouit du tiramisu. Elle adorait le sucré et, tout comme Eddy, finissait ses journées par une tasse de lait chaud. Elles s'assirent dans la cuisine, Feza avec le bébé sur les genoux, Fourmi avec une cuillère qu'elle plongeait sans relâche dans le tiramisu. Elle répétait tout en mangeant : « Pourquoi Eddy n'est pas venu ? »

« Riva, c'est un beau prénom, parfait pour un si beau bébé. » Feza observait le garçonnet qui tirait sur ses bagues avec attention.

« Eddy n'avait pas de billet d'avion, c'est ça ? C'est pour ça qu'il n'est pas venu ?

— Bien sûr qu'il en avait un, pourquoi il n'en aurait pas eu ? J'ai même proposé de le lui payer. » La grand-mère éloigna sa tasse de lait de la portée de Riva.

« Alors pourquoi ?! On ne signifie plus rien à ses yeux ?

— Mais non ! » Feza leva les yeux au ciel et Mama Issa, penchée au-dessus de la vaisselle, lança :

« Ça n'a rien à voir avec l'amour.

— Il n'a même pas envoyé d'argent !

— Ne t'inquiète pas pour l'argent. » Feza caressa Riva sur la tête.

Alia remarqua que le bébé avait la couleur des yeux de sa grand-mère, marron doré, plus clairs que ceux du reste de la famille.

Fourmi enfourna ce qui restait du tiramisu dans sa bouche. Elle tentait depuis plusieurs heures de faire dire à sa belle-mère pourquoi Eddy n'était pas venu, mais en guise de réponse elle reçut l'assurance que la grand-mère l'aiderait avec les enfants.

« D'où vient ce prénom, Riva ? demanda Alia.

— Justement, intervint Mama Issa. Je n'ai jamais entendu parler d'un Riva dans notre famille.

— Dans la nôtre, non. » Feza essuya la bouche du bébé avec le coin de son foulard. « Mais dans celle des voisins, oui. »

Le couteau avec lequel Mama Issa émincait la ciboulette lui tomba des mains.

« Et depuis quand prénomme-t-on nos enfants d'après les voisins ? »

Mais Feza ne répondit pas, elle tchipa et pencha la tête en arrière.

« Riva, Riva… », fredonna-t-elle.

Son timbre traversa la pièce et résonna dans l'air. Feza ajouta une phrase dans une langue qu'Alia ne comprit pas et la répéta de plus en plus fort. Il y avait dans sa voix tant de nostalgie et d'inconnu que la cuisine semblait trop petite pour ces sons.

« Riva…, s'interrompit Feza en ouvrant les yeux. Je ne t'ai jamais raconté ? Alors je te le raconte maintenant. Il habitait près de chez moi, on se connaissait depuis tout petits. Son père était de notre village, sa mère du Mali. Comme elle chantait, cette femme ! Et son père jouait de la kora.

— C'est quoi, la kora ? » demanda Alia. Elle appuya son menton sur ses poings et observa sa grand-mère, comme envoûtée.

« C'est un instrument, un peu comme une harpe, expliqua Mama Issa.

— Je filais tout le temps chez eux, parce que, chez nous, ce n'étaient que poules, chèvres, et ennui, continua Feza. Chez eux, en revanche, il y avait de la musique, on racontait des histoires, on jouait. Les moments les plus joyeux étaient ceux où tout le monde était rassemblé. Quelle fête c'était alors ! Car il y avait tout le temps quelqu'un qui partait. Dans notre village, on racontait que c'était à cause de la Malienne, que ses enfants étaient tous des courants d'air, comme elle, qu'aucun n'était fichu de rester en place un moment. Ils avaient ça dans le sang ! Depuis tout petits. Les femmes du village compatissaient. "Et qui s'occupera de toi quand tu seras vieille ?" demandaient-elles. La Malienne haussait les épaules et se mettait à chanter. Les femmes se taisaient, les plus anciennes commençaient à danser.

— Les plus anciennes, pas les plus jeunes ? s'étonna Mama Issa.

— Oh, tu as été élevée à la ville, que sais-tu de la vie ! » Feza fit un signe de la main, les bracelets tintèrent. « Les anciennes dansent car elles savent comment danser ! Et elles peuvent danser.

— Elles peuvent ? » Alia, toujours sous le charme de sa grand-mère, ne la quittait pas des yeux.

— Plus une femme est vieille, plus elle a de droits. Souviens-toi de cela, Alia.

— Et ce Riva, alors ? » Fourmi raclait le fond du plat à dessert avec sa cuillère.

C'était la première fois depuis l'arrivée de Feza qu'elle prononçait une phrase sans mentionner Eddy.

« Il est parti ! » Feza leva les bras comme si elle jetait des plumes d'oreiller.

— Parti où ?

— De par le monde, voyons, s'étonna Feza.

— Et tu ne l'as plus jamais revu ? » voulut savoir Alia.

Feza rejeta la tête en arrière. Son rire sonna comme un coassement, mais il fut si contagieux que Joe et Alia se mirent à rire aussi. Mama Issa souriait du coin des lèvres, seule Fourmi les regardait comme s'ils étaient fous.

« Riva ! s'écria Feza en arrêtant de se taper les flancs. Il est toujours revenu vers moi !

— Re-ve-nu ? » Mama Issa décomposa le mot.

Feza fit un clin d'œil à Alia et éclata de rire à nouveau.

La grand-mère s'installa dans le lit d'Alia qui, elle, finit sur un lit de camp. La chambre d'enfant s'emplit du parfum de vanille, du tintement des bracelets et du froissement des tissus dont étaient faites les robes de Feza. Et de bruits de succion, car elle ne pouvait se passer de bonbons.

Le premier soir, elle força Fourmi à baisser le son de la télévision en la sermonnant :

« On ne s'entend pas penser avec ces gémissements débiles ! »

Alia ne pouvait plus écouter les films à travers la cloison. Au lieu de cela, elle s'endormait au son des prières de Feza. La grand-mère s'agenouillait sur le lino, joignait les mains devant elle et chuchotait avec ferveur le *Notre Père* et le *Je vous salue Marie*. Un jour, Alia l'interrompit pour lui demander pourquoi dans la prière Marie était « bénie », et pas le Père, mais la grand-mère se fâcha contre elle. Elle fit s'agenouiller sa petite-fille à côté d'elle et l'obligea à répéter la prière. Alia s'ennuya rapidement. Eddy lui avait appris que les mots étaient la liberté, que le récit se déversait et qu'on ne savait pas où il prendrait un virage, et encore moins quand il s'arrêterait. Les prières, elles, étaient toujours les mêmes. Alia attendait avec impatience le moment où sa grand-mère, transportée, se mettrait à fredonner en lingala.

« Feza dit qu'elle est catholique, mais elle a sa propre foi. » Mama Issa haussa les épaules. « Elle n'est jamais allée à l'église, mais elle a toujours fait ce rituel du soir.

— Pourquoi elle ne chante pas plus fort ? Sa voix est si puissante.

— Elle s'est cachée pendant des années devant notre père. Il désapprouvait le lingala, il nous ordonnait de parler français.

— Pourquoi grand-mère ne parle pas avec ses propres mots, comme papa, mais répète toujours la même chose en boucle ? Tu te souviens comment papa racontait les histoires ? La seule chose qui se répétait, c'était "Voilà l'histoire", "Écoute attentivement" et "Je l'ai racontée moi, Eddy, conteur de Kinshasa".

— Ou alors : "C'est là que j'arrête mon histoire", ajouta Mama Issa.

— "Et voilà la fin de l'histoire. L'injustice n'est pas bonne. On dit même que l'injustice est mauvaise". »

Mama Issa se mit à rire.

« Tu te souviens de celle sur les Amazones ? demanda Alia.

— Sur les Amazones ?

— Oui, sur les femmes dans l'armée, de haut grade, qui gouvernaient les hommes. Papa disait qu'il l'avait entendue d'un militaire qu'il avait rencontré un jour à Kinshasa. Il paraît qu'il roulait avec une voiture qui grinçait…

— Ah, la vieille Chevrolet ! Je me souviens de ce type. Il avait été militaire, il était devenu criminologue.

— *Cet ancien militaire, alors qu'il était encore dans l'armée, était tombé amoureux d'une Amazone. Elle le malmenait terriblement, jusqu'à ce qu'elle tombe elle aussi amoureuse de lui. Il l'épousa parce que… vous savez, il ne pouvait pas vivre sans elle, ou quelque chose du genre. Elle voulait avoir de belles choses, donc il trouva du travail et gagna beaucoup d'argent. Nonobstant…*

— Nonobstant ? » La tante sourit avec incrédulité.

« *Nonobstant, cette Amazone tomba à nouveau amoureuse. Mais cette fois d'un général.*

— D'un général ?

— *D'un général qui en était amoureux lui aussi et qui voulait l'épouser. Mais elle était mariée. Donc le général décida de tuer le mari !*

— Mais le divorce, ça existe.

— Ne m'interromps pas ! *Il envoya des sicaires qui devaient le surprendre dans une obscure ruelle. Mais le mari était un criminel…*

— Criminologue.

— *Oui, et il ne s'est pas laissé tuer. Alors le général dépêcha des soldats qui l'arrêtèrent et l'enfermèrent dans une sombre cellule. Il y resta emprisonné plusieurs années. Pendant ce temps, sa femme dilapida son argent et le général se lassa de la femme. Quand le mari sortit de prison, il ne lui restait plus que sa vieille Chevrolet. Et sa femme qui la poursuivait. Parce qu'elle voulait avoir cette voiture, bien qu'elle fût vieille. Voilà ce qui se passe, dans la vie, les femmes qui se lassent de leur mari fréquentent des haut placés, et ceux-ci arrêtent leurs rivaux et les tiennent sous clef jusqu'à ce qu'ils se lassent à leur tour de leur femme. C'est comme ça que se termine cette histoire.* »

Alia ouvrit les bras, comme surprise d'avoir raconté tout cela.

« La morale de l'histoire, c'est que les Amazones ne devraient pas laisser tomber l'armée, commenta avec aigreur Mama Issa.

— Mais dans l'armée, ils violent les subordonnés. » Alia haussa les épaules.

La nouvelle de l'arrivée de la cousine Kesa de Kinshasa électrisa Alia. Son père avait sûrement confié une lettre à cette dernière et dit quand il rentrerait. Elle s'énervait en voyant sa grand-mère se préparer avec lenteur pour sortir, comme pour l'embêter. Feza attacha ses tresses, enfila une longue jupe et une blouse à manches bouffantes confectionnée sur mesure chez une des meilleures couturières de Kinshasa, glissa avec recueillement des bagues sur ses doigts et des bracelets à ses poignets. Alia aimait la regarder se préparer, mais cette fois elle lui lança sèchement :

« Il pleut et il fait froid, et tes chaussures ont des petits trous. »

La grand-mère jeta un coup d'œil par la fenêtre puis mit des collants sous sa jupe. Alia roula des yeux.

Elle était prête depuis longtemps déjà, en pantalon et en sweat, comme d'habitude, elle n'avait plus qu'à enfiler sa veste. Même Joe était assis sur le bord du lit avec ses chaussures lacées : elle avait veillé à ce qu'il ne lambine pas.

« Je paierai Kesa pour qu'elle te couse une vraie robe. » Grand-mère Feza enfonça ses pieds gonflés dans des escarpins bleus. « Tu as presque douze ans, et tu ne portes que des pantalons et des sweats. C'est pour les garçons, ça. »

Alia haussa les épaules. Fourmi la harcelait depuis longtemps pour qu'elle s'habille « comme une fille ». Elle lui avait même acheté une robe, une horreur rose qu'Alia avait immédiatement rangée dans son armoire en attendant qu'elle devienne trop petite pour elle. Elle était la plus grande de sa classe, elle avait de longs bras et de longues jambes, une poitrine plate et des cuisses affreusement maigres. Elle ne supportait pas les robes. Heureusement que Mama Issa lui achetait des jeans et que la mère de Mohamed lui offrait des sweats.

« ... une robe. » La grand-mère finit sa phrase en glissant son poignet dans le dernier bracelet. « Rappelle-toi que tu es congolaise. »

Il pleuvait à verse lorsqu'elles traversèrent le square pour gagner l'arrêt de bus. La grand-mère refusait catégoriquement l'usage des parapluies et ne portait pas de manteau, les gouttes de pluie coulaient sur son visage et venaient s'écraser sur son épais foulard turquoise. Dans la rue grisâtre, elle avait l'air d'un oiseau coloré sur le point de s'envoler. Du coin de l'œil, Alia vit un groupe d'enfants qui sortait d'un cinéma les montrer du doigt. Ils se mirent à rire en se donnant des coups de coude. Feza ne les remarqua pas, mais Joe ralentit pour marcher quelques pas derrière sa grand-mère et sa sœur, tête baissée.

La cousine Kesa les salua sur le seuil d'un appartement situé au deuxième étage d'une étroite maison. Le brouhaha du dimanche envahissait la cage d'escalier, les langues et les parfums s'y mélangeaient, quelques portes étaient entrouvertes, les conversations portaient jusqu'aux escaliers.

« En dessous, ce sont des Sénégalais, chuchota-t-elle de façon théâtrale tout en s'effaçant pour les laisser entrer. Ils parlent tout le temps wolof. La famille d'à côté est du Burundi, et au-dessus habite un Blanc. Un fou. »

Ses cheveux, blancs par endroits, étaient coiffés en arrière ; elle portait un foulard coloré sur sa longue jupe et sa blouse bouffante. Son visage aux traits accentués semblait invariablement dire « Je sais tout ».

Elle observa avec attention la tenue de Feza puis murmura avec approbation :

« On voit de qui Eddy tient son bon goût.

— Mon fils était un fameux sapeur. » Feza s'illumina en se servant des cacahouètes que Kesa lui tendait. « Son père passait son temps à crier "Pourquoi ne peut-il rien faire normalement ! Ni travailler dans un bureau, ni même s'habiller comme un homme". Mon Eddy a toujours été différent, il se distinguait toujours des autres, il était élégant ! En se promenant dans la rue, il a brisé le cœur de plus d'une jeune femme.

— Même dernièrement », acquiesça Kesa en fourrant des pistaches dans les mains d'Alia et de Joe.

Feza mit le doigt sur sa bouche pour stopper la logorrhée de la cousine, mais Kesa en avait déjà trop dit : Eddy fréquentait la sœur de Récup, d'abord l'aînée, puis la cadette qui devait partir faire des études en Europe. Toute la famille s'était cotisée pour cela, et à présent elle disait qu'elle n'irait nulle part et resterait à Kinshasa. Tout le monde savait pourquoi. Et Eddy et Récup s'étaient disputés !

Feza saisit le dépliant d'une pizzeria du quartier et se mit à s'éventer nerveusement. Elle espérait que les enfants n'avaient pas entendu ce qui se disait dans cette pièce étroite où le meuble le plus imposant était le lit. Feza et Kesa s'étaient accroupies dans un coin, du côté de la cuisinière à deux feux sur laquelle se promenaient des cafards ; Alia et Joe étaient assis du côté opposé, tournés vers la télévision qui était allumée.

« Mais il ne lui a pas fait d'enfant ? » chuchota-t-elle.

Kesa fit non de la tête.

« Mon fils ne devrait se lier à personne, maintenant. C'est un artiste. L'Europe lui a coupé les ailes, mais à Kinshasa il est de nouveau lui-même, l'Eddy d'avant. Pour une mère, voir son enfant heureux est la chose la plus importante. Eddy ne devrait se lier à personne, répéta Feza en jouant de ses doigts tremblants avec ses boucles d'oreilles. J'aide Fourmi, mais où trouverais-je la force de m'occuper d'autres petits-enfants ? J'ai un restaurant, je ne peux pas compter seulement sur les employés. D'ailleurs, ils me volent quand je ne suis pas là.

— Justement, tu devrais changer de cuisinier. Le crocodile a le goût de coq décharné, chez toi. »

On entendit un bruit au-dessus d'eux.

« C'est le fou du dessus. » Kesa désigna le plafond. « Il travaille dans une usine qui fabrique des yeux de verre, et quand il est énervé, il les fait rouler sur le sol. »

Alia sentit ses joues brûler. Une colère qu'elle n'avait jamais connue auparavant grandissait en elle. Sur l'écran de télévision, Tom pourchassait Jerry, au-dessus de leur tête roulaient des yeux de verre, et dans ses pensées elle insultait sa mère. Comment avait-elle pu crier autant sur son père, jusqu'à le faire partir ? Elle l'avait battu et maintenant il ne reviendrait jamais, il resterait avec la petite sœur de Récup à Kinshasa ! Pour toujours.

La colère surgissait de plus en plus souvent en elle. Alia se disait que c'était comme ça et qu'elle n'y pouvait rien. Il suffisait qu'on la regarde de travers, il suffisait d'un demi-mot, d'un coup de coude significatif. Ses traits se durcissaient, elle avait soudainement chaud et sentait des fourmillements dans le cuir chevelu.

La première fois où elle n'y tint plus fut lorsque Giovanni dessina sur le tableau un perroquet sous lequel il écrivit « La grand-mère d'Alia ». Elle bondit de sa chaise et se dressa à quelques centimètres de lui.

« Et qu'est-ce que tu vas me faire, la girafe ? cria-t-il en levant la tête. Ta grand-mère vient de la brousse ! »

Elle saisit la règle en bois qui se trouvait sous le tableau et s'apprêta à le frapper. Giovanni se rejeta en arrière, mais il y avait un mur derrière lui, contre lequel il rebondit de telle sorte qu'il faillit retomber sur Alia. Pendant un instant, elle lut de l'effroi dans ses yeux, et ça lui plut.

« La prof arrive ! » C'était la voix de Mohamed.

L'immobilité de la classe fit place à une agitation fiévreuse. Giovanni repoussa Alia, attrapa son cartable et se précipita à sa place.

« Alia. » La voix de la professeure de mathématiques couvrit les restes du brouhaha. « Je vois que tu as hâte d'être interrogée. Prends une craie et écris la consigne au tableau. »

Alia ne retint pas grand-chose de ce cours, si ce n'est qu'une nouvelle arriva dans la classe et prit place à côté d'elle, à l'avant-dernier rang. Elles n'échangèrent pas un mot, car l'autre ne parlait pas français. Elle était arrivée peu auparavant en Belgique, mais Alia n'avait pas retenu d'où elle venait, le nom du pays ne lui disait rien.

Après l'école, alors qu'elle traversait la cour, elle entendit la voix de son frère en provenance du mur où l'on faisait rebondir les balles :

« … je vais vous la raconter moi, Joe, conteur de… »

Ses mots furent interrompus par un éclat de rire.

« Mais laissez-le parler, imbéciles ! » Elle reconnut la voix de Nico.

Ils se moquèrent de lui aussi.

« Hé, le conteur, où est-ce qu'on peut bronzer comme ça en Europe ? »

Alia surgit de derrière le mur au moment où Nico se jetait sur un garçon, les poings serrés.

« Nico, laisse-le, il plaisante. » Joe chuchotait à moitié, le tirant par les vêtements.

Alia donna un coup au petit de sept ans qui se tenait le plus près d'elle. Il tomba comme une marionnette sur l'asphalte du terrain de foot mouillé par la pluie.

Les autres firent un bond en arrière et l'entourèrent en demi-cercle. Quelqu'un lui toucha la main – c'était Joe qui l'entraînait.

« Je vous botterai le cul ! menaça Nico alors qu'ils s'éloignaient tous les trois. Faites gaffe, mon père fait du judo ! »

Le jour suivant, la grand-mère dit :

« Je vais vous apprendre le lingala. C'est votre langue, vous êtes congolais. Je l'ai apprise à Eddy et Issa, maintenant je vais vous l'apprendre à vous. »

Alia haussa les épaules. Elle était assise sur l'appui de la fenêtre dans la chambre qu'elle partageait avec son frère et sa grand-mère, elle observait les gouttes de pluie et de neige mêlées couler sur la vitre. Ils l'invitèrent à se joindre à eux, mais elle détourna la tête en silence. Elle écoutait Joe répéter après sa grand-mère des mots qui sonnaient étranger – les différentes parties du corps : la tête, le cou, les épaules, le ventre, les mains, les jambes. Ils arrivèrent aux pieds, mains, doigts et cheveux. Joe riait comme si ces nouveaux sons le chatouillaient. Il semblait apprendre avec facilité. Alia se demandait malgré elle comment on désignait en lingala les parties du corps tièdes et intimes : la pulpe des doigts, la peau délicate derrière les oreilles, le creux au-dessus des clavicules.

« Viens avec nous. » La grand-mère posa la main sur l'épaule d'Alia.

Le parfum de vanille commença à dissoudre cette chose froide qui s'était installée depuis peu chez Alia. Elle leva les yeux et jeta un regard interrogateur à sa grand-mère. Elle se sentit drôle tout à coup. À la maison, on n'était pas prodigue en tendresse, Fourmi ne les câlinait jamais, ni elle ni Joe, elle ne prenait dans ses bras que le petit Riva. Alia secoua ses épaules pour se débarrasser de la main de sa grand-mère et posa de nouveau son regard sur la fenêtre. Dehors, il commençait à faire sombre, on allumait la lumière dans les immeubles d'en face, le quotidien des autres était dévoilé, des orchidées roses des appuis de fenêtre jusqu'aux lits non faits et à l'agitation du dîner.

« Arrête de t'apitoyer sur ton sort, entendit-elle. Tu es forte, comme nous toutes. »

Alia détourna les yeux de la fenêtre et regarda sa grand-mère.

« Et alors, rétorqua-t-elle, puisque personne ne m'aime ? »

Peu après, elle eut ses règles pour la première fois. Elles arrivèrent à l'école, pendant la pause de midi. Au début, elle eut peur en pensant que cela venait d'ailleurs. Elle s'attendait à du rouge, comme sur la serviette de Mama Issa qu'elle se rappelait de son enfance, mais c'était presque marron. Elle regarda les gouttes qui ruisselaient sur la cuvette des toilettes. Contrairement aux autres liquides organiques, ces gouttes-ci coulaient quand elles le voulaient, Alia n'en avait pas le contrôle. Cette indépendance du sang lui plut.

Depuis, elle volait les serviettes de Fourmi, elle constituait aussi des réserves cachées dans sa trousse, car les garçons éventraient les cartables des filles à la recherche d'accessoires « compromettants ». Un jour, ses serviettes rendirent service à sa voisine de classe dont les règles débarquèrent un jour de juin, alors qu'elle portait une jupe claire. Les garçons firent toute une histoire d'une petite tache rouge, la moitié de l'école la montra du doigt et la traita de « sale chienne en chaleur ». La fille ne comprenait pas le sens de ces mots, elle était arrivée dans la classe deux mois plus tôt et balbutiait à peine quelques mots de français, mais elle alla tout de même se cacher dans les toilettes. La frayeur se lisait sur son visage, comme si elle avait peur de mourir. Alia comprit que c'étaient ses premières règles.

Elle la suivit et frappa à la porte de la cabine dans laquelle elle s'était réfugiée. La fille venait de Pologne, mais personne ici ne savait quoi que ce soit sur ce pays. On ne parlait pas de cette partie de l'Europe, ni dans les cours d'histoire, ni à la télévision, et encore moins à la maison. La fille avait un visage rond, de légères taches de rousseur et des cheveux raides d'une couleur qu'en classe ils avaient nommée « couleur souris ». Ils ne cessaient de lui demander comment elle s'appelait, juste pour entendre les sons chuintants qui sortaient de sa bouche. « Marzena, répondait-elle de bonne foi. Marzena Korzeniowska. »

Alia se pencha et lui tendit une serviette entre le bas de la porte et le sol. Marzena la prit sans un mot. Quelques minutes plus tard, elle sortit et s'approcha des lavabos. Elle ne regardait pas directement Alia mais son reflet dans le miroir fendu, elle s'accrochait à ses yeux comme à une bouée de sauvetage. Elle voulait dire quelque chose, mais au lieu des mots coulèrent des larmes.

Alia agrippa ses mains au bord froid du lavabo et se mit à raconter qu'un jour elle était tombée dans la salle de bains sur Mama Issa tenant une serviette ensanglantée, qui pleurait elle aussi. Elle parla du filet de sang qui avait coulé sur le visage de son père quand sa mère l'avait frappé avec le talon de sa sandale verte, à tel point qu'il s'était enfui à Kinshasa. Elle parla des enfants de la classe qui ne savaient pas qui étaient Patrice Lumumba, Martin Luther King, Malcolm X ni Angela Davis, dont la photo était affichée au mur du sous-sol de Mama Issa à l'égal du portrait de la Vierge ailleurs. Elle parla des professeurs qui attendaient de chaque élève qu'il s'identifie avec la belgité, comme si l'on pouvait tirer cette dernière de force des enfants des Italiens, des Grecs, des Marocains ou des Congolais qui s'étaient installés ici.

« Et des Polonais », ajouta-t-elle, goûtant ce mot qui sonnait étranger.

Alia ne savait pas ce qui se cachait derrière ce terme, à l'exception de l'image qu'elle avait devant les yeux : le reflet dans un miroir d'un visage éploré aux légères taches de rousseur et aux cheveux qui prenaient une teinte de miel au soleil.

« Merci », dit Marzena.

Alia aurait encore voulu lui dire ce qu'elle ressentait lorsqu'un professeur belge blanc récitait des extraits de leur manuel d'histoire dans lequel les Congolais n'étaient considérés que comme des esclaves, des sauvages sans passé, sans traditions, sans religion ni coutumes. Des fainéants ramasseurs de caoutchouc.

Elle ôta les mains du lavabo. Les mains – personne dans cette école ne savait qu'on coupait celles de ses ancêtres, pendant la colonisation. Marzena ne le savait sûrement pas elle non plus, elle n'avait pas la moindre idée de ce qu'était le Congo. Pas plus qu'Alia de la Pologne.

Elle aurait voulu tendre la main à Marzena, lui caresser le bras, mais elle avait peur que quelqu'un n'entre dans les toilettes et que les garçons ne se mettent à les pointer du doigt en hurlant : « Les gouines, les gouines ! » Elle avait peur qu'alors son visage ne se durcisse, qu'elle n'ait chaud tout à coup, et que ses poings ne s'élancent tout seuls pour frapper. Elle serait de nouveau convoquée chez le directeur et on la menacerait d'exclusion. Elle avait peur de croiser le regard de Mohamed, immobile dans la foule de garçons, comme si les injures à l'encontre d'Alia le paralysaient, lui ôtaient tout contrôle sur le langage et sur le corps.

Marzena commença à dire quelque chose, ses mots sortaient au prix d'un grand effort, mais Alia se retourna et, d'un bond, se retrouva sur le seuil des toilettes. Les sons chuintants la poursuivaient d'un ton implorant. Elle referma la porte derrière elle.

Quand Mama Issa vint de Liège, elle remarqua un changement chez sa nièce. Elle lui demanda ce qui s'était passé, mais Alia se détournait avec obstination : elle n'avait pas de problèmes à l'école, elle avait de bonnes notes et de gentils copains et copines.

Sa tante venait de plus en plus rarement, elle était souvent d'astreinte à l'hôpital le week-end. Mais elle n'avait pas l'air fatiguée par le travail pour autant, bien au contraire : ses yeux brillaient, elle coiffait ses cheveux en une natte qu'elle relevait en chignon sur la nuque. Elle troqua ses jeans pour des jupes qu'elle portait avec une large ceinture afin de souligner la finesse de sa silhouette.

« Ton père te manque ? voulut-elle savoir.

— Non ! » grogna Alia, étonnée par le timbre de sa propre voix.

Mama Issa l'observa, surprise. Alia était presque aussi grande qu'elle, encore une demi-tête et elle la dépasserait.

« Fourmi dit que tu l'ignores, que tu ne lui parles pas.

— Elle n'aime que Riva, éclata Alia.

— Riva est petit.

— Joe aussi est petit, et elle ne fait que lui crier dessus ! Comme avant sur papa. » Elle se tenait debout et regardait par la fenêtre, le corps droit et raide. « Grand-mère fait tout à sa place. Et moi aussi. Elle ne fait que se tartiner avec ses crèmes. »

Elle ne voulait pas inquiéter sa tante en lui disant qu'elle ne savait pas elle-même qui elle était – la fille d'une mère blanchie et d'un père absent, la petite-fille d'une grand-mère congolaise, qui balbutiait à peine trois mots de lingala, la seule Noire de sa classe, une fille qui avait envie de pleurer pas seulement avant ses règles, mais pendant la majeure partie du mois. Et si ce n'était pleurer, alors frapper.

Mama Issa fit un geste comme pour la prendre dans ses bras.

« Elle s'en sortira. » La voix de Feza interrompit son geste. « Elle est forte. »

La grand-mère se tenait sur le seuil, le menton fièrement relevé. Ni Mama Issa ni Alia ne savaient depuis combien de temps elle écoutait leur conversation.

Une étrange grimace déforma le visage de Mama Issa.

« Elle s'en sortira comme toi quand notre père te battait ? »

Feza remit en place ses manches bouffantes et posa ses mains sur son cou, comme pour dissimuler les pulsations rapides de son pouls.

« Tu nous disais de regarder, au point qu'Eddy s'est échappé de la maison et que moi, je suis partie pour l'Europe ! » Mama Issa haussa le ton. « Être fortes ! Penser aux autres, jamais à soi. Des super-héroïnes, si débrouillardes et fortes qu'aucun mec n'arrive à rester à nos côtés. Avoir deux boulots, élever des enfants et soutenir ses frères et sœurs, en plus. J'ai des patientes comme ça, dans mon service. Certaines savent encore qui elles sont, d'autres sont devenues des légumes. Tu n'as pas idée de ce que la dépression peut faire d'une personne. Et tu dis à Alia qu'elle ne devrait pas s'apitoyer sur son sort ?! »

La grand-mère se retourna et sortit de la cuisine sans un mot. Alia fit un pas pour la suivre et la ramener dans la cuisine avec elles, mais Mama Issa la saisit fermement par la manche de son sweat.

« Peut-être qu'aujourd'hui, tu ne sais pas qui tu es, Belge ou Congolaise, Africaine ou Européenne. Mais rappelle-toi que tu es plus riche qu'eux. Ce sont eux, les plus pauvres. » Elle faisait en sorte que ses intonations soient calmes et raisonnables.

Alia la regardait en silence, alors sa tante ajouta :

« Et Eddy n'est pas parti à cause de Fourmi. Il a choisi sa route. Et aucune d'entre nous ne pouvait rien y faire. »

Alia avait beau se répéter les paroles de sa tante, cette idée de richesse liée à sa double identité perdait constamment de son sens pour devenir une déclaration vide, tel un slogan inscrit sur une banderole que l'on a déchirée en lambeaux. Le professeur d'histoire l'exclut de la classe quand elle dit que l'anniversaire de l'assassinat de Patrice Lumumba approchait. Le père de Marzena l'observait, hypnotisé, lorsqu'elle venait chez eux manger des crêpes, comme s'il cherchait une preuve visuelle qu'Alia ne savait pas utiliser des couverts. La bibliothécaire lui donnait une version simplifiée des *Trois Mousquetaires*, car elle avait « sûrement des problèmes avec le français ». Quand Alia marchait avec Joe, les policiers leur lançaient des regards suspicieux. Joe souriait à tout le monde, mais à la maison il s'enfermait dans la salle de bains et on ne pouvait l'en faire sortir.

Alia réussissait de temps en temps à le convaincre de boxer avec elle, mais au bout de quelques minutes Fourmi leur criait de faire moins de bruit. Elle regardait moins la télévision, désormais, et prêtait plus d'attention à son apparence. Elle suivait les conseils des magazines féminins qui étaient devenus une bible pour elle et s'épilait les sourcils jusqu'à n'en laisser qu'un fil. Elle traçait le contour de ses lèvres au crayon, portait de faux ongles et utilisait des parfums aux fortes senteurs. Le soir, elle sortait, et le matin, tandis que les enfants se préparaient pour aller à l'école, elle dormait encore. Feza accompagnait Riva à l'école.

« Si je lui donne de l'argent, ce n'est pas pour qu'elle s'achète des perruques ! Elle se pomponne et disparaît la nuit entière. Elle sent l'alcool et ne fait rien à la maison, cette fainéante ! » Alia entendait sa grand-mère se scandaliser du comportement de sa belle-fille.

« Ce n'est pas nouveau, murmura Mama Issa en posant une assiette de riz devant Alia. Quand Eddy l'a ramenée de la campagne, on voyait déjà qu'elle avait deux mains gauches. Elle ne sortait même pas pour faire cuire des plats sur le feu, mais elle attendait que quelqu'un les lui apporte.

— La mère de Récup avait pitié d'elle, confirma Feza. Une femme dure, je me rappelle qu'elle inscrivait des chiffres sur les portes. Elle augmentait le loyer tous les mois, et si quelqu'un ne payait pas, elle le chassait. Elle n'a permis qu'à Eddy et Fourmi d'y vivre gratuitement. Elle avait un faible pour Eddy.

— Je me souviens de ces appartements, au rez-de-chaussée, qui communiquaient. » Mama Issa sourit. « Et dehors, il y avait une cuisinière à trois pieds. Les voisines y passaient leur journée, elles mélangeaient les plats, les goûtaient…

— Et comme elles se disputaient !

— À côté, il y avait un gril sur lequel on faisait cuire la viande. La radio était toujours allumée, tu te souviens ? "La vie est belle"… », fredonna-t-elle.

Alia faisait semblant de chercher du beurre d'ail pour son riz dans le frigidaire, mais ses pensées étaient remplies de la Kinshasa des souvenirs de sa grand-mère et de sa tante : l'odeur de l'agneau grillé, les sons de la rumba congolaise, la voix de Papa Wemba qui chantait que la vie était belle. Un minibus abîmé, une Volkswagen blanc et bleu garée derrière la possession des Récup. Un garçon assis sur une échelle. Un homme poussant une brouette, des femmes portant des plateaux d'oranges sur la tête. Le tambourinement de la pluie sur les grandes feuilles, l'eau s'évaporant de la terre. Le crissement des lames sur le crâne des hommes que rasaient les barbiers de rue. Le mouvement des vendeurs qui se jetaient sur les voitures arrêtées aux feux pour leur fourguer une montre, une pile, un chiot, de l'eau. Des poules qui traversaient, des chèvres qui entravaient le passage. Des bruits de disputes, une bagarre de femmes pour un homme. L'immobilité des anciens plongés dans la sécurité de l'infini du temps, la hâte des piétons passant devant l'inscription « Ville du triomphe ».

« "La vie est belle"…, chanta Feza avec sa fille, puis elle soupira. Kinshasa me manque. »

Alia fut traversée par la peur. Son père s'était écrié la même chose dans le jardin de la Blanche. La grand-mère allait-elle les quitter à son tour, comme lui, et comme sa tante ? « Kinshasa me manque »… Ce refrain annonçait la douleur de la séparation.

« Fourmi doit trouver un travail, dit fermement Mama Issa, comme si elle lisait dans les pensées d'Alia. Ou bien qu'elle demande les allocations. Une chose est sûre : on ne peut pas l'entretenir éternellement. »

Feza tchipa et hocha la tête avec scepticisme.

« Elle peut être aide-soignante à l'hôpital », ajouta Mama Issa, sans avoir l'air convaincue par ses propres paroles.

Alia se leva de table et jeta les restes de son riz à la poubelle. Les mots « Kinshasa me manque » la poursuivirent tandis qu'elle refermait la porte de la cuisine derrière elle.

C'était la troisième fois qu'elle faisait le tour du pâté de maisons, mais elle se sentait toujours bouillir de l'intérieur. Fourmi l'avait interrompue sans ménagement dans ses devoirs pour qu'elle s'occupe de Riva. De plus, elle maudissait Feza, qui passait tant de temps chez la cousine Kesa. Riva était enrhumé et il geignait, alors Alia accepta avec zèle le nouvel ordre de sa mère, celui de sortir acheter quelque chose à boire. Fourmi avait la gueule de bois, elle était de nouveau rentrée au petit matin.

Alia remonta comme à son habitude la rue des Becs, puis elle tourna en direction du square. Le vent soufflait. Elle remarqua alors les pétales qui tombaient des arbres en fleurs, dansant sur l'asphalte, poussés par la brise printanière. Un tourbillon rose s'éleva au-dessus du sol juste devant elle et virevolta sur le pavé.

Elle ralentit en entendant son nom. Joe courait dans sa direction, son cartable rebondissait sur son dos. Il ne se pressait jamais pour rentrer à la maison. Fourmi l'exploitait lui aussi, en répétant son refrain : « Quand j'avais huit ans comme toi maintenant… » Joe rejoignit sa sœur. Ils marchèrent côte à côte en silence. Vêtus de jeans, baskets et sweats à capuche, ils ressemblaient à des frères, car Alia s'était récemment fait couper les cheveux. Elle avait les plus courts de la famille après sa mère, à qui il ne restait plus grand-chose de ses vrais cheveux à force de porter des perruques.

« Tu as de l'argent ? demanda Joe tandis qu'ils descendaient la rue des Becs. J'ai faim.

— On va voler un truc », lança-t-elle en lui montrant d'un mouvement de menton l'enseigne visible au coin de la rue : « Alimentation générale ».

Il s'arrêta soudain. « Mais Moussa nous connaît ! » Joe la dévisageait, les yeux écarquillés.

« Je vais entrer et le baratiner », décréta-t-elle. Une joie secrète mêlée à un désir de vengeance se lisait sur son visage. « Toi, tu restes dehors et tu prends tout ce qui te plaît dans les bacs. Ne mets rien dans ton cartable, uniquement sous ton T-shirt.

— Et si Moussa m'attrape ?

— S'il va dans ta direction, je te ferai signe.

— Comment ? En sifflant ? »

Alia le regarda avec pitié.

« Je dirai quelque chose qui sera notre signal de repli. Par exemple : "L'injustice n'est pas bonne. On dit même qu'elle est mauvaise." »

— C'est trop long. » Dans les yeux de Joe flottait encore un reste d'incertitude, mais il commençait à adhérer au plan de sa sœur.

« Alors je dirai : "Attention, des flaques d'eau mortelles !"

— C'est ça, et personne ne trouvera ça bizarre ! ironisa-t-il.

— J'inventerai quelque chose. » Elle perdit patience et disparut à l'intérieur du magasin.

Quand Alia en ressortit quelques minutes plus tard, Joe piétinait devant le magasin. Il était en sueur et lançait des regards effarouchés alentour. Lorsque Moussa sortit sur le seuil pour leur dire au revoir, il lui sourit en retour. Alia n'avait jamais vu cette expression chez son frère auparavant : un sourire large, découvrant la blancheur de ses dents, mais ses yeux restaient froids. La peur lui monta à la gorge. Pendant un instant, elle eut envie de faire demi-tour, de reposer ce qu'ils avaient volé et de présenter ses excuses à Moussa, mais Joe la tira par la manche.

Une fois passé le coin de la rue, il sortit son trophée de sous son T-shirt : une noix de coco qui ressemblait à une petite tête de rongeur avec des yeux qui les fixaient. Elle s'étonna de son poids. Elle regarda Joe, perplexe, et celui-ci afficha de nouveau son sourire lisse.

Mama Issa entra la première, suivie d'un homme pas très grand. Il avait de grands yeux au regard joyeux et une couronne de cheveux blonds. Il portait un imperméable comme on porte une blouse de médecin, si bien qu'Alia regarda par réflexe si un thermomètre ne dépassait pas de sa poche.

« Voici Lieven, commença la tante, mon… » Elle hésita. « Il est notaire et…

— Et on s'aime beaucoup. » L'inconnu passa un bras autour des épaules d'Issa.

Il l'aida à retirer sa veste et l'accrocha à côté de son imper. Il y avait quelque chose d'apaisant dans son regard, bien que ses gestes fussent énergiques. Alia remarqua que sa tante le regardait d'une façon différente de celle dont elle regardait Bastien. Il n'y avait pas de crainte dans son regard, elle souriait avec confiance, un peu comme un enfant. Quand Fourmi émergea du salon, ils étaient tous assis autour d'une table joliment préparée, Lieven montrait des photos des voitures d'avant-guerre qu'il collectionnait. Riva trouvait qu'elles ressemblaient à des scarabées colorés.

« Un notaire t'assurera une belle vie ! souffla Fourmi à Mama Issa, s'imaginant le faire discrètement.

— C'est tout simplement un homme bon et aimant. » Mama Issa avait l'air gênée.

« Dommage que Feza soit allée chez Kesa. Elle aurait fait la connaissance de ton fiancé. Eddy, ce salaud, peuh, peuh, disait que tes parents t'avaient envoyée en Europe pour que tu trouves un mari riche et blanc. C'est ton père qui serait content ! »

Mama Issa glissa un regard effarouché en direction de Lieven, mais celui-ci était occupé à expliquer aux enfants ce que signifiait son prénom.

« Alors ? » Joe leva la tête vers Lieven.

— "Mon cher".

— Mon cher, mon cher ! » Riva se réjouissait du mot qu'il venait d'apprendre.

Lieven souleva le petit garçon et le plaça sur ses épaules. Riva, qui pour la première fois de sa vie se retrouvait aussi haut, regardait avec attention les lampes qu'il découvrait d'un nouveau point de vue, touchait les fissures au plafond. Il ne se lassait pas de cette perspective et guidait l'amoureux de sa tante comme si c'était un cheval.

Après le repas, Alia et Joe les raccompagnèrent à leur voiture, tandis que Fourmi se penchait à la fenêtre pour jauger la Peugeot blanche dans laquelle ils s'éloignaient – un modèle dernier cri. Quand la voiture disparut à l'angle de la rue, Alia s'en alla droit devant elle, ignorant les appels de sa mère. Joe la rejoignit en courant.

« Il est sympa, ce Lieven. » Le garçon donna un coup de pied dans un caillou.

« Il est ennuyeux. » Alia gonfla les joues.

« Il a de sacrées voitures.

— Un tas de ferraille ! »

Elle en voulait à Lieven d'avoir su si vite trouver sa place parmi eux. À présent, sans lui et sa tante, tout était à nouveau vide. Une fois de plus, quelqu'un était apparu pour s'en aller aussitôt. Sans réfléchir, Alia se dirigeait vers le supermarché Delhaize.

« Surveille si on me regarde, chuchota-t-elle à son frère. Avertis-moi s'il se passe quoi que ce soit. »

Elle attendit que la caissière se retourne pour attraper un paquet de collants couleur chair. Ils avaient la couleur de peau de la blonde aux yeux bleus qui souriait sur l'emballage. Alia se demanda ce qu'on aurait écrit pour des collants imitant sa couleur de peau à elle : « Autre chair » ? Une chose était sûre : son corps n'était pas une référence, ici, ni une norme. La couleur de sa peau se trouvait au-delà de la palette de couleurs, elle était une dégénérescence.

Elle glissa le paquet sous son T-shirt, se retourna et se figea : Nico se tenait devant elle.

« Alia ! » Elle entendit la voix anormalement modulée de Joe du côté des caisses. « Dépêche-toi ! Mama nous a dit de rentrer avant sept heures ! »

Elle jeta un coup d'œil le long du rayon par-dessus la tête de Nico. La vendeuse s'approchait d'eux en faisant voleter les pans de son tablier. Le visage de Nico prit une expression des plus aimables :

« Excusez-moi, madame, vous pourriez me montrer où se trouve le sucre, s'il vous plaît ? lui demanda-t-il. Maman m'a demandé d'en acheter pour faire un gâteau. »

La caissière lui sourit et fit demi-tour, suivie par Nico qui ne se retourna pas.

Alia sortit du magasin. C'est seulement alors qu'elle sentit que ses jambes tremblaient.

« Si Nico n'avait pas été là…

— Nico ? s'étonna Joe.

— Il a attiré la vendeuse dans une autre direction. S'il n'avait pas été là, c'en était fini pour moi. On nous a toujours plus à l'œil, nous, les Noirs.

— Je ne savais pas que Nico était là. Il a dû entrer par l'autre accès. J'ai inventé un bon mot d'ordre, pas vrai ? » Joe en sautillait de fierté.

Elle le regarda d'un air vide. Elle ne cessait de penser à l'expression de Nico quand il avait compris ce que faisait la sœur de son copain.

« "Dépêche-toi ! Maman nous a dit de rentrer avant sept heures", c'était ça, le mot d'ordre ! Je pensais que c'était pour cette raison que tu avais rappliqué aussi vite. »

Alia hocha la tête. Encore le chiffre sept !

Elle ouvrit la bouche pour lui dire qu'ils ne devaient plus voler. Mais Joe la regardait avec une telle adoration, son visage rayonnait. Peu importait ce qu'ils faisaient, pourvu qu'ils le fassent ensemble, lut-elle dans ses yeux.

Le bruit d'un moteur ronronna dans le silence de la rue endormie, une voiture s'approcha lentement. Elle se gara juste devant leur immeuble, les phares jetèrent un faible éclat sur les rideaux. Joe sifflait légèrement, comme chaque fois qu'il dormait sur le dos. Le lit de la grand-mère était vide. Elle devait être auprès de Riva. Le petit lit se trouvait à côté du canapé sur lequel Fourmi avait pris l'habitude de dormir.

Le regard ensommeillé d'Alia tomba sur la sombre forme ovoïde qui trônait sur la commode de son frère. Il conservait sa noix de coco tel un trophée dont il dépoussiérait de temps en temps les moustaches rigides et vérifiait si le lait clapotait toujours à l'intérieur. Elle lui avait demandé tant de fois de le ranger; ses points noirs qui lui faisaient penser à des yeux l'inquiétaient. Mais il n'en faisait rien.

Une clef tourna dans la serrure, la lumière envahit l'entrée. Fourmi trébucha sur un jouet abandonné par terre, jura puis se rattrapa en s'appuyant au mur. Elle posa une main sur le chambranle de la porte de leur chambre et enleva ses talons aiguilles de l'autre.

« Ça ne peut plus durer comme ça ! » Alia reconnut la voix de sa grand-mère.

Fourmi se tourna vers Feza. Dans la lueur de la lampe de l'entrée, Alia aperçut les irrégularités de pigmentation sur la peau de sa mère. Ses bras blanchis par les crèmes contrastaient avec le ton foncé de ses aisselles, et à la jonction des deux teintes étaient apparues des cloques peu ragoûtantes.

« Tu vas aller travailler », reprit Feza sur un ton ferme.

Fourmi pencha la tête dans un mouvement qui rappelait celui d'un oiseau, puis éclata d'un rire perçant.

« Tu es forte. Comme nous toutes ! »

Le rire de Fourmi se transforma en hoquet. Elle couvrit sa bouche d'une main, ses ongles longs vernis de rouge semblaient noirs.

« Tu mènes une vie de débauche avec les Blancs ! Tu ne vois pas ce qu'ils font de toi ? »

Des larmes coulèrent sur les joues de Fourmi. Elle sanglotait, assise contre le mur, les jambes allongées en V. Elle avait un pied à demi enfoncé dans une chaussure et tapait sur le sol de l'autre, comme pour rythmer les sons qu'elle émettait. Alia frémit – le vert de son escarpin était identique à celui de la sandale avec laquelle sa mère avait un jour frappé son père.

La grand-mère continuait de parler, mais Fourmi ne l'écoutait pas. Elle se releva en titubant, les cheveux de sa perruque lui cachaient un œil. Elle se jeta soudain sur sa belle-mère. On entendit un tintement de verre brisé et le fracas d'une chaise renversée. Alia sauta du lit mais fit immédiatement demi-tour pour mettre ses chaussons – le sol de l'entrée était couvert des débris du carreau de la porte de la cuisine et de sauce à la viande qui avait jailli de la casserole. Sa mère gisait parmi les restes, Feza était accroupie au-dessus d'elle. Ses mains dénuées de bagues semblaient impuissantes.

Alia l'aida à relever Fourmi et à l'installer sur une chaise. Elles remarquèrent alors les garçons plantés sur le seuil. Joe enlaçait Riva dont les doigts, qui tenaient son éléphant en peluche, tremblaient. Feza alla vers eux, prit Riva par la main. Joe alla chercher le balai en silence. Ensemble, Alia et lui nettoyèrent les restes de nourriture, accompagnèrent leur mère au salon, la couchèrent sur le sofa et la recouvrirent.

Quand ils retournèrent à la cuisine, Alia fit chauffer du lait. Les mains de Joe tremblaient lorsqu'il porta le bol à la bouche.

« Je t'ai déjà raconté comment Ali choisit sa tactique de combat contre Foreman ? » Alia s'assit tout près de lui et appuya ses coudes sur la table.

Il fit non de la tête et but une gorgée de lait. Elle ne voyait plus son visage derrière le grand bol.

« Tu ne sais pas ?! » Alia se donna une claque sur les cuisses.

Joe reposa le bol, des moustaches de lait s'étaient formées sous son nez.

Alia se leva d'un bond et remonta les manches de sa chemise de nuit, comme si elle avait l'intention de lutter contre quelqu'un.

« Qu'est-ce que tu fais ? » demanda Joe. Une ombre de sourire se dessina sur ses traits.

« Moi ?! Ce n'est pas moi ! C'est la Furie Futée, conteuse de… partout !

— La Furie ?…

— Qui se fout en rogne ! Ne m'interromps pas, petit scarabée, sinon je t'avale ! *Voici l'histoire, écoutez attentivement. J'ai réussi à revenir de très, très loin pour vous la raconter. Et si vous ne me croyez pas, allez vous en convaincre vous-mêmes.*

« *Dans un endroit très chaud, en plein centre du monde, devait avoir lieu un combat, entre Monsieur Léopard, le plus rapide des félins, et Monsieur Chien de berger, le plus fort de tous les chiens, qui ressemblait à un tank. Tu sais ce qu'est un tank, petit scarabée ?*

— Un véhicule de combat chenillé et blindé qui se déplace à grande vitesse sur des terrains difficiles », récita Joe. Il était justement dans sa phase d'adoration de l'armée.

« *L'enjeu de la lutte était de savoir qui deviendrait ensuite le roi de la jungle, car depuis longtemps, le roi était un reptile, le varan du Nil. C'était lui qui avait organisé ce combat entre eux deux. La veille du duel,*

*Monsieur Léopard, qui avait mué, se faufila pour épier son adversaire. Monsieur Chien de berger était couché devant sa niche luxueuse, essayant en vain de sortir la langue de sa gueule que retenait une muselière. Il était visiblement épuisé par la chaleur équatoriale.*

*« “Ah”, murmura Monsieur Léopard en reculant furtivement, et il alla faire son footing quotidien. Il courait, il courait, de ses bonds de léopard, pas trop vite ni trop lentement, mais à l'allure juste. Quand il atteignit les ruelles sableuses, il se transforma en humain pour ne pas effrayer les habitants du hameau. Il courait entre les haies, traversait les lignes de linge suspendu. Ni les outres d'eau en forme de larmes posées au sol, ni les poules omniprésentes n'échappèrent à son attention. Bientôt, des groupes d'enfants aux pieds nus se joignirent à lui. Il ralentit le rythme. Il faisait semblant de mener la course, même si, à vrai dire, il sentait dans quelle direction les enfants voulaient courir. Il savait que s'il les suivait, il pourrait tomber sur de véritables trésors. Et qu'une confiance excessive en sa propre capacité à guider pouvait mener au fiasco.*

*« Ils coururent jusqu'à un mur. Quelqu'un y avait dessiné un personnage en short avec des gants de boxe et un autre gisant à ses pieds.*

*« “Où avez-vous trouvé du spray pour dessiner ça, petites fripouilles ?” s'écria Monsieur Léopard. “On l'a volé !” Les petits bombaient fièrement le torse. “Mais le dessin est vieux, il s'effacera avec la prochaine pluie. Tu dois gagner avant que ça n'arrive.”*

*« Monsieur Léopard ne remarqua pas que ces mots l'avaient de nouveau transformé en animal. Les enfants se mirent à crier et se cachèrent dans les haies, et lui*

*prit la direction d'un ruisseau pour se rafraîchir avant le combat.*

*«Il se rendit ensuite à l'endroit où l'attendait son adversaire. Monsieur Chien de berger lui lançait des regards perçants, contractait ses gros muscles, on avait l'impression qu'il allait l'attaquer avant même que l'arbitre ne donne le signal du premier round. Monsieur Léopard se léchait les babines, amusé, et faisait semblant d'avoir les pattes collées aux planches du ring. Après le premier round, il s'affala dans un coin en essuyant les cris du public : "Danse ! Pourquoi tu ne danses pas ?!" Mais quelque chose lui liait les pattes.*

— Mais Ali a gagné ! ne put s'empêcher de faire remarquer Joe.

— *Cette lutte n'avait rien à voir avec les précédentes. Tout le monde était persuadé qu'il allait être battu à plate couture. Ils pensaient : il glisse sur les cordes, il se laisse frapper, il accuse des coups terribles, comme s'il était un sac d'entraînement. Nonobstant…*

— Nonobstant ?…

— *… voilà qu'il le frappa ! Il plia Monsieur Chien de berger en deux. Le malheureux hurla et s'effondra. Des gouttes de pluie se mirent à tomber sur son pelage. Elles lavèrent la sueur de sa peau, nettoyèrent les rues, qui étaient déjà propres, et commencèrent à effacer le dessin fait au spray dilué. Cela prit un peu de temps, assez pour que l'arbitre annonce la victoire.*

*«Et moi j'y étais, puis ils m'ont propulsée dans un canon et je suis tombée ici !»*

Alia déplia les manches de sa chemise de nuit, porta son bol à la bouche et but d'une traite le lait qui avait refroidi.

« Encore, encore ! réclama Joe.
— Bois ton lait et laisse-moi tranquille.
— Je l'ai déjà bu. » Joe montra son bol vide.
« C'est seulement ce qu'on dit dans les histoires », murmura-t-elle.
Elle se leva et s'inclina pour saluer.
« Je vous l'ai raconté, moi, la Furie Futée, conteuse de partout ! Morale de l'histoire : ceux qui semblent être des victimes ne le sont pas forcément tous. »

La cousine Kesa avait apprivoisé son voisin du dessus d'une manière connue d'elle seule, si bien qu'il dégota un travail pour Fourmi à la fabrique d'yeux de verre. Tout reposait entre les mains de Feza, à présent, qui devait y pousser sa fainéante de belle-fille.
« Commence par lui faire prendre l'habitude de se lever tôt, lui conseilla Kesa, toute fière. À force d'avoir été aidée avec les enfants, elle a pris de mauvaises habitudes. »
Feza hocha la tête. Ou bien Fourmi avait de la chance, ou bien Kesa était sacrément débrouillarde, car trouver un emploi pour une mère de trois enfants n'ayant jamais travaillé relevait quasiment du miracle. L'étape suivante était l'initiation de Fourmi aux responsabilités. C'est ce qui occupa les pensées de Feza durant tout le trajet du retour jusque chez sa belle-fille.
Alia et elle descendirent du bus et prirent un raccourci. La nuit était en train de tomber, les lampadaires éclairaient faiblement le chemin qu'elles avaient choisi, longeant un grillage. L'herbe étouffait le bruit des pas. Elles n'entendirent pas que quelqu'un les suivait.

Bousculée par-derrière, la grand-mère trébucha dans les buissons. Alia esquiva le coup instinctivement. Ce n'est que lorsqu'elle s'éloigna de quelques pas qu'elle aperçut l'agresseur : un homme d'âge moyen, vêtu d'un manteau clair, au regard embrumé par l'alcool.

« Hé, les putes… ! »

Il se dirigea vers Feza, mais un coup violent lui fit perdre l'équilibre. Il s'affala sur le grillage, qui grinça sous son poids. La grand-mère, qui s'était rattrapée à la clôture pour ne pas tomber, était debout à présent, bien droite, et elle le regardait comme si elle voulait l'hypnotiser.

« Grand-mère, on s'en va ! » cria Alia.

Mais Feza restait plantée là, à regarder l'ivrogne se débattre sous le grillage comme un brochet pris dans un filet.

« Des putes…, balbutia-t-il.

— Grand-mère !

— N'aie pas peur », dit calmement Feza.

Elle leva la main et cracha une série d'injures en lingala. Alia ne connaissait que quelques mots de cette langue, mais suffisamment pour comprendre que sa grand-mère jurait au sens propre du terme : elle ne se répandait pas en vulgarités, mais empêtrait l'ivrogne dans un filet de malédictions.

L'homme se figea et regarda les lèvres de Feza, comme s'il s'efforçait de la comprendre à tout prix. Mais son intérêt se mua en agacement ; la grand-mère était comme une guêpe qui voletait trop près de lui, et il voulut la chasser.

Alia remarqua son geste la première. Il ne parvint pas à atteindre le visage de Feza, mais la petite-fille n'attendit pas qu'il la vise une deuxième fois. Le cri qu'elle poussa lacéra ses propres oreilles.

L'ivrogne tourna lentement la tête vers elle. Elle l'avait, elle avait son attention de soûlard, pour ce tout petit instant. Avec une force qui la surprit elle-même, elle tira sa grand-mère derrière elle et courut vers la maison. Une fois arrivées devant leur immeuble, elles s'engouffrèrent dans la cage d'escalier et grimpèrent les marches en courant.

« Je lui aurais, je lui aurais… ! » haletait Feza.

« Je lui aurais… ! » Ces mots se gravèrent en Alia, et avec eux, l'impuissance du lingala.

Elle comprit que la seule chose sur laquelle elle pouvait compter, c'était son propre cri.

Avant de repartir pour Kinshasa, Feza parla longuement d'Eddy, comme si elle voulait laisser aux enfants un ersatz de sa présence. Alia découvrit alors que le tableau du gamin des rues que leur avait soigneusement dépeint leur père n'avait pas grand-chose à voir avec la réalité.

Eddy, le plus maigre de sa classe, avait compris qu'il devait posséder des qualités qui compenseraient son physique. Il devint gai luron, spécialiste des histoires tressées à partir d'observations, de fragments de phrases, de dialogues saisis au vol. Il ne connaissait pas les légendes rurales, mais il fabriquait ses propres légendes à partir de ce qu'il avait sous la main. Tout comme Récup, son ami qui devint sculpteur et qui bricolait des constructions à partir de ce que les gens jetaient. Récup utilisait de vieilles capsules, des fourchettes qui n'étaient plus utiles à personne et autres déchets, tandis qu'Eddy utilisait les mots. Tous les deux réussissaient à rendre l'âme de Kinshasa alors que la ville était en train de changer.

« Comme il charmait avec ses histoires ! » rêvait Feza en songeant avec fierté à son fils adolescent qui avait trouvé un moyen de se faire accepter des autres.

Joe se mit à rire en entendant le mot « charmer ». Alia fit la grimace, car elle venait d'apprendre l'autre sens de ce terme. Elle épiait sa cousine Kesa en train de raconter à sa grand-mère que la jeune sœur de Récup, âgée de dix-sept ans, attendait un enfant d'Eddy.

Après le départ de Feza, Alia et Joe oublièrent vite le lingala. Quand ils récitaient le nom des parties du corps, comme dans le jeu que leur avait appris leur grand-mère, ils tombaient en terre inconnue. Le français ne combla pas le vide que ces mots avaient laissé. Ce qui sonnait tendrement en lingala paraissait scolaire, froid et officiel en français. Alia sentait physiquement la chaleur que leur avait apportée leur grand-mère s'échapper.

Avant son départ, Feza expliqua à Alia et à Joe que leur premier devoir était de bien étudier à l'école. Et le deuxième, de surveiller leur mère afin qu'elle ne perde pas son travail. Septembre débuta avec la torture du réveil matinal. Joe et Alia réveillaient Fourmi à l'aube, préparaient des sandwichs pour elle et pour eux, puis ils l'accompagnaient à l'arrêt d'autobus, et Riva à la maternelle.

« Bouge-toi, petit ! » Alia secoua son petit frère. « Les yeux et la tête doivent être plus rapides que les poings, comme disait Mohamed.

— Qu'est-ce que ça signifie ? demanda Joe en bâillant et en remettant en place la bretelle de son cartable.

— Qu'il faut toujours changer de tactique. Dans la boxe comme dans la vie. C'est Eddy qui disait ça. »

Depuis un certain temps, incapable de prononcer le mot « papa », elle appelait son père « Eddy ». Même lorsqu'elle lui écrivait des lettres – ce sur quoi Feza avait insisté avant de partir pour Kinshasa –, elle les commençait de façon impersonnelle et les finissait de même. Impossible de se forcer à être chaleureuse. La proximité avait disparu depuis longtemps. Elle ne faisait pas plus confiance à son père qu'à un chien. C'est ce qu'elle aurait voulu rétorquer à Feza, mais elle s'abstint. Ce n'était pas la faute de sa grand-mère si Eddy les avait abandonnés.

Une semaine après le départ de Feza, Alia rêva d'Eddy. Il s'asseyait à côté d'elle dans un café, plaisantait avec elle, mais elle n'y tint pas et lui cria :

« Où es-tu passé ? Comment as-tu pu nous laisser comme ça ?! Je te déteste ! »

Eddy fit un geste de la main, comme s'il chassait une mouche.

« Mais je suis mort, voyons, dit-il. Comment pourrais-je rentrer ? »

Elle arrêta de crier. Puis se réveilla. Sa première pensée fut : quel dommage qu'Eddy soit mort.

11 août 2014, *Le Matin,* informations locales :

Malgré une deuxième tentative de réanimation, l'homme retrouvé dans l'armoire métallique n'a pas repris connaissance. Son identité est toujours inconnue. Il serait originaire de Somalie. C'est ce qu'indique une autre victime des tortures, un homme qui présente des lésions des organes internes à la suite des coups qu'il a reçus.

C'est, pour le moment, la seule victime qui ait accepté de témoigner contre le groupe de tortionnaires. Selon ses dires, il se prénomme Ibra et vient d'une région du Mali attaquée par des bandes de narcotrafiquants. Il a survécu au pogrom de son village, caché sous les corps de ses proches. Le seul document qui l'identifie en Europe est la profonde balafre à la tête, souvenir de la tragédie qu'il a vécue.

Il est arrivé en Europe dissimulé sous la bâche d'un camion. Il s'est d'abord réfugié dans les couloirs abandonnés du métro et dans des gares. Après son arrestation, on lui a fait rejoindre les autres torturés. Il est probablement encore mineur.

Aucune des victimes n'a de permis de séjour.

Le marché aux puces des Marolles bourdonnait de sons familiers. Des exhortations en différentes langues fendaient l'air et se mêlaient aux soupirs : il faisait une canicule terrible, une chaleur inattendue. Les rayons du soleil chatoyaient sur les bibelots jonchant les bâches en plastique ou les couvertures étalées sur le pavé. Les gens se cantonnaient aux étroites allées, comme s'ils déambulaient parmi des carrés de jeunes légumes. Ils soulevaient des poignées dorées, regardaient des photographies sépia, touchaient des figurines au nez cassé, manipulaient des angelots de porcelaine à la dorure craquelée.

Alia saisit une chaussure qui se trouvait tout en haut d'une pyramide de boîtes. Une contrefaçon de baskets Nike, noires avec une bande dorée.

« Combien ?

— Cinquante euros. »

Elle gonfla les joues.

« Pour la moitié du prix, je les prendrais peut-être. »

Quelqu'un lui toucha l'épaule. Les yeux de Pascale étaient cachés derrière des lunettes de soleil, ses cheveux oxygénés étaient attachés en chignon. Alia regarda instinctivement sa ceinture – elle était armée. Pascale lui fit un signe pour qu'elles s'éloignent du vendeur qui les observait.

« On a retrouvé Laura », dit-elle de sa voix rauque.

Laura n'était plus venue travailler depuis quelques semaines. Aux briefings, ils entendaient les remarques acerbes de l'Entraîneur sur les faiblards et les gonzesses hypersensibles. Seule Pascale acquiesçait en ajoutant que les gens comme eux, en service, étaient asexués.

Les réunions ne ressemblaient en rien à celles de l'époque d'Erik. Au lieu de se crier dessus et d'échanger des idées, ils restaient assis, moroses et comme punis, dans une discipline exemplaire. Derrière le bureau, l'Entraîneur était renversé sur sa chaise, à ses pieds haletait Dago. Pascale, Pablo et Mariusz étaient installés en face du chef, pour Nawal et Alia il ne restait que le « deuxième rang ». Les chaises restantes demeuraient vides – Laura n'était pas là, Darren était parti, il avait été licencié avec effet immédiat.

Alia apprit la nouvelle de Nawal, qui était justement de service avec lui. Nawal raconta que Darren avait menacé l'Entraîneur de porter plainte contre lui auprès du procureur. Les actes de harcèlement l'avaient épuisé. Depuis le début de l'été, on lui avait crevé les pneus de voiture et on lui avait brisé une vitre par deux fois. Lorsqu'on appela ses parents pour leur dire qu'ils retrouveraient leur fils mort, Darren avait craqué.

Alia suivit Pascale dans sa voiture. C'est seulement quand elles prirent la direction de la banlieue, dans la zone industrielle, qu'elle comprit où elles allaient.

Elles se garèrent devant un vieil immeuble, gravirent des escaliers empestant l'humidité. Avant d'entrer dans une pièce dissimulée derrière une porte solide, Pascale sortit de sa ceinture une matraque télescopique. Elle la déroula d'un geste, prenant visiblement plaisir au son qu'elle faisait.

Elle appuya sur la poignée et poussa Alia devant elle.

Pendant le mariage, Mama Issa avait l'air effrayée. Lieven lui serrait discrètement la main, mais le réconfort ne traversa pas le tissu glissant de ses gants. Tous les membres de la famille du marié étaient à leur place sur les bancs de l'église, les femmes en tenue pastel et chapeau fleuri, les hommes, sérieux, vêtus de fracs. Seule Mama Issa semblait être un personnage issu d'une autre histoire. Elle s'avança vers l'autel en fixant le sol et s'en éloigna sans un sourire.

Lieven rayonnait pour deux. C'était à lui que les invités formulaient leurs vœux de bonheur, se contentant d'embrasser poliment la mariée. Seule Fourmi se suspendit à son cou, étalant son mascara dilué par les larmes sur la dentelle blanche de la robe de mariée. À côté d'elle se tenait Joe, vêtu de son tout premier costume, et derrière lui Alia portant Riva, qui avait trois ans à présent. La mère de Lieven tendit sa main baguée et pinça la joue du garçonnet. À la vue de son visage bronzé strié de rides profondes et de son sourire dévoilant de longues dents blanches, le petit garçon se blottit contre sa sœur.

« Pourvu que vous me donniez bientôt un petit-fils comme ça. » Le père de Lieven tapota l'épaule de son fils. « Mais plus clair. »

On avait planté une tente dans le jardin, déployé des marquises au-dessus des terrasses et le tout avait été connecté pour créer des passages ombragés. Les invités se promenaient sur l'herbe, d'une démarche raide, se saluant de gestes parcimonieux et échangeant des avis avec un sourire étudié. Le monde de la soie, des gants et des tiares frappait par sa blancheur, et la svelte silhouette de la mariée en constituait l'axe principal. Mama Issa dépassait Lieven d'une tête. Celui-ci avait en permanence la main posée sur la fine taille de sa femme, comme s'il avait peur qu'elle ne s'envole dans la nuée blanche de sa robe.

Ils partirent dans une cacophonie de klaxons, un bouquet de ballons colorés se détacha du coffre de leur voiture et s'envola très haut. Riva tendit les mains vers les ballons et Alia lui caressa la joue. Joe les regarda avec jalousie. Alia décelait souvent ce regard chez son frère. Elle n'avait pas le temps de réfléchir à ce qu'il signifiait, car depuis le départ de sa grand-mère, l'entretien de la maison et la charge de Riva étaient retombés sur ses épaules. Fourmi rentrait fatiguée de l'usine, Alia devait préparer le dîner et le lui servir, veiller à ce qu'elle se couche tôt et se lève à temps pour aller travailler. Ses flâneries dans le quartier et ses petits larcins avaient pris fin. Avec Joe, ils ne partageaient plus à présent que leur chambre, les devoirs, et rien d'autre.

Après la cérémonie à l'église, les invités furent conviés dans le jardin entourant la maison des parents du marié. Le père de Lieven était notaire, comme son propre père et son grand-père avant lui. Ils se transmettaient l'étude de génération en génération, ainsi que la maison à deux étages séparée des autres propriétés par une haute clôture. La route vers la résidence était bordée de buissons taillés en forme de cubes.

«J'ai mal au cœur pour ces plantes.» Le gravier crissa sous les chaussures blanches de Riva. «Le buisson n'a pas mal quand on lui coupe les branches ?»

Un klaxon résonna quelque part derrière eux – les jeunes mariés arrivaient devant la villa. Sous les marquises, les serveurs se mirent à déambuler avec des plateaux couverts de coupes de champagne tandis que les femmes remettaient discrètement du rouge à lèvres. Alia profita de la confusion pour confier Riva à Fourmi. Elle n'en pouvait plus des commentaires des invités qui admiraient son excellent niveau de français et demandaient si cette femme noire à la tenue criarde était sa mère.

Un dédale de tentes et de terrasses la mena jusqu'au salon. Le gigantesque lustre au plafond, sa construction étincelante et chacun de ses prismes en cristal exhalaient la dignité. On ne voyait pas une trace de poussière, ni sur les bras arqués du lustre, ni sur ses dorures. Tout avait été nettoyé et poli avant le mariage. On sentait le siècle passé dans chaque recoin de la pièce – dans les murs à demi recouverts de lambris, les plafonds ornés de stucs, les cheminées en marbre, les miroirs veinés par le temps et bordés d'un cadre doré, dans les chandeliers et les piédestaux sur lesquels des portraits d'hommes en foulard et de dames aux yeux écarquillés avaient le regard vide.

Alia tourna la poignée de la première porte sur le côté. La longue pièce se terminait par un vitrail représentant un lys rose, le reste de la décoration se limitant à trois couleurs : le vert foncé des murs, le blanc cassé du plafond et le brun profond des meubles du XIXe siècle.

Sur la table, un porte-stylo en forme d'encrier et un sous-main transparent au motif de plume d'oie avaient été placés devant chaque chaise. Au-dessus de la table, telle une araignée, pendait un lustre.

Alia frémit en apercevant la forme mouvante qui se dessinait vaguement en face d'elle. Elle tourna légèrement la tête et observa cette grande adolescente de treize ans, si mince que sa robe crème pendait sur elle comme sur un cintre. Des seins bourgeonnaient sous le tissu de sa robe, ses hanches étaient étroites, des cheveux courts encerclaient son visage. «J'ai l'air d'un clou», pensa-t-elle en se détournant de son reflet dans le miroir.

De l'autre côté de la porte, quelqu'un tourna la poignée et, l'instant d'après, des petits bras enlacèrent ses genoux. Riva l'avait suivie jusqu'ici. D'abord intimidé, il s'accroupit devant un rayonnage de livres à la reliure de cuir, les seuls objets de la maison recouverts de poussière.

«Et fais-moi le plaisir d'éviter cet épouvantail congolais.» La voix hargneuse de la mère de Lieven donnant des ordres à un serveur gronda derrière la porte. «Elle a déjà bu assez d'alcool comme ça ! Elle vient d'atterrir sur une plate-bande et de piétiner les pivoines avec ses talons verts. Quelle honte !»

Marzena, la copine polonaise d'Alia, ne s'étonna pas de voir un sac de boxe plutôt qu'une lampe suspendue dans l'entrée de l'appartement. Elle essaya de boxer, mais elle se fatigua vite, de la sueur coula sur ses joues tachetées de rousseur et perla dans ses cheveux grisâtres.

Elles venaient tous les jours chez Alia après l'école, elles avaient alors l'appartement pour elles toutes seules, car Fourmi rentrait de l'usine en fin de journée, Joe traînait jusqu'à la tombée de la nuit dans le quartier avec ses copains et il ne fallait récupérer Riva qu'à dix-sept heures. Chez Marzena, c'était une autre histoire – son père venait constamment dans sa chambre. Il ne travaillait pas, bien qu'il fût architecte. On ne reconnaissait aucun de ses diplômes ici, et il ne voulait pas se faire embaucher sur des chantiers comme simple ouvrier, il n'avait pas fait autant d'années d'études pour ça, disait-il. La mère de Marzena était médecin. En Pologne, elle travaillait dans une clinique. Ici, en attendant la reconnaissance de son diplôme, elle nettoyait les maisons des autres. Son mari s'était inscrit à un cours de français, mais Marzena racontait qu'au lieu d'apprendre les mots par cœur, il écoutait Radio Free Europe et lisait des journaux qu'il appelait *bibula,* « buvard » en polonais, autrement dit le samizdat. Marzena traduisait ce mot littéralement en français, en disant « buvard », et Alia ne comprenait pas pourquoi les Polonais le prononçaient tout bas avec une voix de conspirateur.

Chez Alia, elles mettaient la musique très fort, sortaient les vêtements des armoires, se déguisaient et se fardaient avec le maquillage de Fourmi. Une fois par mois, Marzena rapportait un nouveau numéro du *Elle* américain. Elle le recevait de sa grand-mère qui s'occupait de Juifs séniles à Chicago. Elles feuilletaient le magazine, rouges d'excitation, et testaient sur leur peau les échantillons de parfum. Marzena adorait « Obsession » de Calvin Klein, elle racontait qu'elle avait rêvé de la bouteille ovoïde au bouchon brun. Alia était « tombée amoureuse », comme elle le disait elle-même, des Pepe Jeans. Entre-temps, Marzena avait reçu un jean de cette marque dans un paquet envoyé par sa grand-mère pour sa fête.

« Pourquoi grand-mère Feza ne s'occupe pas d'un vieux aux États-Unis plutôt que de servir de la viande de crocodile à Kinshasa ? soupirait Alia en touchant le tissu du pantalon. Et pourquoi on ne fête pas les prénoms chez nous ? C'est injuste !

— Tu as un prénom original. »

Alia soupira. Elle avait un prénom original, créé spécialement par Eddy, mais pour l'instant son seul pouvoir était qu'elle ne recevait pas de cadeau.

Marzena tenait entre ses doigts des épingles qui tombaient de sa bouche. Elle avait fini de rétrécir les jambes déjà étroites de son jean et s'était allongée à plat dos pour fermer la fermeture éclair. Depuis qu'elle l'avait reçu, elle faisait un régime pour rentrer dans ce pantalon.

« Si Giovanni avait l'intention de te déshabiller, il lui faudrait d'abord batailler pendant une heure avec cette fermeture. » Alia l'observait, appuyée au chambranle de la porte.

Marzena se détourna d'un air désapprobateur. Elle était catholique, comme Giovanni. Leurs parents les tueraient s'il se passait « quelque chose de physique » entre eux. Ils ne pouvaient pas « se toucher de façon indécente » ni l'un l'autre, ni chacun séparément. Elle rougissait en disant cela, ce qui amusait Alia. Pour Marzena, tout ce qui était lié à l'amour était romantique et devait se terminer devant l'autel.

Au quotidien, ses déesses étaient les top models, et elle leur adressait quasiment des prières. Cindy, Claudia, Tatiana, Linda, Christy, Elle, Estelle, Naomi – elle les appelait par leur prénom, comme si elle parlait d'Aphrodite, Artémis, Héra, Déméter ou Perséphone. Elle observait leur peau dénuée de toute imperfection et se demandait d'où lui venaient cet eczéma, ces points noirs, boutons et kystes. Un jour, elle rapporta la recette du «masque du père Grégoire» qu'une copine rencontrée à la messe polonaise lui avait donnée. Il fallait mélanger des feuilles de sauge et de grand plantain, des fleurs de pâquerette, de camomille et de souci, couvrir le tout d'eau frémissante, laisser infuser et l'appliquer sur le visage. La bouillie glissait sur la peau, et Alia, qui s'était laissé persuader de mettre ce masque, avait passé plusieurs jours à extraire des feuilles de plantes séchées de ses cheveux.

Marzena ôta les épingles de sa bouche et enleva son jean avec précaution. Elle siffla quand une épingle lui griffa la peau. Elle se retrouva en culotte et T-shirt ; sur sa peau claire, les marques laissées par les coutures du jean s'étendaient des chevilles jusqu'à ses larges hanches. Marzena les détestait, comme toute sa silhouette trapue. Seule sa poitrine lui plaisait, dont aucun garçon n'avait encore découvert le secret : son sein gauche était plus gros que le droit.

«Je veux cette couleur de cheveux.» Elle désigna, sur la couverture du Elle posé sur la commode dans l'entrée, la top model Rachel faisant la moue.

« Tes parents te mettront dehors. » Alia haussa les épaules.

Elle se délectait du mot « parents ». Dans sa propre famille, le sens de ce terme s'estompait de plus en plus, elle n'entendait jamais Joe et encore moins Riva l'utiliser.

Marzena reposa le jean sur le lit d'Alia et sortit de son sac un tissu enroulé.

« Sens-moi ça ! C'est de la camomille romaine, je vais rincer mes cheveux avec, jusqu'à ce qu'ils prennent un reflet doré. »

Alia lança un regard sceptique sur les fleurs séchées aux pétales blancs. Marzena se remit à fouiller dans son sac.

« Et ça, c'est pour toi ! Johnny Depp de *21 Jump Street*, c'est ma grand-mère qui me l'a envoyé. » Elle lui tendit un poster plié en quatre. « Il ressemble à Younes, tu ne trouves pas ? »

Alia était gênée. Pourquoi fallait-il qu'elle lui parle de Younes ? À seize ans, il était devenu le garçon le plus beau du quartier, il jouait du saxophone et faisait de la boxe dans un vrai club. Quand ils se croisaient dans la rue ou la cage d'escalier, il lui souriait comme si elle était le chien de sa voisine de palier. Ce qui se passait dans ces moments-là chez Alia, personne n'en savait rien, mis à part Marzena. Et peut-être aussi Mohamed, qui la sondait de son regard attentif.

« Mohamed est amoureux de toi, lança Marzena comme si elle lisait dans les pensées d'Alia. Et toi, tu as les yeux rivés sur son frère ! »

Alia se dit qu'elle aurait bien aimé avoir les longs cheveux de Marzena pour pouvoir s'y cacher dans un moment pareil. Au moins, avec sa peau, elle ne devait pas s'inquiéter de rougir.

Elle s'avança jusqu'à une étagère et, parmi les cassettes, choisit celle de Madonna. Joe lui avait récemment enregistré *Like A Prayer*. Il réussissait toujours à dégoter les tubes les plus récents. Elle fit le tour de la chambre, ses bras au-dessus de sa tête se balançaient comme de fines branches, ses hanches étroites ondulaient. Marzena était en train de parler, mais la musique recouvrait ses mots. Elle finit par rejoindre Alia en bougeant ses fesses à la Kylie Minogue.

« Et Giovanni, soupira Marzena quand la musique s'arrêta, il n'arrête pas de se moquer de moi.

— Pourquoi tu ne lui réponds pas ?

— Parce que ça ne vient pas.

— Évidemment, la stratégie de Gandhi, grogna Alia. La résistance passive et l'attente. Cette méthode a fait tomber des dictatures, mais ça ne marche pas pour une femme. »

Soudain, elle se rendit compte qu'elle parlait comme Mama Issa. C'était peut-être parce qu'elle ne pouvait imaginer sa tante se laissant rabaisser par quelqu'un dans l'attente d'être remarquée. Mais Marzena ne pensait pas pouvoir plaire, et surtout pas à Giovanni, « le mauvais garçon » dont étaient amoureuses la plupart des filles de la classe.

« Je ne ressemble pas à Claudia ni à Linda ou Christy. Ni même à toi. » Elle lança un regard jaloux à Alia. « Tu as de longues jambes, des hanches de garçon, des épaules larges et une poitrine proportionnée. C'est ce qui est à la mode, maintenant !

— Les garçons doivent lever la tête quand ils me parlent, répliqua Alia. Seul Younes est plus grand que moi. Mais il est plus vieux.

— Coiffe-toi comme Naomi Campbell !

— Laisse tomber, elle porte des perruques. »

Elle rêvait souvent qu'elle boxait avec Younes. Au lieu de son père qui comptait les coups, elle entendait sa voix dire « Un, deux, trois, quatre ». Ensuite, en sueur tous les deux, elle s'imaginait qu'il lui enlevait d'abord un gant, puis l'autre…

« *Like a prayer…* », fredonna-t-elle en fermant les paupières. Si seulement elle pouvait animer les sentiments de Younes comme Madonna avait animé dans son clip la figure de saint Martin de Porrès, le patron des métis !

« Mets une minijupe noire et des collants opaques, tu vois, le *total look*. Il te remarquera tout de suite. Et avec ça, un chapeau noir ! » Marzena cherchait du fil dans une boîte à couture.

Alia haussa les épaules. Grâce à Marzena, elle ne portait plus exclusivement des sweats trop grands, même s'ils étaient justement devenus à la mode. Dans ses pantalons moulants, ses jambes paraissaient infiniment longues. Elle les associait avec des pulls larges et une veste en jean taille XXL. Marzena disait que c'est comme ça qu'il fallait s'habiller, à l'image de Tiffany. La tentative de se réconcilier avec les robes se solda en revanche par une défaite. Alia avait apporté à sa cousine Kesa la vieille robe que lui avait achetée Fourmi et la photo de Christy Turlington dans une tenue qui lui plaisait, mais Kesa, plutôt que de la transformer conformément au modèle, lui avait ajouté des manches bouffantes traditionnelles. « Elle m'a congolisé la robe ! » avait gémi Alia, en montrant à Marzena l'œuvre de sa cousine.

Chris de Burgh chantait *High On Emotion* tandis qu'Alia feuilletait un *Elle* peuplé de beautés à la peau claire et aux cheveux raides. Il n'y avait pas de filles comme elle, à l'intérieur. Pas étonnant que Fourmi ne sorte pas de la maison sans sa perruque blonde.

Marzena se ficha dans son jean rétréci et se planta devant le miroir.

« *Knock-out color.* » Alia tapota le profil de Rachel Williams en col roulé orange foncé et lunettes jaunes en couverture du magazine.

« Tu penses que je devrais choisir un haut de couleur ? s'inquiéta Marzena.

— Non, je me dis juste que ce titre aurait plu à Eddy. »

Le bâton de poisson pané tomba dans la friture, une goutte jaune gicla de la poêle et brûla l'avant-bras d'Alia. La colère crépita en elle comme l'huile dans le récipient.

« Regarde, regarde, Alia… » Elle entendit la voix de Joe.

Depuis qu'il était rentré à la maison, il ne lui avait laissé aucun répit. Il lui avait montré qu'il jouait bien au yo-yo et savait résoudre le Rubik's Cube. À présent, il voulait encore autre chose. Riva, au moins, s'occupait tout seul, il recouvrait de taches de couleur les coloriages qu'il avait rapportés de la maternelle.

« Tu ne vois pas que je cuisine ?!

— D'accord, d'accord, ne t'énerve pas contre moi », lança Joe, conciliant.

Elle s'irrita encore plus, le fait qu'il soit si aimable l'agaçait. Quand Eddy habitait avec eux, Joe se rebellait parfois. Alia se souvenait de l'avoir entendu crier sur Nico qui lui avait pris la balle, un jour. Désormais, il était doux. Les enseignants le félicitaient de ne pas faire le chahut en classe et de rester silencieux, même s'ils désespéraient devant ses notes. Tous, mis à part son professeur de français qui avait décelé en lui un talent d'acteur.

Il adulait sa mère par-dessus tout. Il lui faisait des dessins, l'appelait « ma maman que j'aime le plus au monde », rivalisait avec Riva pour s'attirer l'affection de Fourmi. Ce n'était pas chose aisée, car lorsque celle-ci vit Riva danser sur scène au spectacle de la maternelle, elle reconnut qu'il avait hérité du talent de sa mère.

« De ma mère qui danse, précisa-t-elle.

— De quelle "mère qui danse" tu parles ? demanda distraitement Alia.

— Quand il dansait, on aurait dit qu'il s'élevait dans l'air », s'extasia Fourmi tout en ignorant la question.

Alia n'avait rien vu d'exceptionnel dans la prestation de son frère. Elle n'avait pas le temps de se pencher sur les détails, absorbée qu'elle était par les tâches ménagères qu'elle détestait : les courses, la cuisine, la vaisselle, la lessive, le séchage et le repassage. Elle était si fatiguée qu'elle abandonnait ses devoirs.

Elle ne se reposait qu'en compagnie de Marzena, penchée sur des magazines qui embaumaient. Quand Marzena s'en allait, Alia faisait frire de la viande en écoutant Venus, de Bananarama. « *Touch me…* » Elle chantait avec a-ha tout en épluchant des oignons. Puis Joe avait l'habitude d'entrer dans la cuisine, il voulait toujours quelque chose, et leur mère rentrait de l'usine pour s'affaler sur le canapé. Joe lui apportait ses chaussons, allumait la télévision, et elle rivait son regard sur la télé. Elle ne souriait que lorsque Riva grimpait sur ses genoux. Elle ne voyait pas Joe faire la vaisselle, après le dîner, pour lui plaire. Ni qu'il calmait Alia quand la colère commençait à bouillir en elle. Il était le seul à savoir l'apaiser et il en était fier. Mais cela, Fourmi ne le remarquait pas non plus.

Le dimanche, la mère dormait jusqu'à midi. Quand elle se réveillait, les garçons se jetaient sur elle ; elle leur avait manqué.

« Aliaaaaa !… »

Sa voix plaintive avait le même effet sur ses fils que la valériane sur un chat. Riva, d'habitude concentré, se mettait à gémir, et Joe, d'ordinaire caressant, devenait plus insistant. Alia aurait volontiers mis les voiles pour quitter la maison, mais elle ne savait pas où aller. Le dimanche matin, Marzena allait à la messe avec ses parents, puis ils déjeunaient, avec au menu de la soupe à la tomate, des côtelettes panées accompagnées de pommes de terre et d'une salade de concombres. Alia avait accepté une fois l'invitation de son amie, mais la nourriture ne lui avait pas plu et les adultes l'avaient observée de façon trop insistante.

Un dimanche, Joe passa la journée chez les voisins qui l'avaient invité à l'anniversaire de Nico, et Riva s'était endormi, bercé par le tapotement de la pluie sur les vitres. Alia resta seule pour le déjeuner avec sa mère. Quand, après manger, elle se dirigea vers la chambre qu'elle partageait avec son frère, elle entendit la voix de Fourmi :

« Alia… »

Cette fois, plutôt qu'un ordre, on pouvait percevoir une demande. Dissimulant son impatience, elle prit place près de sa mère sur le canapé. Toutes les deux se sentirent drôles dans le silence de l'appartement que ne venaient briser ni les cris des garçons, ni les bruits de la télévision, mais seulement le bruit de la pluie battant les vitres.

« Au Congo, il pleut aussi, dit Fourmi d'une voix rauque. Et quand il pleut, je peux te dire qu'il pleut, hein ! »

Alia détourna le regard. Fourmi gigota sur le canapé.

« Ma mère… » Elle se tut sans finir sa phrase.

Alia vint à son secours. « Ta mère qui dansait ? »

« Je ne sais même pas à quoi elle ressemblait, hein ! »

Fourmi n'avait aucune photo d'elle, elle devinait à quoi elle ressemblait en scrutant les traits des autres. Car la sœur de sa mère, celle qui la remplaça à la maison et dans le lit de son père, avait un tout autre visage. C'est en tout cas comme cela que Fourmi la voyait : comme une étrangère, une usurpatrice. Sa belle-mère donna à son père un enfant chaque année, de peur qu'il ne la renvoie elle aussi. Elle se déchargeait des soins de sa progéniture sur Fourmi. Du moment où le coq chantait, débutait pour cette dernière le tourbillon des tâches quotidiennes : préparer les petits pour l'école, faire la cuisine, la lessive, passer les après-midi avec toute la clique, les soirées sans fin… Il n'y avait nulle part où se cacher.

« On t'a surnommée Fourmi parce que tu travaillais autant ? devina Alia.

— Oh, on voit que tu ne connais pas le Congo et notre humour ! Ils m'appelaient comme ça parce qu'ils pensaient que j'étais fainéante. Les fourmis sont travailleuses, et moi je ne faisais rien, voilà ce qu'ils disaient ! »

Avant de s'endormir, Fourmi rêva de sa mère qui dansait. Elle l'appelait comme ça car, peu après que son mari l'eut renvoyée chez ses parents, celle-ci prit la fuite. On disait qu'elle était partie pour Kinshasa dans le but de devenir danseuse. Quelqu'un la vit dans le groupe du grand Papa Wemba, on racontait aussi qu'elle s'était enfuie plus loin, en Europe.

Fourmi comptait suivre ses pas. Depuis toute petite, elle savait qu'il lui fallait se rendre à Kinshasa. Quand Eddy arriva avec ses histoires, elle prit cela pour un signe. Elle était assise au premier rang, à l'observer, tant et si bien qu'il finit par l'emmener avec lui après le spectacle. Il lui demanda plus tard si elle utilisait des charmes. Sa belle-mère l'en accusait – un enfant d'un premier lit ne pouvait s'attendre à être bien traité.

Dans la maison de Récup, à Kinshasa, où elle s'installa avec Eddy, Fourmi était heureuse. Les enfants étaient bruyants dans la cour, mais ils ne venaient pas à elle. Les femmes, qui vaquaient à leurs affaires, leur apportaient de temps en temps de la nourriture. Eddy buvait de la Primus et déclamait, Récup passait son temps à bâtir ses sculptures à la soudeuse. La ville avait libéré Fourmi du service auprès des autres.

Quand l'envie lui en prenait, elle sortait de la maison et cherchait dans le visage des vieilles femmes les traits de la Mère qui danse.

L'espace ne lui manquait pas, car elle découvrait celui qui était en elle, centimètre après centimètre, en fixant le plafond, allongée sur son matelas. Rien ne pouvait la ramener sur terre, ni le chatouillement des cafards qui grimpaient sur la pulpe de ses doigts à la recherche de restes de nourriture, ni le toucher du museau des rats qui s'en prenaient à la peau cornée de ses talons.

Cette douce période prit fin avec les premiers cris d'Alia. À l'hôpital où elle accoucha, on manquait de tout, ce n'est que lorsque la mère de Récup apporta en personne une aiguille que le médecin put recoudre le périnée de la jeune maman. Puis vint Eddy, qui prit sa fille dans ses bras et lui donna un prénom.

« J'aurais aimé que tu portes un nom swahili, moi ! » Fourmi se balançait sur le canapé, comme si elle berçait un nouveau-né. « C'est ma langue. J'ai appris le lingala avec Eddy. Au début, on arrivait à peine à se comprendre, on ne faisait que se regarder dans les yeux. C'était la belle époque ! Quand on est jeune, on n'a pas besoin de mots.

— Eddy disait que les mots ont un pouvoir. C'est pour ça qu'on donne aux enfants les noms de grands hommes.

— Les grands hommes, hein ! Combien a-t-on fait d'Elvis et de Marilyn à cause de ça ! Kesa m'a raconté que la fille de sa plus jeune sœur s'appelait Madonna, et la deuxième, Whitney ! Tu as déjà entendu une chose pareille ?! »

Elle partit d'un rire rauque, et Alia se retint de ne pas pouffer. En entendant le « hein » suivant dans la bouche de sa mère, elle se jeta sur le sofa, prise d'un fou rire. Fourmi se leva et alluma la télévision. Ce n'est que lorsqu'elle se rassit qu'elle se rendit compte que la chaîne avait changé : à la place de sa série, on montrait un match de boxe.

« Qu'ils se battent ou qu'ils s'aiment, c'est du pareil au même ! » Elle fit un geste de la main.

À la fade lumière du jour, on pouvait distinguer ses yeux gonflés et les sillons tracés sur la peau de son nez jusqu'au bas du visage. Alia se dit que la jeunesse avait définitivement quitté Fourmi. Cela lui fit mal pour sa mère.

« Je vais te maquiller comme me l'a appris Marzena. » Elle alla chercher le maquillage dans la salle de bains.

Mais quand elle revint, sa mère s'était assoupie, de sa bouche entrouverte s'échappait un ronflement entrecoupé de pouffements. À la télévision, le match de boxe venait de se terminer. Alia se demanda quand elle avait vu Eddy pour la dernière fois, mais elle ne put même se rappeler le son de sa voix. Il ne lui restait que l'odeur de ses gants de boxe.

Elle couvrit sa mère d'un plaid, alla à la fenêtre et observa les arbres qui perdaient leurs feuilles. Entre les branches dénudées, elle aperçut Younes. Il portait son saxophone et devait sûrement rentrer d'une répétition. Elle le suivit des yeux jusqu'à l'entrée puis regagna sa chambre où elle écouta *Chains of Love*, d'Erasure. Elle s'allongea sur son lit et ôta le papier d'une *krówka*, un caramel polonais que lui avait donné Marzena. Ses pensées collaient autant que le bonbon, elles se chevauchaient. Des regards, des soupirs, des frôlements, puis Younes la prit dans ses bras, l'emmena dans un coin chaud sur le sable, puis…

Elle le croisa le jour où il neigeait pour la première fois, cet hiver-là. Elle faisait son trajet habituel jusqu'à la maternelle pour aller chercher Riva. La tombée de la nuit limitait son champ de vision, l'air était comprimé par une vague de froid, le monde autour d'elle semblait se recroqueviller. Alia mit le bonnet que lui avait tricoté la cousine Kesa, et c'est alors qu'elle l'aperçut. Il était appuyé contre l'abribus. Quelques mois avaient dû s'écouler depuis qu'ils s'étaient vus pour la dernière fois, car une moustache de mousquetaire avait bourgeonné depuis lors sur son visage. Elle aussi avait grandi, ses hanches s'étaient arrondies.

« Ton bonnet, souffla-t-il. C'est l'effet de distanciation, tu comprends…

— Non, je ne comprends pas. » Elle hocha la tête.

Après des années, son amie – pas Marzena, mais l'autre, celle qu'elle avait rencontrée dans de sales circonstances – lui avait fait remarquer qu'elle était trop concrète. Elle traitait les subtilités et les sous-textes comme des informations, si bien qu'elle n'avait jamais appris à flirter.

« L'effet de distanciation selon Bertolt Brecht…, reprit-il, après quoi il fit un geste de la main. On vient de le voir en classe, et ton bonnet m'a fait penser à ça. Tu es différente de d'habitude. Tu vas où ? »

Elle se contenta de désigner la direction pour toute réponse.

« Je t'accompagne », dit-il rapidement.

Ils remontèrent la rue. Le fait que Younes porte son saxophone leur donna un sujet de conversation : elle dit qu'elle adorait *Black Velvet*, d'Alannah Myles. Lui préférait le jazz, il écoutait constamment *Tutu*, de Miles Davis. C'est pour ça qu'il s'était inscrit au club de musique à des cours de saxophone. Ils lui avaient dit là-bas qu'il devrait bientôt faire un choix : ou la musique, ou la boxe. Un saxophoniste doit protéger ses lèvres, la plus petite blessure peut l'empêcher de jouer.

« Et tu laisserais tomber la boxe pour de vrai ? Pour Miles Davis ? » Alia s'était arrêtée.

Elle ne pouvait comprendre qu'on puisse tout simplement avoir envie de jouer comme quelqu'un qu'on admire. Les champions l'intimidaient. Quand elle regardait un match de boxe, une voix en elle répétait : « Je ne serai jamais comme Ali. » Et à présent Younes se tenait devant elle et prétendait que tout le monde devait bien commencer un jour et que le plus important, c'était la volonté.

« Mohamed m'a dit que tu boxais », lança-t-il.

Elle fit oui de la tête, gênée. Elle avait demandé à Marzena de ne pas le répéter, les garçons s'intéressaient déjà si peu à elle. Elle avait oublié que Mohamed le savait, lui.

« Tu as déjà entendu parler de Barbara Buttrick ? demanda Younes. C'est la championne de boxe féminine, elle a gagné presque tous ses matchs. Il y en a eu au moins mille ! Elle était petite, pas comme toi. Elle a bousillé pas mal de nez, y compris celui de son mari.

— Pourquoi ? Il l'a abandonnée ?

— Non, il a juste fait un entraînement avec elle. » Devant son sourire, Alia ressentit un chatouillis dans le ventre. « Ses adversaires disaient que, même si elle était menue, elle avait un direct gauche fort. »

Ils passèrent devant une tour élevée qui se dressait, telle une mauvaise herbe, parmi des habitations à deux étages. Ils atteignirent un square en forme d'œuf, s'arrêtèrent près d'un buisson perpétuellement vert aux feuilles pointues. Il se mit à neiger. Younes regarda le ciel, Alia ouvrit les bras – les flocons tourbillonnaient paresseusement, se posaient sur ses manches, fondaient sur ses doigts.

« Tu ne veux pas t'inscrire au club ? Là où je m'entraîne, tu serais la première fille. » Il la regardait avec un sourire qui lui sembla un peu moqueur.

Elle regarda sous ses semelles. La terre semblait avoir été peinte en blanc, comme sur les coloriages de Riva.

« Riva ! » s'écria-t-elle. Il l'attendait à la maternelle. « Je dois y aller. »

Il toucha impulsivement sa manche puis retira aussitôt sa main, comme surpris de son propre geste.

« Alors à plus. » Il fit demi-tour.

Elle regarda sa mince silhouette s'éloigner, et une drôle de crampe la saisit à l'intérieur. Elle s'en voulait, elle en voulait à Riva, et encore plus à sa mère qui n'allait jamais le chercher à la maternelle.

Alia reparla si souvent de la promenade avec Younes à Marzena qu'elle pensa que l'un des plaisirs que l'on éprouve à tomber amoureuse était d'en parler avec son amie.

« Qu'est-ce que tu en penses ? Qu'est-ce qu'il voulait dire quand il... » Et elle ajoutait à cet endroit : « m'a regardée », « a soupiré », « m'a souri », « m'a dit »...

« Il est amoureux de toi, répondait immanquablement Marzena. Ben oui, s'il t'a regardée comme ça…

— Il m'a vue dans l'horrible bonnet de ma cousine Kesa !

— Tu ne pouvais pas l'enlever discrètement ?

— J'ai l'air si moche que ça avec ce bonnet ?! »

Marzena levait les yeux au ciel.

« Si je n'avais pas eu à aller chercher Riva… », soupirait de nouveau Alia.

Elle adorait Riva, et Riva lui disait qu'il l'aimerait toujours. Elle gonflait de fierté quand les maîtresses de la maternelle lui assuraient qu'il était le plus doué des petits de son groupe, qu'elles n'avaient jamais vu jusque-là d'enfant de quatre ans s'intéressant autant aux lettres. Si seulement elle n'était pas obligée de faire pour lui tout ce que font des parents… Si seulement elle avait droit à du temps pour elle-même. Alors, elle aurait su ce qu'était l'effet de distanciation et qui était ce Brecht, Younes l'aurait trouvée intelligente, et il l'aurait accompagnée jusqu'à la maternelle, au lieu de la quitter dans le square.

« Mais c'est toi qui lui as dit "Je dois y aller" », lui fit remarquer pour la énième fois Marzena.

Pendant deux mois, Alia ne croisa pas Younes, et ce n'était pas faute de guetter sa haute silhouette sportive. Elle finit par donner raison à Marzena qui assurait que, quand on voulait tomber sur quelqu'un, ça n'arrivait jamais. Découragée, elle cessa de porter ses pantalons moulants et fins que le vent froid de février transperçait jusqu'à lui engourdir les cuisses. Elle remit son bonnet en laine et se cacha dans de grands sweats.

Jusqu'à ce que Marzena n'en puisse plus.

« Et si tu le rencontrais enfin ? Tu veux te montrer pouilleuse comme ça ? »

Elle emmena Alia chez le coiffeur. Elle veilla à ce qu'on lui fasse de fines tresses de la couleur de ses propres cheveux qui avaient fini par prendre une teinte de miel après des rinçages systématiques à la camomille. Quand elles sortirent du salon de coiffure, elles donnaient toutes deux l'impression d'avoir des cheveux longs jusqu'à la ceinture, vu de loin. Ce n'est qu'en y regardant de plus près que l'on remarquait que ceux d'Alia avaient une structure différente.

Alia se regarda dans chacune des vitrines devant lesquelles elles passaient. Elle sentait le poids des tresses dans son dos. C'était une sensation qu'elle n'avait encore jamais éprouvée. Elle s'arrêta devant la devanture suivante et les souleva d'un geste qu'elle avait vu chez son amie, comme pour en faire une queue-de-cheval. Mais ces nouveaux cheveux étaient trop raides pour cela.

« Quelles jolies filles, lança un passant.

— Beurk, comme il est vieux ! » Alia fit la grimace.

« Il avait au moins trente ans », renchérit Marzena avec dégoût.

Elles allèrent chez Marzena, car son père était en ville et sa mère au travail. Sur l'étagère du milieu, dans la bibliothèque de sa chambre, se trouvaient les Elle et les Vogue qui embaumaient les échantillons de parfum, à côté des livres, pour la plupart en polonais.

« Tu les as tous lus ? demanda Alia, en effleurant les volumes du regard.

— Mon père m'oblige à le faire. Et à aller à l'école polonaise le samedi. Je déteste ça ! Je ne peux jamais faire la grasse mat'. La semaine, je me lève pour aller à l'école belge, le samedi à l'école polonaise et le dimanche à l'église. »

Alia se rappela les leçons de lingala que Feza leur donnait dans la cuisine, à Joe et à elle. Ils rigolaient beaucoup, alors. Il lui semblait à présent que cela avait eu lieu dans une autre vie.

Marzena ouvrit l'armoire et en sortit une minijupe, des collants noirs et un haut blanc à manches évasées. Au-dessus de l'armoire, elle prit une boîte dont elle sortit un chapeau melon noir.

« Mets ça », ordonna-t-elle à Alia avant de plonger dans l'armoire de sa mère à la recherche de chaussures assorties.

Quand Alia se tint devant le miroir, Marzena en resta bouche bée. Les talons et le chapeau lui ajoutaient quelques centimètres en plus.

« Mon Dieu, mais tu dois devenir top model ! s'exclama-t-elle enfin.

— Je n'ai que quatorze ans…

— Christy en avait treize quand ils l'ont repérée ! Claudia et Cindy étaient un peu plus âgées que nous, tout comme Linda et Naomi. Qu'est-ce que tu veux attendre ? Que tes hanches grossissent ?

— Tu crois que j'aurai celles de Fourmi ? » s'inquiéta Alia.

Marzena ne répondit pas, elle écoutait les voix de sa mère et de son père qui leur parvenaient du salon. Ils venaient de rentrer et s'étaient mis à se disputer. Elle leva les yeux au ciel en traduisant les répliques querelleuses de son père : « Nous sommes partis au mauvais moment. C'est maintenant que le pays a besoin de nous. » Et la réponse de sa mère dans laquelle transparaissait sa fatigue : « Mon diplôme est sur le point d'être reconnu, et les gens ont besoin de médecins dans le monde entier. » Le père répétait les mots « Pologne » et « politique », tandis que dans la bouche de la mère résonnaient « la vie à l'Ouest » et « un bon départ pour la petite ».

Alia sortit de chez Marzena vêtue de la minijupe et du haut blanc, mais elle échangea les talons pour ses propres chaussures et rendit à son amie le chapeau qui avait appartenu à son grand-père. Elle fit passer ses longues tresses par-dessus sa veste d'un geste repéré chez son amie. Ses cheveux contrastaient avec la couleur sombre de la veste.

« Dommage que tu ne croises pas Younes, lui dit Marzena en guise d'au revoir. C'est une loi inscrite nulle part : quand on se fait belle, on ne tombe que sur des voisins pervers. »

Alia rentra par les rues déjà sombres, faisant l'expérience d'un nouveau type d'intérêt de la part des hommes qu'elle croisait. Cela fit naître en elle des sentiments mitigés : les regards titillaient son côté superficiel, mais ils la mirent mal à l'aise. Elle soupira de soulagement en entrant dans la cage d'escalier. Elle referma la porte du hall derrière elle et se secoua comme un chien après la pluie.

C'est alors qu'elle le vit. Younes était là, près des boîtes aux lettres, sa main tenant une clef suspendue en l'air.

« Tu veux venir manger une glace avec moi dimanche ? » demanda-t-il sans préliminaires.

« Maman, lève-toi. » Alia se pencha sur Fourmi.

Elle ne voyait pas son visage dans l'obscurité du matin, et ne sentait que son haleine chargée d'alcool. La veille, Fourmi était rentrée du travail et s'était enfermée dans le salon. Elle n'avait pas même dîné. Alia avait interdit aux garçons d'y pénétrer et s'était abstenue d'y aller, bien qu'elle eût envie d'éteindre la télévision car la lumière de l'écran, illuminant le couloir à travers la porte vitrée, réveillait Riva.

Au petit matin, Alia entra au salon, éteignit la télévision et secoua l'épaule de sa mère. Celle-ci se contenta de murmurer des propos hostiles. On entendit des bruits dans la cuisine : Joe versait du lait dans les bols et pressait Riva.

« Elle est encore saoule », dit Alia en entrant dans la cuisine.

Joe posa sur elle un regard lourd de sens. Fourmi avait cessé de boire depuis qu'elle avait commencé à travailler à l'usine qui fabriquait des yeux de verre. Elle avait changé alors, sur son visage s'était dessinée une fatigue colossale, mais à l'intérieur était né quelque chose de fort. Pourtant, dernièrement, l'exaspération d'avant était revenue.

« Et maintenant ? »

Comme sur commande, ils se retournèrent et coururent vers le salon.

« Lève-toi, lève-toi, tu entends ?! criait Joe, courbé au-dessus de sa mère immobile. Ton autobus part dans vingt minutes ! Lève-toi, tu vas arriver en retard à l'usine. Et qu'est-ce qu'on va devenir ensuite ? »

Fourmi balbutia de nouveau. Ils se penchèrent vers elle.

« Merde, répéta-t-elle, cette fois plus clairement. Ce sera la merde. »

Elle se couvrit la tête de la couette, mais ils la tirèrent.

« Maman, maman », appelaient-ils, si bien que Riva accourut de la salle de bains et se planta sur le seuil de la porte, regardant tantôt l'un, tantôt l'autre, comme s'ils étaient des marionnettes.

« Laissez-moi ! » hurla Fourmi.

Elle s'assit et regarda autour d'elle. Elle avait les yeux injectés de sang, mais le regard clair. Ils la regardaient d'un air interrogateur, sans un mot.

« Ils m'ont virée », dit-elle enfin en prenant appui sur ses mains pour s'asseoir.

Alia poussa un cri et Joe eut un rire nerveux. Riva remonta ses lunettes qui avaient glissé sur son nez.

« Ils m'ont jartée de l'usine », répéta-t-elle d'une voix rauque, puis elle se laissa retomber sur les coussins.

Jusque-là, la structure de leur vie semblait ne pas avoir été modifiée. Alia et Joe accompagnaient Riva à la maternelle, après quoi ils allaient eux-mêmes à l'école. Ils étaient guidés par la routine, bien que la présence constante de Fourmi à la maison les eût tous déstabilisés, y compris elle-même. Elle ne participait ni aux courses ni à la cuisine, et elle rattrapait dans le sommeil les mois où elle avait dû se lever tôt. Quand elle se réveillait, elle revenait avec un entêtement maniaque sur ce qui s'était passé : ils l'avaient soudainement licenciée juste après l'avoir fait avancer de la chaîne de production à un poste de contrôle. Alors même qu'elle n'avait pas été en retard une seule fois, qu'elle rentrait de ses pauses à l'heure, qu'elle n'avait jamais été en arrêt maladie, pas même pour ses enfants, pas même les fois où Riva était malade. Par chance, la mère de Giovanni et de Nico, qui ne travaillait pas, s'occupait de lui quand il était souffrant. Fourmi avait vraiment fait des efforts !

Elle se mit à fumer, elle qui n'avait jamais essayé auparavant. La fumée s'élevait en volutes jusqu'au plafond, imprégnait les vêtements et, au grand dam d'Alia, ses nouveaux cheveux. Ses fausses tresses s'imbibaient facilement des odeurs. Et dimanche, elle avait rendez-vous avec Younes.

Il frappa à la porte à midi tapant. Elle lui ouvrit, vêtue de la tenue que lui avait préparée Marzena : un pantalon moulant noir et un haut jaune à col officier qui soulignait sa nouvelle couleur de cheveux. « Tu ressembles à Whitney » : elle se répétait les paroles de son amie, bien qu'au fond elle pensât plutôt ressembler à une araignée aux longues pattes.

Ils prirent le tram et descendirent sur une place remplie de promeneurs du dimanche.

« *Carpe Diem.* » Younes lut le nom du café vers lequel ils se dirigeaient. « Tu sais ce que ça veut dire ? Vis pleinement chaque jour, profite de chaque moment. »

Une fois à l'intérieur, elle remarqua le regard des clients rivé sur eux. Tout le monde les observait. Alia jeta un coup d'œil dans le miroir suspendu aux murs. Une grande fille noire et un garçon d'origine arabe. Mis à part eux, tout le monde était blanc.

« C'est extrait de la poésie d'Horace, un poète romain…

— Je sais qui était Horace », l'interrompit-elle.

L'exaspération l'avait saisie on ne sait d'où. Pourvu qu'elle ne se transforme pas en colère ! Elle ne cessait d'y penser. Pourtant, elle croyait s'être libérée des attaques de colère. Depuis qu'elle était amie avec Marzena, cette chaleur mordante se tenait à distance.

« Qu'est-ce que ce sera ? » Le ton du serveur lui parut condescendant.

La main d'Alia se dirigea vers son col pour l'ouvrir. Un couple âgé assis à côté d'eux ne les quittait pas des yeux. Un autre homme d'âge moyen, assis en biais un peu plus loin, lui lançait des œillades effrontées dès que sa femme tournait la tête.

« J'ai quelque chose pour toi », dit Younes.

Il se pencha vers son sac et lui tendit une petite boîte rectangulaire. Elle la prit avec précaution, n'étant pas bien sûre de ce qu'elle était censée faire. Elle recevait rarement des cadeaux – des pralines de Bastien, des bandages de boxe d'Eddy, une robe de Fourmi qu'elle n'avait jamais mise, une bague en or de sa grand-mère Feza (qui traînait dans un tiroir car la mode était à l'argent). Mama Issa lui apportait parfois des livres et, avec Marzena, elles s'échangeaient des vêtements, mais difficile de considérer cela comme des présents. C'étaient les cadeaux que lui offrait Riva qui lui procuraient le plus de plaisir : de petits bonshommes tordus en pâte à modeler, des petits chevaux faits de marrons et des dessins colorés révélant son caractère perfectionniste.

« Ouvre ! dit en souriant Younes, que la lenteur d'Alia impatientait.

— Public Enemy, lut-elle sur la cassette en essayant d'utiliser le bon accent.

— J'écoute ça en boucle, en ce moment. Et aussi EPMD, Big Daddy Kane, N.W.A. » Il énuméra les noms à l'anglaise. « Et toi, tu écoutes quoi ?

— UB40… Tu connais *Red, Red Wine* ? »

Il hocha la tête, amusé. Elle se félicita de ne pas avoir sorti Kylie Minogue.

« Dans le hip-hop, il y a tout ce que nous sommes. Nous qui n'appartenons pas à ce monde », dit-il en montrant les gens assis aux tables voisines, « et qui serons toujours traités comme des étrangers ici ».

Elle avala une bouchée de dame blanche en songeant que la glace de Younes était en train de fondre. Il admirait les Afro-Américains parce qu'ils étaient capables de lutter pour leur identité. Repoussés aux marges d'une société vivant dans l'abondance, ils se racontaient, parlaient de ce qu'ils ressentaient, d'où ils venaient.

« Il faut connaître son histoire. » Younes attaqua sa glace à la petite cuillère. « C'est ce qu'ils chantent. Il faut que tu écoutes ça.

— Sauf que ce n'est pas notre histoire, répliqua-t-elle. Eux, ils habitent aux États-Unis, et nous en Europe. Nous sommes », elle hésita. « … des Afro-Européens ?

— Plutôt des Européens douteux. Les "vrais" ne nous acceptent pas. » Il lança un coup d'œil au couple âgé qui les observait.

Mais Alia n'écoutait plus. La petite cuillère à mi-chemin de sa bouche, elle se figea à la vue de deux hommes qui venaient d'entrer. Ils avaient le visage peint en noir, de stupides perruques et des chapeaux hauts de forme sur la tête, des anneaux en forme de roue dans le nez et portaient d'énormes jabots. En les voyant, les clients du café se mirent à rire.

« Les noirauds ! » s'écrièrent-ils.

Les hommes grimés riaient encore plus.

« Quelle idée débile ! » De la rage se fit entendre dans la voix d'Alia.

Mais personne ne l'entendit, tout le monde les acclamait.

En reposant sa cuillère sur la table, elle accrocha la coupe de glace et des éclaboussures de chocolat vinrent tacher son haut jaune. Les rires s'amplifiaient autour d'elle, assourdissants. Elle voyait bouger les lèvres de Younes, qui lui parlait. Il avait le regard sérieux, ému. Il y avait dans ce regard le pire qui puisse exister : de la pitié.

Elle se leva d'un bond et se retrouva à côté des deux hommes déguisés. L'hilarité s'intensifia autour d'elle, elle se sentit étouffer.

« Regarde, maman, elle aussi, elle est déguisée ! » Un garçon de l'âge de Joe montrait Alia du doigt.

« C'est qui, les noirauds ? demanda sa petite sœur aux nattes blondes.

— Ce sont ceux qui ont les cheveux très noirs et la peau noire, lui expliqua la mère.

— Qui ça ?!

— Les nègres ! » s'écria son frère.

Alia ne se rappelait pas comment elle était rentrée à la maison. Elle avait seulement entendu les appels de Younes, mais ses jambes la portaient toutes seules.

Elle ne raconta pas le rendez-vous à Marzena. Par chance, le lendemain débutaient les vacances de Pâques, puis il fallut réviser pour les examens de fin d'année. Alia s'enferma à la maison. Elle expliqua que travailler en groupe ne lui convenait pas, qu'elle ne réussissait pas à se concentrer. Marzena sonda ce qui n'allait pas, d'abord délicatement, puis avec insistance. Elle interrogea Joe en cachette, mais ni lui ni personne ne savait ce qui était arrivé à Alia ce dimanche-là.

Younes frappa plusieurs fois à la porte, mais Alia demanda à Joe de dire qu'elle dormait. Et effectivement, au lieu de rentrer de l'école comme à son habitude en compagnie de Marzena, elle rentrait seule et s'allongeait sur son lit. Elle dormait deux heures, après quoi elle allait chercher Riva. Un jour, elle vit que Younes l'attendait dans le square. Elle changea de chemin avant qu'il ne la voie. Elle ne pouvait supporter de savoir qu'il avait été le témoin de la plus grande humiliation de sa vie.

Marzena parlait du 4 juin, mais Alia ne l'écoutait pas. On était en 1989, quelque chose d'important s'était passé en Pologne, il y avait des élections, son père commença à évoquer sérieusement l'idée de retourner vivre là-bas. Alia la regardait sans comprendre. Il n'y avait pas une once de place en elle pour les affaires des autres. Elle était tout emplie de la question « Qui suis-je ? », incarnée par la figure monstrueuse du noiraud, bafouant l'homme noir.

Au lieu d'aller manger une glace avec Marzena après la remise du certificat d'études, Alia embrassa sa copine sur la joue et s'enfuit. Elle avait envie de dormir, elle était tout le temps fatiguée. Elle n'enregistra pas ce que lui dit Marzena : elle allait quitter la Belgique.

Durant l'été, Fourmi déclara qu'ils déménageraient de leur appartement sous les toits.

« Tu n'es pas obligée de le faire », répétait Mama Issa, mais Fourmi hochait la tête avec obstination.

Elle avait loué un appartement moins cher à l'autre bout de la ville et inscrit les enfants à une nouvelle école.

« Mais tu sais bien ce qu'est ce quartier. » Mama Issa baissa le ton. « Les prix sont bas parce que les gens ont peur d'y vivre… »

Mama Issa s'était arrondie ; ses hanches restaient étroites, mais elle avait pris du ventre.

« Et à Kinshasa, on était en sécurité ? » Fourmi poussa un soupir.

« Justement, oui ! À l'époque où tu es arrivée, Kinshasa était la ville la plus sûre au monde. Si ici aussi ils fusillaient les gens pour l'exemple, comme le faisait Mobutu, il y aurait de l'ordre », ironisa Mama Issa.

Mais Fourmi ne l'écoutait pas. Tandis que sa mère sortait les vêtements des armoires, les différentes époques de leur vie en Europe passaient devant les yeux d'Alia : les robes congolaises aux motifs fabuleux de sa mère ; les tenues amples achetées en Belgique dont elle s'habillait, enceinte de Riva ; les vêtements criards, couverts de sequins qu'elle mettait aux temps de sa vie de débauche, comme disait grand-mère Feza. Enfin, les pantalons bon marché et les blazers quelconques qu'elle portait à l'usine.

Un tas chaotique d'habits recouvrit le canapé, et Fourmi continua à l'alimenter : les claquettes compensées congolaises, les sandales bon marché des magasins belges, les talons aiguilles d'un créateur connu qu'on lui avait offerts. La plupart des chaussures étaient de couleur verte. Alia les observait, à la recherche de la paire de sandales qui avait fait fuir Eddy de la maison, mais elle ne retrouva nulle part ces talons en forme de verre à pied renversé. Sa mère avait dû s'en débarrasser.

Alia passa presque tout l'été dans le jardin de la villa de Mama Issa et Lieven, à Liège. Elle passait ses journées allongée sur une couverture étalée sur le gazon, dans un coin où personne ne s'aventurait, sauf le jardinier dont la venue était annoncée par le grondement de la tondeuse. Riva fouinait dans les gros livres de droit que personne ne lisait, et Joe faisait du vélo, apportant de la vie dans le quartier résidentiel assoupi. Mama Issa avait pris des vacances et gardait les enfants, comme avant.

« Tu prends soin de tes neveux, mais quand penseras-tu à tes propres enfants ? » lui lança sa belle-mère au cours d'un déjeuner.

Mama Issa contint avec difficulté le haussement d'épaules que lui inspirait cette pique. Ce refrain se répétait si souvent que Lieven en riait, comme si sa mère racontait une bonne blague.

« Patience, maman, patience », lui dit-il comme à un enfant, en prenant sa main fanée dans la sienne.

À la fin du mois de juillet, Lieven partit à Boston faire un stage dans une étude de notaire. Sa mère jeta alors son masque de senior bienveillante. Elle insinua que le choix de son fils avait privé une vieille famille respectable de perpétuer sa lignée. Ils étaient tolérants, mais ils ne s'attendaient pas à ce qu'une femme exotique s'avère incapable d'enfanter. La mère de Lieven reprochait à Mama Issa de travailler. Si une femme passait son temps auprès des malades, comment pourrait-elle concevoir un enfant sain ?

« Annelies, ça suffit. » Le père de Lieven tenta de modérer sa femme.

« Moi, je n'ai jamais travaillé et j'ai donné naissance à un beau garçon ! »

Le lendemain, Mama Issa invita ses copines infirmières. Elles appelèrent Alia pour qu'elle se joigne à elles, mais celle-ci refusa ; elle n'appartenait ni à la bourgeoisie blanche, ni au cercle de travailleuses belges d'origine africaine. Elle s'installa dans un coin du jardin, d'où elle entendait leurs rires et leurs soupirs. Deux des invitées avaient des enfants à élever et un mari au chômage. Si elles étaient tombées sur un parti comme Lieven, elles auraient aussitôt arrêté de travailler.

« Ils me traitent comme une poule pondeuse, se plaignit Mama Issa. Et ce ne sont que des notaires, pas la famille royale.

— Tombe enceinte et ils te laisseront tranquille.

— J'essaye. Depuis longtemps.

— Lieven est infécond ? »

Ils quittèrent Liège quelques jours avant la rentrée scolaire. Ils entrèrent dans l'appartement encombré de cartons non déballés : Fourmi s'était aménagé une tanière sur le canapé, elle avait branché la télévision et arrangé en partie la cuisine, mais elle n'avait pas touché au reste. Alia se félicita d'avoir passé des journées entières au soleil car l'appartement, installé en sous-sol, avait tout un côté sans fenêtres.

Sa nouvelle école se trouvait dans un bâtiment en brique qui comportait deux larges ailes et un grand portail rappelant les portes d'une écurie. Les salles de classe étaient sombres et hautes de plafond, les enseignants criaient. Un jour, Alia s'enfuit avant le dernier cours pour retourner dans son ancien quartier. Elle descendit du bus quelques arrêts plus tôt et continua à pied. Elle passa devant les endroits qui lui étaient familiers : la boulangerie d'où émanait une si bonne odeur, même si l'affiche qui en faisait la promotion représentait un boulanger effrayant, le salon pour hommes Abdel Coiffure où trônait l'image d'un mannequin souriant et narcissique, et le fleuriste qui diffusait la mélodie entêtante d'une boîte à musique.

Elle s'approcha de son ancienne école, le cœur battant. L'endroit lui paraissait étranger. À la sonnerie, des groupes d'enfants se ruèrent dans la cour, parmi lesquels elle repéra quelques copains. Mohamed avait mûri, Nico avait grandi, Giovanni avait de l'acné. Elle chercha des yeux Marzena, mais la cour se vida et celle-ci n'apparut pas.

Alia prit leur chemin habituel après l'école, elle dépassa le square et le magasin d'alimentation générale dans lequel elle aperçut la silhouette de Moussa. Elle remarqua que les rideaux chez Marzena étaient tirés, et le vasistas, d'ordinaire entrouvert, fermé. Alia fit un pas en direction des interphones, mais quelque chose la retint. Elle avait pensé qu'en revenant dans ces endroits, le familier l'envelopperait et prendrait la place du froid qui s'était répandu en elle ce dimanche de mars, lorsqu'elle avait vu les noirauds. Mais, ici aussi, elle se sentait étrangère.

Elle rentra tard à la maison. Les jeunes hommes qui passaient leurs journées dans la rue, adossés aux immeubles, lui lancèrent quelques remarques obscènes. Ici aussi, elle était étrangère.

Fourmi n'arrivait pas à retrouver du travail. Elle disait qu'une femme seule avec trois enfants aurait plus vite fait de mourir que de se faire embaucher. L'hiver arriva, et avec lui une blancheur sale les enveloppa : le blanc de la neige, des murs de l'appartement, de la couleur de peau des amants de leur mère. Fourmi s'était remise à se lever tard, au moment où les enfants rentraient de l'école. Puis elle se préparait et montait dans des voitures qui venaient la chercher devant l'immeuble. Les chauffeurs ne coupaient jamais le moteur, alarmés par la présence silencieuse des ombres contre les murs.

Alia ne pouvait s'endormir avant que la clef ne tourne dans la serrure. Elle ne fermait les yeux que lorsqu'elle entendait Fourmi se traîner jusqu'au canapé, tout en jurant en swahili.

« Tu prends de l'argent de ces types ? lui demanda-t-elle un jour, avant que les garçons ne rentrent de l'école.

— Tu me prends pour une prostituée ?! » Fourmi enfla comme une poule.

Alia regarda sans mot dire son visage boursouflé, qui portait encore des traces du maquillage de la veille. Des sequins étaient restés collés sur l'une de ses joues.

« Je n'ai pas de mari pour prendre soin de moi ! s'anima Fourmi. Je n'ai que des responsabilités et des corvées !

— Mais c'est nous qui faisons tout à la maison ! » Alia haussa le ton. Elle venait de dépasser sa mère en taille et puisait de la satisfaction à se voir plus grande qu'elle. « Mama Issa te donne de l'argent et grand-mère Feza t'en envoie aussi.

— Feza et son argent de crocodile, hein ! Moi, j'ai des besoins !

— Ça ne te suffit pas, ce qu'elles envoient ?

— Je ne parle pas de ces besoins-là ! Tu as presque seize ans, commence à chercher quelqu'un qui prendra soin de toi. Tant qu'on est jeune et belle, on a le choix, hein ! Après, tu n'as droit qu'aux restes !

— Je prendrai soin de moi toute seule, grogna Alia.

— Regarde Issa. » Fourmi soupira. « Elle a séduit un Flamand et elle vit dans une villa !

— Mama Issa travaille à l'hôpital », rétorqua Alia, mais Fourmi ne l'écoutait plus.

Une nuit, sa mère tarda à rentrer. Alia regarda sa montre. Il était bientôt six heures. Dans une demi-heure, le réveil allait sonner pour les tirer du lit, elle et Joe, ils réveilleraient ensuite Riva et se prépareraient pour l'école. Alia posa les pieds sur le sol froid, elle glissa ses pieds nus dans des chaussures, décrocha son blouson du portemanteau et cacha ses cheveux sous son bonnet. De la buée sortit de sa bouche lorsqu'elle referma la porte de l'immeuble derrière elle. Elle rasa les murs décrépis des immeubles. Ses jambes la portèrent jusqu'à l'arrêt de bus, bien que cela n'eût pas de sens puisque les soupirants déposaient toujours sa mère devant chez elle. Soudain, elle aperçut une silhouette courbée sous l'abribus. Fourmi, en robe décolletée, se recroquevillait de froid sur le banc, ses talons aiguilles verts aux pieds.

« Ce fils de pute ne m'a rien donné pour le taxi, gémit-elle à la vue de sa fille.

— Maman…

— Je ne prends pas d'argent, sache-le ! Seulement des cadeaux.

— Je m'inquiétais pour toi ! Tu n'es pas au courant de ce qui est arrivé à cette fille dont tout le monde parle ? Ils l'ont emmenée sur le toit, ils l'ont violée à plusieurs et l'ont jetée du toit ! Toute l'école ne parle que de ça ! »

Fourmi fit un geste de la main, comme si elle chassait une guêpe.

« Quand j'étais plus jeune, ils me couvraient de cadeaux, et maintenant, ils lésinent… »

Mama Issa et Lieven arrivèrent le samedi suivant. Lieven emmena Joe et Riva au musée de l'automobile, pendant que Mama Issa allait acheter un pantalon et des chaussures à Alia, dont toutes les affaires étaient devenues trop petites pour elle. Elle lui demanda pourquoi ses notes avaient tant baissé ce dernier trimestre.

« Je ne peux pas dormir à cause de maman », laissa échapper Alia.

Elle lui parla de la peur qui ne la quittait pas jusqu'au matin, jusqu'au bruit de la clef dans la serrure. Des ombres appuyées aux murs des immeubles, des injures qui la poursuivaient chaque jour sur le chemin de l'école, des mots qu'elle n'osait même pas répéter.

Mama Issa dut avoir une conversation sérieuse avec Fourmi car celle-ci, plutôt que de sortir, se mit à inviter des hommes chez elle. Ils venaient quand les garçons étaient endormis. Pour Alia, l'époque où sa mère était couchée dans sa chambre et où son père fumait de l'herbe semblait un paradis perdu, en comparaison. Aucun de ces amants ne vint une seconde fois, aucune queue ne put satisfaire sa mère gémissante. « Que quelqu'un la baise une bonne fois pour toutes », pensait-elle en entendant s'emballer la spirale des lamentations de Fourmi. Mais personne ne pouvait reproduire les prouesses d'Eddy.

Fourmi se plaignait et vieillissait à vue d'œil, jusqu'à devenir une brindille desséchée et trop maquillée. Elle comprit alors qu'elle ne ferait pas long feu ici. Et elle décida de rentrer au Congo. Elle ne tourna pas autour du pot quant aux raisons de son départ, elle ne dit pas que le pays lui manquait. Elle voulait échapper à l'indifférence des hommes, car même les Blancs se retournaient de moins en moins sur son passage. Mais Fourmi allait attendre ce départ encore plus de vingt ans.

Avant l'été, Alia se fit couper les cheveux. En rentrant de chez le coiffeur, elle regarda son reflet dans les vitrines – à présent, elle n'avait plus l'air d'un clou. Pendant l'année, elle n'avait pas tant grandi que pris des hanches. Elle ne faisait plus penser à la silhouette de Mama Issa, elle découvrait en elle des traits physiques de Fourmi. Marzena avait vu juste, le moment où Alia aurait pu être mannequin était inexorablement passé. À présent, elle ressemblait à une femme normale.

Elle arriva dans son quartier et rentra la tête dans les épaules en s'attendant à des injures au pied de l'immeuble. Mais il n'en fut rien. Les jeunes hommes l'accueillirent dans un silence sceptique. Surprise, elle avança droit devant elle. Quelque chose avait changé, comme si elle avait cessé d'être étrangère.

Mohamed l'attendait devant son école.

« Tu t'es coupé les cheveux », dit-il d'une voix grave, différente de celle dont elle se souvenait.

Alia jeta un regard dans la rue. Devant le café à l'enseigne violette « Titanic » qui clignotait se tenait un groupe d'habitués l'observant en silence.

« Tu ne viens pas nous voir, alors je me suis dit que c'est moi qui viendrais te voir », déclara-t-il en ignorant la présence des autres.

Elle le dépassait toujours en taille. Soudain, elle se dit qu'elle devrait le protéger pour que ceux du mur ne s'en prennent pas à lui comme à tous ceux qui pénétraient sur leur territoire. « Un ami d'enfance », c'est ainsi qu'elle le définit dans sa tête. Elle n'avait jamais utilisé cette expression, mis à part pour Marzena.

« Chez nous rien de neuf, même si des choses ont changé », racontait-il.

Le regard des hommes adossés au mur croisa celui d'Alia. Elle se surprit à le soutenir dans un geste de provocation ouverte. Ils se toisèrent un moment, puis le groupe reprit sa conversation. Personne ne s'avança vers eux. Elle soupira de soulagement.

« … Marzena est partie sans dire au revoir, continua Mohamed. Elle est partie pour les vacances chez ses grands-parents et, en septembre, ils sont restés en

Pologne. Il y a eu de bons changements, là-bas, et ses parents ont décidé de ne pas revenir. Le mur de Berlin est tombé, mais seulement en novembre, donc je comprends pas pourquoi ils ont décidé de rester en Pologne plusieurs mois avant... »

Alia se souvint de Marzena lui racontant les grèves, Solidarnosc et ses leaders dont Alia ne savait pas prononcer les noms. Elle n'avait retenu que l'orthographe « Walesa » et le fait qu'il avait reçu le prix Nobel de la paix, comme Martin Luther King.

« Et Giovanni..., continua Mohamed

— Pourquoi tu es venu ? l'interrompit-elle.

— Younes m'a demandé de te donner quelque chose. »

Une vague visqueuse d'humiliation la submergea. Younes avait-il raconté à son frère ce qui s'était passé dans le café ? Mohamed savait-il qu'elle avait fui les déguisés, les regards des Blancs, Younes et elle-même ?

Mohamed lui enfonça une carte dans la main. Elle reconnut l'écriture de Younes.

« Vas-y, l'entraîneur est au courant que tu viendras. C'est un bon club, Younes s'y entraînait, avant. »

*Excuse us for the news*
*You might be amused*
*But did you know White comes from Black*
*No need to be confused*

Les paroles de Public Enemy se mêlaient au sifflement des cordes à sauter. « Une, deux, trois... » Quelqu'un comptait, mais il lui semblait entendre la voix d'Eddy. L'odeur du talc pour les gants de boxe, le bruit de pieds pendant la « danse » sur le ring, le choc des gants sur les sacs de cuir, le cliquetis des chaînes, tout lui semblait si familier. Le froid qui l'emplissait commençait à disparaître sous l'influence des battements.

« Tu dois être Alia. » Un entraîneur à la moustache grise se tenait sous la photo de Mohamed Ali. « Younes t'a recommandée. Il est parti s'entraîner dans un club en Espagne, tu es sûrement au courant ? »

Elle ne le savait pas, mais elle hocha la tête pour acquiescer. Tout à coup, elle se sentit calme. Elle lut lentement l'inscription surplombant la photo d'Ali : « Ceux qui ne risquent rien ne valent rien. »

18 août 2014, *Le Matin,* informations locales :

Ibra, le réfugié originaire du Mali torturé avec d'autres étrangers sans papiers, a déclaré avoir été témoin de tortures sur un enfant afghan de douze ans. On a coupé la queue-de-cheval de la victime en guise de « jeu ». Le tortionnaire a jeté les cheveux dans les toilettes sous les yeux de l'enfant et lui a fait tirer la chasse.

Le garçon est orphelin, ses parents ont disparu pendant leur traversée vers l'Europe. On ne sait pas ce que sont devenus ses frères et sœurs. Ibra ne connaît pas le nom de l'enfant, la plus jeune des victimes demeure donc sans nom.

Les personnes ayant pris part aux actes de torture sont des deux sexes. Toutes n'étaient pas en accord avec ces actes. L'homme emprisonné dans l'armoire métallique, qui n'a toujours pas repris connaissance, a été retrouvé grâce à l'intervention d'une femme qui a refusé de participer à ces « jeux ». D'autres personnes avaient précédemment tenté de dénoncer les tortionnaires, mais étaient devenues elles aussi victimes de persécutions : voitures attaquées, menaces, filature et proches terrorisés ne sont que quelques-unes des méthodes employées par la bande.

Un homme était agenouillé au milieu de la pièce. Son dos, son ventre, son visage et sa nuque étaient striés de meurtrissures. Ses cris évoquaient les bêlements d'un mouton, d'un rythme sourd, un appel à l'aide désespéré. Paolo se tenait derrière lui, un câble électrique à la main, la sueur coulant sur son front. L'Entraîneur s'approcha de lui, lui prit le câble des mains et le passa à Laura.

« À ton tour », ordonna-t-il.

La lumière provenant de l'extérieur au travers des fenêtres sans vitres illumina la moitié du visage de Laura ; sur ses traits se lisaient la peur et le dégoût. Mais, au coin de ses lèvres, perçait un petit air de vengeance qu'Alia ne lui avait jamais vu auparavant.

« Ce sont des types comme lui qui t'ont filmée », dit à voix basse l'Entraîneur. « C'est à cause de types comme lui que tout le monde peut te regarder en train de baiser. Eux aussi ont regardé et se sont moqués de toi. De ta naïveté. Ils nous prennent tous pour des naïfs. Pour eux, l'Europe, c'est une vache à lait. Et quand il le faut, une vache à égorger. Ils ne reculeront devant rien. »

L'Entraîneur attrapa le menton de l'homme agenouillé et le serra fort.

« Regarde-le dans les yeux », il se tourna vers Laura. « Tu vois de l'humain ? Moi pas. Il vendrait sa propre mère, sa fille, tout le monde. Il nous vendra tous. »

Il referma la main de Laura sur le câble électrique et recula d'un pas.

« Des types comme lui t'ont filmée en cachette pendant que tu baisais. Et ils feront ça à d'autres femmes, à d'autres filles. Tu crois que quelque chose pourrait les arrêter ? Tu veux les laisser faire ? »

Le bras de Laura se leva. Alia fit un pas en avant, mais les doigts de Pascale enserrèrent ses poignets comme des griffes. Un rai de lumière tomba sur le visage de l'homme. Dans son regard, outre la peur, se dessinait la haine. Le câble fendit l'air en sifflant. Un cri emplit la pièce, à l'odeur de transpiration se mêla celle, métallique, du sang. Alia se débattit, mais Pascale la maintenait fermement.

Sur le visage de Laura, la sueur se mêla à présent aux larmes. Quand l'Entraîneur toucha enfin son épaule, elle se retourna vivement, comme si elle voulait le frapper lui aussi. Il la dompta du regard, comme un animal.

« C'est fini, c'est fini. » Il lui parlait comme à un enfant qui aurait fait un cauchemar.

Paolo alluma une cigarette, la flamme de son briquet illumina son visage marqué par la fatigue. Il avait l'air d'un homme ordinaire après une journée de dur labeur.

« Tu veux peut-être finir avec une matraque ? » Il fit un clin d'œil à Laura.

« Pour vous, les mecs, la matraque de police, c'est le prolongement du pénis ! lui reprocha Pascale.

— Tu voudrais la sucer ? » coupa court l'Entraîneur.

Tout à coup, tout avait changé : ils se donnaient des bourrades, plaisantaient, comme s'ils venaient de remplir un devoir ordinaire. Seule Laura se tenait toujours au-dessus du corps de l'homme recroquevillé. Elle ne lâchait pas le câble, mais sur ses traits apparut un sourire. L'homme qu'elle avait frappé gémissait et Dago se débattait au bout de sa laisse nouée au pied de l'armoire métallique, dans un coin.

Mariusz approcha d'Alia.

« Allez, on y va, lui dit-il à voix basse, entre ses dents. Tu en as assez vu. »

Il la poussa vers la porte.

« Tu seras la prochaine, Alia. » La voix de l'Entraîneur la suivit.

Mariusz claqua la porte derrière elle et tout redevint silencieux.

Le musicien qui jouait dans un coin de la salle portait un jean, une chemise à carreaux et un chapeau jaune dont le pompon se balançait à chaque mouvement de tête. Le regard d'Alia fut attiré par le reflet sur ses lunettes fines – il la regardait. Elle baissa les yeux et continua son petit tour ; pourtant, la mélodie l'appelait comme si les longs doigts du musicien touchaient non pas les cordes, mais sa peau à elle. Elle lança à nouveau un regard dans sa direction – il lui souriait, sans cesser de hocher la tête en rythme. Elle s'arrêta derrière une colonne qui la cachait. Le pompon rouge surgit de derrière la colonne, suivi de l'éclat des lunettes et d'un autre sourire – non, cette fois-ci, d'un rire. Il se moquait d'elle !

« Viens, je vais te présenter Fatou. » Elle sentit la main de Mama Issa sur son épaule.

Elle suivit sa tante. Des masques l'observaient de tous côtés : anguleux, aux couleurs vives, ils braquaient leur regard vide sur la foule. Le public du vernissage arpentait, un verre à la main, la galerie remplie des tableaux de Fatou. Sa peinture inquiétait Alia, faisant naître en elle une anxiété indéfinissable. Les gens alentour usaient de termes grandiloquents pour la qualifier, ils s'en servaient non sans habileté, mais elle avait sa propre opinion – les mots ne rendaient pas les émotions qui jaillissaient en elle dans cette salle bercée par les doux sons de kora.

« Nous nous sommes rencontrées pendant nos études. » Mama Issa fit la bise à l'artiste peintre.

« Tu écris toujours des poèmes ? » voulut savoir Fatou.

Alia regarda avec surprise sa tante, qui semblait gênée.

« Tu devrais les publier, à la fin, continua Fatou. Je me souviens encore aujourd'hui de certains poèmes, surtout celui que tu as déclamé pendant le rassemblement étudiant. Comment c'était, déjà ?

— " Nous qui sommes légères comme un duvet…

— … duveteuses comme les plumes, plumeuses comme des poussins. Qui piaillons, serrées les unes contre les autres, et puisons de l'eau…

— … pour éclabousser." »

Elles se regardèrent et éclatèrent de rire.

« Excusez-moi, peut-on vous poser quelques questions ? » demanda un journaliste en s'inclinant devant Fatou.

« Continue à écrire, Issa ! » lança cette dernière en prenant place devant la caméra.

Avant qu'elles partent, Fatou accourut pour offrir à Mama Issa un catalogue de l'exposition.

« J'ai écrit mon numéro de téléphone derrière. Appelle-moi !

— Moi aussi, je le veux », dit une voix d'homme dans leur dos.

Le musicien les regardait d'un air amusé. Il était grand, dépassait Mama Issa d'une tête. Il avait des tresses délicates et de larges épaules musclées.

« Mon numéro de téléphone ? » sourit Fatou.

Il y avait en cet homme quelque chose qui faisait que les femmes souriaient et bougeaient différemment, comme si leurs corps s'accordaient à sa musique, même lorsqu'il s'arrêtait de jouer. Mama Issa se retourna et Alia sentit une main effleurer son manteau. Le musicien se tenait près d'elle et faisait exprès de ne pas la regarder. Il glissa un papier en douce dans sa poche et sourit, découvrant des dents du bonheur dont il savait manifestement qu'elles lui donnaient du charme.

Une fois à la maison, Alia sortit de sa poche une feuille à rouler sur laquelle elle trouva un numéro de téléphone et deux mots : Alpha Snow.

« Je dois te frapper ? s'assura Joe.

— Tu as peur des femmes ou quoi ?! »

Des sifflements jaillirent autour d'eux.

Alia se tourna vers celui qui parlait. Elle boxait depuis deux ans dans ce club, où elle était toujours la seule femme. Vidal, un entraîneur assez âgé et moustachu, qui avait soi-disant entraîné Jean-Claude Van Damme, l'avait traitée depuis le début comme les autres. Une heure d'échauffement avec pompes, abdos, étirements sur une barre, sparring – aucun traitement de faveur. Jamal, un entraîneur plus jeune, l'aidait. Au bout de deux heures passées sur les tapis, des flaques de sueur apparaissaient sur le sol. Alia avait amené Joe pour cela : pour qu'il goûte à l'effort en groupe, à la transe de la répétition des coups de poing et de pied, des rotations réalisées au rythme du hip-hop.

Elle se redressa et rejeta ses épaules en arrière. Joe ramena ses gants près de son visage, comme le lui avait appris Eddy, et lança un coup rapide. Elle l'esquiva légèrement. Il attaqua ensuite d'un crochet. Elle se mit progressivement à répondre aux coups, mais sa main, habituée à frapper fort, tremblait en voyant les yeux de son frère derrière sa garde.

« Tu parles, ils se tripotent », siffla quelqu'un sur le côté. Des rires fusèrent.

« On change ! » recommanda Jamal, et Alia se retrouva en face du garçon qui venait de se moquer d'elle et de son frère.

Il était plus petit qu'elle, il s'entraînait depuis quelques mois seulement. Elle enleva son gant pour le saluer et l'attaqua sur-le-champ.

« Que les mains, Alia ! » déclara l'entraîneur, mais trop tard : le coup de pied direct dans le plexus solaire coupa la respiration du garçon.

« J'ai dit de n'utiliser que les mains », répéta l'entraîneur. On décelait de la désapprobation dans sa voix, mais on lisait l'amusement dans ses yeux.

Ils rentrèrent de l'entraînement, leur sac de boxe à l'épaule. Les silhouettes appuyées aux murs s'en détachèrent et se regroupèrent autour d'Alia. Ces gens, autrefois étrangers, la saluaient à présent, lui demandaient de ses nouvelles. Ils la supportaient lors des championnats, allaient coller des affiches annonçant ses combats. Elle n'était plus une poupée sans nom, mais une boxeuse de leur quartier. Elle portait des survêtements et de larges sweats dissimulant sa poitrine. Joe était pour eux « le frère d'Alia », ce qui un an auparavant le remplissait de fierté, mais maintenant qu'il avait quatorze ans commençait à lui peser. Elle l'emmena au club pour que le kick-boxing lui donne confiance en lui et une plus haute position hiérarchique. La patience et la volonté n'étaient pas le fort du garçon, mais Alia comptait sur le sport pour les lui inculquer.

Elle tenait le téléphone depuis une heure, suant plus que sur le ring. Lorsqu'elle composa enfin le numéro de téléphone d'Alpha, elle était si nerveuse qu'elle faillit faire tomber la feuille à rouler. Marzena lui manquait – elle aurait été un soutien bienveillant à ses côtés. Dans sa nouvelle école, Alia n'avait rencontré personne qui veuille devenir son amie. Elle était la plus grande de sa classe, les cheveux coupés court, souvent amochée, et repoussait les filles qui, elles, cultivaient un look ultra-féminin.

« Allô ? » dit une voix d'homme au bout du fil.

Elle se présenta en rappelant le vernissage de Fatou, mais elle ne fut pas claire et il ne comprit pas.

« C'est toi, Jacqueline ?

— Non. » Alia eut envie de raccrocher. « Je t'appelle parce que tu m'as do… parce que j'ai trouvé ton numéro dans la poche de mon manteau.

— Aaah, la fille derrière la colonne. » Elle sentit de l'amusement dans sa voix. « On se voit ce soir. »

Il n'y avait pas d'interrogation dans sa phrase. Son culot la laissa bouche bée, mais en même temps une vague d'euphorie envahit son ventre. Marzena appelait ça des « papillons ».

« Demain, bafouilla-t-elle, parce que maintenant je dois faire mes devoirs. »

Il fit crépiter son briquet.

« Étudie, c'est bien. Demain à huit heures sur les marches de la Bourse. »

Elle sentit une crampe à l'estomac. Puis se sentit mal. Elle attendit un instant avant de s'approcher lentement, comme si rien de grave ne s'était passé.

« Tout va bien, Joe ? » demanda-t-elle à son frère, allongé sur le sol. Le tremblement de sa voix la trahit.

Jamal appuyait sur le nez de Joe, le sang collait à ses doigts.

« Il peut être cassé, dit-il du bout des lèvres.

— Son premier sparring et une fracture, c'est pas de bol », soupira quelqu'un.

Vidal les emmena aux urgences puis les déposa devant chez eux.

« Ramène ton frère dès que son nez sera guéri », lança-t-il à Alia en guise d'au revoir.

Mais Joe prolongea sa convalescence. Alia s'impatientait. Elle-même avait trinqué plusieurs fois sur le ring, même si ça n'avait jamais été aussi grave. Pourtant, elle revenait toujours. Vidal appelait ça le « culbuto ». Elle ne voulait pas que Joe disparaisse comme elle quand elle s'était enfuie du café où avaient surgi les noirauds. Elle ne voulait pas que l'humiliation le ronge pendant des années.

Joe ne pouvait pas compter non plus sur la compassion maternelle. Fourmi ne rentrait à la maison que le soir, une fois fermé le magasin de perruques dans lequel elle travaillait depuis un an. Elle répétait avec satisfaction qu'elle pourrait tout aussi bien cesser d'aller travailler puisqu'elle avait travaillé douze mois, ce qui lui permettait de toucher le chômage. Mais tout le monde savait qu'elle ne renoncerait pas à son poste. Elle adorait ce magasin, elle testait toutes les perruques, en portait une chaque jour différente, si bien qu'il était parfois difficile de la reconnaître. Les jeunes hommes de la rue ne se moquaient plus d'elle, elle était la maman d'Alia.

« Et pourquoi fallait-il que tu ailles te battre ? » répétait-elle quand Joe lui demandait de faire quelque chose pour lui parce qu'il était « malade ». « Non seulement son père a fait d'elle un homme, mais en plus toi, tu aurais à en souffrir ? Et toi, Alia, aucun garçon ne voudra de toi ! Qui voudrait d'un garçon manqué pareil, hein !... »

Seul Riva eut pitié de son frère et lui fit son portrait avec une médaille en guise de récompense. Joe prit cela pour de l'ironie et s'efforça de persuader son frère de le servir, mais Riva était trop occupé. Il avait sauté une classe et allait à l'école avec des camarades plus âgés que lui. À l'école, les enseignants disaient qu'il était le meilleur élève qu'ils aient eu de ces dix dernières années.

« Viens avec moi au club, reprit Alia.

— Je ne suis pas fait pour la boxe.

— Je ne connais aucun boxeur qui ait un nez intact, grogna-t-elle. C'est comme tomber de cheval pour la première fois.

— Pour la première fois ? » Il lui lança un regard mélodramatique avec ses yeux au beurre noir.

« Petit con.

— Alia...

— Pas Alia, mais la Furie Futée de partout ! » Elle se plaça de telle sorte que la lampe de la cuisine jette sur le mur une ombre immense de sa silhouette.

« Laisse tomber, on n'est plus des petits.

— On s'en fout ! cria-t-elle. Écoute bien cette histoire, parce que je suis venue spécialement pour te la raconter ! C'est l'histoire d'une poupée qui est dans une poupée, qui est dans une poupée, qui…

— Ça s'appelle des poupées russes. » Joe leva les yeux au ciel.

« *D'abord, il y avait Madame la Puce. Elle sautait si vite que personne ne pouvait la localiser. Nombreux étaient les animaux qui avaient essayé de l'attraper, de la saisir avec les dents, pour qu'elle cesse de les tourmenter. Mais elle était invincible. Ils finirent par l'appeler la Puissante Particule et se firent à l'idée que, lorsqu'elle faisait son apparition, elle terrassait les plus grands. Bah ! Qu'elle leur cassait le nez ! Mais elle, personne ne la vit jamais avec le nez en sang…* »

Joe haussa les sourcils comme pour signifier : « Je ne te l'avais pas dit ? »

« Tout le monde prend un jour un coup dans le nez », ajouta Alia de sa voix normale, puis elle posa les mains sur ses hanches et poursuivit :

« *Les animaux se demandaient comment se débarrasser de la puce avide de sang. Ils essayèrent différents poisons et des peignes ultra-fins, mais cette saleté arrivait toujours à leur échapper. "Ha, ha !" criait-elle à l'oreille de celui qui pensait s'en être débarrassé. "D'où vient cette plaie ?" s'interrogeaient les animaux, car ils se sentaient traqués, comme si l'insecte s'était démultiplié. Mais la Puce était seule, et avec ça, petite et maigrichonne. On ne savait même pas si elle avait des cheveux. Monsieur le Faucon en personne disait que, même avec sa vue légendaire, il était incapable de la repérer à cause de sa taille microscopique.*

*La Puce terrorisait tous les animaux à fourrure. Elle sautait comme du pop-corn dans le micro-ondes et criaillait : "Je suis petite, mais méchante !" Jusqu'au jour où Monsieur le Lapin, qui trinquait le plus souvent car il était terriblement nerveux, ce qui énervait la Puce, vint avec une nouvelle : la Puce n'aurait pas été comme ça sans l'influence fatale d'une certaine Madame la Kangourou.*

*La Puce avait appris un beau jour l'existence de Madame la Kangourou en faisant ses lacets. Ses chaussures étaient posées sur un journal recouvert de boue. La Puce se pencha en avant et son regard tomba sur cette histoire. C'est elle qui l'inspira, c'est à cause d'elle qu'elle devint si chiante.*

*Madame la Kangourou était un enfant posthume. Sa mère avait sauté si haut qu'elle s'était cogné la tête contre le ciel et était retombée sans vie sur terre. En vol, elle avait accouché de sa fille. Car ça prend du temps, de tomber du ciel, même sans parachute. L'enfant s'avéra particulièrement forte, elle pouvait soulever un âne avec ses dents. La petite Kangourou grandissait, grandissait, et c'était de pire en pire. Elle se battait avec de plus grands qu'elle, donnait des coups de pied, traînait derrière elle leurs corps maltraités comme si c'étaient des chiffons. Personne ne voulait l'affronter. Même les grands félins poilus, lions et autres, qui faisaient croire que ç'aurait été s'abaisser à ce qui n'était pas digne d'eux. Ils faisaient plutôt pipi dans leur culotte, oui !*

*Madame la Kangourou ne se calma que lorsqu'on lui offrit des oiseaux. Il y en eut une centaine, dans des cages finement ouvragées. Elle se mit à les observer et à écouter leur chant avec tant d'attention qu'elle en oublia la lutte.*

*Mais ensuite arriva une pie qui annonça que rien de tout cela n'était vrai. Madame la Kangourou continuait à en découdre, mais dans une autre forêt où les animaux n'avaient pas encore eu le temps de la connaître.*

— Et que lui est-il arrivé ensuite ? » laissa échapper Joe, car Alia s'était tue.

Il était à moitié allongé, essayant d'avoir l'air de s'ennuyer, mais en vain.

« *Ensuite, les histoires de Madame la Puce et de Madame la Kangourou sont parvenues jusqu'à moi. C'est pourquoi j'ai moi aussi enfilé des gants de boxe. Et ensuite je suis venue ici à sauts de kangourou pour te raconter cette histoire.*

— Qu'est-ce que c'est que ce bla-bla moralisateur ?! s'énerva Joe. Je t'ai déjà dit que je ne retournerai pas sur le ring !

— Je te l'ai racontée moi, la Furie Futée de partout. » Alia fit un salut. « Si vous voulez plus d'histoires, il faudra les raconter vous-même. »

Elle s'écarta de la lampe et son ombre se réduisit à ses proportions normales.

« Comment elles s'appelaient ? grommela Joe d'un ton fâché au bout d'un moment.

— Qui ça ?

— Eh ben, Madame la Puce et Madame la Kangourou.

— Les histoires urbaines, c'est pas des reportages stupides. » Alia détourna la tête.

« Tu sais bien que j'aime les détails. » Joe la fixait d'un regard suppliant.

« Aaaah ! rugit-elle. Ce sera une exception, alors, vilain petit crabe aux pattes affreuses !

— Pourquoi faut-il toujours que tu offenses ceux qui t'écoutent ? soupira Joe. Papa, au moins, était un conteur aimable...

— Et moi je suis La Furie qui se fout en rogne ! » Alia écarta les doigts et leur ombre sur le mur prit la forme d'un énorme oiseau. « Bon d'accord, je vais te le dire, mais sache que c'est une exception et que je ne répéterai jamais cette manœuvre. Retiens ces deux noms : Barbara Buttrick et Polly Burns, championnes du monde de boxe. Elles ont commencé à ton âge et ne se sont arrêtées que lorsqu'elles ont été enceintes. Ce qui ne risque pas de t'arriver. »

Cependant, Joe ne retourna pas sur le ring. Son nez cassé devint une source de force, mais pas dans le sens qu'Alia espérait. Légèrement déformé, il attira comme un aimant les « infirmières » de ce monde. Les filles de sa classe se mirent à le raccompagner jusqu'à sa porte. C'est à cette époque qu'il mit au point envers la gent féminine une stratégie qu'il n'aurait de cesse d'améliorer toute sa vie : il sympathisait avec plusieurs filles, choisissait la plus jolie et lui vouait une adoration certes courte, mais intense. Puis il stoppait toutes ses attentions pour aller les prodiguer à une amie moins jolie et plus discrète. La jolie en voulait à la discrète de lui avoir volé son admirateur. La discrète s'épanouissait. La fierté d'avoir un copain si exceptionnel l'emportait sur le sentiment de culpabilité.

En pleine tempête de jalousie, Joe déplaçait le curseur de son intérêt et se remettait à séduire la plus jolie. La discrète se renfermait sur elle-même, bien que, en réalité, elle l'attendît avec impatience. Et elle avait raison : il revenait vers elle régulièrement. Les jolies filles disparaissaient, vexées, mais les plus discrètes restaient auprès de lui pendant des années. C'est parmi elles qu'il recrutait ses amies, ses confidentes, ses amantes.

Grâce à Joe, Alia apprit qu'il existait des femmes pour soutenir les hommes, même si elles étaient les premières à ployer sous ce poids. Ou plutôt *parce qu'*elles ployaient sous ce poids. Elle comprit cela le jour où elle faillit tout perdre à son tour à cause de Joe. Mais ce fut des années plus tard.

Le rendez-vous étourdit Alia autant qu'il l'effraya. Elle n'oublia pas le goût âcre de cigarette qu'avaient les lèvres d'Alpha et la masse molle de la langue qu'il avait enfoncée dans sa bouche. Elle n'avait aucune idée de ce qu'elle était censée faire alors, et une vague de désenchantement la submergea, comme lorsqu'elle avait goûté pour la première fois au café, surprise par l'affreuse amertume du liquide parfumé. En sentant l'humidité de sa langue, elle voulut reculer, mais une autre humidité fit alors son apparition, entre les lèvres du bas cette fois, à cet endroit qu'elle n'osait regarder, comme si c'était un organe interne invisible.

Alpha l'embrassa dès qu'ils descendirent les escaliers de la Bourse. Sur tout le trajet, il n'écarta pas ses mains d'Alia une seule seconde : il la caressait dans le cou, jouait avec ses cheveux, lui prenait les mains pour les placer autour de sa taille. À la gare, il la souleva et la porta dans les escaliers, attirant les regards des voyageurs. Elle suppliait en elle-même que des policiers ne passent pas par là.

« Et si on allait chez toi ? » dit-il en glissant une main sous sa jupe.

Elle attrapa le bord de sa jupe et ils se chamaillèrent un instant dans un coin de la gare.

« Où habites-tu ? chuchota-t-il, essoufflé.

— Avec ma mère..., rétorqua-t-elle maladroitement. J'habite avec ma mère et mes frères. »

Il recula puis, au bout d'un moment, colla de nouveau son corps au sien. Tout était dur en lui, ses muscles, sa façon d'être et son pénis, dont elle sentait la forme sur son bas-ventre.

« Alors viens chez moi ! J'habite pas loin.

— Tu habites avec tes parents ? » demanda-t-elle, et lui éclata de rire.

« Viens, il n'y a personne à cette heure-ci. »

Elle trouva en elle la force de refuser, elle ne savait pas comment, peut-être à cause du léger dégoût qui, telle une ombre, accompagnait la douceur envahissant son ventre, ses cuisses et sa poitrine. Elle avait la tête légère comme si son cou ne portait que l'aigrette d'un pissenlit (elle se mit soudain à rêver d'une coiffure de cette forme tandis qu'il l'embrassait !), mais elle réussit à refuser fermement.

Il la raccompagna au tramway. Il ne l'appela ni ce jour-là, ni aucun des jours suivants, bien qu'elle lui eût donné son numéro sur un papier qu'elle avait préparé. Elle ne savait pas à qui demander ce que tout cela signifiait. Ni si une fille pouvait prendre l'initiative de téléphoner à un homme pour lui dire... quoi ?

Impuissante, elle regardait au ras du sol l'herbe qui poussait devant la fenêtre de sa « chambre ». C'était un bien grand mot pour désigner cet endroit muni d'un lit et d'un bureau, séparé par une armoire de la partie où dormaient les garçons. Elle regardait une chatte noire et un teckel au poil doré qui se trouvaient à l'extérieur, sur une tache de soleil, humant l'air à la recherche d'un souffle printanier. Cette année, pas un seul flocon de neige n'était encore tombé. Les plantes, trompées par les températures clémentes, commençaient à s'ouvrir aux rayons du soleil, et un mirage de printemps bernait les animaux. Le teckel mit son nez sous la queue de la chatte, qui approcha son museau du derrière du chien. Ils commencèrent à se tourner autour, leurs gestes se firent nuptiaux, quand tout à coup la chatte s'éloigna, résignée. L'espoir de réussir à s'aimer la quitta de façon presque physique. Le teckel arriva visiblement à la même conclusion, puisqu'il s'aplatit sur le sol en soupirant, tandis que la chatte s'étendait à côté de lui. Ils formaient à présent deux taches, l'une dorée, l'autre noire, dont l'herbe absorbait la frustration sexuelle.

Alia se détourna de la fenêtre et attrapa son téléphone dans un geste de désespoir.

« On peut se voir ? lança-t-elle d'une traite.

— Je pars, répondit Alpha, amusé.

— Pour combien de temps ?

— Pour trois mois, peut-être plus. »

Elle se sentit glisser vers le bas. Elle en eut la nausée. « Tu pars loin ?

— À Dakar. »

Elle toucha ses cheveux. Ils lui semblaient étrangers. Rien ne lui appartenait, tout fuyait vers cet homme qui disparaissait de son horizon amoureux, du seul horizon qui se dessinait devant elle.

« On ne peut pas se voir, se dire au revoir ? Maintenant ?...

— Ne m'oublie pas. » Ces mots sonnèrent comme un ordre.

« La toute jeune Alia, luttant sous les couleurs de la Belgique, a mis K.-O. son adversaire. Un coup de pied haut extraordinairement fort pour une femme... » Le commentateur radio s'animait.

Après le combat, elle voulut rentrer à l'hôtel, mais les journalistes l'arrêtèrent. Debout dans le peignoir du club, en sueur, les cheveux ébouriffés, elle répondit à leurs questions. L'adrénaline cédait progressivement la place aux émotions qu'elle avait fermement repoussées avant le match pour se concentrer sur le combat. C'était son premier championnat international, son premier voyage sportif, sa première fois en France, dans un hôtel. La curiosité se mêlait à la peur, le manque de confiance en soi avec l'excitation.

« Pourquoi avoir choisi ce sport alors que tu es une femme ?

— Tu représentes la Belgique, mais tu n'es pas belge. De quel pays viens-tu ?

— Quel est ton plat congolais préféré ?

— Les Noirs boxent mieux que les Blancs. Tu penses que c'est plus facile pour toi grâce à cela ? »

Vidal amena un autre journaliste, dont les questions tournèrent autour des mêmes sujets : femme, noire, jeune et émigrée. Elle avait envie de crier : « J'ai gagné ! »

Lorsqu'ils la lâchèrent enfin, elle prit une douche. Ses contusions la brûlèrent quand elle se savonna. Elle se changea dans les vestiaires et sortit vêtue d'un jean et d'un sweat ordinaires. Tout le monde était déjà parti, seul Vidal l'attendait devant la porte. Il l'emmena dîner dans un restaurant chinois où il commanda des plats qui la firent s'affoler. Elle n'avait jamais mangé de crevettes, les tentacules de poulpe ne lui inspiraient que du dégoût, et le canard sentait le gingembre, comme si quelqu'un l'avait aspergé de parfum. Alia se remplit l'estomac de riz, même si celui-ci se dérobait des baguettes qu'elle manipulait maladroitement. Intérieurement, elle était contente que le fait de manger lui demande autant d'énergie, cela lui évitait de faire la conversation à Vidal. Elle ne se sentait pas à l'aise, elle n'avait jamais été en tête à tête avec lui. Elle ne savait pas de quoi ils devraient parler, des générations entières les séparaient, il aurait pu être son grand-père.

Après le dîner, ils s'installèrent au bar de l'hôtel. Les yeux d'Alia se fermaient, les émotions du combat retombaient, le riz avait gonflé dans son ventre et toute son énergie était accaparée par la digestion, mais elle n'osa pas protester ; elle posa son sac avec sa tenue de boxe pleine de sueur à ses pieds et s'assit sur un tabouret haut près de son entraîneur.

« Je suis mineure, protesta-t-elle quand il posa devant elle un cocktail bleuâtre servi dans un verre décoré d'une petite ombrelle.

— Tu as la masse d'une femme adulte. Moi, je ne vais pas boire ça, sinon ils vont me prendre pour une pédale. »

Le cocktail sucré à la menthe apaisait sa soif, elle le but rapidement. Et ne protesta pas quand Vidal en commanda un second. Lui buvait du whisky qui lui délia la langue. Il évoqua les anciens boxeurs, il raconta comment il avait préparé des scènes de combat pour des films et lui confia qu'il n'avait accepté que récemment d'entraîner des femmes. Il disait que celles qui n'avaient pas peur de lutter étaient les immigrées. Les femmes d'ici avaient peur pour leur visage.

« Parce qu'elles en font commerce. » Il faisait des phrases courtes et saccadées qui sombraient dans ses moustaches, comme s'il n'avait pas la force ou l'envie de les terminer. « Elles attrapent des maris riches avec leur joli minois. »

Dans l'ascenseur, il la serra de si près qu'elle pouvait voir chacune des rides de son visage profondément buriné. On voyait sa peau rose sous ses cheveux gris, ses yeux étaient légèrement humides. Elle se figea, ne sachant quoi dire, elle avait la tête qui tournait après les cocktails. L'ascenseur s'arrêta brusquement, secouant son estomac. Vidal ouvrit la porte d'une chambre et la laissa galamment entrer la première.

« C'est ma chambre ? » demanda-t-elle.

Elle se retourna, mais il était déjà derrière elle. Elle fit instinctivement un pas en arrière.

« Il y a assez de place pour deux, ici. » Il referma la porte sur eux.

Elle le vit déposer les bagages dans l'entrée et lui montrer le lit double, puis il disparut dans la salle de bains. Elle s'assit sur le bord du lit. Ses yeux se fermaient tout seuls, la fatigue l'accablait. Elle finit par s'allonger en boule sur le côté, tout habillée.

Elle sentit qu'on la touchait. Elle ouvrit les paupières avec difficulté. Une main couverte de taches pressait son sein gauche comme si c'était un canard en caoutchouc. Du fond de sa mémoire lui revint le poème de Mama Issa récité par Fatou : à propos d'un poussin duveteux. Ce n'est qu'à ce moment-là que son corps se réveilla ; elle sursauta, mais Vidal la retint.

« Je ne te ferai rien, je vais juste te toucher, chut, fillette, ch… »

Elle se pétrifia et fixa le visage de son entraîneur qui se penchait sur elle. Ses cheveux blancs étaient humides, il s'était aspergé d'eau de Cologne, mais, pour elle, il sentait le canard au gingembre. Il descendit la main sur son ventre, entre ses cuisses. Alia sentit comme une forte aspiration dans son estomac, comme si un geyser était en train de s'éveiller.

« Ta peau est si belle, si ferme. » Sa respiration, puant le whisky et les fruits de mer, se fit rauque.

Il prit la main d'Alia et la posa sur son entrejambe, sur la forme flasque qui se dessinait sous son pantalon de pyjama. Elle remarqua alors que l'entraîneur portait un pyjama bleu marine à rayures.

« Prends-la, touche-la… »

Elle était comme dédoublée de son corps, elle ne le sentait pas. Elle vit les mains tachées de l'entraîneur ouvrir la fermeture éclair de son jean, se glisser sous l'élastique de sa culotte, fureter dans ses poils pubiens. Elle sentit ses articulations à l'intérieur de ses cuisses, ses doigts secs s'enfoncer entre ses lèvres, son pouce toucher son anus.

Elle vit ensuite son propre corps se contracter et expulser avec puissance un jet d'une substance colorée qui atterrit directement dans les cheveux gris de Vidal. Un jet, composé des morceaux de poulpe qu'elle n'avait pas digérés, des deux crevettes qu'elle avait accepté d'avaler et d'une purée de riz, décorait à présent les rayures bleu marine de son pyjama.

Ce n'est qu'alors qu'elle sentit quelque chose. Un goût amer, infect, pire que le café. Pire que tout ce qu'elle avait goûté jusqu'alors.

Assise au bord de son lit, Mama Issa observait sa nièce avec attention depuis un certain temps.

«J'ai les poignets faibles, murmura Alia. Ceux d'Eddy étaient faibles aussi, c'est pour ça qu'il n'a pas fait de carrière de boxeur.»

Elle était de nouveau terriblement fatiguée. Elle rentrait de l'école et allait directement se coucher. Riva qui, sitôt rentré de l'école, le goûter avalé, se mettait à faire ses devoirs, ne cessait de lui demander quand elle trouvait le temps de faire les siens.

«Je n'ai pas de devoirs.» Elle mentait.

Mama Issa ne croyait pas à ses fausses excuses. Elle avait rappliqué dès que Joe lui avait bafouillé au téléphone qu'Alia n'allait plus aux entraînements depuis son match victorieux en France et que les «poteaux» plantés devant l'immeuble l'arrêtaient sans cesse pour lui demander quand sa sœur remonterait sur le ring.

Alia ferma les yeux. Elle était si fatiguée.

«Parle!» La voix de Mama Issa fendit l'air.

Alia s'exécuta. Elle avait à nouveau l'impression que quelqu'un d'autre parlait à sa place : elle cherchait ses mots, se taisait, balbutiait. Elle arriva au dernier épisode de l'histoire avec l'entraîneur, la gerbe spectaculaire.

Elle leva les yeux vers sa tante. Mama Issa ressemblait à un des tableaux de Fatou, celui avec des orifices en feu à la place des yeux. Elle se leva et lissa sa jupe d'un geste affecté qui ne lui était pas familier.

« On va à la police.

— Tu es folle ? » Alia entendit sa propre voix. Elle n'avait jamais parlé sur ce ton à sa tante auparavant. « Vidal entraîne les policiers, ils viennent le voir le soir après leur service, quand nous, on a fini. Tu veux que je sois interrogée par ses élèves ?! »

Elle criait. Elle parlait des policiers, mais en réalité elle pensait au groupe d'hommes jeunes, aimables avec elle parce qu'elle faisait partie du club de boxe. Tant qu'elle était des leurs, ils la laissaient tranquille. Tant qu'elle luttait. Tant qu'elle était comme un homme.

Elles se disputèrent pour la première fois de leur vie. Elles se hurlaient dessus comme autrefois Mama Issa et Fourmi. Mama Issa soutenait que le harcèlement sexuel était un crime. Alia rétorqua que sa tante passait son temps à Liège, dans sa villa, et ne comprenait rien. Elle ne savait pas ce qu'était la guerre des sexes dans un quartier comme celui-là.

Le lendemain, sa tante lui donna un livre.

Maya Angelou, *Je sais pourquoi chante l'oiseau en cage,* lut Alia. Elle lança un regard interrogateur à sa tante.

« Ça parle de viol. »

Si Alpha n'avait pas appelé peu après, qui sait combien de temps encore l'aurait tourmentée cette fatigue qu'aucun sommeil, si long fût-il, ne pouvait chasser.

« Je suis là », annonça-t-il au téléphone, et Alia sentit que les ténèbres autour d'elle se dissipaient.

Il l'invita à un concert où il accompagnait une chanteuse, en tenue sénégalaise : une longue chemise jaune brodée et des pantoufles brillantes et effilées aux pieds. Il enleva ses lunettes, ses tresses lui cachaient la moitié du visage. Les filles dans le public le contemplaient d'un air songeur, elles chuchotaient que personne ne jouait de la kora comme lui. À la fin du concert, elles allèrent au même endroit qu'Alia : derrière la scène. Alia s'arrêta, indécise – les y aurait-il également invitées ? Elle était sur le point de faire demi-tour pour partir quand il surgit près d'elle. Il s'était déjà changé pour un jean et une chemise à carreaux.

« Des groupies. » Il fit un geste de la main en direction des adolescentes qui pouffaient de rire.

Elles n'avaient pas remarqué qu'il était déjà sorti et se pressaient vers l'entrée des artistes.

Alpha attrapa Alia par la main et l'entraîna. Quelques rues plus loin, ils s'arrêtèrent pour un kebab. Alpha l'enlaça comme s'il connaissait son corps depuis longtemps.

« Deux à emporter », commanda-t-il, et le vendeur lui sourit avec un regard complice. Alpha était visiblement un habitué.

Il la guida à travers les rues sombres jusqu'à un immeuble à la porte verte. Il l'ouvrit et la poussa à l'intérieur.

« Où est-on ? demanda-t-elle.

— N'aie pas peur. » Il souffla sur son cou, un frisson la traversa.

Il ne lui demanda pas si elle voulait aller chez lui, si elle voulait enlever sa veste, si elle voulait boire du whisky. Il présumait qu'Alia ferait tout cela, puisqu'il en avait décidé ainsi. Il ne laissait pas de place pour le refus, il l'enveloppait d'un cocon de persuasion efficace.

Puis il l'enlaça de ses longs bras, de ses jambes, de ses cheveux. Les lèvres de sa chatte s'ouvrirent et soudain il fut en elle, et Alia se demanda si ce qui coulait là en bas était du sang.

À la fin, il l'enveloppa dans la couette jusqu'au menton, comme si elle avait couru un marathon et que son corps était en hypothermie. C'était le contraire, sa peau était chaude. Mis à part ça, peu de choses en elle avaient changé. « D'où les gens prennent-ils les expressions du type "inconfort dans le bas-ventre" ? » se demanda-t-elle quand Alpha alla lui chercher quelque chose à boire. Plutôt du confort. Peut-être un léger picotement. Il s'assit sur le matelas et la regarda boire, exactement comme si elle était un chat lapant le lait d'une soucoupe.

« Tu as de l'argent ? » demanda-t-il tout à coup.

Elle fit non de la tête. Elle avait dépensé son argent de poche chez le coiffeur. Immédiatement après son coup de fil, elle était allée mettre de l'ordre dans ses cheveux, elle avait maintenant de courtes tresses serrées contre son crâne ; elles ressemblaient à un casque, mais elle préférait cela au défrisage.

« Même pas de la monnaie ? Je dois acheter de la viande.

— De la viande ?…

— Pour des amis, ils viennent pour un barbecue.

— Moi aussi je dois venir ?

— Ce sont des musiciens, soupira-t-il. Ils iraient tous te draguer ! Je ne vais pas te surveiller pendant toute la soirée, tu n'as pas encore dix-huit ans. »

Elle avait peur qu'il ne la rappelle pas, comme l'autre fois, mais il l'emmena bientôt voir *Do the Right Thing*, de Spike Lee. Impossible de se concentrer sur le film à cause de la main d'Alpha qui se promenait sous son T-shirt, mais elle sortit tout de même du cinéma impressionnée par le film.

«*The color of today is black*», répétait Alpha.

Il citait des phrases du film avec un plaisir manifeste. Pour lui, ce qui était bon était noir. Elle était intriguée par le rouge, le jaune et l'orange des murs dans le film, ensoleillés au cours de la journée, embrasés la nuit suivant la mort du fan de Public Enemy. Qui avait construit ces murs ? Qu'est-ce qui les unissait ?

«*Stay Black !*» Alpha passa la main autour de ses épaules.

«Mais tu es noir. Pourquoi tu n'arrêtes pas de répéter ça ?» lui demanda-t-elle.

Il éclata de rire. «Parce que toi, tu ne l'es pas. Tu as la peau noire, mais à l'intérieur tu es blanche. Viens, on va chez moi, chuchota-t-il. *It ain't never too late or never too cold for fucking.*

— Je dois rentrer, je dois préparer le dîner.

— *No freedom. I'm the boss.*»

Elle retourna voir *Do the Right Thing* seule, sans le dire à Alpha. Quelque chose dans sa façon d'être la muselait. Elle se censurait pour lui plaire.

Dans la salle obscure du cinéma, Alia s'imprégna du son de Public Enemy. Il y avait sa propre sueur, ses contusions, ses flancs recouverts de bleus, dans cette musique. Elle regardait le feu consumer la célèbre Pizzeria de Sal et se remémorait le magasin d'alimentation générale de Moussa. Elle voyait la poubelle en métal briser la vitre de la pizzeria et pensait au jour où, avec Joe, elle avait volé Moussa qui leur donnait gratuitement des sucettes.

Cette journée caniculaire et tranquille qui s'achevait sur un assassinat était-elle une seule et même journée ? Elle écoutait attentivement les dialogues et regardait les jets d'eau cinglant la peau, les ailes du ventilateur faisant tourbillonner l'air qui soulevait les jupes des filles, le bouquet de roses pour la vieille femme, le sang sur le coude de l'enfant. Quelle était cette force ?

Elle attendait Alpha sur le parking, derrière l'arrêt de bus. Il marchait, comme à son habitude, légèrement penché en avant, comme s'il voulait se dépasser lui-même. Il entra sur le parking séparé de la rue par des barrières à cause de travaux en cours sur la chaussée. De gros rouleaux de tubes rouges attachés avec des bandes noires gisaient sur le sol, semblables à des tripes ensanglantées. Il y en avait sept.

« Je suis là. » Alpha portait sa guitare et un sac de sport avec une longue anse qu'il lui mit sur l'épaule sans lui demander son avis.

Il rentrait d'une répétition préparant le répertoire d'une nouvelle tournée. En marchant à ses côtés, Alia jubilait en voyant les femmes les regarder avec envie. Certaines lui souriaient légèrement. L'association de dreads et d'une silhouette grande et musclée fonctionnait comme un aimant.

« Aie l'air naturelle », lui souffla-t-il soudain en l'attrapant par le coude.

Une policière contrôlant les papiers de deux adolescents près de l'entrée du métro leur jeta un coup d'œil.

« Il y a de la drogue dans le sac », chuchota Alpha.

Les gestes d'Alia se firent saccadés. La policière les observait avec attention.

« Ma sœur ne veut pas rentrer à la maison pour ne pas avoir à faire ses devoirs. » Alpha lui sourit. « Je suis féministe, je lui répète tout le temps que de nos jours les femmes doivent étudier, c'est la seule manière d'être indépendante, pas vrai ? »

La policière reposa son regard sur les papiers d'identité, un sourire apparut sur ses lèvres. Alia posa un pied sur l'escalator de l'entrée du métro, luttant contre un sentiment de désenchantement. Elle venait de voir pour la première fois une femme en uniforme, mais elle n'aimait pas ce que cet uniforme laissait transparaître : la féminité.

« Je voulais juste vérifier si tu allais garder ton sang-froid. » Alpha se moqua d'elle pour l'avoir cru. « Tu as regardé trop de films !

— Qu'est-ce qu'il y avait dans ce sac ?

— De la *kaszanka* polonaise. C'est du boudin noir. Une amie polonaise m'en a donné pour que je le goûte. »

Ce jour-là, Alia l'invita pour la première fois chez elle. Il s'installa sur un tabouret dans la cuisine et se mit à gratter sa guitare tandis qu'elle préparait à dîner. En rentrant de l'école, Joe alla d'abord dans sa chambre, puis, attiré par les sons de la guitare, les rejoignit dans la cuisine. Quand Alpha joua *Angie*, il fredonna. La pièce se remplit de la musique des Rolling Stones et de la voix chaude de Joe.

« Moins fort, je n'arrive pas à étudier ! lança Riva.

— Tu n'as qu'à fermer la porte ! » lui cria Fourmi.

Ils n'avaient pas remarqué à quel moment elle était rentrée. Elle se tenait debout dans l'entrée et portait ce jour-là une courte perruque noire avec la raie sur le côté et une robe qui lui arrivait à mi-cuisses.

« C'est votre sœur ? » Alpha posa la guitare et regarda Fourmi.

Elle rit doucement, cachant sa bouche de sa main.

« Votre mère ressemble à Joséphine Baker », ajouta-t-il en la saluant.

La cuisine se remplit d'un joyeux brouhaha, même Riva abandonna ses devoirs pour se joindre à eux. Fourmi envoya Joe acheter du whisky et du sirop de gingembre, Riva sortit de sous son lit des bonbons qu'il avait cachés pour que Joe ne les lui mange pas. Une odeur de lasagnes envahit la cuisine, le plat fétiche d'Alia préparé selon la recette de la mère de Giovanni.

« C'est une fameuse cuisinière, Alia, hein ! » Une miette de viande tomba de la bouche de Fourmi.

« Qui se serait attendu à de la cuisine italienne chez une famille congolaise ? remarqua Alpha en souriant.

— C'est meilleur que la *kaszanka* polonaise ? » balbutia Alia en accrochant sur le mot polonais.

Alpha ne répondit pas car Joe lui posait des questions sur les accords de guitare. Il avait l'air d'avoir découvert une nouvelle passion. Alia croisa superstitieusement les doigts sous la table. Pourvu que cet enthousiasme ne s'éteigne pas aussi vite que les autres.

Alpha devint un habitué de la maison. Quand il était là, il réunissait la famille, tout le monde restait toujours plus longtemps dans la cuisine après le dîner. Riva ne filait pas faire ses devoirs, Joe ne s'échappait pas dans la rue pour éviter d'avoir à faire les siens. Fourmi, au lieu de rester couchée devant la télévision, demeurait parmi eux et riait des blagues d'Alpha. Joe jouait de plus en plus souvent de la guitare, il avait un talent pour ça. Alpha entraîna aussi le reste de la famille dans un jeu musical. Riva et Alia tapaient sur des casseroles avec des cuillères en bois, Fourmi, telles les danseuses de rumba congolaise, bougeait les hanches avec sensualité.

« Danse, toi aussi ! » Elle prit les mains d'Alia. « Allez, bouge un peu ! »

Alia croisa les bras sur la poitrine, Alpha venait de la tirer au milieu de la pièce. Il posa les mains sur sa taille et les descendit en faisant bouger ses hanches. Alia contrôla son réflexe de boxeuse : sur le ring, on « dansait » avec les poings près du visage. À présent, elle suivait les pas d'Alpha. Elle détendit progressivement ses muscles, ses gestes se firent plus fluides. Elle n'avait pas ressenti une telle insouciance depuis l'époque où elle passait son temps avec Marzena.

« Fourmi danse ? » s'étonna Mama Issa.

Ils lui avaient parlé d'Alpha pendant les courses, ils lui avaient raconté que, grâce à lui, Joe jouait de la guitare, Riva riait beaucoup et leur mère apprenait à danser à Alia.

« À Kinshasa, elle ne bougeait pas de son matelas, même quand ils passaient de la rumba congolaise à la radio. » La tante haussa les épaules.

« Et maintenant, elle veut acheter un magnéto, rétorqua Alia. Et une guitare pour Joe. »

Mama Issa haussa les sourcils. Le fait qu'Alpha fût deux fois plus âgé que sa nièce ne lui plaisait pas. En même temps, elle appréciait l'influence positive qu'il avait sur toute la famille.

« Alpha a dit qu'elle ressemblait à Joséphine Baker.

— Qui est-ce ? demanda Joe.

— Une danseuse. Pour les hommes blancs, la personnification du fantasme de la femme noire "sauvage", un exemple de la colonisation de son corps, ajouta sèchement Mama Issa. Elle portait une jupe faite de bananes, dansait quasiment nue et "brillait des dents", comme les "indigènes". » Alia hocha la tête.

« On lui permit d'exister parce qu'elle était "exotique". Elle jouait avec ça. Elle a toujours été forte, poursuivit la tante. C'était une enfant des bidonvilles, on l'a mariée quand elle avait treize ans. Quelqu'un l'a remarquée alors qu'elle dansait au coin d'une rue et l'a embauchée dans un vaudeville. Elle est partie pour New York, mais personne ne voulait d'une Noire, donc elle est allée en France. Elle y est devenue "l'incarnation de l'Afrique sauvage", elle choquait avec sa danse érotique. Elle s'est acheté un guépard qu'elle promenait au bout d'une laisse. On l'a immédiatement comparée à un chat sauvage, bien évidemment, et on lui a attribué une "férocité animale".

— Entre guillemets ? » devina Joe.

Mama Issa acquiesça.

« On l'appelait Perle Noire, Velours Noir, Vénus Noire. Elle a avoué être bisexuelle. Il paraît qu'elle a reçu plus de mille demandes en mariage. Mais elle ne pouvait pas avoir d'enfants, elle a fait deux fausses couches. Et elle a trouvé une solution à ça aussi en adoptant douze enfants. »

En observant l'ombre du profil de Mama Issa sur le mur, Alia repensa à Eddy. Il avait pour habitude de raconter ses histoires de Kinshasa devant le cadre de la fenêtre. Mais, dans l'appartement loué par Fourmi, la cuisine n'avait pas de fenêtre, l'ombre de Mama Issa tombait sur le papier peint moucheté de taches de graisse et de sauce tomate.

« Quelle femme ! laissa échapper Alia. On ne fait même pas la moitié de ce qu'elle a fait…

— Fourmi danse. » Mama Issa haussa les épaules. « Moi, je soigne les malades. Et toi, qu'est-ce que tu vas faire, Alia ?

— Policière. » Alia ne savait pas d'où lui était venue cette idée.

Soudain, elles se mirent à rire toutes les deux. Elles se montraient du doigt, avec la complicité insouciante de deux petites filles qui jouent à qui aura l'idée la plus folle. À la fin, Mama Issa sortit un paquet de chewing-gums de sa poche et en offrit un à Alia. Grâce à Joséphine Baker, les questions sérieuses étaient devenues légères. Si une jeune mariée de treize ans était devenue artiste, militante puis mère de douze enfants, alors pour elles non plus il n'y aurait pas d'obstacles.

Quelques jours plus tard, Alpha vint trouver Alia dans sa « chambre ».

« *It ain't never too late or never too cold for fucking…* », lui chuchota-t-il à l'oreille.

Il la tourna dos à lui, la plaqua contre le mur et entra en elle. Elle ne s'attendait pas à être tout de suite aussi mouillée, peut-être était-elle excitée par le fait qu'il lui avait mis la main sur la bouche. Elle suçait un de ses doigts, tremblant à l'idée qu'un son les trahisse – tout le monde était déjà réuni à la cuisine, les bruits de vaisselle et les appels à table leur parvenaient jusque dans la chambre.

« On arrive ! » cria Alpha.

Il dirigea ses hanches comme pour une danse, jusqu'à ce qu'ils bougent tous deux au même rythme, extatique.

« Ne viens pas en moi », chuchota-t-elle à la dernière minute.

Mais il l'avait déjà remplie d'une chaleur visqueuse qui coulait sur ses jambes.

« Vous venez, à la fin ? Ça refroidit ! »

Une goutte de sueur coula de la barbe d'Alpha sur les lèvres d'Alia. Elle la lécha avidement. Elle s'imprégnait de l'humidité de son corps, effaçant les frontières entre eux. Il se retira et elle eut soudain froid.

Un matin, le téléphone sonna au moment où elle devait partir pour l'école. Fourmi était déjà au travail, Riva coupait méticuleusement le pain pour se faire des sandwichs à emporter. Dans les toilettes, Joe lisait un magazine sur la photo, sa nouvelle passion qui avait remplacé la guitare au moment où Fourmi lui en avait offert une pour son anniversaire.

« Alia ? » Elle entendit une voix inconnue dans le combiné.

Riva lui tendit un sandwich emballé avec soin dans une main, une pomme dans l'autre. Il avait préparé le même en-cas pour lui et pour son frère.

« Joe, sors des chiottes ! » cria-t-il, puis il se tourna vers sa sœur. « Dis-lui, toi ! Moi aussi je dois y aller, et j'ai pas l'intention d'être en retard… »

Alia posa la main sur le combiné.

« Joe ! » hurla-t-elle avant de répondre d'un ton calme : « Qui est à l'appareil ?

— Vous avez des enfants ? Ce sont ses enfants ?... » La voix se fit plus faible et sonna comme une menace.

« Les enfants de qui ? » Alia ne comprenait pas.

« D'Alpha ! »

Riva toquait sans discontinuer à la porte des toilettes, méthodiquement, sans changer de rythme.

« J'ai la diarrhée ! cria Joe pour toute réponse.

— C'est pas vrai. Tu dis ça tous les matins. Pose ton magazine et sors. Je ne peux pas être en retard, j'ai un contrôle de latin au premier cours. »

Alia s'éloigna autant que le lui permettait le câble du téléphone.

« Depuis quand êtes-vous ensemble ? Depuis quand êtes-vous ensemble ? répéta la voix dans le combiné.

— Qui est à l'appareil ? réussit à dire Alia.

— Je suis la femme d'Alpha. »

Elles se donnèrent rendez-vous dans un parc où avait lieu une kermesse. Les manèges tournoyaient sous un soleil printanier, les enfants sautaient sur des trampolines, les vendeurs de bijoux avaient installé leurs stands, s'imaginant que leur marchandise, quoique identique à celle de la concurrence, attirerait plus de clients.

« Je m'appelle Laura. » Alia entendit sa voix légèrement enrouée.

Elle s'attendait à une femme grande et de l'âge d'Alpha. Elle avait devant elle une femme mince aux cheveux blonds, à la peau claire, aux traits fins et aux yeux verts. Ses lèvres, remarqua Alia, étaient gercées comme celles des enfants mais, paradoxalement, elles avaient l'air menaçantes.

«Je pensais que c'était toi, la mère de ses enfants.» Cette phrase sonna comme une accusation. «Elle aussi est noire.

— Ses… enfants ?» balbutia Alia.

Laura n'était pas beaucoup plus âgée qu'elle, elle devait avoir un peu plus de vingt ans. Ses cheveux attachés en arrière semblaient vivre leur propre vie ; Alia se demandait s'ils lui tenaient chaud. Ou peut-être étaient-ils si légers qu'on ne les sentait même pas ? Laura ne les touchait pas pour lisser des mèches, comme avaient coutume de le faire les autres femmes blanches, elle les effleurait du bout des doigts, comme de la barbe à papa.

«Je ne savais pas qu'il avait des enfants.» Alia agrippa ses bras de ses mains. Malgré la chaleur, elle avait la chair de poule. «Ni qu'il avait… une femme.»

Laura se retourna et se dirigea vers les stands en débitant des phrases hachées. Alia dut quasiment courir pour la rattraper, une partie des mots se perdaient.

Elle avait appris l'existence d'Alia par un carnet qu'elle avait trouvé dans le sac à dos d'Alpha. Elle avait fouillé son sac car elle le soupçonnait de la tromper. Au début, elle n'arrivait pas à y croire, ils s'étaient mariés moins d'un an auparavant, quand elle avait commencé ses études de droit. Mais les notes sur lesquelles elle était tombée ne laissaient aucun doute. Elle y avait trouvé des prénoms, des numéros de téléphone et des adresses – uniquement des adresses de femmes. Elle se mit à téléphoner à chacune d'elles en suivant l'ordre alphabétique. Sous la lettre «A», il y avait Abelle, Adelaïde, Adrienne, Aimée, Alais, Albertine, Aliénor… Alia était orthographiée avec deux «l», c'est pourquoi Laura n'était tombée sur elle qu'au bout du huitième coup de fil. «Heureusement que ce n'était pas le septième…», pensa Àlia.

«Je voulais savoir où il disparaissait pendant des nuits entières. Il disait qu'il rendait visite à ses enfants.» Laura eut soudain l'air d'une petite fille impuissante, perdue dans la foule.

Alia essuya sur sa manche la sueur qui perlait sur son nez et jeta un coup d'œil aux alentours en cherchant la façon dont elle pourrait échapper à la situation. Elle n'arrivait pas à décider si elle voulait entretenir le lien qui se créait entre cette femme et elle ou si elle devait la chasser – qui sait si elle n'était pas folle – et lutter pour garder Alpha. Il lui avait pourtant dit qu'il l'aimait.

«Depuis quand êtes-vous ensemble?» voulut savoir Laura. Elle fit bruisser les pages du carnet entre ses doigts fins comme un tas de cartes dans les mains d'un joueur de poker.

Alia fit la grimace, comme si l'autre lui avait mis un cadavre sous le nez. Elle n'arrivait pas à lui dire qu'Alpha et elles étaient ensemble depuis sept mois. Qu'il jouait avec entrain le rôle de modèle pour ses frères, qu'il charmait sa mère, qu'il se délectait des plats d'Alia et la sautait avec passion.

Son regard se perdit dans la cime des arbres au-dessus de cette femme. Elle se mit à parler peu à peu. Alpha lui avait déclaré son amour un mois après l'avoir connue. Laura acquiesça – il avait fait pareil avec elle. Les dates de ses concerts et de ses rendez-vous avec des musiciens étaient en réalité celles de ses rendez-vous avec Alia. Il n'avait autorisé aucune d'entre elles à lui donner la main dans la rue, à l'exception du premier rendez-vous. À présent elles comprenaient pourquoi – pour qu'aucune ne le découvre avec une autre. « Depuis quand êtes-vous ensemble ? Depuis quand me prend-il pour une conne ? » Les questions de Laura revenaient avec obsession, les éloignant l'une de l'autre, brisant cette proximité vacillante, la solidarité secrète de ceux que l'on a trompés. « Il t'a déjà demandé de l'argent ? » Laura regardait les chevaux emprisonnés dans le manège qui se soulevaient en une lente ondulation au rythme de la mélodie mécanique.

Alia se souvint qu'il lui avait demandé de la monnaie pour de la viande juste après qu'elle eut perdu sa virginité. Et quelques autres fois ensuite.

« Non, mentit-elle.

— Moi, c'était tout le temps. Il se faisait toujours "prêter" de l'argent pour quelque chose. Je n'avais pas assez avec ce qu'on m'envoyait de la maison, mais il ne voulait rien savoir. "Tu es riche", répétait-il. Non seulement je l'entretenais, mais l'appartement nous a été donné par mes parents. »

Elles s'arrêtèrent devant la sortie du parc. Elles ne savaient pas comment se dire au revoir, puis elles finirent par prendre chacune une direction opposée. Alia avançait à grands pas, elle avait l'impression que si elle s'éloignait physiquement de Laura, rien de tout cela ne se révélerait vrai et qu'elle regagnerait Alpha.

Elle entra dans une cabine téléphonique et composa son numéro. Il répondit après quelques sonneries, sa voix semblait amusée, comme s'il se moquait de quelque chose.

« Pourquoi tu ne m'as pas dit que tu avais une femme et des enfants ? commença-t-elle.

— Tu m'as suivi ? » Sa voix se durcit.

« Qui aimes-tu, moi ou Laura ? » Elle fondit en larmes.

« Comment connais-tu Laura ? » Alpha parlait si bas qu'elle eut la chair de poule. « Elle est venue te voir ? »

Elle eut peur. Elle ne connaissait pas cet homme. La question de Laura, répétée comme un refrain, lui revint en mémoire : « Qui es-tu ? » Elle ne savait plus répondre à cette question, et cela ne concernait pas seulement sa relation avec Alpha.

« Non. » Quelque chose la poussa à mentir.

« Tu l'as vue ? » insista-t-il.

Elle était consternée par son indifférence aux larmes qu'il entendait dans sa voix, au désespoir d'une adolescente. Pourquoi ne comprenait-il pas qu'elle souffrait, pourquoi ne cessait-il pas ce jeu macabre ?

Quelqu'un se mit à toquer à la vitre de la cabine téléphonique. Deux personnes faisaient la queue.

Elle entendit le déclic du combiné à l'autre bout du fil.

« Allô ? Allô ?! »

Elle lui téléphona plusieurs fois, mais il ne répondit pas. Elle alla devant l'immeuble où il l'avait emmenée après le concert – la maison était en travaux. Elle se rendit au studio d'enregistrement à l'arrière de l'église Saint-Josse et interrogea les musiciens qui en sortaient. Ils ne savaient pas où il était passé, il lui arrivait souvent de disparaître sans en aviser personne. Ils la regardèrent avec condescendance, certains essayèrent de la draguer.

Son corps criait, se languissait de lui, de son odeur, de son rire, du son de sa voix.

« Quand est-ce qu'Alpha viendra nous voir ? demanda Joe, plusieurs jours plus tard.

— Oui, tiens, où est-il, ton fiancé ? demanda sarcastiquement Fourmi.

— J'ai fait un dessin pour lui ! » Riva leva le nez de son cahier et la regarda, ses lunettes rondes sur le nez.

« Je t'avais bien dit de mettre des robes, et pas tout le temps ces jeans ! Quand Issa m'a enfin écoutée, elle a tout de suite attrapé Lieven. Alpha s'est lassé de toi, hein !

— Ne dis pas ça ! » Joe n'avait jamais parlé de la sorte à sa mère.

Alia les vit s'énerver l'un contre l'autre et Riva essayer de les séparer. Tout à coup, elle fut frappée par une pensée : « Comment a-t-il osé nous abandonner comme ça ? » Elle sentit la chaleur lui monter à la tête, cette rage qui l'empêchait de respirer la submergea à nouveau…

Elle sentit les bras de Joe se refermer autour d'elle.

« Ne t'énerve pas. Maman plaisantait. »

Elle vit Riva se pencher avec une balayette pour ramasser des morceaux de vaisselle qui jonchaient le sol de la cuisine. D'où venaient-ils ?

« Mon fils me hurle dessus, ma fille jette des assiettes par terre ! » Le fracas de la porte claquée interrompit le flux de paroles de Fourmi.

« Ça va aller. » Joe tapotait maladroitement le dos d'Alia.

Elle se dégagea de ses bras et se jeta sur l'évier. Elle vomit comme si elle devait rendre toute la nourriture du monde, elle en eut presque des spasmes.

Alia essaya encore à plusieurs reprises de contacter Alpha, en vain. Désespérée, elle alla à la faculté de droit et guetta Laura. Elle la suivit jusque chez elle en pensant que la femme d'Alpha était le seul lien qu'il lui restât avec lui, la seule personne au monde qui la comprît. Elle avait honte de cette pensée.

Elle s'approcha de Laura au moment où elle ouvrait la porte de son immeuble. Elles se regardèrent un instant en silence. Laura finit par mettre ses cheveux rétifs dans la capuche de son sweat et laissa Alia la précéder.

Elle habitait un quartier respectable de la ville, au premier étage, au-dessus d'un dentiste au nom de consonance polonaise. Son appartement de cent mètres carrés avait été un cadeau de ses parents.

« Ils étaient contre mon mariage avec Alpha. Ils disaient que j'étais trop jeune, lui trop vieux, et qu'il m'épousait sûrement pour l'héritage familial. Je leur ai expliqué qu'Alpha avait la nationalité belge et qu'il m'aimait, tout simplement. Ils m'ont donné l'appartement à une condition, que l'on signe un contrat de mariage. Lui n'était pas d'accord, bien entendu, mais à la fin il n'a pas eu le choix, car on n'avait nulle part où habiter. » Laura parlait vite, comme si elle avait attendu cela depuis longtemps.

Elle ouvrit la porte, elles pénétrèrent dans l'appartement spacieux.

« Après t'avoir vue, j'ai fait changer les serrures et j'ai déposé ses affaires sur le palier », continua-t-elle. Ses mots résonnaient dans l'entrée comme dans une église. « Je n'ai pas entendu quand elles ont disparu. Il n'a même pas frappé à la porte pour s'excuser ou discuter. Mon père avait raison, Alpha m'a épousée pour l'argent, il ne m'a jamais aimée… »

Le regard d'Alia fixait le carrelage au sol. Un motif bruxellois typique : des carreaux de couleur crème avec au centre un bleuet entouré d'arabesques marron. Laura donnait l'impression d'avoir poussé dans ce champ de fleurs de pierre, la teinte de ses mollets était la même que le fond des carreaux.

« Il m'a brisé le cœur, ce fils de pute ! » Son cri résonna dans l'entrée.

« À moi aussi », répondit intérieurement Alia.

Ce fut Alia qui lui proposa de suivre les femmes dont les noms et adresses étaient inscrits dans le carnet. Laura n'aimait pas l'idée, elle voulait se détacher d'Alpha. Alia, en revanche, ne pouvait s'empêcher de penser à lui. Quelque chose se dérégla en elle, la colère ne se contentait plus seulement d'apparaître, elle la gouvernait. Alia se réveillait la nuit, tous les muscles tendus, les poings serrés, un chaos de pensées virevoltant dans son esprit, juste sous sa peau brûlante. Comme si elle allait exploser. Elle devait faire quelque chose.

« Fais-lui un procès pour ce qu'il t'a fait, suggéra-t-elle à Laura dans un élan de désespoir.

— En l'accusant de mariage gris ? » Laura s'empara de cette idée. « De faux mariage, quand un des deux se marie pour bénéficier du patrimoine et que l'autre ne le sait pas ?

— Ce n'est pas un mariage blanc, ça ? » Alia se souvint de ce que lui avait raconté Eddy sur le mariage blanc. Il lui avait promis qu'il lui expliquerait ce que cela signifiait, mais il n'avait jamais tenu sa promesse.

« Non, ce dont tu parles, c'est le mariage pour les papiers. Une personne en paie une autre pour qu'elles se marient et, grâce à cela, la première obtient le droit de séjourner dans le pays. Les deux parties savent que c'est une transaction. Les prix sont vertigineux, expliqua Laura sur un ton de future avocate. Alpha faisait semblant de m'aimer, mais il est difficile de prouver quoi que ce soit. On n'a rien contre lui.

— On a le carnet… » Alia lui lança un regard suppliant.

Laura fixa les fleurs du carrelage. Puis, après un court instant, elle abaissa sa capuche et hocha la tête sans un mot.

Elles avaient tout soigneusement planifié : Laura avait choisi le matin, Alia l'après-midi. Cette dernière avait soustrait deux perruques au magasin de sa mère : une à petites tresses pour elle et une courte perruque blond souris pour Laura. Elles avaient aussi acheté un cahier sur lequel, d'humeur à plaisanter, elles avaient inscrit : « Sésame, ouvre-toi ! »

Pendant un mois, elles suivirent les femmes dont les adresses étaient notées dans le carnet d'Alpha. Si elles ne savaient pas exactement pour quoi faire, elles ne s'attendaient pas à découvrir un monde qu'elle n'avait pas pressenti – un monde de solitude et d'envie, de tromperie et de détresse, de quête d'un peu de chaleur humaine avec le prix indiqué à côté.

Elles prirent des notes pendant leur filature :

Laura, 7:47. Aponi – court vers l'autobus, arrive à l'école juste avant la sonnerie. Pendant la récréation, marche seule dans la cour. Cheveux fins, lunettes carrées, jupe jusqu'à mi-cuisses. Air d'hippocampe triste.

Alia, 17:18. Aponi – institutrice, la trentaine, habite seule dans un studio loué. En rentrant chez elle, achète du surgelé, tient un tas de feuilles sous le bras, sûrement des devoirs à corriger. Ne sort pas ce soir-là.

Laura, 8:12. Aponi – achète deux tablettes de chocolat, pantalon trop moulant aux cuisses, on voit qu'elle a grossi récemment. Elle mange à cause du chagrin. Celles qui sont mangées par le chagrin comme moi s'en sortent mieux.

Alia, 19:04. Aponi – sa voisine du dessous, une Portugaise assez âgée, a dit qu'il y a quelques mois un musicien à dreads venait la voir, mais il a arrêté de venir. Aponi était alors épanouie.

Laura, 7:36. Annabelinda – porte un parfum étouffant.

Alia, 16:11. Annabelinda – travaille dans une banque. Après le travail, a rendu visite à son père, elle lui fait ses courses.

Laura, 12:27. Annabelinda – pour la pause déjeuner rentre en voiture à la maison avec un homme, entre dans l'appartement. 13:19 – ils sortent, elle se remet du rouge aux lèvres en utilisant le rétroviseur. Un épouvantail.

Alia, 17:58. Annabelinda – a une aventure avec un collègue marié de la banque. Fréquente d'autres hommes. J'ai écouté ses voisines raconter des ragots sur elle dans le magasin du coin. Pas un épouvantail, mais une Espagnole en feu (ajout de Laura : « c'est le banquier, l'épouvantail »).

Laura, 9:32. Abuto – elle parle français avec un accent anglais si fort qu'ils n'ont pas voulu la servir au Colruyt. En luo, son prénom signifie « j'ai caché ». Elle s'est disputée avec sa colocataire pour savoir si un avocat doit être dur ou mou. Sa coloc s'appelle Ataro (ce qui veut dire « sens dessus dessous », également en luo).

Alia, 18:22. Abuto et Ataro – toutes deux étudiantes, elles louent deux chambres ensemble, chantent dans une chorale. 20:37 – des musiciens sont venus chez elles (je n'ai pas vu Alpha, mais j'ai reconnu plusieurs de ses amis). 00:04 – la police est venue et en a emmené un au commissariat.

Laura, 10:42. Adolpha – maigrichonne avec un museau de cheval. Rentre à la maison après avoir emmené sa fille à l'école. 11:51 – va dans un hôtel, sixième étage. 12:41 – un homme entre dans sa chambre. Alpha !

Alia, 19:26. Tu es sûre que c'était lui ?! Adolpha paie la femme de ménage qui sort de chez elle. Sa fille fait ses devoirs, on voit tout de l'extérieur, leur maison en banlieue est comme une verrière. Elle sort dans le jardin, allume l'eau, arrose le gazon. Lit un livre qu'elle laisse sur la chaise longue. Un titre allemand.

Laura, 8:06. Andrina – la cinquantaine passée, excessivement bronzée, un chauffeur la transporte partout. 15:59 – s'arrête à Porte de Namur, prend l'ascenseur jusqu'au troisième étage.

Alia, 20:21. Andrina – sort du studio avec un jeune homme. Ils s'embrassent dans le couloir, elle lui enfonce de l'argent dans la poche de son pantalon. Il lui demande : « Ma chérie, pourquoi si peu ? » Elle répond : « Ça n'est pas encore assez ? Fais plus d'efforts et tu recevras plus ! » Il descend, elle attend, remet en place ses vêtements et monte dans l'ascenseur. Andrina habite dans un immeuble classe (j'ai de la chance, le neveu de ma cousine Kesa y est gardien de nuit). Directrice d'une grande entreprise de leasing. Divorcée, enfants déjà adultes.

Laura 8:01. Andrina – ponctuelle à en mourir, déjà dans son bureau à huit heures. Veste Dior.

Alia, 20:21. Andrina – fait sortir ses amants toujours à la même heure, à la minute près. Comme elle est radine, un deuxième s'est déjà plaint de l'argent.

Sur les pages suivantes figuraient des notes similaires, dans l'ordre alphabétique :

Bindy, Blanchefleur, Blejan, Bellatrix…
Camélia, Chou, Cvetka, Coriander…
Daisy, Dalibora, Delphine, Dina…
Euthalia, Enyo…
Fleur, Florence…
Gabi, Gudrun, Gunvor…
Hasmih, Hilda, Holly, Hulda…
Imelda…
Jasmine, Jezebel, Jolanta…
Kiku, Kimana, Kennedy…
(Laura : « Kennedy ? Tu es sûre ? » Alia : « C'est ce qui est écrit sur la sonnette. »)
Lala, Lourdes, Lysistrata…
Lupa, Lupe, Lupita…
Łucja…
(Laura : « Pourquoi il a barré le "l" ? »)
Madara, Manishag, Medusa, Mimoza, Muge…

Najwa, Narcissi, Nesrin, Noura, Nova…
Osumare…
Pandora, Parvana, Petunia, Porsche, Posy, Puszhpa…
Róża, Róza, Roza, Roze…
(Laura : « Qu'est-ce qui lui a pris avec tous ces points partout ? » Alia : « Il devait planer ! »)
Runa…
Saki, Senka, Sequoia, Sigrun, Suzie, Suzy…
Tanit, Tzila…
Ula, Usha…
Vanessa, Varda, Vardah…
Wiebke…
Xara…
Yvla…
Złota, Zsa Zsa, Zsu Zsu…

« Quel marathon. » Laura ouvrit la première page du cahier débordant de notes et rédigea : « Durée de l'enquête : quarante-deux jours. » Elle barra « Sésame, ouvre-toi ! » et écrivit à la place : « Le carnet du gigolo ».

« Il utilise les femmes ! » Alia n'arrivait toujours pas à en parler calmement.

« C'est toute une industrie du commerce des sentiments. Ce monde ne va pas bien. »

Après la fin de l'enquête, Laura partit pour l'Allemagne pour un échange interuniversitaire. Et c'était une bonne chose, car brusquement, elles n'eurent plus rien à se dire. Après son retour, elle contacta Alia, mais celle-ci ne savait pas même si elle avait porté plainte contre Alpha. Elle devinait que non, car avant de partir Laura disait que, d'un point de vue juridique, leurs notes étaient inutilisables.

Alia garda tout de même le cahier. Un pressentiment lui dit qu'il pourrait s'avérer utile. Et effectivement, elle l'utilisa quelques années plus tard. Si Alpha savait ce qu'elle avait fait de son passé…

Le gynécologue confirma à Alia qu'elle était enceinte de sept semaines. Elle sentit monter en elle une bouffée de colère. Elle rentra si vite qu'elle manqua d'air et ne s'arrêta qu'à la vue des grands tubes de plastique rouge sur le chantier près du parking. Quatre des sept tubes étaient déroulés, ils serpentaient comme des chenilles mortes constituant le petit déjeuner d'un gigantesque oiseau. Une Porsche se gara entre les tubes. C'était là qu'elle avait attendu Alpha, un jour. Elle eut soudain la nausée.

Tout le monde était à la maison, y compris Mama Issa. Alia voulut aller s'enfermer dans sa chambre, mais Fourmi l'appela pour qu'elle l'aide à préparer le dîner.

«Je ne peux pas, j'ai des devoirs, grommela-t-elle tout en luttant contre une nouvelle vague de nausées.

— Aaaliaa ! hurla Fourmi, comme si elle n'avait pas entendu.

— Laisse-moi tranquille ! cria-t-elle à son tour.

— Comment elle parle à sa mère, hein ! Tu vois, Issa, ce que deviennent les enfants ! »

Elle aurait jacassé ainsi encore longtemps si Joe ne l'avait prise dans ses bras pour l'apaiser. Il veillait à ce qu'elle ne soit pas de mauvaise humeur, la déridait, détournait son attention, et même apprit à lui faire des compliments. Fourmi avalait ses paroles caressantes. À présent, son fils était le seul à lui dire qu'elle était belle et qu'il l'aimait. Quand la tension montait entre Alia et sa mère, Joe les calmait toutes deux. C'était un négociateur-né.

Après le dîner, Mama Issa rentra chez elle et Alia attendit que Joe sorte pour un rendez-vous avec une fille. Riva s'était enfermé dans la chambre pour faire ses devoirs.

« Je suis enceinte », confia-t-elle sans détour, debout sous la lampe de la cuisine.

Elle essuya cris, lamentations, accusations et injures.

« Je t'ai aidée à élever Riva, dit enfin Alia quand Fourmi se fut tue. Maintenant, c'est toi qui vas m'aider. »

Fourmi serra les lèvres pour retenir la nouvelle vague logorrhéique qui allait sortir de sa bouche. La lampe éclairait ses joues enflées, ses poches sous les yeux, les mèches de couleur rouille de sa perruque. Elle finit par hocher la tête.

« Je t'aiderai, Alia. »

L'argent passa d'une main à une autre, les billets bruissaient dans les doigts qui les comptaient. La vue d'Alia se brouilla à nouveau. Elle attacha son regard sur les ongles rouge vif de sa mère ; ses pupilles se calmèrent, quelque chose en elle soupira. Quel soulagement, c'était fini !

Elle n'avait jamais été anesthésiée avant cela, n'avait jamais entendu le bruit des instruments chirurgicaux cliquetant dans le silence. Elle n'avait jamais vu Fourmi dépenser autant d'argent pour elle – ni ne le reverrait jamais. Son corps revenait à lui plus lentement qu'après un K.-O., sa tête avait la même légèreté nauséeuse. Alia ouvrit plus grand les yeux. Elle se souvint de Jamal, son entraîneur, lui expliquant que, lorsqu'on reprenait conscience, il fallait s'attacher à la réalité, fixer son attention sur un détail, le plus proche. Le reste était de toute façon flou, il n'y avait rien à faire, la netteté reviendrait plus tard.

Les ongles rouges repassèrent devant les yeux d'Alia puis disparurent de son champ de vision – sa mère lui passa la main sous la nuque et l'aida à s'asseoir. Alia sentit un léger vertige puis s'assit au bord du lit, ses jambes pendantes se balançaient. Comme il était haut, ce lit ! Elle entendit du plastique ou du papier crisser sous elle, ces couches de protection facilitant le nettoyage après son passage – du sang, de la peau, des cellules soudées provenant d'Alpha et d'elle. Un détail. Ce n'était pas d'un détail comme celui-ci dont parlait Jamal – un détail né dans l'imagination qui, elle, ne subissait l'intervention que maintenant.

Elle soupira, glissa à bas du lit et se mit debout, repoussant la main tendue de sa mère. Son entraîneur aurait été fier d'elle.

25 août 2014. *Le Matin,* informations locales :

Le témoignage d'Ibra, la seule victime ayant accepté de témoigner dans l'affaire des étrangers torturés, a permis de reconstituer en partie les histoires des autres, dont la plupart viennent de Somalie, d'Afghanistan, de Syrie et du Sénégal.

Youssouf, l'une d'entre elles, est arrivé en Europe grâce à de l'argent récolté dans son village. Il rêvait d'une carrière de footballeur. Il est tombé sur une tortionnaire femme, une véritable terreur, dont la spécialité était les coups de pied dans les testicules. Elle choisissait ses victimes avec soin, de jeunes hommes aux traits arabes. Elle a écrasé les testicules de Youssouf avec un tiroir métallique.

Les victimes étaient également maltraitées psychologiquement. Celles qui attendaient leur tour étaient surveillées par un berger allemand. Selon les témoignages des individus ayant refusé de prendre part à ces actes, le leader qualifiait ces séances de « formations supplémentaires en arts du combat » pour les hommes et les chiens.

« Ceux qui, comme nous, refusaient d'administrer ce genre de traitement aux sans-papiers étaient considérés comme des traîtres », a déclaré l'une des femmes, dont la famille a été menacée. « C'est nous qui étions les méchants. »

Alia regardait les phares de la voiture de l'Entraîneur s'éloigner avec Pascale et Paolo à son bord. Mariusz l'avait quasiment fait remonter de force dans la voiture. Le rap polonais explosa de l'autoradio.

« Je vais vous dénoncer ! » Ces mots lui donnèrent soudain la nausée.

« À qui ? » Les commissures des lèvres de Mariusz se soulevèrent en un sourire ironique, mais aussitôt il siffla de douleur. Il avait la lèvre fendue, la pluie avait dilué son sang, un filet rose coulait sur son menton. « Ce fils de pute portait une chevalière, ils se baladent couverts de bijoux, ces pédales ! »

Alia sentit la chaleur lui monter à la tête, mais sa colère n'explosa pas. Étouffée des années durant, elle errait, impuissante, dans son corps et ne pouvait s'en délivrer.

« Ces bougnoules volent, répandent des maladies, exposent dans la rue des putes contaminées... » Mariusz crachait ce qu'il avait à l'intérieur. « Ce sont des bandes de sauvages, et pas des êtres humains. Si on ne les éradique pas, ils se multiplieront et auront notre peau ! Tu ne vois pas que le système n'y arrive pas tout seul ?!

— Vous torturez des gens innocents ! » Elle avait encore l'image de cet homme recroquevillé à l'esprit. Le câble électrique avec lequel ils le frappaient avait modifié les traits de son visage, qui ressemblait à présent à un masque. « Ce sont des sans-abri et sans papiers. Je vais vous dénoncer.

— Réfléchis bien à ce que tu dis. » L'accent étranger de Mariusz ressortait plus nettement.

Ils filaient dans les rues désertes, encore un peu et une voiture de police allait les arrêter pour excès de vitesse.

« Tu te souviens du raid au studio d'enregistrement à Botanique ? » Sa voix se fit menaçante. « Juste avant d'entrer, tu as envoyé un SMS à ton frère : "Maman nous a demandé d'être là à sept heures." Putain, je savais bien que ce chiffre sept, c'était un signe.

— Quel signe, qu'est-ce que tu racontes ?

— J'ai discuté un brin avec ta mère. Elle ne se souvenait pas de s'être mise d'accord avec vous pour sept heures. Moi, par contre, je me souviens très bien d'avoir vu un Noir avec une guitare se diriger vers le studio. Sauf qu'il n'y est jamais arrivé. Il a subitement bifurqué dans une rue, va savoir pourquoi. Tu l'avais prévenu. Comme le jour de la manifestation. Si on l'avait attrapé, il serait en prison. Tu crois que je ne sais pas ce que ton Joe transporte dans son sac à dos ? Peut-être même que tu touches ta part de son business ? »

Soudain, elle eut froid.

« Tu es avec nous », entendit-elle.

Elle fit non de la tête.

« Tu ne peux pas être contre nous. C'est ce qu'a dit l'Entraîneur. Maintenant, c'est lui qui commande.

On va écraser ces punaises ensemble, on va réparer ce mal dont sont responsables les naïfs comme Erik. On va prendre soin de notre pays. C'est ce que dit l'Entraîneur. Moi, je ne suis pas contre toi, tu dois comprendre ça, Alia. Tu seras la suivante. »

Elle avait dans les mains sa première carte d'identité et ne pouvait en croire ses yeux. Ils avaient pris son prénom pour la première partie de son nom de famille. Et à l'endroit où aurait dû être écrit « Alia », il n'y avait rien. On lui avait volé son prénom !

« Il y a une erreur sur cette carte. » Elle s'était faufilée jusqu'au guichet sans prêter attention aux protestations des gens dans la file. « Il manque mon prénom ! »

La fonctionnaire tendit sa main baguée dans l'ouverture semi-circulaire, jeta un coup d'œil sur la carte et la rendit à Alia.

« Ce prénom n'existe pas dans le système belge. “Alia” a été reconnu comme faisant partie du nom.

— Mais c'est mon prénom ! » Elle sentit quelqu'un la toucher et lui demander de se pousser. « C'est mon père qui l'a inventé. Il figure sur mon certificat d'études, regardez, là ! »

Elle sortit le document de son sac. Ce n'est que lorsqu'elle le glissa sous la vitre qu'elle se rendit compte qu'au lieu du certificat, elle avait donné un formulaire de l'hôpital l'informant qu'elle n'était plus enceinte.

La fonctionnaire repoussa le papier avec une expression de dégoût.

« Suivant ! » appela-t-elle.

Alia se retrouva sur le trottoir baigné par le soleil de juillet. Elle avait en main son certificat, le papier de l'hôpital et sa carte d'identité. « Ce monde ne va pas bien », pensa-t-elle fébrilement.

Elle se souvint des paroles du médecin lorsqu'elle était revenue à elle après l'opération : « Il y a deux ans à peine, tu aurais été obligée d'accoucher. Le roi Baudoin est religieux et a refusé de signer la loi sur l'avortement. Le gouvernement a dû le considérer comme inapte à régner pendant vingt-quatre heures pour que les ministres la signent. »

« Le monde ne va pas bien, il faut que ça change », dit-elle tout haut, ce qui surprit les passants.

Fourmi enfonça fermement la perruque sur la tête de sa fille. Elle en avait emprunté une au magasin qui s'était révélée trop large, et avait prétendu que c'était à cause des clientes qui n'arrêtaient pas de faire des essayages. La perruque retombait régulièrement sur le front d'Alia, ses boucles artificielles de couleur paille ressortaient sur la robe blanche.

« Aux suivants ! » Le cri de l'agent municipal les électrisa.

« Donne-lui le bras », ordonna Fourmi à Joe, qui était affublé d'un costume.

Elle avait insisté, même si la cérémonie se cantonnait à la mairie, pour que l'on respecte une certaine tradition, ne serait-ce que celle du père confiant sa fille à son futur époux. En l'absence d'Eddy, elle avait choisi son fils pour remplir ce rôle.

Alia glissa son bras sous celui de son frère. La cousine Kesa se précipita pour remettre en place le bas de la robe qu'elle lui avait confectionnée, puis Joe confia Alia à l'homme qui l'attendait devant le bureau de l'agent municipal. Il avait hâte d'en finir, la signature d'un acte de mariage n'avait rien de solennel à ses yeux. Dans la salle d'attente, toute une file de futurs mariés patientait.

Quand Alia jura qu'elle «ferait tout pour que leur mariage soit uni, heureux et durable», son regard tomba sur le visage enjoué de Riva. Elle eut un pincement au cœur. Seul Joe connaissait son secret, son petit frère et le reste de la famille n'en savaient encore rien.

Après la cérémonie, ils retournèrent ensemble à la maison. Alia avait préparé des plats que Fourmi réchauffa et servit dans de belles assiettes, même si l'on ne comptait que Kesa et le jeune marié en plus de la proche famille. Mama Issa et Lieven n'avaient pas eu le temps de rentrer des États-Unis pour assister au mariage.

Fourmi s'empiffrait tout en vantant les qualités de sa fille – que c'était une cuisinière-née, qu'elle s'y connaissait en enfants parce qu'elle avait vu Fourmi élever les siens, qu'elle avait de bonnes et larges hanches pour enfanter, et qu'elle avait hérité sa beauté d'on savait qui. En outre, elle avait terminé l'école avec un bon certificat d'études. On ne pouvait rêver meilleure épouse.

La cousine Kesa entonna une chanson qui rappela à Alia sa grand-mère Feza. Joe l'accompagna au tambour – sa nouvelle passion après la guitare et la photo, qu'il avait abandonnées. Fourmi balança des hanches et tira Riva, réticent, vers le milieu de la pièce.

« Danse avec ta mère, allons ! Je sais que tu sais danser, tu as ça dans le sang, tu tiens ça de ta mère, hein ! »

Profitant de l'occasion, les jeunes mariés s'échappèrent dans la « chambre » d'Alia.

« Vous roucoulez dans la chambre, les tourtereaux ? » Ils n'avaient même pas remarqué que Fourmi avait ouvert la porte.

Alia voulut cacher ses mains derrière son dos, mais elle le fit trop vite et la liasse, tombant de l'enveloppe, se répandit sur le sol en un éventail coloré.

Fourmi se figea. Elle fixa le linoléum recouvert d'un tapis de billets. Le jeune marié toussota, le visage blême.

« Ça a marché, dit-il, ni véritablement à Fourmi, ni à Alia.

— Tu t'énervais pour rien, je t'avais dit que ça allait marcher. » Alia se remit à compter les coupures.

Fourmi leva les yeux et les regarda à tour de rôle, en respirant avec difficulté.

« Le compte y est. » Alia releva le nez et replaça l'argent dans l'enveloppe.

Ce n'est qu'à ce moment-là qu'elle se tourna vers sa mère.

« Un mariage blanc. Tu sais ce que c'est ?

— Vous avez fait ça pour les papiers ? Il n'a pas de papiers… », laissa échapper Fourmi en désignant d'un doigt accusateur le jeune marié.

Il hocha la tête en silence. Il avait l'air fatigué. Alia lissa l'enveloppe bombée. Fourmi serra ses poings recouverts de bagues sur son décolleté, et quand elle les détendit, elle ne regardait pas les mariés, mais l'enveloppe.

« Tous mes vœux pour votre mariage ! » Un large sourire apparut sur son visage.

Mama Issa leva les yeux vers les nuages qui s'amoncelaient pour détourner son attention d'un nouvel insecte entré dans la véranda qui ne savait comment en ressortir. Mama Issa détestait les endives, ce qu'Alia, assise en face d'elle, savait pertinemment.

Ils étaient venus pour le déjeuner organisé par les parents de Lieven en l'honneur d'Alia et de son mari. Lieven était encore aux États-Unis. Le mari d'Alia était absent, lui aussi, ce qui consterna les beaux-parents de Mama Issa. Abasourdis, ils regardaient Alia et Joe dévorer les plats préparés pour célébrer ce mariage si soudain.

« Quel est le prénom de ton mari, déjà ? » demanda la mère de Lieven comme si elle n'avait pas déjà posé deux fois la même question au cours de l'heure qui venait de s'écouler.

« Saidu. » Alia saisit le plat d'endives.

« Saidu », répéta la mère de Lieven, qui avait l'air de vérifier si un plombage récemment installé ne lui faisait pas mal. « Et où travaille ton mari ?

— Dans une usine d'engrais.

— Mmm.

— C'est pour cette raison qu'il n'a pas pu venir aujourd'hui, expliqua Alia avant d'enfourner un quart d'endive dans sa bouche. Il était justement de service. Il sent très mauvais après son service. »

La mère de Lieven repoussa ses couverts de côté, ce que le serveur prit pour le signal qu'il fallait débarrasser. Alia termina son assiette dans la précipitation, Joe ramassa le reste de la viande sur sa fourchette et l'engloutit. Quand ils venaient chez les parents de Lieven, le frère et la sœur adoptaient le comportement auquel s'attendait de leur part la mère de Lieven : des sauvages affamés, oubliant toutes les bonnes manières que Mama Issa leur inculquait depuis l'enfance.

« Ton mari vient d'Afrique ? s'assura la mère de Lieven.

— Du Togo », précisa Alia.

La mère de Lieven fit un geste de la main, comme si cela faisait trop d'informations à retenir.

« On vient de rentrer d'un safari, dit le père de Lieven pour se joindre à la conversation. Il fait terriblement chaud, chez vous.

— Où ça, exactement ? laissa échapper Joe. Il y a cinquante-quatre pays sur le continent africain. »

Il avait seize ans et dévorait littéralement les livres que les enseignants se gardaient bien de leur recommander à l'école. Il venait de terminer les biographies de Malcolm X et de Martin Luther King.

« Au Kenya, ajouta le père de Lieven.

— Nous, on vient du Congo. » Le sourire sur le visage de Joe semblait y avoir été scotché.

« Ça commence aussi par le son “k”, dit la mère de Lieven avec un haussement d'épaules.

— Corruption, corruption, corruption ! » Le père de Lieven leva les bras. « Vous êtes incapables de vous gouverner tout seuls !

— Et cette façon incessante de quémander de l'argent. Comme si nous étions Crésus ! »

Alia regarda Mama Issa. Sa tante avait attrapé du regard le papillon qui battait des ailes contre la vitre, essayant de traverser la cloison invisible qui le séparait de l'extérieur et de la liberté. Elle devait sûrement se dire que, même si Lieven avait été là avec eux, il n'aurait de toute façon rien pu faire ; elle lui avait plus d'une fois reproché de ne pas réagir quand ses parents se lançaient dans des discours colonialistes. Ils étaient assis chacun à un bout de la table et renchérissaient l'un sur l'autre. Joe regardait tantôt la mère, tantôt le père de Lieven, préparant visiblement une réponse. Alia eut un pincement au cœur. Son frère devait penser qu'avec son intelligence, son éloquence et ses connaissances, il parviendrait à changer quelque chose chez ces gens. Elle soupira. Mama Issa avait essayé à plusieurs reprises d'expliquer à ses beaux-parents que c'étaient les Belges qui avaient laissé le pays dans un tel état d'effondrement, qu'ils avaient détruit sa culture, divisé ses tribus, l'avaient soumis à un gouvernement spoliateur. Jusqu'à aujourd'hui, ils y tiraient partiellement les ficelles. Diviser pour régner – ils ne pouvaient pas ne pas connaître ce principe. Avec, pour tout résultat, ce commentaire du père de Lieven, énoncé en anglais pour des raisons qui lui échappaient : « *You must be very traumatised.* » Ils n'avaient pas l'intention de reconnaître quoi que ce soit ni même de discuter. Ce qui était inconfortable était balayé sous le tapis.

Mama Issa quitta la table malgré le regard offusqué que lui lança sa belle-mère quand elle se leva. Elle fit signe à Alia de la suivre.

« Tu as les grands yeux de Fourmi, les pommettes d'Eddy et le profil délicat de Feza », lui dit sa tante.

Elle semblait être loin en pensée. « Tu es devenue une belle femme. »

Le papillon passa au-dessus de la tête d'Alia en frôlant ses cheveux courts.

« Quand me présenteras-tu Saidu ? »

Dans le jardin, de nouveaux plants étaient venus remplacer ceux qui se préparaient à faner. Alia n'avait jamais eu l'occasion de voir une plante traverser la totalité de son cycle de vie, de sa sortie de terre jusqu'à l'assèchement.

« Saidu avait besoin de papiers », lança-t-elle d'une voix stridente. Loin des regards des parents de Lieven, sa bravoure dans la conversation était retombée. « Ce mariage, c'était une simple faveur, pour lui éviter de se faire expulser. Et moi, j'avais besoin d'argent. Tu as toujours dit qu'une femme devait être indépendante financièrement.

— Et qu'elle devait se vendre pour ça ?!

— Je n'ai vendu que mon état civil. » Alia haussa les épaules. « Maintenant, sur ma carte d'identité, il y a écrit "mariée" au lieu de "célibataire". Ça ne veut rien dire.

— Rien ?

— Sur cette carte, je n'ai même pas de prénom. » Alia regarda sa tante d'un air bravache.

Cet été-là et le suivant filèrent entre les doigts d'Alia. Lorsque ces quelques mois lui revenaient en mémoire, elle se voyait sur son lit en train de manger ce qui lui passait sous la main, prenant du poids et évitant les gens. Saidu passait souvent la nuit chez eux, on retrouvait ses affaires éparpillées dans tous les coins : des T-shirts imprimés, des colliers aux pierres marron, un cahier de dessins, un djembé sur lequel il jouait. Grâce à cela, ils passèrent sans difficulté le contrôle du Bureau des étrangers. Le mariage d'un Togolais et d'une Belge noire ne faisait naître aucun soupçon ; l'une des femmes qui l'avaient interrogée sur leur vie avait employé l'expression « retour aux sources » en lançant à Alia un regard significatif.

Alia supportait plus facilement les contrôles que la présence de Saidu. Il n'abusait pas de leur hospitalité, il était discret et serviable mais, malgré cela, il l'irritait. Il était étranger – elle ne pouvait rien changer au fait qu'elle l'appréhendait ainsi. La grosse enveloppe de francs belges, cachée pour que Fourmi ne la trouve pas, devenait à ses yeux de plus en plus « sale », elle n'en avait pas encore dépensé un centime.

Après sa conversation avec Riva, Alia eut d'autant moins envie de toucher à cet argent. Elle finit par avouer à son frère qu'elle avait passé un accord avec Saidu, afin qu'il ne s'attache pas à lui comme il l'avait fait avec Alpha.

« Saidu avait besoin de papiers, et moi d'argent, expliqua-t-elle. Il n'aurait pas pu avoir la nationalité autrement.

— Et toi ? Tu ne peux pas gagner de l'argent autrement ? »

La couleur de ses yeux la frappa de nouveau. Ils étaient marron doré, comme ceux de grand-mère Feza. Elle se demandait si elle aussi était aussi naïve que lui quand elle avait dix ans.

« Je peux, rétorqua-t-elle après un moment. Et je trouverai du travail. Promis. »

Mais une longue période s'écoula avant qu'elle ne se mette à en chercher. Fourmi, qui lui reprochait régulièrement de ne pas se presser pour gagner sa vie, mais de se laisser entretenir par sa mère, lui proposait à présent de lui dégoter un stage dans un salon de coiffure.

« Avec les notes qu'elle a ?! » Mama Issa s'y opposa quand elle l'apprit.

Elle regrettait qu'Alia ne se soit pas inscrite à l'université directement après le lycée. Lieven et elle l'avaient incitée à faire du droit, Lieven lui avait promis de l'aider à la fois financièrement et par le biais de ses connaissances au barreau. Il voyait en elle la continuation de la tradition juridique dans cette branche de la famille. Mama Issa, elle, y voyait la traduction de sa révolte inexprimée contre le racisme incurable de ses parents.

Mais Alia ne voulait pas entendre parler d'aide. Elle rejetait la pensée de devoir quoi que ce soit aux parents de Lieven, elle préférait encore entendre Fourmi la traiter de « vieille vache qui tète encore sa mère ». Lorsqu'elles se disputaient, elle rappelait à sa mère que c'était elle, Alia, qui s'occupait de la maison quand étaient partis Eddy, Mama Issa puis grand-mère Feza. Et que, pour toutes ces années où elle avait changé des couches, bercé les garçons, porté des sacs de courses, cuisiné et fait le ménage, elle avait bien droit maintenant à un peu de repos.

« Quel repos ?! enrageait Fourmi. Moi, j'ai travaillé toute ma vie, hein !

— Quand tu ne couchais pas à tout-va », persifla à la fin Alia.

Elle se sentait envahie par une colère brûlante, et Joe n'était pas dans les parages pour les calmer. Soudain, l'idée qu'elle pourrait avoir hérité de la colère de sa mère la terrifia. N'était-ce pas pour cette raison-là que tous ceux qu'Alia aimait la quittaient ?

« Tu es riche, Alia. » Elle entendit de nouveau la voix de Fourmi. « Tu as l'argent de Saidu et tu es radine avec ta mère, pouah ! »

Et la rengaine des reproches poursuivit Alia tandis qu'elle sortait de la maison. Elle claqua la porte avec une telle force qu'elle faillit la faire sortir de ses gonds.

Elle finit par trouver du travail au Colruyt. Quand elle l'annonça à sa mère, celle-ci se tordit les mains de désespoir.

« Et maintenant ils vont te tuer !

— Et en quel honneur ?

— Ils tuent les gens, là-bas, hein !

— Ils tuaient, précisa Alia. C'était il y a dix ans.

— Mais ils n'ont toujours pas attrapé les tueurs ! Ils ont failli tuer Issa ! » se lamentait Fourmi.

Riva interrompit ses devoirs pour demander comment ils avaient « failli » tuer leur tante, mais Alia n'avait pas la force de lui expliquer qui étaient les tueurs du Brabant. Soudain, elle fut frappée par l'absurdité de cette affaire qui, après tant d'années, n'était toujours pas élucidée. Tant de victimes et aucune arrestation. Comme si on avait aidé les tueurs à effacer leurs traces.

Elle se levait avant tout le monde, à présent, car elle devait aller nettoyer le magasin avant l'ouverture. Au travail, elle restait avec les jeunes, le plus souvent de futurs étudiants venus travailler pendant une année de césure avant de reprendre leurs études. Elle faisait semblant d'être dans la même situation. Mais, quand ils parlaient de leurs futures inscriptions, elle évitait de répondre. Elle ne voulait pas reconnaître qu'elle ne savait pas encore ce qu'elle voulait faire.

La vie lui indiqua finalement sa route, c'est en tout cas ce que déclara Mama Issa quand sa nièce lui raconta tout. Ce jour-là, Alia était installée à une caisse et faisait défiler les produits devant son laser. Elle s'était levée du pied gauche. La dame âgée en face d'elle était l'une de ses premières clientes de la journée.

« Mais j'ai droit à la réduction ! protesta cette dernière quand Alia lui tendit le ticket de caisse.

— Il fallait le dire avant que je commence à enregistrer, grommela Alia.

— Madame, pour moi chaque centime… »

C'est alors que Alia leva les yeux sur la cliente. Elle remarqua son manteau élimé qui devait dater des années 1970 et ses gants usés aux coutures. Elle l'avait prise pour une riche prétentieuse à cause de ses gants.

« Xavier ! » Alia appela son collègue, plus ancien qu'elle dans l'équipe. « Comment je peux encoder la réduction, pour que ça corresponde ? Madame devrait payer moins que ce que j'ai enregistré.

— J'ai oublié de prévenir, se justifia la cliente. Je perds la mémoire, vous comprenez… »

Alia regarda Xavier : il fronçait les sourcils, comme si penser lui demandait un effort particulier.

« Si Madame ne l'a pas dit au début, c'est trop tard. » Il avait visiblement picolé la veille car il sentait encore l'alcool. Il avait aussi l'air de souffrir d'un mal de tête.

« Dis-moi comment il faut faire, et je m'en occupe », dit Alia à voix basse.

Il la regarda, piqué au vif.

« Ah oui ?… Alors tu paieras la différence toi-même. C'est ta faute, tu ne lui as pas posé la question. Vous devez payer cette somme », dit-il en se tournant vers la cliente et en désignant les chiffres affichés sur la caisse enregistreuse.

Tandis que la vieille femme cherchait l'argent dans son porte-monnaie, Alia eut soudain très chaud. Elle bondit de sa caisse et désigna du menton l'arrière-boutique à Xavier. Mais celui-ci ne bougea pas, il se contentait de la regarder d'un œil vide. Elle le prit par le bras. Il se dégagea et la repoussa. Tout s'enchaîna alors à la vitesse de l'éclair : il vola sur les étagères, des cartons remplis de briques de soupe lui dégringolèrent sur la tête.

Quand les policiers débarquèrent au supermarché, Xavier ne leur épargna aucun détail : c'est Alia qui l'avait attaqué parce qu'elle était fâchée de s'entendre dire que c'était à elle de payer la différence avec le ticket de caisse. La vieille femme ne put décider à qui revenait la faute, tout s'était passé trop vite.

« Des blessures ? » demanda un policier.

Xavier se massa l'occiput en faisant mine de toucher des contusions.

« Aucune blessure », répondit une voix près de la porte.

Une policière se tenait debout sur le seuil.

Alia la regarda et retint de justesse un cri.

La policière ferma la porte au nez d'un client, s'approcha de son collègue de patrouille et posa la main sur son carnet. Il le rangea sans un mot dans sa poche.

« Ce sera un avertissement pour cette fois », dit-elle en s'adressant au manager avec fermeté. Puis, montrant Alia : « Madame, veuillez me suivre. »

Elle sortit du magasin tandis que l'autre policier retournait à la voiture.

« Qu'est-ce que tu as à me regarder comme ça ? explosa la policière en vérifiant si on ne les observait pas du magasin. Tu as vu un fantôme, ou quoi ?

— C'est que les gens partent toujours, rétorqua avec difficulté Alia, mais… ils ne reviennent jamais.

— Mais moi, je suis revenue », répondit Laura qui sortit une cigarette de sa poche, un sourire au coin des lèvres.

Alia apprit de leur courte conversation qu'après son retour d'Allemagne, Laura avait laissé tomber le droit et passé l'examen d'entrée à l'école de police. Elle avait déménagé de l'appartement de ses parents et loué un studio dans le centre-ville, près du commissariat où on l'avait affectée. Elle divorça d'avec Alpha ; hormis le jour où il avait signé les documents du divorce, elle ne l'avait pas revu. C'était comme s'il n'existait plus.

Alia résuma rapidement son histoire. Elle n'avait pas besoin d'expliquer quoi que ce soit, Laura comprit en un instant de quoi il retournait avec Saidu. Elle ne posa pas de questions pathétiques du type « Comment as-tu pu ? », comme l'avait fait Mama Issa, elle ne lui fit pas la leçon en lui disant que c'était illégal. Elle lui conseilla seulement : « Divorce le plus vite possible. » Quand Laura remonta dans la voiture de police, toutes les pièces du puzzle avaient trouvé leur place dans la tête d'Alia. Elle avait soudain un plan tout prêt.

Le lendemain, elle déposa une requête de divorce. Saidu ne protesta pas, il avait déjà ses papiers. Il emporta ses affaires et Alia s'attacha à la réalisation du second point de son plan – elle se mit à courir et à s'entraîner. Elle n'était plus gênée quand on lui demandait quelles études elle ferait. « Aucune », répondait-elle. Elle irait à l'école de police.

Elle se leva encore plus tôt le matin. Elle perdit du poids, évacua sa colère. Elle courait chaque jour plusieurs kilomètres dans le quartier encore plongé dans l'obscurité, prenait une douche à la maison et repartait pour le magasin. Après son travail, elle allait cogner dans le sac de boxe au club de sport où Jamal était entraîneur. Elle lui expliqua qu'elle s'entraînait pour retrouver la forme et passer des examens, pas pour reprendre le championnat.

Elle démissionna du Colruyt un mois avant les épreuves.

« Ta vieille mère t'entretient, tu n'as pas honte, hein ! la critiqua Fourmi. Et pourtant tu as de l'argent, mais tu fais ta radine.

— Tu ne sais même pas combien il m'a payée », rétorqua Alia avec humeur.

Elle n'arrivait toujours pas à toucher à ces billets, comme s'ils étaient maudits.

« Aaaliaaa !... Alors combien ? Combien tu as négocié ?

— Je n'ai pas négocié. J'ai pris ce qu'il m'a donné.

— Ce que tu peux être bête, il fallait prendre plus ! Si tu m'en donnes la moitié, je démissionne du magasin.

— Tu veux arrêter le magasin de perruques ?

— Si j'en ai envie, j'arrête ! Ma fille est riche, hein ! »

Aux épreuves physiques de l'examen d'entrée, elle courut les sept kilomètres requis et réussit aisément la partie théorique, les tests de prédispositions psychiques et de connaissances techniques. Ce qu'elle craignait le plus, en revanche, c'était la quatrième partie, la discussion avec les membres de la commission, elle en tremblait de peur. Elle priait intérieurement pour que le psychologue qui y siégeait ne découvre pas son secret – ses attaques de colère.

Après l'annonce des résultats, elle rentra à la maison.

« J'ai réussi l'examen d'entrée dans la police ! » cria-t-elle depuis le seuil.

Les garçons étaient encore à l'école, Fourmi était allongée sur le canapé. Tout d'abord, le silence envahit l'appartement, puis des mots se mirent à percuter Alia comme les éclats d'une explosion. Fourmi mélangeait les langues – le français, le swahili, le lingala, des bribes d'anglais des séries télé et du flamand de la rue.

« Tu es malade ?! *You're a woman !* » s'égosilla-t-elle, comme possédée par un démon polyglotte.

Alia tourna les talons et claqua la porte ; les injures de sa mère la poursuivaient encore dans la rue.

Elle avait hâte d'assister aux premiers cours. Quand elle se présenta enfin dans la grande salle de sport avec les autres apprentis policiers, il s'avéra que, sur les cinquante-cinq recrues, il n'y avait que cinq femmes : deux Flamandes, une Wallonne, Alia et Nawal, une musulmane qui s'entraînait avec un foulard sur la tête.

L'Entraîneur – avec un grand « E », comme il se présenta lui-même – les faisait travailler de façon à inciter une partie d'entre eux à abandonner. Il n'y avait pas de traitement de faveur pour les filles. Elles couraient, faisaient des flexions, des abdominaux et des pompes, des mèches de cheveux collées par la transpiration sur le front.

« Allez, pousse, la petite ! » hurla-t-il à Nawal dont le foulard était également trempé de sueur.

Quand il parlait, de la salive blanche perlait aux coins de ses lèvres. Il était petit, ce qu'il n'aimait pas vraiment chez lui. Pendant les entraînements, il ne s'approchait d'Alia, qui le dépassait d'une tête, que lorsqu'elle faisait des exercices au sol.

« Pourquoi tu glandes ? fulmina-t-il à l'encontre d'un garçon qui avait ralenti le rythme. Maintenant, tout le groupe va devoir répéter l'exercice à cause de toi !

— Je me sens pas bien.

— Tu as mangé avant le training ?

— Oui… des spaghettis.

— Bouge ton cul, Spaghetti ! »

Des pièges les guettaient tous. La Wallonne reçut le sobriquet de « Tampon » parce qu'un tampon hygiénique tomba un jour de sa poche. Il surnomma un garçon « Alliance », parce qu'il s'était coincé les mains dans des menottes – il ignorait qu'une fois qu'on les avait mises, il était impossible de les enlever. Il n'y avait plus qu'Alia qui attendait son surnom. Un jour, il la baptisa « Bounty », car elle était noire à l'extérieur, mais blanche à l'intérieur. Par la suite, après les premiers cours d'autodéfense, quand il découvrit ses réflexes de boxeuse, il se contenta de masculiniser son prénom : au lieu d'« Alia », il l'appela « Ali ».

« Je parie que tu n'as pas de prénom sur ta carte d'identité, parce qu'on ne les accepte pas, ici, les prénoms comme ça. Tu devrais en choisir un autre, même un prénom d'homme », lança-t-il tandis qu'elle faisait des pompes.

Au bout d'un mois, elle n'eut plus de courbatures. Elle avait coupé ses cheveux très court sur les côtés et, sur le dessus de la tête, les avait laissés un chouïa plus longs. Elle ne se maquillait pas comme les autres filles, à l'exception de Nawal qui, malgré les moqueries de l'Entraîneur, s'obstinait à souligner ses yeux d'un trait d'eye-liner. Elles ne se parlaient pratiquement pas en cours pour ne pas susciter de remarques acerbes telles que « Si c'est pour papoter, vous dégagez » ou « Pas de place pour les bavardages de gonzesses, ici ».

Chaque bleu d'Alia fournissait à Fourmi un prétexte pour se disputer avec sa fille : pourquoi voulait-elle devenir policière ? La boxe ne lui suffisait-elle pas ? Fourmi pensait qu'Alia avait mûri, eh bien non – et à présent, la police ! Tout ça, c'était la faute d'Eddy, son nom, injurié et traîné dans la boue, revenait comme un boomerang.

Alia n'entrait pas dans son jeu. Après avoir passé le seuil de la maison, elle s'affalait sur son lit, il lui arriva même de s'endormir tout habillée, tant elle était fatiguée. Elle misait tout sur ce but ultime : terminer l'école de police. Elle n'arrivait jamais en retard, s'entraînait plus fort que les hommes, apprenait les cours théoriques par cœur, buvait des cocktails de fruits et mangeait des bananes pour nourrir ses muscles de potassium.

À la moitié de l'année, le groupe s'était réduit d'un tiers, quelques garçons avaient abandonné, ainsi que trois filles ; seules Alia et Nawal étaient restées. L'Entraîneur rassembla le groupe avant le training et déclara, tout en martelant ses propos de coups de corde à sauter qui rappelait un câble électrique :

« Neuf mois. C'est la durée de la formation pour devenir policier. Neuf mois. Comme une grossesse, mais en beaucoup plus éreintant. »

Il lança un coup d'œil aux filles, se balança sur ses talons puis s'adressa clairement à elles :

« Vous feriez mieux de laisser tomber dès maintenant. »

Alia était au garde-à-vous, le visage exempt de toute expression. Chaque jour, on essayait de lui prouver qu'une femme n'avait rien à faire dans le monde des vengeurs en uniforme. Qu'il n'y avait jamais eu dans cette ville de policière noire. Cependant, elle apprenait aussi chaque jour de nouvelles choses. Cet étrange mélange l'excitait.

Elle fit la connaissance de Dorian lors d'une simulation pour laquelle on avait orchestré le genre de situations auxquelles étaient véritablement confrontés les policiers. Pendant les cours, ils pourchassaient des voleurs, négociaient avec des kidnappeurs, expliquaient aux suicidaires qu'ils ne devaient pas se suicider. Ce jour-là, Alia jouait le rôle d'un criminel. Après une bousculade, Dorian lui passa les menottes et le rôle de Spaghetti était de l'emmener. Mais elle ne cessait de bouger, incapable de refréner son instinct d'autodéfense. Elle donna un coup de pied à Spaghetti et, en réponse, lui la poussa.

Trop fort. Elle tomba sur le visage et on entendit un craquement.

« Stop ! » L'Entraîneur entra dans la pièce et la retourna sur le dos.

Le sang coulait sur les joues d'Alia, la chatouillait, il était de plus en plus chaud, comme si elle était sur le point de bouillir.

« Putain, pourquoi tu l'as poussée ? » Trois visages se penchèrent au-dessus d'elle. « Tu lui as cassé le nez ! »

Elle eut peur qu'ils lui prennent toute la lumière, elle avait de plus en plus de papillons noirs devant les yeux. Le métal des menottes lui tailladait la peau des poignets, quelqu'un se débattait avec en essayant de la délivrer.

« N'appuie pas, imbécile, on a un deuxième Alliance, tiens ! » entendit-elle dire l'Entraîneur.

Il appuya du bout des doigts à la base de son nez. Elle s'étouffa et s'assit par réflexe.

« Oh putain, tout ce sang, gémit Spaghetti. J'avais pas remarqué, on voit pas bien sur la peau noire.

— Tu la fermes ou je t'en fous une ! » rugit Dorian, qui soutenait la tête d'Alia.

L'Entraîneur emmena Alia à l'hôpital où un médecin la soigna et lui prescrivit une semaine d'arrêt de travail. Quand il la déposa chez elle, l'Entraîneur lui dit de retourner à l'école dans cinq jours, pour rattraper sa note ratée de simulation. « Mais ce n'est pas ma faute, c'est lui qui m'a poussée », voulut-elle protester, mais elle pouvait à peine respirer.

Lorsqu'elle entra dans l'appartement avec un bandage lui recouvrant la moitié du visage, Fourmi poussa un cri d'oiseau.

« Ils t'ont bien amochée ! résuma Joe avant de siffler.
— C'est une fracture ? Simple ou avec luxation ? » voulut savoir Riva, qui se passionnait pour la biologie.

Alia haussa les épaules. Quand elle parlait, les sons rebondissaient dans sa tête, ruinant les effets des antidouleurs.

« Tant de fois… ! commença Fourmi

— Tu as boxé tant de fois, commença Joe en même temps, et ils ne t'ont jamais cassé le nez. Ils te l'ont cassé que maintenant !

— Ils t'expulsent de l'école ? » Riva se délectait du nouveau mot qu'il venait d'apprendre.

Alia fit non de la tête.

« Tu vas encore recevoir une médaille, tu verras. » Joe eut un sourire en coin.

« Puisqu'on parle de distinctions, dit Riva tout en remontant ses lunettes sur son nez, je vous signale que j'ai gagné l'olympiade d'histoire au niveau national, j'ai donc droit à une récompense.

— Quoi ?! » s'exclama Fourmi.

Elle avait souvent un air stupéfait en présence de son plus jeune fils.

« Je veux un chien, déclara Riva.

— Pourquoi aurais-tu besoin de quelque chose dont il faut s'occuper ? s'étonna Joe.

— Je le dresserai. Pour qu'il ramène le journal, cherche de la drogue… »

Joe regarda son frère de travers, Riva soutint son regard. Alia ouvrit la bouche, mais Fourmi la devança.

« Tu n'auras pas de chien ! cria-t-elle, affolée, comme si elle protégeait sa maison contre des malfaiteurs.

— Pourquoi pas ? rétorqua Riva.

— Parce qu'il irait te manger la nuit ! »

Joe éclata d'un rire hystérique. Le cerveau de Riva s'arrêta un instant, comme s'il n'était pas prêt à formuler une réponse à un tel niveau.

« Les chiens mangent les gens, hein ! Je le sais, parce que je viens de la campagne !

— Et pourquoi ils feraient ça la nuit ? » continua Riva.

Alia fit demi-tour et alla dans sa chambre. L'adrénaline commençait à retomber, les médicaments allaient bientôt ne plus faire effet, il fallait qu'elle s'endorme au plus vite. Elle avait à peine cinq jours pour revenir à elle.

« Et toi, Alia », la voix de sa mère lui parvint jusqu'à la chambre, « n'ose même pas te montrer une seconde fois dans cet état à la maison ! Quel exemple tu donnes à tes frères !... » Fourmi refusa d'assister à la cérémonie de sortie de promotion et à la remise des insignes de police. Mama Issa s'emporta et lui en fit le reproche, et Fourmi ne manqua pas l'occasion de rappeler à sa belle-sœur sa « matrice desséchée ». Lieven se tenait dans l'entrée et remettait nerveusement sa cravate en place. Il ne savait pas comment réagir. Dans sa famille, les femmes s'envoyaient des piques à voix basse, avec le sourire. Celles-ci hurlaient comme des putois et semblaient sur le point de se sauter à la gorge.

« Tu es prête ? » Il regarda nerveusement Alia.

Pendant la cérémonie de remise des insignes, le regard d'Alia passait de Joe à Riva, puis à Mama Issa et Lieven qui n'arrêtaient pas de prendre des photos. Lieven semblait tellement fier que Nawal félicita Alia d'avoir un père comme lui. Ses parents à elle n'approuvaient pas le fait qu'elle soit devenue policière. Selon eux, la femme avait pour vocation le mariage et la maternité.

Après la remise des diplômes, Alia réussit à échapper à sa famille et s'accorda une pause, adossée au mur, à l'écart. La foule de parents, de frères et de sœurs de la fraîche fournée de policiers remplissait l'espace où, il y a peu de temps encore, leur promotion faisait des pompes, des abdominaux et s'entraînait aux techniques d'immobilisation. Elle ne parvenait toujours pas à croire que tout cela arrivait pour de vrai ; qu'elle, Alia, fille de Fourmi et d'Eddy, était devenue policière.

Dorian approcha et s'appuya à son tour au mur tout près d'elle. Sa courte barbe dorée bouclait légèrement, ainsi que ses cheveux coupés court. Nawal trouvait qu'il ressemblait à un Viking.

« Tu as déjà ton affectation ? » dit-il pour engager la conversation.

À l'école, il ne lui avait adressé qu'une seule fois la parole, à la cantine, le jour où Alia avait repris les cours après sa fracture du nez. Elle n'était pas très bavarde ce jour-là, trop consciente de ses bleus sous les yeux. Plus tard, ils s'étaient limités à se dire bonjour.

À présent, elle hocha la tête en guise de réponse. On l'avait prise en stage dans un commissariat du centre-ville, elle devait rouler dans une patrouille avec deux policiers expérimentés.

« Tu vas en voir, des choses. » Il souleva un coin de la bouche en un demi-sourire. « Il s'y passe toujours quelque chose.

— Et toi, où est-ce qu'on t'envoie ? » demanda-t-elle.

Il lui cita le nom du quartier en périphérie où il devait effectuer son stage.

« C'est loin, dirent-ils en même temps avant de se regarder, consternés.

— Tu veux bien me donner ton numéro ? » lança Dorian sans la regarder.

Elle vécut son baptême du feu les tout premiers jours de son stage. Elle était assise, mécontente, à l'arrière du véhicule de police. Elle aurait préféré être devant. Les deux policiers avec qui elle roulait savaient pertinemment que chaque stagiaire ne rêvait que de ça : s'asseoir à l'avant et devenir un membre à part entière du tandem d'une véritable patrouille, et non de la patrouille de formation. C'est pourquoi, lorsqu'ils entendirent à la radio le message annonçant des échauffourées dans un bar en face d'une épicerie de nuit, ils ne la laissèrent pas dans la voiture mais lui dirent de descendre avec eux.

Ils se dirigèrent tous trois vers une porte fermée d'où leur parvenaient des cris. L'endroit rappela à Alia les dessins animés qu'elle regardait étant enfant : le café ressemblait à une boîte dans laquelle on avait enfermé une souris, il débordait presque. Le gyrophare bleu sur le toit de leur voiture illuminait le visage des badauds disposés en arc de cercle au-dehors. Une personne avec le bras en sang leur désigna la porte du bar, comme s'ils ne savaient pas où aller.

« Là, là ! » Le sang de sa main blessée gouttait sur le trottoir, l'alcool devait certainement l'engourdir.

« Où ça ? » Le policier quinquagénaire placide sous l'autorité duquel Alia faisait son stage faisait semblant d'être perdu.

« Là ? » s'assura le jeune policier, un nerveux qui était l'exact opposé de son partenaire, mais doté du même sens de l'humour absurde.

« Là, là ! » répéta la foule, impatientée.

Alia se mit à rire. Ils faisaient toujours ça, ils la « cuisinaient », comme des acteurs de théâtre habitués à faire rire les débutants lors d'une certaine scène. Ils ne lui épargnaient même pas les scènes de crime. Lorsqu'elle avait vu un cadavre pour la première fois, elle avait eu un tel fou rire hystérique qu'ils avaient dû l'éloigner pour ne pas scandaliser les techniciens. Tout cela parce que le flic le plus âgé s'était inquiété du fait que le béret du mort était mis de travers.

Bien qu'elle eût tout fait pour le cacher, le rire d'Alia avait miné la confiance des témoins envers les services de police. Quelqu'un lança que, dans ce pays, il ne fallait pas compter sur eux, un autre ajouta que c'était parce qu'ils engageaient des bonnes femmes, et noires, de surcroît.

Elle sentit la main du policier plus âgé sur son épaule. Il lui désigna la porte derrière laquelle avait lieu la lutte.

« *Ladies first* », lui lança-t-il en souriant.

Dorian ne l'appela qu'un mois plus tard. Quand elle entendit sa voix à l'autre bout du fil, elle comprit qu'elle attendait cet appel, mais qu'elle avait tâché de ne pas y penser pour ne pas nourrir de faux espoirs.

Leur premier rendez-vous fut innocent, jusqu'à ce qu'ils se mettent à s'embrasser farouchement dans la voiture. Alia sentit qu'elle mouillait, elle prit la main de Dorian pour la plaquer entre ses cuisses, et lui posa la sienne sur son entrejambe. Elle gémit en touchant une forme prometteuse. Depuis Alpha, elle avait eu deux aventures qui avaient fait naître en elle des sentiments mêlés. Elle ne pouvait pas jouir avec ces garçons, ils lui semblaient maladroits. Elle-même manquait de confiance en soi, à l'époque. La conscience de ses kilos en trop la gênait, ainsi que la question qui par deux fois avait résonné comme un gong : « Tu as déjà fait l'amour avec un Blanc ? »

Avec Dorian, c'était différent. Elle sentait qu'elle lui faisait de l'effet. Parfois, quand ils parlaient, il perdait le fil de la conversation et restait silencieux, embarrassé. Elle reprenait alors les rênes et lui racontait le sous-sol de Mama Issa, la liaison de sa tante avec Bastien, celle de son père avec la Blanche. Elle ne savait pas pourquoi elle parlait justement de ça, mais Dorian, tout ouïe, hochait la tête. De temps en temps, il lui posait des questions, cherchait des points communs entre eux deux. C'étaient la disparition de leur père, la sensation d'être perdus chez leur mère, le poids inattendu des responsabilités envers leurs frères et sœurs. Ils se demandaient s'ils n'étaient pas devenus policiers à cause de l'habitude qu'ils avaient prise de s'occuper des autres.

Au cours de leurs discussions arrivait toujours le moment où, tout en l'observant, Dorian cessait d'écouter ce qu'elle disait. Elle aimait le mettre dans cet état, consciente de sa taille redevenue fine, de son ventre musclé et de son corps athlétique. Elle attendait le moment où il passerait les doigts sur la mini-crête iroquoise sur sa tête, toucherait ses lèvres, poserait les mains sur son cou. Elle adorait sentir sa force, la douceur de sa barbe de trois jours, le fait qu'il la dépassait en taille. Il était rare que les hommes soient plus grands qu'elle.

Cette fois-là, dans la voiture de Dorian, ils se caressaient si passionnément qu'ils perdirent le sens des réalités. Des joggeurs passaient près de leur voiture en faisant le tour du parc, mais eux, en partie déshabillés, ne prêtaient attention à personne. Ensuite, ils écoutèrent la radio dans la voiture, vitres ouvertes, et secouèrent la tête en mesurant leur imprudence – si on les avait attrapés, ils étaient finis en tant que policiers.

Un jour, Dorian l'invita chez lui. Ils pouvaient enfin être seuls, son colocataire était parti. Alia ne rentra pas à la maison, cette nuit-là, ce qui lui valut d'être traitée de «traînée» par sa mère. Fourmi ne pouvait se faire au divorce de sa fille et, si elle ne perdait pas l'espoir de toucher une part du montant de la transaction avec Saidu, elle supportait difficilement ses conversations avec la cousine Kesa à ce sujet. Kesa, qui n'avait jamais été mise dans le secret de la nature du mariage d'Alia, déplorait ouvertement sa situation : non seulement elle était policière, mais en plus divorcée. Ce n'était pas ce qu'attendait une mère de la part de son unique fille – et Fourmi lui donnait raison sur ce point.

Alia restait de plus en plus souvent dormir chez Dorian. La tiédeur de leurs corps unis suffisait à chasser le froid qui l'habitait depuis des années. À ses côtés, elle oubliait ce qu'était la sensation d'être étrangère.

Le matin, dans ses bras, la crampe de la solitude ne la réveillait plus. La montée de chaleur annonçant ses attaques de colère ne refit plus son apparition.

Elle rentrait ensuite chez elle, sentant la tension de son corps qui avait été aimé, une chaude pression dans sa chatte. Elle marchait dans la ville qui se réveillait, enveloppée dans un cocon de sons familiers : les halètements des camions à ordures, le tintement des bouteilles, le croassement des klaxons, l'envol des pigeons effrayés. Il y avait dans tout cela un bonheur d'une telle simplicité que peu lui importait ce que dirait sa mère.

À la fin de son stage, elle se présenta au poste de police avec son avis d'affectation, vêtue d'un pantalon gris, d'une veste bleu marine et d'une chemise blanche. Elle avait soigneusement plaqué ses cheveux en arrière et renoncé au maquillage. À Rome, fais comme les Romains. Elle en connaissait suffisamment sur la vie dans un milieu d'hommes pour risquer de souligner sa féminité.

« Bonjour.

— Vos papiers, lança le policier assis derrière le comptoir après l'avoir balayée d'un regard indifférent.

— Mais j'ai…

— Sans papiers on ne peut rien faire », la coupa-t-il.

Elle posa devant lui le formulaire d'affectation sans un mot.

« Ah, mais pourquoi tu l'as pas dit tout de suite ? »

Il l'emmena dans une vaste pièce dans laquelle étaient assis une dizaine de policiers. Tous des hommes blancs, d'âge variable, le plus âgé approchait de la soixantaine. Ils se turent en la voyant. L'un d'eux reposa sur la table son sandwich entamé, dont l'emballage bruissa dans le silence.

« C'est qui, ça ? » Il la montrait du doigt, comme si elle était un objet d'exposition.

Personne ne répondit.

« Tu es une femme ? s'enquit un autre policier assis près de la porte en inclinant la tête.

— On s'attendait à un homme, s'empressa d'expliquer un autre, plus âgé. On nous a dit qu'un homme viendrait, qu'il s'appelait Ali et qu'il était noir. »

Personne ne voulut faire de patrouille avec elle. Ils s'égosillèrent les uns après les autres en prétextant qu'ils n'avaient jamais travaillé avec une femme, qu'ils avaient peur de la prendre comme partenaire car, en pleine action, il leur faudrait aussi penser à la défendre. Par-dessus le marché, elle ne savait sûrement pas courir, avait ses humeurs et tomberait tout de suite enceinte. Quelqu'un insinua que les Noirs formaient une cinquième colonne et qu'ils noyautaient la police pour foutre en l'air le système de l'intérieur.

Alia se tenait près de la porte, ne sachant pas si elle devait s'asseoir ou sortir. Ils finirent par l'assigner à un Polonais, « étranger » comme elle, arrivé un an auparavant et qui faisait encore visiblement office de bouc émissaire. Il avait de larges épaules sur lesquelles était fichée une tête rasée de très près.

En entendant qu'il devrait patrouiller avec Alia, il rougit. Les policiers sortirent et les laissèrent seuls dans la pièce.

« Il y a une condition, murmura-t-il à la fin, avec un léger accent étranger. Tu écriras les rapports pour moi. »

Il s'appelait Mariusz et venait de la région de Bialystok, à l'est de la Pologne.

« Mońki : *mogne-ki,* Bialystok : *Bia-wé-stok* », répétait-il, mais elle ne réussissait à sortir ni le « ł », ni le « ń ». En revanche, elle avait appris à prononcer le son « ch » à la fin de son prénom, Mariusz.

Il l'accompagna aux vestiaires, lui montra un casier vide puis par où descendre au parking. Il marchait d'un pas de camionneur, les jambes écartées, et il tirait sur les cordons de ses sweats pour rétrécir la taille de ses capuches et donner l'impression que son dos était plus large. Ses mouvements étaient entravés par la raideur des culturistes ; il mâchait son chewing-gum en pressant fort les mâchoires. Seuls ses yeux avaient l'air joyeux sous ses sourcils clairs.

Dans la voiture de police, Alia prit place sur le siège passager tandis que Mariusz signalait le début de leur patrouille et recevait le premier ordre de mission de la journée. Il resta silencieux tout le long du trajet et ne se mit à parler que lorsqu'ils atteignirent la cité située entre le centre-ville et le canal.

« Je peux déjà te dire du rez-de-chaussée que le macchabée est là depuis Noël, murmura-t-il quand ils entrèrent dans la cage d'escalier. Comment se fait-il que les voisins ne nous aient appelés que maintenant ?

— C'est bientôt le printemps », lança Alia, et elle répéta ce qu'elle avait entendu dire pendant son stage : « Le printemps, c'est la saison morte pour les cadavres. »

Elle se souvenait que les appels signalant les cadavres avaient plus souvent lieu avant Noël, quand les gens se rappelaient avoir de la famille éloignée. Et l'été, parce que les corps se décomposaient instantanément et que l'odeur alarmait les voisins. Celui-ci était certainement le dernier du cru des fêtes à être découvert.

Au sixième étage, une odeur pestilentielle les accueillit. La concierge, qui les accompagnait depuis le rez-de-chaussée, se couvrit le nez de sa manche. La porte de l'appartement d'où provenait la puanteur était blindée.

« Un coffre-fort, putain ! On va demander une grue, il faut entrer par la fenêtre », décida Mariusz.

Alia toqua à la porte du voisin.

« Vous n'avez vraiment rien senti ?

— Dans l'immeuble, ça schlingue toujours, s'offusqua le voisin, un homme mal rasé au teint gris. Ça pouvait être un chat crevé, un rat qui est tombé... »

Alia recula, un nuage de fumée de cigarette se dégageait de l'appartement.

« Il est tellement enfumé qu'il a loupé la puanteur de l'autre côté du mur. » Le chuchotement venimeux de la concierge parvint jusqu'à eux.

Mariusz lui fit signe de redescendre au rez-de-chaussée. Le vent balayait la cité, secouait les poubelles, la neige fondue gelait avec la baisse des températures. Quand l'engin de levage arriva devant l'immeuble, Alia enfonça son bonnet sur la tête.

« Oh putain. Ça va secouer, dans la nacelle. » Mariusz désignait la plate-forme métallique.

Habituée aux « Ladies first », Alia serra les dents et passa la jambe par-dessus la barrière, mais Mariusz la repoussa fermement et y monta seul. Depuis le trottoir, elle regardait le bras de fer monter et se balancer dans les bourrasques. Mariusz se tenait immobile, le visage muré, comme le capitaine d'un navire agité par la houle.

« Pourvu qu'il n'aille pas s'écraser contre le balcon », murmura l'assistant du conducteur de l'engin qui se tenait à côté d'Alia.

Parvenue à hauteur du sixième étage, la nacelle fut fortement ébranlée. Mariusz s'agrippa à la rambarde. Le panier vacillait à présent face au mur de l'immeuble, la distance qui l'en séparait changeait constamment.

« Il va tomber ou se casser quelque chose. J'appelle les pompiers ? » L'assistant regarda Alia d'un air interrogateur.

Elle ne lui répondit pas car Mariusz venait d'empoigner la rambarde du balcon et de passer une jambe par-dessus. Le vent souffla à nouveau et la nacelle se déroba sous ses pieds.

« Putain ! cria l'assistant. Il va finir par s'écraser par terre !

Alia regarda le conducteur de la grue : il manœuvrait les manettes, le teint gris de fatigue. La nacelle heurta de nouveau la barrière, plus fortement, cette fois. Mariusz perdit l'équilibre un court instant avant de sauter sur le balcon.

Alia courut avec soulagement vers la cage d'escalier. Elle grimpa les marches jusqu'à la porte blindée, guettant les sons à l'intérieur. De l'autre côté, Mariusz avait déjà forcé la porte-fenêtre et s'affairait autour de la serrure. Elle entendit la clef grincer et Mariusz tousser.

« Je confirme, un cadavre, bredouilla-t-il en se jetant dans le couloir. Il a quelque chose sur la tête. Un sac plastique, je crois ! Putain, j'te jure ! J'aurais pas dû manger ce matin. Il faut appeler un médecin et la brigade criminelle. »

Alia entra dans l'appartement. L'odeur âcre et sucrée du corps en décomposition l'obligea à couvrir son nez de son écharpe. Elle jeta un œil autour d'elle : le cadavre était assis sur un fauteuil, sa tête enflée, aux proportions monstrueuses, semblait appartenir à un géant. Elle sentit son estomac se contracter. Elle se précipita dans le couloir et s'appuya contre le mur. Elle avait vu deux cadavres jusque-là, des victimes d'accident, amochées, tordues dans une position étrange. Mais elle n'était jamais tombée sur un mort en état de décomposition.

« Ils l'ont étouffé avec un sac plastique ? s'informa la concierge. Du Colruyt ou du Delhaize ?

— Descendez, s'il vous plaît ! ordonna Mariusz, tout en luttant contre l'envie de vomir, puis il se tourna vers Alia. On appelle la Criminelle. »

Quelques heures plus tard, ils étaient devenus la risée de tout le poste de police. Ce qu'ils avaient pris pour un étouffement au sac plastique était simplement un œdème, comme l'avait décrété le médecin. La honte d'avoir fait venir une équipe par manque de discernement les suivit plus longtemps encore que la puanteur qui avait imprégné leurs vêtements, une odeur que l'on ne peut confondre avec aucune autre. L'équipe de la grue en rajouta sur la « scène du balcon ».

« Alors, le sac plastique du macchabée, utile pour faire des courses, hein ? les interpellèrent des collègues à la cantine.

— Ali, tu as un nouveau parfum ? » dit un autre en se bouchant ostensiblement le nez.

« Je n'ai pas de fringues de rechange.

— Elle schlingue le macchabée, mais regarde ses miches, entendit-elle dans son dos.

— Regarde ta gueule », lança-t-elle en retour.

Elle se rappela la mine de Mariusz quand le médecin légiste était sorti de l'appartement du sixième étage et leur avait annoncé :

« Accident vasculaire cérébral, avant les fêtes.

— Ce n'est pas un homicide ? s'était étonné Mariusz.

— En tout cas, pas un étouffement par sac plastique », avait rétorqué le médecin.

Elle eut alors envie d'en rire. Pendant toute la journée, Mariusz avait fait le casse-cou, celui qui en savait plus que les autres. Mais en réalité il avait été tout aussi effrayé qu'elle. Sentant le ricanement venir, Alia se dit avec soulagement que si, à la place de ses accès de colère, elle devait désormais avoir des accès de fou rire, alors elle avait bien choisi son métier.

Ils ne faisaient que se croiser, avec Dorian. Quand elle était libre, il était en patrouille, et inversement. Venant des deux extrémités de la ville, ils se rejoignaient pour un bref moment et ne savaient pas s'ils devaient d'abord faire l'amour ou d'abord discuter.

Il y avait tant de choses nouvelles : des corps en morceaux dans les accidents de la route, des victimes de défenestrations, des suicidés de toutes sortes, des pédophiles, des prostituées shootées à la cocaïne, des adolescentes violées, des politiciens mêlés à des scandales, des chiens emprisonnés sur le balcon, des pigeons battant des ailes dans la cheminée. En plus de se déplacer pour répondre aux appels, ils devaient rédiger ces maudits rapports de telle façon qu'ils ne leur soient pas retournés pour correction et avaient à subir les exhortations insensées de leurs chefs leur enjoignant d'améliorer les statistiques des personnes interpellées.

Dorian lui raconta que, lorsqu'ils avaient attrapé des familles qui squattaient un immeuble à l'abandon, ils avaient dû noter non seulement le nom des adultes, mais aussi celui des enfants, afin de gonfler le nombre d'interpellés. Alia raconta à son tour à Dorian ce qu'un policier âgé lui avait dit pour lui faire peur : qu'un an de service équivalait à dix ans de vie normale. On voyait tant de choses abominables qu'on en devenait cynique.

C'est peut-être pour cette raison qu'ils tenaient à leur côté rebelle. Il leur arrivait de faire l'amour dans un parc, à l'abri d'un gros arbre recouvert de mousse. Alia appuyait ses mains sur le tronc, et Dorian la prenait par-derrière tout en surveillant les alentours. Ils rentraient ensuite par un sentier où il commençait à faire sombre, ivres d'euphorie. Le long des cuisses d'Alia s'écoulaient les gouttes de leurs sécrétions mélangées.

Ils s'aimaient dans les cabines d'essayage et les toilettes des cafés. S'ils avaient attrapé un couple faisant cela pendant leur service, ils auraient dû l'arrêter et lui coller une amende. « Un avertissement nous suffit, à nous », chuchotait Alia en cambrant les reins. Elle sentait les mains de Dorian sur ses hanches, elle entendait son souffle accélérer. Encore un moment et il éjaculerait en elle. Puis ils iraient s'asseoir à une table pour boire un café, comme un couple de jeunes gens comme il faut, et le sperme commencerait à s'écouler doucement, humidifiant sa culotte.

Une nuit, le cri de sa mère réveilla Alia. Elle regarda sa montre par automatisme, il était deux heures et demie. Elle eut peur d'avoir confondu les services, mais son réveil était bien réglé sur six heures, l'heure idéale pour arriver au poste avec une demi-heure d'avance.

« Ils ont battu Joe, ils ont battu mon fils ! » Les lamentations de Fourmi lui parvenaient depuis l'entrée de l'appartement. « … Respire à peine…

— Qui ?! » Alia ne comprenait pas si c'était Fourmi ou Joe qui respirait à peine.

« … battu, les tiens, ils l'ont battu !… »

Alia rejoignit son frère dans les escaliers en quelques bonds et examina son visage et son cou, centimètre après centimètre, comme si elle faisait une autopsie.

« C'est la police qui l'a battu, les tiens, là ! se lamenta encore Fourmi.

— Silence ! » Alia admonesta sa mère.

« Les flics m'ont coffré. » Joe se dégagea des bras de sa sœur.

Il avait le front éraflé, il avait dû résister pendant qu'ils le faisaient monter dans la voiture de police.

« Pourquoi ? demanda-t-elle.

— Parce que je suis noir. »

Il avait le regard fuyant, son inquiétude transparaissait de façon évidente. Il avait toujours caché ses sentiments, il arborait sans cesse son doux sourire. C'était elle, la colérique, dans la famille, lui passait son temps à les calmer, sa mère et elle. Mais à présent, il fuyait son regard.

« Alors pourquoi ils t'ont laissé sortir ? » Quelque chose disait à Alia qu'il valait mieux commencer son enquête par la fin.

« Parce qu'ils n'ont rien trouvé ! dit-il d'une voix triomphante. La pochette était vide.

— Et qu'est-ce qu'il devait y avoir à l'intérieur ? »

Riva apparut près de la table de la cuisine, tel un fantôme.

« Ça. » Il tendit la main vers sa sœur.

Elle saisit le paquet avant que Joe en ait eu le temps. La pochette ressemblait à une trousse de toilette. Alia sentit la vague de chaleur qu'elle connaissait si bien lui monter jusqu'aux cheveux. Son visage se raidit. Son poing partit tout seul, ce fut un réflexe. Mais Joe s'était instinctivement penché sur le côté.

« Qu'est-ce que tu lui fais ? Qu'est-ce qui se passe ? » Les cris de Fourmi fendirent l'air.

Alia sentit des bras l'enserrer. Cette fois, c'était Riva qui la retenait. Elle eut une grimace de douleur. Quelques semaines auparavant, alors qu'elle intervenait sur une bagarre, on lui avait cassé une côte qui lui faisait encore mal quand elle faisait des gestes brusques. N'eût été sa côte, elle aurait cassé la gueule de Joe, elle lui aurait massacré sa gueule barbue ! Elle remarqua qu'il s'était laissé pousser la barbe pour cacher le fait qu'il avait à peine dix-huit ans.

« D'où est-ce que tu as cette dope ? » Elle lui ficha le sachet de marihuana sous le nez.

« Laisse-moi tranquille…

— D'où est-ce que tu as ça ? » Sa voix siffla comme une matraque, si bien que tous, même Fourmi, sursautèrent.

Riva prit la pochette sur la table et referma nerveusement la fermeture éclair.

« C'est ma trousse, dit-il en lançant un regard de reproche à son frère.

— Je n'ai pas d'argent. » Joe parlait à présent sur un ton plaintif.

« Tu vois l'exemple que tu donnes à tes frères ?! intervint Fourmi. Tout ça, c'est à cause de toi, Alia ! Si tu nous donnais un peu de ce que tu as gagné avec Saidu, tout serait différent ! »

Alia regagna sa chambre sans un mot. Le réveil allait sonner dans trois heures. Trois heures de réflexion. Parce qu'il était évident qu'elle ne se rendormirait pas, à présent.

« Aaaliaaa ! Tu rentres à la maison couverte de coups et de bleus, et tu te jettes à bras raccourcis sur tes frères ! Ma fille frappe les gens, mon fils fait du trafic de drogue ! Qu'est-ce que je fais encore là, je dois rentrer à Kinshasa, hein !... »

L'odeur de sperme remplissait tout l'espace. Les chaises en plastique disposées en rangs semblaient poisseuses. Des vagins géants et des pénis violets se balançaient au plafond, se pénétraient mutuellement, s'aspergeaient de liquide. Dans les coins de la salle étaient assis des hommes seuls, le col de leur manteau relevé était censé les protéger des regards. Alia abaissa sa lampe torche sur les murs. Ils étaient couverts d'auréoles de liquide séché, tout comme les murs des cabines dans lesquelles on projetait du porno sur de petits téléviseurs. À hauteur de pénis, on voyait des trous creusés avec les moyens du bord. Les contacts humains se limitaient ici à quelques centimètres d'un organe gonflé, ils duraient quelques dizaines de secondes et puaient le sperme. Alia n'avait jamais vu d'endroit plus triste qu'un cinéma porno.

Elle balaya de sa lampe torche le bas des cabines. Dans l'une d'elles s'affairaient deux paires de jambes. Elle désigna en silence la cabine à Mariusz, qui en ouvrit brusquement la porte.

« Vos papiers ! »

L'homme ferma nerveusement sa braguette et la fille tenta d'évaluer la situation en sondant la semi-obscurité du lieu. Alia l'observa avec attention. Vingt ans à peine, un regard indifférent. Elle allait s'avancer pour l'emmener à la voiture de police quand elle sentit qu'on lui touchait l'avant-bras.

« Laisse-la », murmura une femme en lui montrant discrètement son insigne.

« Pascale Devreux, lut Alia. Brigade des mœurs. »

« Il est interdit de baiser dans un cinéma, récita Alia.

— Tu m'en diras tant ! » La voix rauque de la femme avait un ton amusé, ses vêtements étaient imprégnés d'une forte odeur de cigarette. « Quand vous lâcherez cette fille dans douze heures, elle sera tellement en manque de drogue qu'elle prendra le premier client venu pour pouvoir se défoncer le plus vite possible. Elle sera désespérée, elle le fera sans capote. Et tu connais la fin de l'histoire.

— Ce sera un avertissement pour cette fois. » Mariusz se tourna vers la prostituée. « Mais si je t'attrape une seconde fois à faire ça… »

La fille haussa les épaules et rangea ses papiers dans son sac. La moucharde resta dans le cinéma.

Elle parcourait la salle avec sa lampe torche, telle une ouvreuse aidant les spectateurs à trouver une place.

« Ils tombent toujours comme un cheveu sur la soupe », incrimina Alia quand, à la fin de leur service, Mariusz et elle allèrent au bistrot.

Ils avaient pris cette habitude, récemment. D'abord, Mariusz s'était vexé lorsqu'elle avait refusé d'aller boire une vodka après l'opération « sac plastique ». Elle lui avait expliqué qu'elle ne buvait pas, mais visiblement, « je ne bois pas » signifiait autre chose pour lui. Il voulait réagir au fait que tous se moquaient d'eux. Alia était une femme, et noire avec ça, mais au moins du même bord – du bord de ceux qui sont moqués.

Quand il cessa de bouder, elle l'invita à aller manger un hamburger. Depuis, ils y venaient régulièrement après le travail.

Le propriétaire posa leurs commandes devant eux et ajouta une portion de frites gratuite à chacun. Alia détacha ses cheveux avec soulagement. Elle les avait laissés pousser car Dorian préférait les cheveux longs. Pour travailler, elle les brossait et les tirait fortement en arrière.

« Chez nous, on a des *dmuchawce* comme ça, dit Mariusz en montrant sa coiffure.

— Qu'est-ce que ça veut dire, *dmuchawce* ? » Elle essaya de prendre l'accent polonais, mais elle capitula à la moitié du mot.

« Des mauvaises herbes. Et têtues, putain !... »

Pendant un moment elle n'entendit que le bruit de ses mâchoires qui travaillaient avec application. Elle mordit dans son hamburger.

« C'est vrai que les femmes noires ont tout le temps envie de faire l'amour ? » dit-il de but en blanc.

Elle était allongée sur le côté, à moitié réveillée. Dorian se glissa sous la couette et la lécha, il fit remonter le bout de sa langue le long de ses lèvres, il les tritura, les écarta, titillant son clitoris. Elle cambra les reins. Dorian se glissa juste derrière elle, la pénétra facilement et se retira presque entièrement, l'obligeant à se cambrer davantage. Il l'excita tant qu'elle finit par gémir. Il lui couvrit la bouche de sa main et entra si profondément en elle qu'elle en eut la respiration coupée.

Quand, au petit matin, elle se faufila hors de la chambre sur la pointe des pieds pour ne pas réveiller le colocataire, Dorian murmura :

« Il est temps qu'on ait notre propre logement.

— Quoi ?

— Qu'on habite ensemble. »

Elle marchait dans les rues qui s'éveillaient en se répétant mentalement ce mot : « ensemble, ensemble… » Sa signification lui échappait toujours. Il ne faisait pas naître d'association d'idées en elle, il n'avait pas le pouvoir de créer des images dans son esprit. Alia s'arrêta au milieu du trottoir comme si elle devait se débarrasser d'un caillou dans sa chaussure, et elle ferma les yeux.

Sous ses paupières apparut un appartement aux murs blancs et propres, au plafond mansardé, dont les fenêtres donnaient sur des toits rouge foncé avec des cheminées rappelant celles des anciens bateaux à vapeur. Le sol était recouvert d'un parquet de couleur miel, la cuisine éclairée par une fenêtre était ouverte sur la pièce à vivre. Aucun mur intérieur ou bibliothèque cloisonnant l'espace, le tout baignant dans la lumière du soleil. Et elle se tenait en plein milieu de la pièce – elle, Alia.

Quand elle fit tourner la clef dans la serrure de leur sous-sol, sa mère était en train de mettre sa perruque face au miroir. À la vue de sa fille, elle posa les mains sur ses hanches.

« Et qui va bien vouloir de toi, Alia ? Les années passent, et toi, au lieu de te comporter comme il faut, tu mènes une vie de débauche, hein ! »

Alia décrocha son uniforme du portemanteau. Elle enfila son pantalon et sa ceinture, enfonça à l'intérieur sa chemise bleu clair, passa un pull-over par-dessus. Elle mit les grosses chaussures à lacets qu'elle portait constamment, été comme hiver. Elle s'inspecta dans le miroir puis regarda le reflet des lits sur lesquels dormaient ses frères. Elle attacha ses cheveux d'un élastique et les couvrit de son béret.

Quand elle sortit de l'immeuble, le regard pesant des « adossés contre le mur » la suivit. Elle était allée à l'école avec certains d'entre eux. Tant qu'elle boxait, ils l'avaient acceptée, mais elle était devenue une ennemie à présent, elle « servait le système ». Elle soupira. Au travail aussi on la rabaissait, on trouvait toujours un moyen de lui lancer des piques sur le fait qu'elle était une femme, et noire.

La rue s'était réveillée et l'accueillait avec son odeur d'huile de moteur, de poussière, de plats asiatiques. Alia dépassa deux adolescents aux cheveux recouverts de gel qui jetaient des regards rapides autour d'eux.

Elle ralentit pour être à leur hauteur. L'odeur qui émanait du sac à dos que tenait le plus mince des deux ne faisait pas partie des senteurs naturelles de la rue.

Elle se planta devant eux, les jambes légèrement écartées.

« Vos papiers.

— Mais pourquoi ?

— Ouvre ce sac à dos. »

Le plus mince commença par opposer une résistance. C'était son sac à dos, dedans il y avait des livres et des cahiers, et elle ne pouvait pas le...

« Chut ! » Alia se pencha en avant. « C'est moi qui te parle, c'est pas toi qui me parles. On enlève ce baluchon et on l'ouvre. Allez ! »

Elle attendit patiemment, tout en observant leurs gestes nerveux, l'ouverture difficile du sac à dos, leurs râlements offusqués.

« D'où as-tu ça ? » Elle en sortit triomphalement un sachet d'herbe.

— D'un copain.

— Quel copain ?

— Je ne le connais pas.

— D'un copain que tu ne connais pas...

— C'est quoi, la raison de ce contrôle, en fait ?! » Les nerfs du plus mince étaient en train de craquer.

« La raison, c'est que moi, je suis de la police, et que toi, tu as de l'herbe dans ton sac ! »

Assise au poste, elle retournait mentalement cette dernière phrase. Elle se pencha et tira un caramel de son tiroir : elle les achetait au magasin polonais que lui avait montré Mariusz. Elle retira de son emballage la *krówka*, quelques miettes échouèrent sur le tissu sombre de son pantalon, elle les fit tomber par terre.

Oui, dans son uniforme elle était comme une forteresse réchauffée de l'intérieur par le sucre collant d'un bonbon polonais.

Elle guida si vite Dorian dans l'escalier qu'il finit par manquer de souffle. Elle lui avait interdit de poser des questions et lui demanda de fermer les yeux devant la porte. Cliquetis de la clef dans la serrure, léger courant d'air.

« Qu'est-ce que c'est ? demanda Dorian en marchant sur le parquet de couleur miel.

— Un appartement. » Elle mit ses bras autour de sa taille et se blottit contre son dos.

Il se retourna et posa un regard scintillant sur elle.

« On va le louer tous les deux ? demanda-t-il.

— Pas besoin. » Elle haussa les épaules. « Je viens de l'acheter. »

Son expression s'assombrit, une étrange grimace se dessina sur ses traits. Il baissa la tête.

« C'est une surprise ! » Elle prit son menton entre ses doigts et le releva légèrement. « Je pensais que ça te ferait plaisir... »

Il ne répondit pas, tourna le visage vers une grande fenêtre derrière laquelle apparaissait la tour du Palais de justice. Elle avait l'air de surgir de l'évier étincelant.

« Où est-ce que tu as trouvé l'argent ?

— J'avais... des économies. Notre père nous en a laissé, mentit-elle. Et le reste à crédit. »

Il tourna les talons et se dirigea vers la porte. Elle lui attrapa le bras, le tissu de son uniforme fila entre ses doigts.

« Dorian ! »

Elle se précipita hors de l'appartement, se pencha au-dessus de la balustrade.

« Dorian !...

— Tu viens juste de me castrer. » Il claqua la porte de l'immeuble derrière lui.

Elle lui téléphonait, mais il ne répondait jamais. Une douleur perçante et insupportable refit son apparition. Alia se sentait comme lorsque Alpha avait disparu – comme si on lui avait coupé le flux d'air. Elle avait décidé d'aller au poste de police où travaillait Dorian quand enfin il appela. Il lui demanda s'ils pouvaient faire une pause.

« Comment ça, une pause ? s'enquit-elle fiévreusement. Pour combien de temps ? Une semaine ?

— Je t'appellerai quand je serai prêt », dit-il avant de raccrocher.

Toute la joie que lui procuraient ces murs blancs, la mansarde près de la fenêtre, la coupole dorée du Palais dressée entre le bric-à-brac de toits rouges s'était envolée. De cette hauteur, les toits ressemblaient à un trottoir recouvert de chiffons colorés.

Elle ne déménagea pas. Elle continua d'habiter avec sa mère et ses frères. Elle avait peur de rester seule avec le froid qui l'avait de nouveau envahie.

Mariusz avait peut-être remarqué qu'elle avait changé, mais il ne posa pas de questions. Quand il parlait en polonais au téléphone avec quelqu'un, elle pensait à Marzena. Les traits de son amie s'étaient effacés de sa mémoire, mais le sentiment d'une présence apaisante demeurait. Même si elles se disputaient souvent, Marzena était toujours à ses côtés quand Alia en avait besoin. Elle ne pouvait rien dire à Mariusz. Pour lui comme pour tous ceux du poste, elle était Ali, un policier noir qui s'est révélé être une femme.

Elle se concentra uniquement sur le travail. Un jour, alors qu'ils étaient de service près de la Gare centrale, elle remarqua un garçon qui regardait furtivement les deux téléphones qu'il avait à la main. Il perçut le regard d'Alia et frémit de façon presque imperceptible. Elle se dirigea vers lui, ses talons martelant les dalles à un rythme rapide. Il jeta un coup d'œil vers les escaliers menant à la gare, se tourna dans cette direction, mais Alia fit un bond et lui barra le passage.

« Deux téléphones ? » Elle tendit la main. « Tu téléphones beaucoup, on dirait. »

Mariusz dictait déjà les données de ses papiers à la radio. Alia fixa le renflement sur la poitrine du garçon.

« Montre-moi ce que tu as dans la poche. »

Il lança de nouveau un coup d'œil vers les escaliers.

« Eh ! » cria-t-elle.

Il étendit les bras comme s'il devait se faire fouiller.

« Ne prends pas d'initiatives, le rabroua-t-elle. Si je veux que tu fasses quelque chose, je te le dirai.

— Un vrai vétéran, attrapé seize fois pour vol de téléphones portables », déclara Mariusz.

Elle sortit les menottes sans un mot.

« Et alors ? protesta le garçon. On n'a pas le droit d'avoir deux téléphones ? Je n'ai rien fait ! »

Elle le poussa vers les marches. Il se retourna et posa un regard appuyé sur sa poitrine et ses hanches.

« Tu t'es trompée de gare. » Sa bouche se tordit en une moue ostensiblement méprisante. « La place des gens comme toi, c'est à la Gare du Nord, il y a même une rue spéciale pour les Noirs. »

Sans vraiment réfléchir, elle lui donna un coup de pied dans l'entrejambe, et il se plia en deux. Mariusz vint se positionner entre eux, les jambes écartées.

« Je vais porter plainte contre toi, sale chienne noire. » De la bave coulait de la bouche du garçon.

« Attention à ce que tu dis, sale Marocain », lança Mariusz en le secouant un peu.

À la fin de leur service, Mariusz proposa d'aller au bistrot, mais Alia refusa. Elle n'avait pas envie de parler, elle réservait le peu de forces qui lui restait à se disputer avec sa mère. Depuis qu'elle lui avait parlé de l'appartement, Fourmi ne la laissait pas en paix. Elle venait de comprendre qu'elle ne recevrait jamais l'argent de la transaction passée avec Saidu.

Mariusz lui proposa de la déposer devant chez elle. Elle le vit pour la première fois tâcher de faire la conversation, sa rugosité avait disparu.

« J'en ai marre de traîner parmi la pègre. Et toi aussi, les nerfs lâchent, tu t'es emportée avec ce Marocain, tu deviens vraiment agressive. »

Comme elle se taisait, il changea de sujet.

« Au début, ils se moquaient de mon accent. Qu'il soit polonais, étranger. À la fin, ils m'ont foutu la paix, même si de temps en temps quelqu'un me fait encore une remarque. Et pourtant, dans cette ville, tout le monde est d'ailleurs, il y a tellement de gens de partout, tout le monde parle le français, le néerlandais, plus sa propre langue. Moi, je parle le polonais, et toi, ton africain.

— Le lingala.

— Oui, oui. Au printemps, mon grand-père est mort, celui chez qui j'habitais quand mes parents ont quitté la Pologne. J'étais petit, je ne me rappelle même pas l'époque où j'habitais avec eux à Bialystok. Ils sont venus en Belgique et m'ont laissé chez mes grands-parents, à Mońki. Ensuite, mon père est revenu me chercher. Ma mère faisait des ménages, mon père avait des boulots occasionnels sur des chantiers, ils n'avaient pas d'argent pour prendre l'avion jusqu'en Pologne, alors je n'ai pas vu mes grands-parents pendant plusieurs années. Pendant ce temps, ma grand-mère est morte. Moi, j'ai fini par y aller un jour, il n'y avait plus que mon grand-père. Et maintenant, lui aussi… »

Elle le regarda, mais il détourna le visage en faisant semblant de regarder dans son rétroviseur extérieur.

« Mais ce n'est pas de ça que je voulais te parler. » Il toussota. « J'ai vu l'Entraîneur, tu sais, celui qui… »

Elle hocha la tête. C'était celui qui avait de la salive blanche aux coins des lèvres. Elle avait une bonne mémoire pour les détails.

« Il m'a dit qu'il n'enseignait plus à l'école de police. Il est passé aux Mœurs, ils y forment une équipe internationale, tu sais, et ils ont besoin de gens qui connaissent les langues pour infiltrer les réseaux de prostitution. Il y a de plus en plus de putes d'Europe de l'Est, le polonais leur sera utile. Et il y a beaucoup de putes venant d'Afrique, ta langue aussi serait parfaite. »

Il arrêta la voiture devant l'immeuble d'Alia.

« Tu habites là ?! Putain, tu parles d'un quartier ! Je ne suis jamais tombé aussi bas, moi. » Il rit comme s'il venait de faire une bonne blague.

Alia ouvrit la portière. Personne ne l'avait déposée ici ni ne lui avait rendu visite, mis à part Mohamed et Alpha, mais c'était il y a plus de dix ans.

« Réfléchis à cette équipe internationale, entendit-elle tandis qu'elle s'éloignait. Moi, j'y vais. »

Dorian finit par appeler. Ils se donnèrent rendez-vous chez lui et se retrouvèrent dans un silence seulement ponctué du rythme de leur respiration précipitée. Ils devaient rester discrets, le colocataire de Dorian dormait de l'autre côté du mur. Alia ne savait pas si la tristesse qui s'était déployée entre eux venait de la nécessité de faire l'amour sans bruit ou pour une autre raison. Son corps accueillit Dorian avec reconnaissance, mais intérieurement la résignation dominait. Il ressentit probablement la même chose car, quand il se retira, il se recroquevilla en position fœtale.

Ils firent chacun des efforts. Ils parlèrent à tour de rôle, se racontèrent ce qui s'était passé, rattrapèrent le temps de leur séparation avec leurs récits, de la même façon que l'on recouvre de branchages un piège à ours. Ils tombaient parfois dans le piège et luttaient avec des questions qui restaient suspendues au-dessus de leurs têtes. Ils ne pouvaient pas feindre éternellement qu'Alia n'avait pas acheté l'appartement, qu'« ensemble » signifierait « chez elle ». À la fin, Dorian proposa de louer ensemble un autre appartement, de s'y installer et de payer le loyer pour moitié.

« Je vais y réfléchir », dit-elle en se blottissant contre lui.

Finalement, ils s'attachèrent à leurs corps et parlèrent de moins en moins ; ils sentaient tous les deux que les mots les éloignaient.

Mariusz arrêta la voiture.

« Ils ont installé un barrage, impossible de passer. »

Alia ouvrit la portière pour descendre, mais elle s'interrompit en voyant deux silhouettes se diriger vers eux.

« Les *men in black*, lança Mariusz. C'est pour ça qu'ils ne nous ont pas donné le motif de l'appel. »

Deux hommes de grande taille habillés de façon identique, en costume et cravate noirs, vinrent se camper de part et d'autre du véhicule.

« On ne passe pas », dit l'un d'eux.

Alia désigna sans un mot le gyrophare sur le toit de la voiture. Mariusz passa sa large main sur sa tête rasée. Il imitait involontairement le style des mafiosi russes dans les films. Personne ne se rasait la tête comme ça, ici.

« Police. Sans déconner. Et vous êtes ? » lança Mariusz.

L'un des deux hommes lui mit un insigne de la police sous le nez.

« Nous aussi. Sans déconner », répondit ce dernier en jetant un regard à Alia.

« Fais pas ton blagueur. » La main de Mariusz se déplaça jusqu'à la poignée de la portière.

— On ne passe pas.

— On a été appelés pour cette affaire.

— On s'en occupe», répliqua celui qui se trouvait du côté d'Alia. «Faites demi-tour.»

Mariusz lui lança un regard réprobateur puis, résigné, enclencha la marche arrière.

«Arrête-toi ici un moment, dit Alia en lui attrapant la manche quand ils s'engagèrent dans une plus grande rue.

— Pour qu'ils nous repoussent encore une fois ?

— Il y a un virage un peu plus loin, et un coin pour se garer. Attends-moi là-bas.» Elle ouvrit la portière et descendit de la voiture avant qu'il ait eu le temps de réagir.

Devant ses yeux s'étendait le domaine où l'avait amenée Mohamed l'été où elle avait découvert l'aventure d'Eddy avec la Blanche. Les hauts arbres ombrageaient le parc comme autrefois, derrière la clôture se dessinaient le toit rouge et la colonnade blanche. Alia se faufila dans le trou du grillage que personne n'avait jamais réparé. Bien qu'elle eût grandi depuis lors, elle réussit à passer. Elle emprunta le chemin qui lui était familier le long des grands thuyas.

Le temps s'était arrêté, la fontaine bruissait de la même façon indolente. «Il y a combien de temps ?» se demanda-t-elle. Une douzaine d'années avaient dû passer. Elle s'arrêta en entendant des pas à la porte de la villa. Deux infirmiers emportaient un brancard sur lequel était allongé un corps entièrement recouvert. Un cadavre, donc.

Sur la pelouse se tenaient un des types en noir et, à côté de lui, une jeune femme dont la chevelure blonde retombait sur un pull-over visiblement enfilé en toute hâte, qui lui descendait jusqu'aux cuisses. Elle ne portait rien en dessous. L'agent lui dit quelque chose avant de suivre l'ambulance. La femme rejeta ses cheveux en arrière. Quelque chose dans ce geste, ou peut-être dans son profil, parut familier à Alia. Elle vit du coin de l'œil les balançoires qui oscillaient à quelques pas de là. Elle se rappela la bonne qui poussait la fillette aux tresses blondes, dont la robe blanche se soulevait légèrement quand elle volait vers le soleil.

La jeune femme s'enveloppa soigneusement dans son pull, le vent balaya les cheveux sur son visage. C'était elle, la petite fille qui se balançait, elle était devenue l'héritière de la villa et du parc.

Le talkie-walkie attaché à la ceinture d'Alia crachota.

« Où es-tu ? » On aurait pu croire que Mariusz s'ennuyait. En réalité, il s'inquiétait pour elle. Alia connaissait par cœur le timbre de sa voix, ses mouvements, ses regards et ses gestes. Ils patrouillaient ensemble depuis cinq ans, ils se connaissaient mieux que bien des couples après leurs noces de diamant.

« Donne-moi dix minutes. »

La jeune femme venait de disparaître derrière la porte.

« Et si les types reviennent ?

— Dis-leur que j'ai mes règles et que j'ai dû aller faire un tour derrière les buissons. »

Elle s'approcha sans bruit de l'annexe de la maison. Il n'y avait plus aucune trace des cages à lapins. À la place de l'herbe sur laquelle marchaient pieds nus les invités de la Blanche poussaient aujourd'hui des tomates. D'épais rideaux protégeaient désormais efficacement la vie privée des habitants de la maison.

Alia fit le tour du jardin et s'arrêta devant l'entrée. Elle n'avait jamais mis les pieds de ce côté-ci, du côté officiel. Elle se rendait compte qu'en faisant cela elle empiétait sur le territoire des types en noir – s'ils venaient à l'apprendre, elle aurait des problèmes.

Elle appuya sur la sonnette. Au début, il n'y eut pas de réaction, puis elle entendit des bruits de pas – quelqu'un dévalait les escaliers et s'arrêta devant le judas.

« Qui est-ce ? entendit-elle.

— La police. »

La porte s'ouvrit lentement. Un jeune homme quelque peu intimidé se tenait devant elle ; sa coiffure similaire à la sienne formait une auréole autour de son visage rond, la lumière du soleil couchant se reflétait dans ses lunettes, qui ressemblaient à celles que portait Riva.

« Oui ?

— Tu habites seul ?

— Ma mère est partie.

— Elle revient quand ?

— Après-demain. Elle est à une conférence à Göteborg. En Suède, ajouta-t-il, la regardant avec suspicion. Il y a déjà quelqu'un de chez vous qui est passé et qui a demandé si je n'avais pas entendu de bruits suspects, mais je lui ai dit que…

— Quel âge as-tu ? »

Il avait la peau plus claire qu'elle, il la dépassait en taille.

« Dix-huit.

— Où est ton père ? »

Il haussa les épaules avec l'expression de quelqu'un à qui on avait posé la question des centaines de fois.

« Je vis avec ma mère.

— Quand avez-vous emménagé ?

— On a toujours habité ici. » Le talkie-walkie crépita, elle l'éteignit avant même que Mariusz ait eu le temps de parler.

« N'ouvre pas aux étrangers », murmura-t-elle au garçon comme s'il était un enfant.

Quand ils retournèrent au poste, ils apprirent pourquoi on ne les avait pas laissés entrer sur le domaine. La jeune héritière, une célébrité qui était souvent l'invitée d'émissions télévisées de divertissement, avait une aventure avec un politicien marié. Ils se fréquentaient en secret depuis quelques semaines. Cet après-midi-là, l'homme politique avait eu une attaque pendant un rapport sexuel. Les circonstances de sa mort devaient rester secrètes.

Riva regardait sa sœur avec de grands yeux. Il était trop grand pour ce genre d'histoires, mais ils étaient seuls à la maison, et Alia, une couverture sur les épaules, s'était si bien métamorphosée en vieille femme édentée qu'il ne parvenait pas à la quitter des yeux.

« *Quand le gros orage éclata, il cassa les branches et ses semences furent dispersées dans le monde entier. Elles retombèrent loin les unes des autres. "Ah, pensèrent-elles, nous deviendrons des arbres isolés et solitaires." Et même si elles rêvaient d'une forêt – cette vision était dans la tête de chacune, car elles venaient toutes du même tronc et avaient dans les gènes cette solidarité depuis la naissance –, elles ne pouvaient rien au fait d'avoir été dispersées en tous sens.*

« *Une semence tomba entre deux dalles sur un trottoir et fit éclater ces dernières, s'imaginant qu'il s'agissait d'un immense canyon. Une autre, plantée dans un jardin, était sur le point d'être brutalement déterrée par un jardinier quand une petite fille et son frère eurent pitié d'elle. Ils empêchèrent qu'on la déterre et prirent soin d'elle en l'arrosant, jusqu'au moment où ils trouvèrent une nouvelle activité favorite. Une troisième semence tomba sur un toit, on la planta dans un pot puis la transplanta dans le jardin d'un vieux couple marié qui traita l'arbre comme un enfant né sur le tard.*

*De toutes les semences poussèrent des germes téméraires qui donnèrent des tiges véhémentes de couleur vert céladon, puis celles-ci à leur tour… Et cœtera, et cœtera ! Pour résumer, elles grandirent et devinrent fortes car chacune avait une quantité d'espace et d'imagination. Ah, comme elles poussaient !…*

— Techniquement, ce n'est pas possible, murmura Riva en remettant ses lunettes en place.

— Boucle-la, petit insecte urbain aux moustaches remuantes ! » lui lança Alia en postillonnant comme si elle n'avait vraiment pas de dents.

Elle saisit le djembé que Saidu avait laissé et frappa la peau de chèvre de la paume de la main.

« *Crac ! Comme elles poussaient vite. Bam ! Comme elles poussaient. Paf ! Comme elles poussaient, putain, je vous assuuuure… !* »

Elle se pencha en arrière et ferma les yeux. À présent, elle frappait le djembé du bout des doigts, imitant la pluie qui tombe.

« Et elles poussaient, et elles poussaient ! Mais elles ne cessaient de se demander s'il ne valait pas mieux devenir de petits arbres rabougris et pousser en groupe, plutôt que d'être grands et beaux, mais de bruisser dans la solitude.

— Eh bien, puisque c'est à cause de l'orage, rien ne sert de pleurer sur le lait renversé, remarqua raisonnablement Riva. Il faut s'y faire et aller de l'avant.

— Affreux petit scarabée aux moustaches buissonnantes… », commença Alia en rouvrant les paupières, avant de se taire subitement à la vue des visages qui la fixaient. Sur le seuil se tenaient Joe, Mama Issa et Fatou, l'amie peintre qu'Alia avait rencontrée au vernissage.

C'est elle qui se mit à applaudir la première, suivie de tous les autres, à l'exception de Riva qui rajustait nerveusement ses lunettes qui lui tombaient sur le nez. Il regrettait sûrement qu'on l'eût surpris à écouter des contes alors qu'il était un garçon sérieux dont les résultats surpassaient ceux de ses camarades de classe.

« Bravo ! » Fatou s'approcha d'Alia et lui prit la main. « Je vais te présenter d'autres poètes. Tu as du talent, et je sais ce que je dis ! Je suis née au Mali, la patrie des griots.

— Chez nous aussi, il y a des conteurs, s'immisça Mama Issa d'un ton légèrement vexé. Mon frère Eddy était conteur urbain. Ainsi que mon… enfin l'ami de ma mère, dont Riva a hérité du prénom.

— Je vais te présenter aux poètes d'ici », répéta Fatou en tapotant la main d'Alia. Des bracelets tintaient délicatement à son poignet. « On a pas mal de talents dans nos diasporas. Mais ce que toi, tu fais, c'est totalement différent.

— Différent ? » Alia avala sa salive.

Elle avait du mal à se remettre de ses émotions. Elle n'avait jamais eu de public aussi nombreux.

« Frais. » Fatou claqua des doigts, ses bracelets tintèrent de nouveau. « Apolitique. Beau en soi. Innocent. N'est-ce pas, Issa ? »

Dorian attendait Alia sur un banc devant l'immeuble. Il avait troqué son uniforme pour des vêtements civils, il était assis au bord de l'aire de jeux, fumant lentement une cigarette. Il était beau et avait un côté ours, ce qu'il utilisait dans son travail, quand il tombait sur des témoins de faits qui avaient peur. Les femmes, surtout, s'ouvraient à lui, se disant que puisqu'il était beau, il devait aussi être bon.

Il suivit Alia dans les escaliers sans dire un mot, et quand elle ouvrit la porte, il se glissa derrière elle. Avant qu'elle allume la lumière, il entoura son cou de ses doigts. Il posa le creux de sa main sur son larynx et elle pencha sa tête en arrière – elle adorait sa détermination, sa force associée à la délicatesse. Elle défit la ceinture de Dorian et glissa sa main dans son pantalon. Elle le caressait comme il aimait qu'elle le caresse – du bas, sur toute la longueur de la verge, jusqu'au gland, qu'elle contournait de ses doigts. Elle sentit ses lèvres sur son cou, sur ses seins.

Quand il entra en elle, elle était déjà mouillée. Il ne vérifiait jamais avec ses doigts si elle était prête, il en était sûr. Il entrait tout simplement en elle et y restait jusqu'à ce qu'elle jouisse. Il contrôlait son désir, préférant voir ce qu'il pouvait faire avec elle plutôt que de se satisfaire. Mais aujourd'hui, il jouit juste après elle. Elle adorait lorsqu'il explosait dans son ventre. En comparaison, les orgasmes de ses précédents partenaires ressemblaient à de vieux ballons qui se vidaient de leur air.

« Tu as eu un service difficile ? » devina-t-elle lorsqu'il s'allongea.

Elle n'avait pas encore acheté de sommier pour le lit. Dorian occupait presque toute la largeur du matelas, il semblait impossible qu'Alia puisse se tenir à côté. Elle se leva et sortit du frigo les restants d'un plat qu'elle avait fait pour la venue de la cousine Kesa, se félicitant intérieurement d'en avoir mis un peu de côté. La cousine s'était longuement lamentée sur le fait que, bien qu'elle approchât la trentaine, Alia était toujours célibataire et sans enfants. « Divorcée et policière », corrigea Alia, mais Kesa et Fourmi la réprimandèrent. Elle finirait par s'assécher de l'intérieur, comme Mama Issa qui n'aurait personne pour prendre soin d'elle dans ses vieux jours.

Alia réchauffa le croque-monsieur au micro-ondes et s'assit sur le matelas à côté de Dorian. Ces derniers temps, elle ne cuisinait presque pas. Elle mangeait à la cantine le midi ou achetait un sandwich.

« Une bagarre entre voisins. » Il mit un morceau dans sa bouche. « Un hystérique a appelé pour dire que son voisin le menaçait. Je frappe à la porte du voisin, il ne répond pas, et à la fin, bam !, la porte s'ouvre en grand et je me retrouve avec deux trous noirs devant les yeux. Il avait un fusil chez lui, ce fils de pute, un calibre assez gros pour tuer un ours !

— Tu n'étais pas dans sa ligne de mire ?

— Bien sûr que non, ç'aurait été une faute de débutant. Je me tenais sur le côté, mais je ne savais pas à quel point il était rapide. Il avait enlevé le cran de sûreté. »

Alia laissa ses pensées divaguer. Dorian lui rendait visite, mais on voyait qu'il se sentait comme un invité. Elle aussi avait remarqué qu'elle utilisait toujours les mêmes couverts, le même verre et la même assiette qu'elle lavait et posait sur l'égouttoir après chaque repas – comme si elle aussi était incapable de s'installer à cause de son malaise à lui. Bien qu'elle pût faire des lessives sur place à l'entresol de l'immeuble, elle apportait toujours son linge à la laverie avec celui de Fourmi, de Joe et de Riva. Elle n'en avait pas beaucoup, de toute façon. Elle passait la moitié de son temps en uniforme, un uniforme qu'elle portait également dans la partie sociale de sa vie, quand ils allaient prendre un verre ou jouer au billard après son service.

Elle secoua les miettes sur sa poitrine nue et s'étendit sur le matelas à côté de Dorian.

« Viens vivre ici », laissa-t-elle échapper.

Il resta muet un instant, puis lui dit ce que, selon lui, il aurait dû lui dire il y a longtemps. Qu'il avait demandé sa mutation à Liège.

« À Liège ?! » Elle sursauta, l'assiette contenant le croque-monsieur tomba du matelas et roula sur le sol de couleur miel, le recouvrant de miettes.

Elle sentit Dorian l'enlacer.

« Déménageons ensemble. On recommencera à zéro, sans ce… » Elle devina qu'il montrait les murs de l'appartement. « On louera un appart et on travaillera, on fera l'amour, on aura des enfants… »

Elle se recroquevilla, repoussa sa main. Elle avait peur. Elle avait peur que Dorian l'abandonne, comme son père, sa grand-mère, sa tante, Marzena... Elle avait peur qu'il la leurre, comme Bastien avait leurré Mama Issa, Eddy Fourmi, et Joe ses copines. Comme Alpha les avait leurrées, elle et Laura. Elle avait peur de l'« être-ensemble » et avait peur des enfants – elle venait de finir d'élever ses frères, elle s'était à peine extirpée du sous-sol maternel. Elle avait peur d'elle-même aussi, de sa colère, de cet héritage qu'elle tenait de sa mère, à cause duquel tout le monde la fuyait.

« Tu préfères être seule. » La question de Dorian sonna comme une affirmation.

Alia ne répondit pas. Il la recouvrit avec la couverture et sortit en silence.

Alia se rendait au travail en martelant le sol de ses grosses semelles. Sur la place envahie par les tables de café, dans le brouhaha estival, elle aperçut un garçon. Il avait un visage fin qui rappelait quelque peu un oiseau, entouré de boucles blondes qui touchaient sa chemise en jean. Il se balançait en avant de façon étrange, comme dans une attaque du syndrome de l'orphelin, on apercevait sa poitrine osseuse et sa peau pâle à travers sa chemise entrouverte.

Si elle n'avait pas travaillé pour la police, elle aurait passé son chemin en admirant sa beauté aristocratique. Mais elle était en service, et il était défoncé. Encore un peu et il allait se faire écraser par un chauffeur inattentif cherchant une place de parking dans ce quartier bondé.

Elle l'arrêta, puis elle vécut cette scène comme si elle en était spectatrice. Comme si ce n'était pas elle qui lui attrapait le bras, et, quand il commença à se débattre, qui passait les menottes autour de ses poignets minces. Elle regarda le garçon traverser le square, le vent souffler dans ses cheveux clairs et gonfler la voile de sa chemise bleue. Elle vit son noble profil avancer sur la mer de visages humains, ordinaires, indifférents à ce qui le détruisait. Les mains dans le dos, ses menottes brillant discrètement. Elle marchait derrière lui, en uniforme, adaptant son lourd pas de policier à sa digne démarche de chameau.

Le garçon regarda au loin, vers le soleil. Les gens le suivirent des yeux, penchés au-dessus du café qu'ils n'avaient pas fini de boire. La porte du commissariat se referma. Pour lui, le soleil s'était couché, tandis que les autres demeuraient sur la place, que les cafés refroidissaient, que l'assemblée bourdonnait et que, dans le coin d'un abribus, une silhouette recroquevillée, une femme, prenait note de tout.

Quelque chose se réveilla en Alia – de la jalousie. Elle aurait voulu leur dire à tous que le garçon dont elle avait lié les maigres poignets était plus proche d'elle que l'assemblée qui les observait. Mais ce n'était pas le moment, elle était en service. Ils entrèrent au poste, après le plein soleil la lumière artificielle semblait très faible. Le garçon et elle clignèrent des paupières, chacun s'engouffrant dans ses propres ténèbres.

Le soir où Dorian partit pour Liège, Alia s'adossa au mur froid de son appartement. Elle n'enleva pas son uniforme, n'alluma pas la lumière. Elle sentit dans le noir l'un des trois pieds de la table de chevet récemment achetée chez Ikea, et cela lui fit penser au visage de ceux dont la photo était posée dessus : Eddy, Mama Issa, grand-mère Feza et Dorian. Il ne lui manquait que la photo de Marzena et de Younes.

Elle tendit la main et saisit la cordelette qui ceignait son djembé. Elle l'avait emporté dans son appartement non parce qu'il lui rappelait Saidu, mais parce qu'il apprivoisait le silence.

Elle toucha la membrane comme pour vérifier si la peau de chèvre était bien en place. Elle la percuta légèrement de sa paume, d'un geste court pour ne pas étouffer le son. Elle entoura le djembé de ses jambes et se mit à le frapper – à plat sur la peau, en biais sur les côtés. À la fin, un *slap* – un grand coup sur le bord. Elle joua jusqu'à ce que ses mains lui fassent mal.

1er septembre 2014, *Le Matin,* informations locales :

Ibra, le Malien venu en Europe torturé par une bande qui maltraite des sans-papiers dans le cadre de prétendues formations à l'art du combat, a déclaré que parmi les victimes se trouvaient principalement des immigrés venus chercher ici un meilleur avenir. Ils se faisaient passer pour des réfugiés politiques, des gens éduqués, c'est ce que leur avaient conseillé de faire d'autres étrangers qui avaient légalisé leur séjour.

La plupart des victimes de ces « formations » ont été torturées à plusieurs reprises. Ceux qui protestaient contre ces pratiques ont subi des pressions. Les supérieurs étaient au courant des initiatives brutales de leurs subalternes, mais ils n'ont rien fait pour les empêcher. Ils ont tenté d'étouffer l'affaire.

« Nous avons commencé à avoir peur quand ils se sont mis à crever nos pneus et à nous harceler au téléphone. J'ai changé de numéro de portable, je regardais derrière moi chaque fois que je sortais de chez moi. J'avais peur de mes collègues », a dit l'un de ceux qui ont fini par informer les médias de cette affaire.

Depuis sept ans, c'était sur le Palais de justice que tombait en premier lieu le regard d'Alia, le matin. Autrefois, des potences s'élevaient à cet endroit. Les petits voleurs comme les grands bandits y étaient exécutés. Les gens du peuple en guenilles, inquiets, piétinaient tout autour, s'entassant sous le gibet dans ce qu'on appelait la ville basse. Le palais se dressait au-dessus de leurs existences misérables, point d'exclamation doré coiffé d'une coupole ovale, la plus grande construction du XIXe siècle, en rénovation depuis des temps immémoriaux. Les échafaudages qui l'entouraient semblaient empêcher les murs de s'effondrer. La justice fragile tombait en ruine sous le climat tempéré européen, ni trop chaud, ni trop froid.

Détesté depuis le début par les habitants du quartier, le Palais emplissait toute la fenêtre de l'appartement d'Alia ; il dominait l'évier comme pour reprocher à celle-ci de n'avoir pas fait la vaisselle une nouvelle fois. Les jours ensoleillés, la coupole lui décochait des reflets lumineux pour qu'elle se réveille à l'heure. La pointe du Palais projetait sur les habitants du quartier non seulement son éclat, mais aussi son ombre de mauvais augure. La voisine d'Alia, une journaliste juridique qui relatait les procès au tribunal, rentra chez elle un jour, remplit d'eau une bassine qu'elle avait achetée à Hema et noya ses chats, deux femelles dont une qui allaitait ses petits. Les chattes s'étaient débattues, avaient lutté pour leur vie. Alia trouva le corps de sa voisine à côté de celui des chats, la défunte avait les mains griffées jusqu'au sang.

Alia plissa les yeux, le soleil de juillet dansait sur la coupole. Elle se leva, enfila un pantalon de survêtement déformé aux genoux et remplit une bouteille d'eau au robinet. Sur le chemin qui la menait à la cave, elle avala une barre chocolatée, parsemant de miettes les marches grinçantes. La rampe précaire de cet immeuble centenaire gémissait, la lueur des ampoules qui grillaient l'une après l'autre clignotait, des câbles fixés à la va-vite se balançaient dans le vide. Une fois par semaine, une femme aux yeux de taupe nettoyait la cage d'escalier. Alia avait cru reconnaître son accent, elle s'était dit qu'elle était polonaise, mais il s'avéra qu'elle était roumaine.

Les briques du couloir de la cave étaient d'un rouge sale. Alia arriva à la porte du box où elle s'était aménagé un coin pour s'entraîner : un sac d'entraînement était suspendu à un crochet, planté au centre du plafond, un magnéto se trouvait dans un coin près d'une pile de CD. Elle sortit les bandages de la poche de son pantalon, s'enveloppa les mains, mit ses gants et entrebâilla la fenêtre de la cave.

Les sons de *Pour ceux* du groupe Mafia K'1 Fry emplirent la pièce, chassant les crissements de la rue, étouffant le vrombissement des voitures de livraison, la sirène des ambulances et les voix qui provenaient de la boucherie voisine, Chez Ludo. Quand Alia avait emménagé, cette boucherie s'appelait Sans souci, et, sur les murs de la boutique, des têtes de vaches souriantes observaient les clients. Le nouveau propriétaire, un Belge issu d'une famille de bouchers avec le sens des traditions et visiblement doté d'un minimum de tact, avait décidé de modifier ce nom macabre.

Alia frappait le sac pour se délester de son engourdissement matinal. C'est ainsi qu'elle débutait chacune de ses journées depuis qu'elle avait emménagé dans l'immeuble, sept ans auparavant. Après cela, ce qui l'attendait, c'étaient des heures assise à son bureau, des réunions, des conseils. La musique s'arrêta, des gouttes de sueur provenant de son front, son nez et son menton avaient giclé sur le sol bétonné. Une guêpe entra par la fenêtre pour en ressortir aussitôt, attirée par l'odeur de la viande suspendue aux crochets de Chez Ludo. Alia dénoua ses bandages et inclina la bouteille d'eau vers sa bouche.

En remontant, elle croisa et salua d'un hochement de tête le fils adolescent de voisins qui lui fit un clin d'œil mystérieux. Une porte grinça, le visage grisâtre d'une voisine apparut par l'entrebâillement avant de disparaître subitement à l'intérieur. Cette dernière ne répondait jamais aux « bonjour ». Alia n'avait entendu sa voix qu'une seule fois, lorsqu'elle avait chanté – faux et doucement, avec une ferveur quasi religieuse, c'est ainsi qu'elle avait marqué sa mémoire –, le jour où Walter Hus avait donné un concert au Palais de justice, peu après son emménagement. Le musicien avait invité à chanter les habitants du bas de la ville, les descendants de ceux que l'on avait délogés quand avait débuté la construction de l'édifice. Le chanteur déambulait, affairé, entre les colonnes monumentales du palais, vêtu d'un costume blanc qui lui donnait l'air d'un communiant.

Alia referma la porte de l'appartement derrière elle, le mur qu'elle toucha de son bras en sueur lui donna la chair de poule. Les prostituées disaient que les choses achetées avec de l'« argent sale » ne pouvaient nous apporter de la joie. Elle les avait trop souvent écoutées ces sept dernières années.

Une heure plus tard, elle entrait dans l'immeuble discret dans lequel se trouvait leur service. Quand elle avait été transférée du service des patrouilles, on pensait encore qu'aux Mœurs ne travaillaient que des gonzesses. Mais depuis que la prostitution était devenue un crime organisé, attraper des gangs mobiles qui faisaient passer les filles d'un pays à un autre avait commencé à attirer les gros durs de la police. Alia salua le gardien d'un signe de tête et emprunta le labyrinthe de couloirs jusqu'à la salle de réunion. Quand elle y était entrée pour la première fois, sept ans plus tôt, elle était tombée sur plusieurs hommes qui ne rappelaient en rien des policiers : barbus ou complètement rasés, tatoués, avec des boucles d'oreilles, habillés en civil, chacun dans son style. Si elle les avait croisés dans la rue, elle aurait contrôlé leurs papiers. Eux aussi l'avaient regardée avec curiosité, elle avait vu avec quel effort ils essayaient de faire correspondre à ce qu'ils connaissaient l'image de la femme à dreads qui les regardait. Tout comme eux, elle n'avait pas l'air d'une policière. Elle correspondait bien à cet endroit.

Elle n'était pas la seule femme dans l'équipe. Pascale Devreux, qu'elle avait rencontrée dans le cinéma porno avec Mariusz, en faisait partie elle aussi, et Laura y travaillait depuis deux ans. Dans un premier temps, Alia ne l'avait pas reconnue car Laura s'était fait couper les cheveux et n'attirait plus le regard comme avant. Mais sa plus grande surprise fut de retrouver Nawal, sa copine de l'école de police. Elle venait de rentrer de son deuxième congé maternité.

«Je rattrape mon retard familial. Je me suis mariée super tard, j'avais vingt-six ans, ma mère avait perdu l'espoir de me voir me ranger un jour, chuchota-t-elle en serrant Alia dans ses bras.

— Dis-lui comme on prend bien soin de toi.» L'Entraîneur lui tapota le dos.

Il s'habillait toujours comme un commando, à croire que le principe même du groupe, consistant à se fondre dans la foule, ne le concernait pas.

«Il y a une pièce pour les enfants des employés, s'empressa d'assurer Nawal. On a des jouets, des livres. Parfois, j'y laisse ma plus grande fille le temps que mon mari ou ma belle-mère viennent la chercher. Elle m'en veut de travailler, mais elle m'aide quand même.

— On prend grand soin de notre brigade internationale.» L'Entraîneur se balança sur ses pieds. «Un Polonais, une musulmane, une femme noire. Personne ne peut nous reprocher d'être racistes.»

Alia alla se servir un café à la machine dans le couloir et entra dans la salle de réunion. Presque tout le monde était là. L'Entraîneur était penché vers Mariusz et gesticulait vivement, le café dans son gobelet en plastique tanguait dangereusement. D'un geste impatient, il ôta quelque chose sur son pantalon, sûrement des poils de chien. Il vivait hors de la ville dans une maison en lisière de la forêt où il dressait des chiens censés travailler dans la police. Parfois, il amenait ses protégés avec lui, de gros bergers allemands muselés.

Pascale, sans ôter sa cigarette de la bouche, attacha ses cheveux teints en blond platine en une queue-de-cheval serrée. Elle sortait fumer si souvent qu'un beau jour ils avaient déplacé son bureau devant l'immeuble. Elle était la plus âgée de tous, sans compter le chef, Erik. Quand ils l'embauchèrent, elle était la seule femme de l'équipe. On l'appelait «le Titan du travail». Elle disait que, pour garder son poste à l'époque, elle devait prouver qu'elle était l'égale des hommes. Elle ne s'était jamais permis aucune faiblesse.

Paolo, un Belge d'origine italienne dont les parents étaient venus travailler dans les mines de charbon à Charleroi, était assis, penché en arrière, à écouter Darren. Brun et mince, au visage charmant, à l'élégance naturelle soulignée par son penchant pour les vêtements de marque, il était l'exact opposé de son vis-à-vis, un homme petit et trapu. Nawal était attablée près de la fenêtre, absorbée dans une conversation sur son téléphone portable. Comme d'habitude, elle dirigeait la vie de sa famille à distance.

Laura entra dans la pièce et salua les femmes en les embrassant sur la joue. Depuis qu'elles avaient commencé à travailler ensemble, leur amitié avait traversé plusieurs phases. Au début, elles se sentaient gênées par leur présence mutuelle. Elles étaient touchées par le phénomène des femmes trompées par le même homme : mis à part de la solidarité, elles ressentaient de la honte. Mais lors d'une soirée, après une action de police commune, Laura s'approcha d'Alia et, un peu saoule, lui proposa de filer ensemble de la fête.

Ce soir-là, en évoquant leurs souvenirs d'Alpha, elles fabriquèrent une poupée vaudoue imaginaire. Elles la transpercèrent de l'aiguille des mots, la fouettèrent et la moquèrent, et, à la fin, elles y mirent le feu en proférant des injures. À partir de ce jour, leur amitié passa à un niveau supérieur. Une proximité impulsive, c'est ainsi que la voyait Alia. Et une jubilation mordante – ce salaud d'Alpha Snow les avait inspirées ; après leur première enquête en amateur, elles étaient toutes deux devenues policières. Elles faisaient le travail le plus intéressant au monde. Et toutes deux – même si elles ne se l'avouèrent jamais – en tiraient d'autres bénéfices : Alia transformait ses accès de colère en rire et Laura s'était coupée de l'héritage bourgeois de ses parents, cette fois grâce au travail et non plus au mariage.

Erik entra dans la pièce juste après Alia. Il prit place au pupitre, sous le tableau blanc, et aborda sans préambule l'affaire qui les occupait depuis des mois : des gangs mobiles privaient de revenus les patronnes de bordels locaux. Ils faisaient venir des filles pour soi-disant s'occuper d'enfants, puis ils leur prenaient leurs passeports et les obligeaient à se prostituer.

« Hier Laura et Paolo ont arrêté trois Bulgares sans papiers. » Il les scruta de derrière ses lunettes de lecture. « Trois, c'est déjà beaucoup. »

Ils hochèrent la tête. Le problème avec ces filles, c'était qu'elles ne voulaient pas collaborer avec la police. Elles avaient peur pour la sécurité de leurs familles, de leurs parents, de leurs enfants qu'elles avaient laissés dans leur pays. Après la vague de prostituées d'Albanie, du Nigeria et de la Sierra Leone était venu le temps des Roumaines, des Roms et des Bulgares.

« Si seulement l'une d'entre elles acceptait de témoigner, on les tiendrait, murmura Paolo. Ils nous rient au nez quand on leur dit qu'on leur accordera le droit d'asile, à elles et à leur famille de Bulgarie.

— La protection de la police bulgare ? » Nawal regarda Paolo avec pitié en ôtant son téléphone de sous son voile. Elle l'y mettait d'ordinaire pour avoir les mains libres pendant une conversation.

L'Entraîneur écrasa son gobelet plastique et le jeta à la poubelle.

« On aura plus vite fait de s'entendre avec la police bulgare qu'avec les Tsiganes. Ces gens-là n'ont même pas d'État ! »

Mariusz se mit à rire, Laura lui lança un regard glacial, Erik nota quelque chose en silence. Ils se regardèrent – l'Entraîneur aurait droit à une nouvelle petite discussion. Erik de Zwart était convaincu que la construction d'une bonne équipe commençait par les contacts personnels et le travail commun. C'est pourquoi il avait fait venir dans son équipe des descendants d'immigrés.

L'Entraîneur ne mâchait pas ses mots. Sur ce qu'on appelait « intégration », il mettait un tout autre nom : la moitié des équipes de police était constituée d'étrangers. Et très bien, ils allaient être utiles pour gagner la confiance de ceux qui étaient devenus trop nombreux, récemment. L'Entraîneur prenait Erik pour un naïf, et la société multiculturelle pour un bordel européen. « Quoi, putain, on ne peut plus rien dire sur les crevures arabes ou les salopes venant de l'autre côté du mur ?! », se déchaînait-il quand le chef ne voulait plus l'entendre.

Alia regarda l'Entraîneur, il avait de la salive au coin des lèvres. À une époque, il avait voulu qu'elle fasse semblant d'être une pute du Nigeria. Il comptait coffrer un maquereau nigérian grâce à cette ruse. Il fut surpris lorsque Alia lui dit qu'elle ne connaissait pas assez l'anglais pour jouer ce rôle. « Mais tu viens d'Afrique », insista-t-il. Elle n'avait pas envie de lui expliquer que sa famille provenait du Congo, un pays francophone. Laura en riait : pour elle, l'Entraîneur voulait réaliser son fantasme de pute à la peau noire et, en même temps, se venger du fait qu'Alia le dépassait d'une tête.

« Dès qu'on en apprivoise une, ils l'envoient en Allemagne. » Paolo remit en place le bracelet lâche de sa montre de marque.

« Avant, il y avait de l'ordre, il existait des dynasties entières de putes, dit Pascale d'une voix enrouée. La grand-mère de l'une d'elles travaillait encore à l'âge de soixante-dix-huit printemps ! Elle aimait son travail, elle avait ses habitués depuis un demi-siècle. C'est ce qui s'appelle être douée pour les relations qui durent.

— Une pute, c'est une pute, et ça restera toujours une pute, déclara Darren d'un ton sentencieux en coiffant ses cheveux en arrière.

— Il y en a qui avancent, dans la prostitution, remarqua Paolo avant de faire la grimace. Un nouveau métier est apparu dernièrement : intermédiaire entre les filles et les chefs de gang. Ces bonnes femmes soutirent l'argent des filles et l'envoient aux chefs.

— De sacrées crapules, surtout les mamas africaines. Tu ne m'en voudras pas, chérie, dit Pascale avec un clin d'œil à Alia.

— J'en connais une qui a offert à son mec une Lamborghini avec les portes qui s'ouvrent vers le haut et des sièges en cuir cousu main, grommela Laura.

— Une Lamborghini ! » Darren roula des yeux.

« Eh bien quoi, elle aurait plutôt dû faire des placements à long terme ? » Pascale fouillait les poches de sa veste à la recherche de son briquet. « Moi, ça fait vingt ans que je fais ce métier et ne n'ai jamais rencontré de prostituée heureuse.

— Et pourquoi elles se défoncent ? » Paolo se leva, remit en place le col de sa chemise et se dirigea vers la porte.

« Regarde ces types. » Alia désignait les hommes derrière la fenêtre. « Tu accepterais de baiser avec l'un d'entre eux ?

— Moi ?! s'offusqua Paolo. Moi, je suis de l'autre côté de ce bordel.

— On est tous du même côté. »

En regagnant son bureau, Alia se dit que les années de travail dans la police pompaient toute leur empathie aux policiers.

Elle avait mal au cœur pour ces filles, même si certaines gagnaient bien leur vie. Une prostituée pouvait gagner jusqu'à cinq mille euros par mois, et les escorts jusqu'à vingt mille. Celles de la rue prenaient vingt-cinq euros pour quinze minutes avec pénétration, les filles des vitrines à partir de quarante euros et plus, et les barmans et serveuses qui incitaient les clients à boire de l'alcool, cinquante pour cent de ce que l'homme paierait. Pour quatre-vingts à cent euros, un rapport d'une demi-heure, une ou deux positions ; les masseuses gagnaient jusqu'à trois cents euros. Sans capote, c'était plus cher. Pour les étudiantes et les divorcées dans le besoin, les tarifs dépendaient de leur degré de désespoir. Les autres prostituées ne supportaient pas ces dernières, elles disaient qu'elles cassaient le marché.

Alia n'avait jamais entendu parler de prostituées qui auraient laissé tomber le métier de leur plein gré. En revanche, toutes sombraient. Elles devaient tromper leur propre corps avec de la drogue pour toucher ces types, leurs clients, bien que personne ne les y obligeât – quatre-vingts pour cent d'entre elles travaillaient de façon indépendante, sans maquereau.

Elle regretta que Joe ne se soit pas laissé convaincre d'aller à l'école de police. Ils avaient besoin de policiers dotés d'un bon contact avec les gens, et Joe avait un talent inné pour cela. Il aurait pu faire des études de psychologie. Il n'était pas moins intelligent que Riva, même si cela ne se voyait pas dans ses résultats scolaires. Mama Issa appelait cela de l'intelligence émotionnelle. Joe était un génie émotionnel, il avait l'étoffe pour devenir thérapeute, ou bien manipulateur.

Alia ouvrit un tiroir, en sortit un pistolet, une matraque télescopique repliée, des menottes et une lampe torche. Il ne restait plus que l'insigne de police, le bandeau réfléchissant sur le bras et le talkie-walkie. Avant de sortir, elle se pencha vers le placard du bas et en sortit quelques caramels polonais. Sur la photo qui se trouvait près des *krówki*, ses frères la regardaient : Riva avec son diplôme de droit à la main et, à côté de lui, Joe. Le plus jeune des deux était employé depuis quelques années dans l'étude notariale de Lieven, à Liège. Joe avait fait l'école hôtelière mais ne travaillait pas. Il habitait toujours avec sa mère et disait qu'il était un artiste. Selon Alia, ce qu'il faisait surtout, c'était sauter les femmes qui couraient après son beau sourire et sa barbe soigneusement taillée.

Mariusz avança la Peugeot jusqu'à la barrière et attendit qu'un code apparaisse sur son portable. Puis il le composa, la barrière s'ouvrit et ils s'engagèrent dans la rue.

Ils tâchaient de modifier à chaque fois leur trajet, même si les habitants du quartier les reconnaissaient de loin. Avant d'arriver dans le centre, ils ralentirent, Mariusz baissa la vitre et l'énorme visage gonflé par l'alcool d'une prostituée d'une cinquantaine d'années aux cheveux noirs et rares fit son apparition.

« Comment ça va ? lança Alia.

— Mal. Il ne se passe rien. » Elle souleva les lèvres en une grimace, laissant voir des dents presque noires rongées par la drogue.

Un autre visage surgit derrière son épaule.

« Rastafari, *sister* ! »

Comme à son habitude, Gros Bonnet salua Alia d'un large sourire. Petit et maigre, il donnait l'impression de ployer sous le poids des dreads qu'il fourrait dans son bonnet tricolore. Il s'adressait uniquement à Alia et ignorait délibérément Mariusz. Elle descendit de la voiture et se pencha vers lui.

« Tu as vu qui transportait les Bulgares ? Leur plaque ?

— HI HI dix-huit dix-huit.

— Tu te fous de moi ?!

— J'ai entendu dire qu'il y avait des nouvelles, des jumelles de Sierra Leone. » Il empestait le gingembre, qu'il mâchait pour étouffer l'odeur de marihuana. « Elles ne veulent pas se séparer, même pour un instant ; quand l'une est avec un client, l'autre dort sous le lit. Une sur le lit, l'autre en dessous... Je te jure ! »

Il éclata d'un rire rauque qui donnait la chair de poule.

« Si tu vois quelque chose, fais-moi signe. »

Il tourna la tête et lui lança un regard en biais.

« On voit tout de suite que tu n'as pas d'enfant, ma sœur ! Moi, j'ai un fils. Et il est sacrément débrouillard. Hier, il a dit à sa mère : "Va travailler un peu parce que j'ai besoin d'argent pour un jeu." Un petit maquereau en puissance !

— Il a un fils ?! rugit Mariusz quand Alia remonta en voiture.

— Avec sa prostituée préférée. »

Après leur service, ils allèrent au bistrot. Leur ancienne habitude avait tenu bon tout au long de ces années en commun, malgré les méandres de leur vie privée. Mariusz avait eu le temps de se marier et de devenir père. Quand sa femme l'avait quitté « parce qu'il n'était jamais à la maison », il s'était effondré. Alia faisait semblant de ne pas remarquer qu'il sentait l'alcool, elle couvrait ses faux pas professionnels.

Elle supporta même la période où il la collait et l'incitait à coucher avec lui. Elle avait refusé, elle entrait rarement dans des relations avec des policiers car cela finissait toujours de la même façon : ils se racontaient ce qui s'était passé pendant leurs services respectifs. Ils vivaient de leur travail, la routine quotidienne avait du mal à concurrencer les poussées d'adrénaline qu'ils pouvaient connaître. Les policiers qui avaient un mari, une femme, un fiancé, une famille, se décourageaient vite car personne, à long terme, n'était en mesure de comprendre la tension dans laquelle ils vivaient. Personne ne voyait autant d'ignominies que celles qu'ils voyaient chaque jour. Ils vieillissaient intérieurement à une vitesse terrifiante, certains s'épuisaient, quittaient le service. D'autres devenaient aigris ou indifférents.

Le sexe leur permettait de se détendre rapidement. L'alcool aussi. L'effort physique aidait, mais parfois ils n'avaient plus assez de forces pour s'y contraindre. Alia évitait les rapports sexuels avec ses collègues de travail. Elle préférait aller en ville où personne ne la connaissait et se payer un coup d'un soir. Hormis les policiers, elle ne connaissait pas beaucoup d'hommes. Ceux qu'elle rencontrait hors du travail étaient déconcertés par ce qu'elle faisait dans la vie. Rien que sa poignée de main en faisait fuir certains.

Allongée auprès d'un de ses amants, elle se demandait ce qu'était la normalité. Encore un instant et ils allaient absorber la chaleur de leurs corps, elle le caresserait sur le menton et lui triturerait son téton. Il la prendrait peut-être même une deuxième fois, mais après il rentrerait car son réveil sonnerait à six heures le lendemain et sa copine aurait commencé à s'inquiéter de ne pas le voir rentrer. Non, coucher avec des collègues ne pouvait que mal finir. Elle avait dit à Mariusz qu'elle préférait qu'ils soient comme un vieux couple marié : zéro sexe, mais beaucoup de souvenirs et de compréhension mutuelle. Ils se désignaient comme « une femme avec un passé et un homme avec un avenir ».

Mariusz se frotta les yeux et arrêta la voiture au feu rouge. L'alcool avait modifié les traits de son visage, ses yeux bleus avaient gonflé, ses joues s'étaient arrondies. Après son divorce, il avait pris du poids, il n'allait plus que rarement à la salle de sport.

« J'ai eu du mal à m'endormir hier, se plaignit-il.

— C'est comme moi, soupira Alia. J'ai encore regardé *When We Were Kings*. Je connais ce film par cœur.

— Un film historique ?

— Mon père s'effondrerait s'il t'entendait dire ça ! » Elle se tapa sur la cuisse. « C'est un film sur le combat de boxe de Mohamed Ali et George Foreman, en juillet 1974. Mon père l'a vu en personne à Kinshasa, il me l'a raconté.

— Juillet 74 ? » Mariusz gratta son crâne rasé. « Mon vieux me disait toujours que la Pologne avait déchiré au mondial de football, cette année-là. L'âge d'or, putain !

— Eddy racontait qu'après le match d'Ali et de Foreman, il avait plu à Kinshasa, commença-t-elle.

— Les Polonais ont joué contre les Allemands après le passage d'un véritable déluge, l'interrompit-il. “Le match sur l'eau”, ils l'ont appelé comme ça, le stade de Francfort était littéralement inondé. Et Tomaszewski a contré ce fameux penalty !

— Mon père disait que les deux meilleurs boxeurs noirs au monde étaient revenus au Congo.

— Lato a été élu meilleur buteur du mondial !

— En vieillissant, Ali a eu la maladie de Parkinson, et Foreman une révélation religieuse… »

Elle voulait raconter à Mariusz qu'en 89 on avait invité les trois anciens boxeurs en Angleterre pour le programme télévisé *Champions pour toujours*. Mohamed Ali était entré dans le studio avec les manches de sa chemise déboutonnées, tellement malade qu'il n'arrivait plus à les boutonner ni à nouer sa cravate. Les caméras le guettaient, prêtes à se jeter sur ce scoop. C'est alors que Foreman s'était placé devant lui pour le cacher des caméras. Joe Frazier s'était élancé vers eux en criant : "Où sont tous ceux qui criaient 'Ali champion !', qu'ils viennent l'aider ; toi, laisse-le !" Mais Foreman lui attacha ses boutons de manchette et lui noua sa cravate. "Joe, dit-il à Frazier, nous sommes là pour veiller sur notre frère. Aujourd'hui, je m'occupe de celui que, il fut un temps, j'essayais de détruire." »

Alia était sur le point de parler à Mariusz de l'amitié entre les boxeurs et de la suite atypique du combat du siècle quand Mariusz donna un coup sur le volant.

« J't'aime bien, putain ! Mes potes me demandent si ça me fait rien de travailler avec une négresse, si ça ne sent pas la transpiration dans la voiture. Mais moi, je leur dis qu'ils aillent se faire voir. Parce que moi, putain, je suis pas raciste. »

En janvier 2011, les rues de Bruxelles furent envahies par la foule. Le pays n'avait pas de gouvernement depuis plus de six mois. « Quelle honte, au cœur de l'Europe ! » : telle est la phrase qu'on entendit le plus souvent, cet hiver-là. En signe de protestation, les hommes cessèrent de se raser la barbe, et les femmes, les jambes. Les appels à la grève du sexe se multipliaient – on incitait les partenaires de politiciens à priver de sexe ces derniers afin que, ainsi mis sous pression, ils tombent enfin d'accord pour former un gouvernement. Les maquereaux se frottaient les mains. La prospérité était pour bientôt, la clientèle riche allait venir frapper à la porte des agences d'escort-girls.

Alia marchait vers le centre-ville où affluait une foule de trente mille personnes. Des étudiants, des adultes, des personnes âgées, des parents et leurs enfants manifestaient dans une rue fermée à la circulation. Au-dessus de leurs têtes s'élevaient des banderoles : « Aujourd'hui, maintenant ! » « 1 Wallon + 1 Flamand = 2 Belges habitant la Belgique » « Politiciens, arrêtez ce cirque ! »

Elle remonta le col de sa veste. Il ne neigeait toujours pas et les nuages suspendus au-dessus de la chaussée à quatre voies annonçaient tout au plus de la bruine. À la terrasse d'un immeuble, des partisans du parti de Bart De Wever, profitant de l'occasion, distribuaient des tracts. Sifflés par plusieurs dizaines de jeunes gens, ils commencèrent à se quereller avec eux. Quelques hommes plus âgés prirent le parti des jeunes, l'un d'eux courut vers le sympathisant de Bart De Wever et lui fit tomber les tracts des mains.

« Un vrai bordel, monsieur ! » Près d'Alia, un vieil homme était interviewé par un blogueur enregistrant ses propos sur son téléphone portable. « On n'a plus de gouvernement depuis tant de mois, mais les jeunes doivent pourtant étudier, ils doivent travailler, avoir un avenir ! C'est une honte, le comble du cynisme, et au cœur de l'Europe, en plus ! »

« *Shame ! Shame ! Shame on you !* » criaient des parents avec des poussettes et de vieilles dames avec de grands sacs à main.

« Le problème, c'est le système », lisait-on sur une banderole artisanale qui tranchait avec la mer de drapeaux belges qui l'entourait.

« Le peuple belge existe », affirmait avec conviction une jeune reporter regardant fixement une caméra. « Un peuple mélangé, constitué de Flamands, de Wallons… » Son regard tomba sur Alia.

« … et d'autres, termina-t-elle.

— Qu'est-ce qu'on fait ici, mamie ? s'éleva une voix d'enfant.

— On est ici parce que, depuis six mois, on n'a plus de gouvernement. » La vieille femme en doudoune, à la capuche cernée de fourrure beige, se pencha vers sa petite-fille.

« Alia ? »

Fatou se tenait devant elle.

« Tu es en service ? » demanda-t-elle à voix basse.

Alia tourna la tête, dissimulant un sourire dans son écharpe. Sachant qu'elle était policière, certains baissaient le ton quand ils lui parlaient, comme si elle était un espion en mission. Mais elle était de repos, ce jour-là.

« J'ai pensé à toi. » Fatou lui prit le bras. « J'ai demandé à Issa de nous mettre en contact, mais elle m'a répondu que tu étais occupée. Tant d'années ont passé, mais je me souviens encore de ton histoire d'arbres. On organise une soirée poétique : viens ! Il y aura beaucoup de jeunes des diasporas. Tu raconteras une de tes histoires.

— Mais je ne les raconte qu'à la maison… »

Une fille déguisée en clown les dépassa, remettant en place sa perruque aux couleurs du drapeau belge.

« Les diasporas, c'est ta maison. » Fatou sortit de son sac un bout de papier sur lequel elle griffonna une adresse. « On t'attend. »

En voyant la patrouille qui venait d'en face, Alia détourna le regard par réflexe. Elle ne voulait pas provoquer les policiers. Elle jeta un coup d'œil à son reflet dans une vitrine – une grande femme en pantalon ample et tunique blanche, un turban rouge et doré sur la tête, un tambour dans les mains. C'était de gens comme ça que l'on contrôlait les papiers, elle-même le faisait parfois. Dans les guitares et les tambours, on pouvait trouver des choses intéressantes.

Le club dans lequel l'avait invitée Fatou s'avérait plus grand que ce à quoi elle s'attendait. Il n'y avait pas de scène, mais des tables, des chaises et des banquettes serrées les unes contre les autres. Des guirlandes lumineuses distillaient la lumière. Elles étaient suspendues aux poutres en bois et rappelaient des décorations de Noël. Le public remplissait la salle et de nouveaux spectateurs continuaient d'entrer. Ils prenaient place où ils le pouvaient : sur les appuis de fenêtre, sur des sacs posés par terre entre les tables. Alia discerna des gens de toutes les couleurs de peau, de toutes confessions et orientations sexuelles. La seule chose qui ne les différenciait pas était leur âge : la plupart ne dépassaient pas la trentaine.

Elle s'assit sur le côté avec les autres artistes. Certains de leurs textes lui semblèrent amusants, d'autres trop expressifs, mais tous étaient engagés – l'élément de base était la discrimination.

« Les Blancs n'ont pas de culture qui leur soit propre, puisqu'ils doivent tant emprunter à la nôtre, les Noirs ! » cria une poétesse qui était montée sur scène, un verre de vin rouge à la main.

Le public lui fit un tonnerre d'applaudissements. Alia regarda autour d'elle, repoussant une impression de déjà-vu. La poétesse lui parut extrêmement prétentieuse. Ou peut-être que c'était elle qui était devenue cynique ? Dans la police, ils riaient de tout, il n'y avait pas de tabou. Ceux-là se prenaient terriblement au sérieux. Ce n'est qu'à ce moment-là qu'elle eut le trac. Comment allaient-ils réagir à ses petites histoires ? Elle ne comprenait pas pourquoi Fatou l'avait fait venir.

La poétesse revint s'asseoir sous les ovations du public. Alia avança jusqu'au centre de la pièce, plaça son djembé entre ses jambes, puis en joua, en imitant le bruit du vent. Le silence envahit la salle.

« Écoutez attentivement cette histoire, commença-t-elle. Je vous la raconte, moi, Alia de… partout. *Dans le pays d'Ihimbi vivait le roi Chemwindo. Il avait sept temples et sept femmes, et combien de routes menaient à sa maison… ? Sept ! Il était riche, pas comme moi…* »

Ils rirent poliment. Elle renforça les coups de tambour, comme si elle leur demandait de faire le calme.

*«Comme tous les riches, il ne voulait pas partager sa fortune. Il annonça à ses femmes qu'elles ne pouvaient lui donner que des filles – et qu'il tuerait chacun de ses fils. Un jour, ce malin engendra sept enfants. Six filles naquirent à terme, mais un fils vit le jour très, très tard. Jamais aucune grossesse n'avait été aussi prolongée.*

*«Dès le début, le garçon était étrange. Il portait dans la main droite un plumeau et dans la gauche une hache. Le roi, sans trop réfléchir, lui jeta une lance. Une fois, deux fois, trois fois… Il la lança sept fois – sans succès. Il ordonna qu'on enterre l'enfant – sans succès. Qu'on le noie – en vain, il remonta à la surface !*

*«C'est alors que pluie et grêle tombèrent pendant sept jours. Il plut tellement que toutes les réserves de nourriture furent détruites et que la famine s'empara du royaume. Profitant de la confusion, la femme du roi cacha son fils dans la maison de sa sœur. À partir de ce moment-là, il fut élevé chez sa tante, au bord d'une rivière. Sa mère, avant de retourner aux côtés du roi, eut le temps de donner un nom à son fils : Mwindo.*

*«Entre-temps, le roi vindicatif envoya vers son fils le seigneur de la foudre. Celui-ci frappa à sept reprises la maison de la tante où se cachait Mwindo, mais il ne parvint à rien. Le seigneur de la foudre nourrit un tel respect pour le garçon que, dès lors, il l'aida. Quand le garçon grandit, il alla avec lui dans le village de son père et, de sept coups de foudre, il le réduisit en poussière. Le roi se cacha sous terre.*

— De honte ! lança un spectateur dans la salle.

— *Mwindo fit sortir son père de sous la terre, l'affronta dans une lutte et le vainquit. On coupa le corps du roi en sept morceaux, un pour chacune de ses femmes, et je pris un de ses testicules – j'ai eu assez à manger pendant une semaine.*

— Et Mwindo ? cria quelqu'un.

— Silence, couleuvres qui ondulez dans l'exiguïté ! éclata Alia, renforçant les coups sur le tambour. Si vous voulez plus d'histoires, vous allez devoir les inventer vous-mêmes ! Toi ! » Elle désigna la fille la plus proche. « Comment tu t'appelles ?

— Annika.

— Et toi ? » Elle en montra une autre.

« Bettina. »

Alia assourdit le bruit du tambour. Elle se leva, jeta un regard sur le public. Ils l'observaient avec un mélange d'amusement et de curiosité. Quand elle reprit la parole, sa voix était complètement différente. Elle parlait comme si tout son pouvoir l'avait quittée.

« *Mwindo devint roi. Mais le pays que lui avait laissé son père ne se releva pas après le passage du seigneur de la foudre. Les cultures étaient détruites, et la peur avait détraqué le cerveau des gens, qui commencèrent à s'entre-tuer. Mwindo essaya de les réconcilier, mais ils se divisaient de plus en plus, comme des cellules malignes. Tout le monde sautait à la gorge de tout le monde.*

« *Jusqu'à ce qu'il soit lui-même saisi par la colère. Une colère monstre, de celles qui font monter une flambée de chaleur le long du cou et que rien ne peut arrêter ! Vous connaissez cette colère ? Grrr !… Moi, je ne la connais que trop bien ! Quand elle arrive, elle me change en… Mais je vous le raconterai une autre fois.*

« *Mwindo appela une nouvelle fois le seigneur de la foudre, qui lança un éclair sur le village. Tout à coup, le silence envahit le royaume. Mwindo eut tellement peur qu'il s'enfuit. Et vous savez où il alla ?*

— En Belgique ! » cria quelqu'un dans la salle.

Elle hocha la tête, le foulard rouge et doré sur sa tête brilla telle une couronne. Ils se mirent à applaudir, mais elle les fit taire d'un geste. Elle sortit un calepin de sa poche et le brandit.

« Je l'ai suivi pas à pas pour pouvoir vous raconter tout cela maintenant ! Écoutez attentivement, car l'histoire n'est pas finie. »

Elle ouvrit le calepin à la première page puis détourna la tête, referma le carnet et désigna la fille la plus proche d'elle.

« Annika ! *Annika – coup de foudre ! Mwindo lui téléphone, lui envoie des SMS, des e-mails. Il lui dédie des poèmes – de son cru, spécialement pour elle ! Des chansons – des autres, surtout de Saul Williams. Il l'enlace de ses dreads, de ses mots, de sa présence. Annika, séduite par le jeune roi africain, ne peut lui résister.*

« Bettina ! » Alia désigna une seconde fille. « *Bettina est abasourdie par la force du coup de foudre amoureux. Les "Je t'aime" que lui adresse si souvent Mwindo l'étourdissent. À présent, Bettina et Mwindo vont partout ensemble, blottis l'un contre l'autre. Ils ne cessent de s'embrasser. Bettina est amoureuse et… oh, comme elle est aimée ! Bettina a bien choisi. Bettina la romantique a trouvé son roi.*

« Cécilia ! » Alia montra une nouvelle fille du doigt. « *Cécilia voit qu'avec elle, Mwindo est tantôt une crème, tantôt froid comme une pierre. Elle fait tout ce qu'elle peut, mais lui devient de plus en plus mécontent. Cécilia en a assez. C'est alors qu'il s'ouvre à elle :*

*c'est son passé difficile, c'est lui qui est responsable de tout cela. Cécilia se dit : "Mwindo est si sensible, intelligent et beau. Il a ses humeurs ? Comme tous les artistes. Il y a quelque chose d'indéniablement royal en lui."Elle veut des enfants de lui. Elle lui en parle. Et Mwindo la quitte.*

« Daphné ! *Daphné, il s'avère que Mwindo ne la quitte pas, il lui dit qu'il l'aime, mais qu'il ne peut pas être avec elle. "Tu ne m'inspires plus", dit-il. Il continue cependant à donner des espoirs à Daphné, il les ravive sans cesse. À la fin, elle s'aperçoit qu'elle est devenue l'une de ses ex-compagnes. Il ne la laisse pourtant pas partir. Pour Daphné, amoureuse à la folie, c'est mieux que rien, elle rejoint donc le cortège de zombies – ses ex-femmes. Mwindo tourne autour de sa propre personne, répétant "Je suis un roi", et elles tournent autour de lui avec leurs sourires figés, exsangues, dans l'espoir éternel de voir leur amour refleurir.*

« Lætitia ! *Lœtitia fuit pour l'oublier. Mwindo court après elle, la suit pas à pas, vole même, parfois. Quand a-t-il appris à voler ? Lætitia ne s'en souvient pas, elle se souvient en revanche de sa respiration, lourde d'amour quand il venait en elle sans préservatif, car elle voulait avoir des enfants avec lui. Lætitia fuit car il est tout près. Il prend de l'avance, Mwindo lui coupe la route, la regarde dans les yeux. "Tu as l'air heureuse."Il plisse son beau front. "Je suis déçu."*

« Malika ! *Malika mise sur la patience. Elle le console quand il en a besoin, le prend dans ses bras quand il est en colère. Et il l'est particulièrement lorsque ses ex-femmes se débrouillent très bien sans lui. Il se sent alors comme si c'étaient elles qui l'avaient quitté. Le quitter lui, le roi ?! Malika approche alors ses lèvres des siennes et…*

« Sarah ! *Sarah – coup de foudre ! Mwindo téléphone, envoie des SMS, écrit des poèmes – de son cru, spécialement pour elle ! Des chansons – des autres, surtout de Saul Williams. Il se met en quatre pour elle, et Sarah, conquise, assiégée, ne peut lui résister. Bien évidemment.*

« On en est à combien ?

— Sept ! cria quelqu'un dans le public.

— *Et ce n'est encore rien, car à ce cortège viennent s'ajouter Bindy, Blanchefleur, Blejan, Bellatrix, Bozena, Chou, Camelia, Cvetka, Coriander, Daisy, Dalibora, Delphine, Dina, Euthalia, Enyo, Fleur, Florence, Gudrun, Gabriela, Gunvor… Sept fois sept, fois sept, fois sept… ! Sept ?! C'est peu ! On est beaucoup plus nombreuses, putain !* »

Après sa prestation, Alia s'assit dans un coin avec son tambour, mais des gens ne cessaient de venir lui parler pour la féliciter, lui apporter quelque chose à manger. Des filles de toutes les couleurs de peau, de toutes confessions, hétéro ou homosexuelles, se confiaient à elle, et elle les écoutait comme elle avait écouté les prostituées lors de ces sept dernières années.

« Moi aussi je vis en ce moment un amour à vif…

— Je n'arrive pas à me bloquer sur elle…

— Sans anesthésie…

— Une route sanglante, ça brûle comme si j'avais avalé de l'acide brûlant…

— Le sexe anesthésie…

— Un cocon…

— Et ensuite froid à nouveau… »

À la fin, Fatou s'inséra dans la file d'adoratrices. Elle prit les mains d'Alia et les secoua.

« Bienvenue à la maison, Alia ! Prépare-toi pour ta prochaine prestation. Ne nous déçois pas. »

Ils parlaient tous en même temps, à la fin Erik frappa la table du plat de la main.

« L'un après l'autre ! » Il toucha prudemment ses moustaches grises, comme pour vérifier si elles n'étaient pas tombées. « Qui a quoi ? Alia, tu commences.

— J'ai eu par Gros Bonnet le numéro de plaque de la voiture avec laquelle les mafiosi sont censés déposer les Bulgares dans les rues. J'ai vérifié, c'est une fausse plaque. Ils sont malins, ils se cachent bien. Ils doivent avoir des gens qui les préviennent quand on arrive. »

L'Entraîneur la regarda avec un sourire en coin. Il avait les yeux injectés de sang, il était clair qu'il avait bu la veille. Comme Mariusz, il empestait l'alcool.

« Quand on se balade en ville avec un tambour au lieu de bosser, alors putain… !

— De quel tambour il parle, là ? » Erik lança un regard à Alia.

L'Entraîneur tendit un doigt accusateur dans la direction d'Alia, sous la manche de sa chemise apparurent de profondes griffures rouges, sûrement un dommage collatéral du dressage de chiens.

« Je t'ai vue. Tu glandes. »

Alia lança un regard interrogateur à Mariusz, comme si elle s'attendait à ce qu'il contredise l'Entraîneur, mais celui-ci le fixait avec un respect presque religieux.

« Qu'est-ce qui vous arrive, aujourd'hui ? » Erik regardait tantôt Alia, tantôt l'Entraîneur.

« Moi, j'ai quelque chose. » Laura leva la main. « J'ai parlé à Joy, une fille qui travaille Chez Betty, le café-bordel. Joy a des cystites à répétition, elle travaille moins à cause de ça…

— Putain, je suis vraiment obligé d'écouter les problèmes de tuyauterie de gonzesses avant mon petit déjeuner ?! » geignit l'Entraîneur.

Mariusz éclata d'un rire qui laissait transparaître de la servilité.

« Elle a dit qu'elle était dans la dèche, mais que Betty lui permettait de se faire de l'argent à côté, continua Laura. Elle l'envoie dans un studio enregistrer ses gémissements pour doubler des films pornos amateurs.

— Amateurs ? » Darren leva les yeux des papiers étalés devant lui.

« Tournés en cachette. Les femmes ne savent pas que les mecs gentils avec qui elles couchent ne sont que des escrocs qui filment tout en cachette. Ce sont des hommes prostitués, sauf que les femmes ne le savent pas.

— C'est quel studio ? » Paolo se joignit à la conversation.

— Près du métro Botanique.

— Près de Botanique ? Il n'y a rien, là-bas. On y est allés plusieurs fois et on n'y a trouvé que de l'herbe.

— Parce que vous n'êtes pas montés, rétorqua Laura avec insistance.

— Montés où ? »

Laura se leva et rejoignit Erik. Elle prit un feutre et dessina un plan, tout en rapportant ce que Joy lui avait raconté et que Pascale avait confirmé ces derniers jours en observant le lieu suspecté.

On accédait au studio d'enregistrement par un portail. La pièce, moderne et insonorisée, se trouvait au rez-de-chaussée. À côté du portail se dressait une entrée séparée pour les locataires de l'immeuble, un bâtiment classique à trois étages, datant du début du XXe siècle, qui comportait deux appartements par étage, et un grenier encombré d'un tas de vieilleries – sans oublier une pièce qui appartenait à l'ingénieur du son, le propriétaire du studio d'enregistrement au rez-de-chaussée.

« Et qu'est-ce qu'il garde, là-dedans ? » L'Entraîneur regardait Laura d'un air sceptique. « Sa folle de femme ?

— Une cabine insonorisée et du matériel pour monter des films. Il a toute une liste de clients. Il y a des gens, comme ça, qu'excite le fait que ces femmes ignorent qu'elles ont été filmées. Elles croient rencontrer leurs amants et ne se doutent pas que ceux-ci enregistrent tout via des caméras cachées, avant de vendre les films à ce chien. Joy y rajoute ses propres gémissements parce que le son est nul. »

Erik fit quelques pas et vint s'appuyer contre le chambranle de la fenêtre.

« Pourquoi cette prostituée t'a raconté tout ça ? demanda-t-il à Laura sans se retourner.

— Parce qu'elle *est* une prostituée, tandis que ces femmes ne le sont pas. Elles ne font que voir leurs amants, elles leur font confiance. Elles ont parfois un mari, des enfants.

— Alors, pourquoi elles s'envoient en l'air ? » L'Entraîneur fouilla dans sa poche pour en sortir une gomme à la nicotine qu'il goba.

« Aucune d'entre elles n'a donné son accord pour être filmée, intervint Alia d'un ton sec. La violation de la vie privée est punissable.

— Elles n'avaient qu'à pas baiser à tout-va. » L'Entraîneur broyait sa gomme en serrant fortement les mâchoires. « Mais pourquoi elle t'en a parlé à toi ? Je ne crois pas à la bonté d'une pute, ça sent le coup monté !

— Elle est en colère contre Betty qui a arrêté de la payer pour les enregistrements, expliqua Laura. Betty avait un accord avec le propriétaire du studio, ils se partageaient les bénéfices de la vente des pornos. Mais ils se sont disputés et maintenant plus personne ne paie Joy. »

Erik était toujours appuyé contre la fenêtre, à observer la vue dehors. Laura regarda son dos puis lança un regard significatif à Pascale.

« Il y a aussi des drogues dures, ajouta Pascale d'une voix enrouée.

— Je t'ai dit qu'on avait vérifié. » Paolo haussa les épaules.

« Dans le studio, mais pas là-haut ! »

Erik se retourna vers eux.

« Organise une réunion des chefs de service », lança-t-il à l'Entraîneur.

Alia ouvrait le robinet du lavabo quand Laura entra dans les toilettes. Celle-ci s'arrêta pour se regarder dans le miroir. Ses cheveux, rasés sur la nuque et les côtés, formaient sur le devant une mèche touffue et bouclée qu'elle domptait avec une pince. Elle ne se maquillait pas, mais de nouveaux tatouages venaient régulièrement recouvrir ses bras.

« Ça doit rapporter gros, ces films, dit-elle.

— Tu crois ? » Alia appuya sur le distributeur de savon. « Tu en trouves gratuitement sur Internet, de cette merde.

— Mais ces femmes sont d'ici. De la télévision, du beau monde, certaines occupent des postes à responsabilité. Les acheteurs ne sont pas des pervers classiques, mais des types que ça excite de voir dans la plus grande intimité ces personnes qu'ils connaissent bien : les femmes de leurs collègues, de leurs chefs, des femmes qu'ils ne peuvent avoir. »

Alia ferma le robinet et se secoua les mains, quelques gouttes atterrirent sur le miroir.

« Ça doit être rentable, continua Laura, puisqu'ils me font chanter. »

Alia se retourna vers le miroir. Elle n'avait pas remarqué que Laura avait maigri dernièrement, que son visage s'affaissait, que des ombres étaient apparues sous ses yeux.

« Qui te fait chanter ? À propos de quoi ?

— Ils me menacent de divulguer un film où… où on me voit.

— Pourquoi tu ne l'as pas dit ?! On vient de… » Alia désigna la porte des toilettes.

Laura sursauta, comme si quelque chose l'avait piquée.

« Devant eux ?! Des histoires de gonzesses, de la merde de gonzesses ! » Son visage se déforma en une grimace. « Je m'en sortirai toute seule.

— Tu soupçonnes quelqu'un ? » Alia prit brutalement un essuie-main au distributeur accroché au mur et s'essuya machinalement. « Je veux dire, tu vois qui aurait pu…

— Qu'est-ce que j'en sais ? Tu sais comment c'est, du sexe sans engagement. Est-ce qu'on a du temps pour autre chose, franchement ? »

Alia hocha la tête. Seule Nawal avait réussi à organiser sa vie privée. Pascale en était à son deuxième divorce, la femme de l'Entraîneur s'était enfuie, Mariusz noyait encore sa séparation dans l'alcool. Darren et Paolo n'envisageaient pas de s'engager, Laura et elle n'avaient personne de stable. Leur métier ne favorisait pas la stabilité affective.

« Il y en a eu tellement. » Laura toucha sa pince à cheveux, comme pour vérifier si elle était encore en place.

« Mais sûrement avec personne qui…, rétorqua Alia.

— On ne peut faire confiance à personne. »

Alia fut réveillée par un bourdonnement. Elle pensa tout d'abord à un moustique, mais quand elle ouvrit les yeux, elle aperçut des guêpes. Depuis deux ans, elle avait des locataires clandestines : des guêpes avaient fait un nid sous le toit, à l'extérieur. Mais, bien qu'elle eût souvent laissé la fenêtre ouverte, elles n'étaient jamais entrées dans l'appartement jusque-là, même les jours où des odeurs de nourriture leur parvenaient de l'intérieur. Elles n'avaient jamais franchi la frontière invisible entre les deux habitations.

À présent, elles tournoyaient frénétiquement sous la lampe de la cuisine. Alia jeta un coup d'œil à la fenêtre – elle était fermée. Malgré cela, de nouvelles guêpes parvenaient à entrer, il y en avait déjà sept. Alia se leva du lit et se dirigea vers la table, mais les insectes s'approchèrent d'un vol rageur. Avant de reculer, elle repéra qu'elles passaient par une fissure dans le plafond, tout près du boîtier dissimulant le câble du lustre.

« De quoi ont-elles l'air ? lui demanda au téléphone un spécialiste de la désinsectisation. Vous êtes sûre que ce ne sont pas des abeilles ? Les abeilles sont utiles, on n'a pas le droit de les tuer. »

Quand il arriva, ils ouvrirent la fenêtre en grand. Il grimpa sur le rebord et demanda à Alia d'aller s'enfermer dans une autre pièce. Par la vitre de la salle de bains, elle le regarda insérer un tube dans le nid et y insuffler une substance toxique. Les guêpes se jetèrent sur lui, mais elles ne transpercèrent pas sa combinaison de protection. Elles l'attaquèrent tout d'abord avec férocité, puis de façon de plus en plus apathique, avec ce qui leur restait de forces.

« Interdiction d'ouvrir les fenêtres pendant deux heures », lui dit l'homme en partant.

Elle resta seule dans l'appartement. Elle entendait les guêpes s'éteindre l'une après l'autre derrière la fenêtre. Celles qui tombaient du nid cessaient progressivement de bouger. « Elles ont franchi la frontière, elles sont entrées sur mon territoire », se répétait-elle en pensée.

Elle avait déjà vu de nombreux cadavres, mais la tristesse qui l'envahit pour ses voisines à rayures était indescriptible.

Alia était penchée sur les tiroirs de son bureau quand Laura entra. Le meeting venait de se terminer et chacun allait reprendre le cours de ses occupations.

Elle cherchait des sucreries car elle n'avait pas eu le temps de prendre un petit déjeuner.

« Il faut que je te parle, dit Laura derrière elle.

— Oui ? » marmonna-t-elle, le nez dans un tiroir.

Elle était sûre d'avoir encore quelque part des *krówki*, elle n'avait quand même pas tout mangé, c'était impossible.

« Il y a un problème, commença Laura en s'asseyant sur un tabouret près du bureau d'Alia.

— Ils te menacent à nouveau ? » Alia la regarda par-dessus son épaule.

Elle était accroupie devant son bureau, ses pensées tournaient autour des sucreries. Une autre partie de son cerveau ressassait la phrase que Laura avait lâchée lors de leur précédente conversation : « Il y en a eu tellement. » Quelque chose commença à se coller à ces mots, si bien qu'Alia, au lieu de chercher des bonbons, se mit à chercher de quoi écrire. D'habitude, elle ne notait pas ce qu'elle allait dire pendant sa prestation au club, mais là, elle eut peur d'oublier. Les mots pouvaient s'évanouir si rapidement.

« Non, ce n'est pas ça. » Laura eut un geste de la main.

« C'est quoi, alors ? » Alia chercha un stylo à tâtons dans le tiroir et tomba par hasard sur un paquet de biscuits éventés.

« Il se passe quelque chose… de très mal, ici.

— Où ça ? demanda naïvement Alia.

— Ici, chez nous. »

Alia leva les yeux, mais Mariusz apparut derrière Laura.

« On y va ou pas ? » lança-t-il brusquement. Ses yeux étaient gonflés comme s'il n'avait pas dormi de la nuit.

Alia attacha la ceinture qui supportait son arme, sa lampe torche et ses menottes, saisit son insigne et son brassard.

« Qu'est-ce qui se passe de mal ? demanda-t-elle à Laura.

— Rien. » Laura se leva du tabouret et passa devant Mariusz.

« Comment ça, rien ? insista Alia.

— Rien d'important, je te raconterai plus tard. » Laura passa sa mèche derrière l'oreille d'un geste nerveux. « Des histoires de gonzesses… »

Mariusz la regarda. Ce n'était pas le regard observateur d'un homme sur une femme, mais celui, suspicieux, qu'il réservait d'habitude aux prévenus.

« On y va, oui ? dit-il en se tournant vers Alia.

— Une seconde. » Alia ouvrit son carnet de notes.

« Il y en a eu tellement… » Leurs odeurs se sont évaporées, je ne m'en souviens plus. Mais avec les mots, je les rattrape, délicatement, par la nuque. Je les mets entre mes pattes, je lèche les souvenirs. Jusqu'à ne plus sentir leur goût. »

Elle se demanda de quel rythme elle pourrait bien accompagner ces mots. Puis se dit qu'elle ne les couvrirait pas d'autres sons.

« Tu viens, oui ou non ?! » Mariusz était devenu tout rouge.

Alia lui jeta un coup d'œil distrait. Dans la police, elle réparait la réalité ; sur scène, elle la créait. Ces deux mondes ne coïncidaient pas. Ces deux mondes se complétaient pour créer sa voix.

Trois voitures banalisées approchèrent du métro Botanique. L'une d'elles s'arrêta sur le parking de la banque, la deuxième derrière l'église. La troisième circulait dans la rue située à droite des voies de tramway, en direction du nord.

Mariusz mit son clignotant, et ils tournèrent à droite juste après l'arrêt de tram.

« Deux individus avec instrument à trois cents mètres de la cible, lança le talkie-walkie.

— On leur donne cinq minutes pour s'installer et puis on y va. » La voix de l'Entraîneur était accompagnée de bruits de succion. Il devait encore mâcher une gomme à la nicotine. Mariusz disait que l'Entraîneur essayait à la fois d'arrêter de fumer et de boire, et que c'était pour ça qu'il était toujours de mauvaise humeur.

Ils dépassèrent sans se presser le portail qui menait au studio d'enregistrement. Devant eux, un homme mince et pâle avançait dans leur direction, portant un cor dans un étui noir. Un garçon avec une veste de cuir surgit du virage, chargé de percussions. Dans son rétroviseur, Alia les regarda franchir l'un après l'autre le portail du studio. Mariusz avait de nouveau rejoint la rue du tramway.

« Tu peux me dire pourquoi ils mettent des putain de feux, ici ? » grommela-t-il en regardant sa montre.

Par réflexe, Alia sonda du regard les arcades à l'entrée de la maison de la culture. Heureusement qu'ils n'avaient pas prévu de faire leur descente pendant un concert. L'endroit était désert, à présent. Ce n'est que lorsque la voiture redémarra aux feux qu'Alia remarqua un homme muni d'un étui à guitare qui descendait du tramway. Elle était sur le point de le signaler à

Mariusz quand quelque chose dans cette silhouette lui sembla familier. Mariusz prit un virage tandis qu'elle jetait encore un coup d'œil à cet homme. C'était Joe.

« Voitures 1 et 2 ? » La voix de l'Entraîneur se fit de nouveau entendre dans le talkie-walkie.

« Prêts.

— Numéro 3 ?

— On se gare.

— Voiture 1, vous entrez dans le studio. La 2, dans l'immeuble. Vous prenez l'appartement et le haut. La 3, vous restez dans la voiture en face de l'entrée, prêts à intervenir. »

Mariusz ralentit mais, avant qu'il ait pu se garer, le véhicule devant lui se mit à reculer maladroitement en indiquant avec son clignotant qu'il allait partir. Des policiers en civil descendirent des voitures banalisées et prirent la direction du portail.

« Putain, l'action commence et nous, on bloque la rue ! » s'énerva Mariusz.

Le véhicule devant le leur toussa puis son moteur cala.

« Bordel de merde ! » s'écria Mariusz.

Alia regardait nerveusement dans le rétroviseur, la sueur la chatouillait sous son foulard.

« Toute l'équipe est en action et nous, on stagne comme des vaches ! Qu'est-ce que tu as à regarder dans ce rétro ? »

Il s'élança hors de la voiture et s'approcha du conducteur qui abaissa sa vitre – il devait avoir quatre-vingts ans passés, ses lunettes lui glissaient sur le nez tandis qu'il essayait de redémarrer. Alia sortit son téléphone et, tout en le tenant baissé sous la boîte à gants, écrivit en vitesse un message : « Maman nous a dit de rentrer pour sept heures. » Le code de leur enfance, c'était tout ce qui lui était venu à l'esprit. Le moteur du vieillard vrombit, et Mariusz remonta dans la voiture en râlant.

« Il fait partie de ceux qui ont eu leur permis au moment où on a inventé le pneu ! Quelqu'un a appelé ? » demanda-t-il en voyant l'écran allumé du téléphone d'Alia.

« Je pensais, mais non. » Elle rangea son portable dans sa veste.

Elle regarda à nouveau dans le rétroviseur : Joe venait justement d'apparaître à l'angle de la rue. Il sortit son téléphone de sa poche, avança de quelques pas, puis fit demi-tour, comme s'il avait changé d'avis.

« Ça y est, les nôtres sont à l'intérieur. » Mariusz mit la marche arrière et tourna le volant pour faire un créneau. « Tu es nerveuse ? C'est une simple descente, et les "musiciens" ne sont pas armés. »

Joe avait disparu au coin de la rue. Alia contint avec difficulté un soupir de soulagement. Mariusz avança à quelques centimètres de la voiture garée devant eux.

« Pourquoi tu es si raide ? » Il lui jeta un regard aigu.

Elle regretta qu'ils se connaissent si bien.

« C'est toi, tu conduis comme une pédale ! l'attaqua-t-elle. Ça donne envie de gerber.

— Regarde la plaque. » Il désigna la voiture devant la leur. « HER JA 777. Sept, c'est le nombre d'années depuis qu'on travaille aux Mœurs. »

Quand ils en reçurent l'ordre, ils grimpèrent en haut de l'immeuble et contemplèrent la microscopique pièce équipée d'appareils dernier cri qui se cachait derrière une porte usée. De l'extérieur, la partie illégale du studio avait l'aspect d'un débarras.

Les policiers escortaient justement le propriétaire de l'appartement, un ingénieur du son belge, et deux musiciens. Deux policiers informaticiens prirent leur place. Ils ouvrirent les fichiers qu'ils trouvèrent dans les ordinateurs : des enregistrements de jeunes filles mineures qui se déshabillaient sur Skype à la demande d'hommes qu'elles avaient rencontrés sur le Net, des photos de garçons nus qui pensaient s'adresser à des gens de leur âge également rencontrés sur Internet, des enregistrements vidéo d'actes sexuels de femmes trentenaires et quadragénaires.

« Pourquoi il y a davantage de films avec des quadras ? » Alia regardait l'écran par-dessus l'épaule de l'informaticien.

« Parce qu'elles baisent mieux », répondit machinalement ce dernier, occupé qu'il était à copier les fichiers.

Elle regarda la fenêtre et vit son reflet. Une veste vert foncé, un jean et un foulard coloré autour de ses courtes dreads. On ne voyait pas à quel point elle était énervée. Pendant toutes ces années, elle avait appris à masquer ses sentiments, la colère ne la dominait plus depuis bien longtemps. Pourtant, ce jour-là, elle eut peur que Mariusz ait remarqué que plus tôt dans la voiture ses nerfs avaient lâché. Mais il s'agissait de Joe, en l'occurrence, de son propre frère.

Après la descente, ils se réunirent dans la salle de meeting. Erik souligna les vertus de l'« intuition féminine » et remercia Laura et Pascale d'avoir déniché cette piste. Mis à part les films et les enregistrements, on avait retrouvé des drogues dures dans le studio.

Le service des stupéfiants avait pu découvrir de nouveaux réseaux grâce aux dépositions des personnes arrêtées.

« À partir d'aujourd'hui, plus personne n'osera dire que les Mœurs, c'est que pour les gonzesses et les vieux pisseux ! commenta amèrement l'Entraîneur.

— Qui est-ce qui prétend ce genre de choses, chef ? s'enquit Mariusz.

— Ils font tous semblant d'être de gros durs, grommela Pascale. Même ceux en uniforme ne veulent plus intervenir dans les soirées, ils préfèrent les courses de voitures volées.

— Au moins, il s'y passe quelque chose », rétorqua Paolo en frottant son beau visage de ses mains. Il avait l'air fatigué. « Quand je faisais mes tournées, on savait que ceux qu'on recherchait écoutaient notre radio. On les a piégés plus d'une fois, et eux nous ont piégés aussi. On jouait au chat et à la souris. Je me souviens d'un pote qui a relâché un gars qu'il avait arrêté après une course-poursuite. Il l'a laissé partir juste pour voir dans quelle direction il allait s'enfuir.

— Mais pourquoi ?

— Curiosité professionnelle. »

La nuit avait fait tomber les barrières, comme après chaque grosse opération. Ils burent des verres dans un bar puis allèrent faire un billard. Mariusz s'assit à côté d'Alia avec une chope de bière, son regard était embrumé.

« Tu étais un peu bizarre aujourd'hui, Alia, balbutia-t-il. Tendue, on aurait dit.

— C'était juste une impression.

— Une impression, c'est ça ! » Elle le comprenait à peine quand il parlait. « Tu étais nerveuse, je te connais bien ! Allez, dis-moi ce qui s'est passé. »

Elle haussa les épaules et glissa de son tabouret haut. Elle allait s'éloigner quand l'Entraîneur apparut devant elle. Il avait le même regard vitreux que Mariusz.

« Tu as déjà eu un amant blanc ? » balbutia-t-il à son tour, en fixant son visage.

Elle le dépassa sans un mot et rejoignit Pascale et Laura.

Quand elle revint des toilettes, elle entendit l'Entraîneur expliquer à Mariusz :

« On va tous les niquer, tu comprends ? Avec leurs propres mains, putain ! Il faut nettoyer le pays de ces ordures ! Buter les étrangers des mains des étrangers, je vous ai pas formés ni ramenés ici pour que ça foire… Débarrasser le pays des étrangers, des mains des étrangers, une troupe de l'intérieur ! Superconfidentielle, pas un mot à Erik, t'as compris, Mariusz ? » Le prénom polonais sonna dans la bouche de l'Entraîneur comme « Mariès ».

« Chhhh… ! » Mariusz posa un doigt sur ses lèvres et s'affala par terre.

Le lendemain, Alia téléphona à Joe à la première heure, mais celui-ci ne répondit pas. Elle ne laissa pas de message, se dit que moins il y aurait de traces, mieux ce serait. Elle alla chez sa mère, mais à la place de Joe, elle tomba sur la cousine Kesa, qui n'avait pas changé depuis toutes ces années. Elle portait une jupe bleu et jaune, un haut aux manches délicatement bouffantes et d'élégantes mules à petit talon qui rappelaient les chaussures ouvertes de sa grand-mère Feza, inadaptées au climat belge.

« Feza se porte comme un charme, déclara la cousine Kesa en grignotant un des mini-saucissons que lui avait tendus Fourmi. Même si elle sale trop ses plats.

— Je vais bientôt rentrer à Kinshasa, je l'aiderai, soupira Fourmi.

— Mais tu ne sais pas cuisiner », lui rappela Kesa.

Elle attaqua un nouveau saucisson en le mastiquant sur le côté, visiblement méfiante à l'égard de ce qu'elle mangeait, même si cela avait l'air sain.

« Mais quels enfants n'ai-je pas élevés ! Et seule, hein ! »

Fourmi se leva de son fidèle canapé. Ce jour-là, elle avait mis une perruque rousse et ses ongles étaient laqués de vernis violet. Contrairement à la cousine Kesa, elle faisait son âge. Elle s'approcha d'une étagère où elle prit la photo de Riva en costume.

« Mon fils est juriste !

— Attends, mais quel âge a-t-il ? demanda Kesa, surprise.

— Vingt-sept ! Et Joe trente-trois.

— Alors Alia a trente-sept ? »

La cousine en sursauta. « Et elle n'a toujours pas d'enfants ?! »

Fourmi avait l'air d'un ballon qu'on aurait dégonflé. Assise sur un tabouret de cuisine, Alia ne disait pas un mot. Comme d'habitude, elles parlaient d'elle comme si elle n'était pas là.

« Joe a fait l'école hôtelière, il lui reste à trouver un travail bien payé. » Un enthousiasme quelque peu artificiel se fit entendre dans la voix de Fourmi, comme si elle essayait de se persuader elle-même de ses propos.

Les doigts de la cousine Kesa plongèrent à l'aveuglette dans le sachet, en ressortirent pour y replonger, mais en vain, il n'en restait plus.

« Trente-sept ans, et toujours pas d'enfants !...

— Ici, c'est différent. » Fourmi haussa le ton. « Ici, les femmes travaillent, hein ! »

Ses ongles violets vinrent gratter son crâne sous la perruque. Ses cheveux avaient presque cessé de pousser, il ne lui restait qu'une sorte de duvet, comme sur la tête d'un bébé.

« Et chez nous, elles ne font rien, peut-être ? » objecta à son tour Kesa d'une voix forte.

Alia sortit du frigidaire un plat de lasagnes qu'elle avait apporté à sa mère. Elle en coupa une portion, qu'elle réchauffa au micro-ondes, et la tendit à la cousine. Celle-ci fit la grimace en en prenant une bouchée, comme si elle s'attendait à trouver des arêtes, mais elle finit par avaler le tout dans un silence rempli de respect. Ce n'est que lorsqu'elle fut sur le point de partir qu'elle avoua ce qui l'avait amenée ici : elles le savaient déjà sûrement, mais Eddy avait fait deux enfants à la sœur de Récup, celle qui aurait dû faire des études. C'était aujourd'hui sa fille qui se préparait à venir étudier en Europe, à la place de sa mère ; et son fils venait de terminer l'école.

« Quel salaud ! » rugit Fourmi.

Alia resta auprès de sa mère jusque tard dans la soirée. Elle espérait qu'elle finirait par s'endormir devant les séries télévisées, mais Fourmi ne se laissa pas emporter par les soap operas, elle était bien trop occupée par sa propre histoire.

« Je rentre à Kinshasa ! s'écria-t-elle enfin.

— Et Riva ? » lança instinctivement Alia, avant de le regretter.

Riva était le plus jeune, même si Joe semblait avoir le plus besoin de la maison. Ses frères étaient tous deux majeurs, à présent, mais Alia ne le voyait pas de cette façon. Contrairement à Fourmi.

« Riva ?! s'offusqua-t-elle. Moi, à son âge, je suis devenue mère ! Et pour la troisième fois, hein ! »

Alia lui caressa le dos. « Et moi, encore plus tôt, pensa-t-elle. À cause de toi. »

Alia apprit de sa mère que Joe ne vivait plus à la maison, mais chez une femme. Heureusement, Fourmi se souvenait de l'endroit où on pourrait le trouver. Elle avait entendu dire qu'il irait à un rassemblement commémorant l'anniversaire de la mort de Patrice Lumumba. La diaspora congolaise avait préparé un programme artistique, quelqu'un devait prononcer le fameux discours du premier Premier ministre du Congo.

Alia chercha des informations dans la presse, mais les médias passaient sous silence l'événement. Des annonces du rassemblement affichées sur les poteaux de Matonge constituaient l'unique source d'information. Dans les commissariats, en revanche, étaient parvenus des ordres bien précis : on avait prévu plus d'unités pour maintenir l'ordre que lors des manifestations ; les patrouilles et les véhicules des services de protection civile équipés de gilets pare-balles et de casques devaient se tenir prêts en cas de besoin. Alia savait qu'il existait une règle tacite autorisant les patrouilles à se comporter à Matonge de façon plus brutale que dans les autres quartiers de la ville.

Elle était en service à ce moment-là, mais il ne se passait rien chez eux ; elle convainquit donc Mariusz de traverser quelques rues pour aller jeter un coup d'œil au rassemblement. Ils s'arrêtèrent dans une artère latérale d'où ils voyaient les gens se diriger vers la place dont le nom nourrissait des conflits depuis des années : les militants congolais voulaient lui donner le nom de Patrice Lumumba, les autorités de la ville s'y opposaient.

« Et s'ils se mettaient à les matraquer ? » lâcha Alia en voyant des fourgonnettes de police les dépasser.

Son partenaire la regarda comme si elle était folle.

« Tu savais que Dorian avait divorcé ? dit-il pour changer de sujet.

— Comment le sais-tu ? »

Elle n'avait pas gardé de contact avec Dorian depuis qu'il était sorti de sa vie.

« Je l'ai croisé à Saint-Gilles, dit-il entre ses dents. Il vient juste d'y emménager.

« Il habite à Saint-Gilles, maintenant, pensa-t-elle avec effroi. Juste à côté de chez moi… »

« C'en est fini de son couple, comme pour moi. La femme de l'Entraîneur s'est enfuie avec leur enfant jusqu'en France. Et toi, tu es toujours seule, Alia ! Tu es déjà une vieille fille, dit-il avec un geste de la main.

— Et toi, tu te prends pour ma mère ? » répliqua-t-elle.

Mariusz augmenta le volume de la radio. Les véhicules de police avaient reçu l'ordre de se regrouper, mais cela ne concernait que les fourgonnettes de la protection civile. Alia se dit qu'à l'heure qu'il était, ils devaient déjà suer sous leur équipement, un gilet pare-balles comme cela pesait au moins six kilos.

Au bout de la rue, un groupe en chemin pour le rassemblement fit son apparition. À première vue, les silhouettes étaient celles de jeunes gens portant des banderoles non déployées. Une porte d'immeuble s'ouvrit du côté droit de la chaussée et le propriétaire de l'hôtel, un homme blanc, en sortit pour observer les passants. Un instant plus tard, un employé noir le rejoignit.

« Des propriétaires blancs et des employés noirs, voilà toute la vérité sur le quartier africain ! siffla Mariusz. Vous pouvez ouvrir je ne sais combien de magasins de perruques, de restaurants de bananes flambées, vous ne serez jamais chez vous.

— Rapproche-toi un peu », lui demanda-t-elle.

Ils se déplacèrent vers le bout de la rue. On ne voyait aucune fourgonnette aux alentours, même si elles étaient en train de se garer à proximité, prêtes à intervenir à tout moment. Sur la place elle-même régnait un ordre exemplaire. L'estrade devant laquelle on avait installé des chaises était encore vide, mais des spectateurs prenaient déjà place dans les rangées. À un signal, ils se tournèrent vers l'estrade. Alia frémit en voyant l'un des visages – elle reconnut Joe.

Elle baissa sa vitre, la voix d'un orateur retentit au-dessus de la foule. Le public se leva en applaudissant, des gens déroulèrent des banderoles. Les fourgonnettes se rapprochaient de la place, toujours invisibles pour les manifestants.

« Patrouilles prêtes à intervenir », entendit-elle à la radio.

Alia ne quittait pas Joe des yeux. Il parlait avec quelqu'un, son sac à dos sur l'épaule. Son cœur s'arrêta de battre lorsqu'elle pensa à ce qui pourrait lui arriver. La foule se déplaça légèrement, comme pour quitter la place et se diriger vers la rue principale.

« Et où ils pensent aller, en excursion, peut-être ? grommela Mariusz. Ils n'ont pas l'autorisation de manifester, juste celle de se rassembler pacifiquement. »

Joe se détacha quelque peu de la foule et s'arrêta sur le bas-côté, puis il sortit son téléphone de sa poche.

« Et lui, qu'est-ce qu'il fait ? » Mariusz l'observait aussi, à présent.

Joe porta son téléphone à l'oreille. Les premières mesures de la chanson de Fabe *Ça fait partie de mon passé* envahirent la voiture.

« Allô ? » Alia espéra que Mariusz ne comprendrait pas à qui elle parlait.

« Dommage que tu ne sois pas là ! » Joe criait pour couvrir les cris de la foule. « Je suis avec nos frères sur la place Lumumba. Et désolé pour l'autre fois, merci de m'avoir prévenu. Sois pas fâchée, Alia ! »

Elle ne répondit rien, sentant le regard de Mariusz sur elle.

« Tu me manques, ici. » Sa voix avait du mal à couvrir le brouhaha.

Les fourgonnettes de police surgirent soudain. Sans réfléchir à ce qu'elle faisait, Alia saisit la poignée de la portière et bondit hors de la voiture. Joe la vit faire et se figea. Le téléphone toujours à l'oreille, elle entendait la respiration de son frère. Elle courait, encore quinze mètres, dix, huit… Ses chaussures heurtaient le trottoir, elle sentait le poids du pistolet à sa hanche, de la matraque, de la lampe de poche, elle entendait le tintement des menottes.

« Reviens ici, bordel !… » cria Mariusz.

Joe se tenait au milieu de la rue, il semblait étrangement désarmé. Derrière Alia, une fourgonnette freina en faisant crisser ses pneus. Des policiers en uniforme, gilet pare-balles et casque allaient en sortir dans une seconde, l'un d'eux avait le couteau suisse d'Alia dans sa poche, elle le lui avait prêté le midi à la cantine pour qu'il coupe sa pomme, et il avait oublié de le lui rendre.

« Joe ! s'écria-t-elle d'une voix qui n'était pas la sienne. Va-t'en ! »

« Émeutes sur fond ethnique dans le quartier africain », put-on lire le lendemain dans les journaux. Personne ne disait mot sur l'anniversaire de la mort de Lumumba ni sur le caractère pacifique du rassemblement. Si ceux des gilets pare-balles n'avaient pas commencé à matraquer, la foule ne se serait pas déversée dans les rues. Alia avait vu de ses propres yeux des personnes âgées élégantes s'installer sur les chaises devant l'estrade et des étudiants au regard intelligent s'asseoir derrière elles. Sur la place que l'on appelait officieusement encore Lumumba, il n'y avait aucun fauteur de troubles, le cirque avait débuté seulement après l'arrivée des policiers casqués.

Ils arrêtèrent les habitués – chômeurs, frustrés, curieux, ivrognes, badauds arrivés au mauvais moment. Ils les identifièrent puis les relâchèrent. Ils gardèrent pour la nuit ceux qui faisaient de l'esbroufe. Certains sortirent de leur garde à vue avec des traces de coups. On racontait qu'ils s'étaient blessés à la tête en se la cognant eux-mêmes contre les murs de leur cellule.

Quand elle rentra chez elle au petit matin, son appartement donna à Alia la sensation qu'il était un endroit étranger, même le chocolat chaud dans sa tasse préférée lui semblait appartenir à une autre dimension, avec laquelle elle n'avait rien de commun. Elle saisit son téléphone et composa à nouveau le numéro de Joe. Il ne répondit pas.

La veille, il avait fui à la vue des policiers en uniforme, elle l'avait suivi des yeux, serrant à pleines mains sa ceinture. Quand elle était remontée dans la voiture, Mariusz avait démarré dans un crissement de pneus.

« Putain de conflit d'intérêts, merde ! écuma-t-il. Tu veux qu'on nous foute dehors tous les deux ?! »

Quand, le 26 juillet, elle rentra de son service de nuit, elle trouva un bouquet de fleurs devant sa porte. Elle fit tout d'abord un pas en arrière, puis compta les roses – trente-huit, comme le nombre d'années qu'elle avait ce jour-là.

Elle déposa le bouquet à l'intérieur et se jeta tout habillée sur son lit. C'était la première fois que quelqu'un pensait à son anniversaire. Le parfum des fleurs était entêtant et chassait les effluves de la rue qui lui parvenaient par la fenêtre. Se réveillerait-elle, si elle s'endormait à ce moment-là ?

Des coups à la porte et un mal de tête qui lui battait les tempes la tirèrent du sommeil. C'était Joe.

« Où as-tu trouvé l'argent pour ça ? » murmura-t-elle.

Le visage de son frère s'éteignit, aussi vite que si quelqu'un avait appuyé sur un interrupteur.

« Tu n'as pas de travail, tu habites chez ta maîtresse, dit-elle avec difficulté en luttant contre sa migraine. Où as-tu trouvé l'argent pour les fleurs ? Dans quoi t'es-tu fourré ?

— Je ne fais que distribuer de l'herbe, rien de plus. »

Elle regarda son visage crispé qui était encore souriant il y a un instant. Elle se dit qu'à présent seule Fourmi et elle-même pouvaient déceler les traits du petit garçon dans l'homme qu'il était devenu. Eddy ne reconnaîtrait pas son propre fils, et la mémoire jouait à présent de vilains tours à Feza – la cousine Kesa racontait qu'à la place du sel, la grand-mère mettait du sable dans ses casseroles de feuilles de manioc.

« Joyeux anniversaire », chuchota Joe avant de tourner les talons.

Elle entendit par la porte entrebâillée le bruit décroissant de ses pas. Il courait comme un adolescent fuyant ses parents le plus loin possible de la maison.

Alia resta les bras ballants, à regarder les fleurs, le seul cadeau qu'elle ait reçu pour son anniversaire. Elle appela Joe, mais il ne répondit pas. Elle finit par s'allonger sur le lit et regarder *When We Were Kings.* Tandis qu'elle écoutait la logorrhée de Mohamed Ali, elle se demanda ce que Joe faisait de ce froid qui la tourmentait elle aussi. Soudain, elle comprit. Tout comme elle s'était accrochée au monde des policiers et Riva à celui des juristes, Joe se réchauffait dans le monde des dealers.

Spike Lee racontait le Combat dans la Jungle quand le téléphone sonna.

« Aaaliaaa… ? »

Elle baissa le volume de la télévision ; sur l'écran, Mohamed Ali, tout sourire dans un avion, ne cessait de parler en riant et en amusant le pilote lui-même.

« Tu m'avais promis de m'amener de l'argent… Tu réussis dans la vie et tu oublies ta mère ! Tu as fini par te trouver un homme ? Un qui t'assure une vie confortable ? Qu'est-ce que tu attends, hein ! » dit Fourmi.

Comme d'habitude, elle avait oublié son anniversaire. Alia arrêta le film et s'enfouit sous la couette.

« Police ! » On martelait sa porte. « Police, ouvrez ! »

Elle se tint en alerte derrière le battant.

« Police ! » hurlèrent-ils et, quand elle ouvrit, ils s'engouffrèrent à l'intérieur. « Joyeux anniversaire ! »

Ils brandirent l'un après l'autre des bouteilles sous ses yeux. Darren tenait une bouteille de champagne, Paolo de whisky, Mariusz un pack de bières dans chaque main – de la bière polonaise, remarqua Alia. Pascale, une cigarette à moitié consumée dans la bouche, sortit des chips et des cacahouètes de son sac, tout en tenant une cartouche de cigarettes sous le bras. L'Entraîneur retenait son jeune berger allemand qui se débattait au bout de sa laisse.

« Au pied, Dago ! lui ordonna-t-il.

— Tous nos vœux ! » Laura tendit à Alia un gâteau du Delhaize recouvert d'un glaçage fondant.

Alia but tellement que par la suite elle ne garda en mémoire que des flashs de cette soirée. Elle se rappelait Darren qui ne quittait pas Laura du regard, les mains autour de ses épaules nues couvertes de tatouages. La voix rauque de Pascale se moquant de Mariusz qui vivait depuis si longtemps en Belgique et ne savait toujours pas comment on disait « arc-en-ciel » en français. Le coup de fil de Nawal qui n'avait pas pu venir car elle n'avait personne pour garder ses enfants. Le berger allemand qui essayait de retirer sa muselière avec ses pattes. Les propos de Paolo qui se demandait qui allait remplacer Erik, quand il prendrait sa retraite en août. La grimace de l'Entraîneur penché sur le gâteau.

« Il faut nettoyer ce pays, putain. » Il donnait des coups de couteau dans les restes du gâteau, la salive écumait au coin de ses lèvres. « Le nettoyer des étrangers, avec la main des étrangers !

— Putain de système. » Pascale tira une bouffée sur sa cigarette, de la cendre tomba sur le glaçage. « Il tombe en pièces. Il faut le renforcer.

— Les étrangers forment une cinquième colonne ! » Les yeux de l'Entraîneur ressemblaient à deux petites perles de verre. « Et on va faire de cette colonne une troupe ! Ils vont nous le nettoyer, ce putain de pays. »

Alia les regardait, essayant de comprendre de quoi ils parlaient, mais ses pensées s'entremêlaient confusément. Laura la tira par la manche, voulant lui dire quelque chose à l'oreille, mais Darren l'enlaça et l'emmena sur le balcon. Alia vit son visage se pencher sur celui de Laura, elle les vit s'embrasser d'une façon dont elle n'avait embrassé personne depuis longtemps.

Pascale relâcha ses cheveux décolorés qui gardèrent la marque de l'élastique. Elle avait le même âge que l'Entraîneur, même si ce dernier soulignait obstinément qu'il avait un an de moins qu'elle. Elle se moquait de sa vanité, disait que, dans la police, elle n'était pas une femme et que, pour elle, les policiers n'étaient pas des hommes.

« Policier, c'est un troisième sexe », répétait-elle à présent, la cigarette vissée au coin des lèvres.

Paolo s'approcha et alluma sa cigarette à celle de Pascale. Mariusz décapsula une bouteille de bière et la tendit à l'Entraîneur. Quelqu'un se mit à rire et le chien à aboyer.

Alia sentit soudain une légèreté qu'elle n'avait pas éprouvée depuis son enfance. La dernière fois, c'était lorsque Eddy lui avait raconté une de ses histoires.

« Je vous aime, vous savez ? lança-t-elle tout à coup en balbutiant. Vous êtes ma famille… Je ferais tout pour vous ! »

Les mots lui manquèrent, et elle cacha son visage dans ses mains. Sans voir les regards entendus que les autres échangeaient au-dessus de sa tête.

Le printemps arriva trop tôt, la chaleur de ce mois de mai avait la puissance d'un mois d'août, elle était si lourde que le gilet de son uniforme pesait à Alia comme une armure médiévale. Minuit approchait, ils finissaient leur service du soir quand le téléphone de Mariusz sonna.

« Oui, chef. Dans une demi-heure. Maintenant ? Maintenant ? répéta-t-il avant de raccrocher. Je dois passer prendre quelque chose pour l'Entraîneur, murmura-t-il sans regarder Alia.

— Une mission ?

— Non, privé. »

Elle jeta un coup d'œil à sa montre, minuit moins deux. Elle hésita – et si elle lui demandait de la déposer en cours de route ? Elle pourrait rentrer chez elle. Elle finit par y renoncer. Après leur service, Mariusz la raccompagnerait chez elle, elle n'avait pas envie de prendre les transports en commun par cette température qui ne baissait pas malgré l'heure tardive.

Ils dépassèrent le centre-ville et entrèrent dans le quartier industriel. Les quelques bâtiments qui s'y trouvaient étaient vides depuis bien longtemps. Personne ne s'aventurait dans cette zone, surtout à cette heure.

« Ce n'est pas par ici qu'on a découvert des squatteurs un jour ? » Elle désigna un bâtiment sans vitres.

« Peut-être, je ne m'en souviens pas », murmura Mariusz.

Il transpirait plus que d'habitude, son crâne rasé et sa nuque brillaient à la lueur des lampadaires.

Il se gara devant un bâtiment en meilleur état que les autres. Alia jeta un coup d'œil à la façade. À l'intérieur brillait une lumière en mouvement, comme si quelqu'un s'éclairait à la lampe torche. Elle reconnut la voiture personnelle de l'Entraîneur près de la leur. Elle allait descendre quand Mariusz la retint d'un geste.

« Reste ici. Ça ne prendra que quelques minutes.

— Mais qu'est-ce qu'il te veut à une heure pareille ? »

Il ne répondit pas. Il brancha du rap polonais chuintant, claqua la portière et disparut à l'intérieur du bâtiment.

Cette première fois. Une nouvelle première fois dans la police. Mais elle ne pouvait parler de cette première fois à personne. Ce n'était pas comme le premier macchabée ou le premier suicidé. C'était le premier homme torturé par un petit groupe d'élus. Par des policiers qui se substituaient au système. Une troupe qui nettoyait le pays des étrangers.

Ils se détachaient de ce qu'ils faisaient. Ils avaient créé un langage censé justifier leurs actes, leur donner un rang. Nous et eux, les bons et les méchants. Les propres et les sales. Les nôtres et les étrangers. Les civilisés et les pouilleux. Les justes et les envahisseurs. Les défenseurs du monde contre le mal venant de l'extérieur.

Mariusz dit à Alia que, au début, tout le monde réagissait comme elle. Ils s'offusquaient, hurlaient ou menaçaient d'aller les dénoncer au procureur. Mais l'Entraîneur finissait par les convaincre, tous. Oui, l'Entraîneur leur expliquait très bien les choses : le mal se tapissait à l'extérieur. Et ils étaient des défenseurs de l'ordre. Malgré les règles, malgré les résistances morales, malgré le politiquement correct. À tout prix. C'était leur devoir. Ils avaient été consacrés.

Eux, les élus. Sa famille d'adoption.

Alia ne savait pas qui était pour et qui contre. Laura et Nawal étaient en congé, Darren était parti pour une formation dans les Ardennes. Elle décida de prendre elle aussi quelques jours. Quelques jours pour ne pas les voir.

Elle était allongée sur son matelas – elle n'avait jamais acheté de sommier – et regardait la flèche dorée du Palais de justice. Des rais de lumière illuminaient sa couette, ses vêtements et sa peau. Alia plissa les paupières mais elle ne voyait pas plus nettement les choses, on aurait dit que, à la place des yeux, elle disposait d'un objectif mal réglé. Encore une fois, les plaques tectoniques se fissuraient juste à l'endroit où elle s'était créé une maison. Quelque chose avait changé et était irrévocablement en train de se muer en passé. Tout en attirant un nouveau futur, de mauvais augure.

La lumière qui se reflétait sur la coupole l'éblouit et la fit pleurer. Elle attrapa la table de chevet à trois pieds Ikea, avec l'espoir confus de s'ancrer dans la réalité. La table trembla, les disques qu'elle y avait posés se mirent à glisser l'un après l'autre. Alia se cacha la tête sous la couette, mais l'obscurité l'effraya.

Elle se leva, enfila un pantalon de sport et des baskets, puis elle sortit de chez elle.

« Maman est allée acheter des cadeaux. » Joe la regardait, stupéfait, lorsqu'elle apparut sur le seuil. « Elle part bientôt pour Kinshasa. »

Alia se passa la main sur le visage. Elle avait complètement oublié le départ de sa mère.

Joe alla à la cuisine où, comme d'habitude, la lampe était en permanence allumée. Il remplit la bouilloire, mais changea subitement d'avis et alla dans la chambre qu'ils partageaient autrefois. Quand il en revint, il lui tendit un joint.

« Je ne sais pas ce que tu as, mais ça fait longtemps que je ne t'ai pas vue dans un état pareil. Détends-toi pour commencer, ensuite tu me raconteras. »

Elle fuma. Au bout de quelques dizaines de minutes, ses pensées se mirent à coller comme les caramels polonais. Elle ferma les yeux et pencha la tête en arrière.

« Écoute, mon vieux, écoute cette histoire ! entonna-t-elle. Écoute cette histoire, parce qu'il y a une conteuse ici, et elle parle. *Il était une fois des chiens qui couraient en liberté. On ne savait pas d'où ils venaient, mais ils avaient des jambes rapides, des radars à la place des oreilles et des crocs. Comme ils avaient le pelage tacheté, on disait qu'ils étaient nés dans des œufs bigarrés, et eux ne le niaient pas. On sait que de ces œufs bigarrés éclosent des vipères, alors cette comparaison les flattait. Ce n'étaient pas de bons chiens, mais des bâtards-hyènes galeux.*

*« Un jour, l'un d'eux, celui dont la gueule écumait de bave, les emmena à la lisière de la forêt et leur dit : "Ceci est notre territoire. Nous allons l'encercler en courant pour voir si des étrangers ne s'y sont pas introduits." Les autres chiens dressèrent le radar de leurs oreilles et scrutèrent les alentours de leurs yeux injectés de sang. "Comment saura-t-on qui est étranger ?" osa demander un dogue anglais trapu, au large museau. "Notre flair canin nous le soufflera." Le Baveux fit claquer ses dents tout près du cou de Large Museau, qui en sursauta en couinant.*

*« Et le carnage commença. Ils firent sortir les lapins de leur tanière, les blaireaux, ils écartelèrent les écureuils, broyèrent les jambes des biches. Seuls les oiseaux survécurent, à l'exception des perdrix. La bande de chiens bâtards passa la forêt au peigne fin, jusqu'à avoir le mufle tout dégoulinant de sang. Plus ils tuaient d'animaux, plus la soif de tuer grandissait en eux. Ils se jetaient même sur les sangliers et les buffles, et martyrisaient en particulier les mères et leurs petits. Les yeux des bâtards-hyènes se remplirent de rouge, ce qui devint leur signe distinctif. Les animaux les reconnaissaient dans le noir à leurs yeux ardents, car celui qui tue une fois brûlera pour toujours, brûlera de l'intérieur.*

*« Les bâtards devinrent de plus en plus nombreux, il y en avait tant qu'ils se mirent à se mordre les uns les autres. Le Baveux organisa des sortes de procès, mais les principes en furent battus en brèche. Les bâtards se*

*transformèrent en mangeurs de bâtards, ils se sautaient mutuellement à la gorge, à présent. Les oiseaux s'envolèrent car ce spectacle leur donnait envie de vomir, même si en principe les oiseaux n'ont pas de nausées.*

*« Après leur départ, un silence emplit la forêt que seuls brisaient les grognements des chiens. Les troncs d'arbres se teintèrent du rouge des corps déchiquetés, des éclaboussures de sang. Les chiens avaient beau se mordre, ils sentaient qu'ils perdaient de leurs forces, comme si le feu qui les dévorait de l'intérieur consumait leurs muscles, réduisait leurs dents en miettes, asséchait leur langue. À la fin, ils déchiquetèrent le Baveux et éventrèrent Large Museau.*

*« Soudain, ils n'eurent plus rien à faire. Ils s'assirent donc en cercle dans une clairière, à bout de souffle, et virent alors une silhouette s'approcher. C'était le diable. Le diable les regarda, puis regarda la forêt vide et macabre, et dit : "Mmm."* »

Alia se tut.

« Mmm ? » Joe haussa les sourcils.

« Mmm ? » Elle reprit ses esprits.

« Le diable a dit "Mmm" ?…

— Oui. Et c'est pour ça qu'on dit ça jusqu'à aujourd'hui. Voilà la morale de l'histoire. »

Joe se pencha en arrière sur sa chaise et fixa le plafond.

« Qui sont le Large Museau et le Baveux ? demanda-t-il d'un ton particulièrement sobre. En réalité ? »

Alia se leva et s'étira comme si elle se réveillait d'un long sommeil. L'herbe ne lui avait pas fait tant d'effet que cela, mais le récit, oui – elle se sentit bizarrement épuisée.

« Personne. J'ai juste répété le morceau que je raconterai ce soir, mais cette fois pas au club, mais à Bozar. On est connus maintenant, alors ils nous ont invités. Ça va être une grande fête.

— Alia ! » Son frère haussa la voix sur elle pour la première fois de son existence.

Elle lui raconta donc contre son gré ce dont elle avait été témoin dans le bâtiment. Elle avait peur pour lui – que se passerait-il s'il allait tout déballer à quelqu'un ? Elle parla, malgré la promesse qu'elle s'était faite de ne jamais dévoiler si les personnages de ses histoires avaient un modèle dans la réalité. Quelle conteuse ne saurait s'élever au-dessus de l'expérience elle-même ? C'était comme si on faisait un barbecue avec des ordures, plutôt qu'avec du bois qui sent bon la sève.

Quand elle eut fini, Joe demeura longuement silencieux.

« Toi, tu as tes policiers, Riva ses juristes, moi mes dealers, lança-t-il enfin, en choisissant ses mots avec difficulté. Nous voulons tous correspondre à quelque chose. Papa aussi, et c'est pour ça qu'il nous a laissés. Vivre dans la séparation, dans les marges, sentir que tu ne corresponds à rien, qu'ils n'ont pas besoin de toi… personne ne veut de ça. Mais ce qui se passe, là chez toi, c'est… mal. Fais quelque chose, Alia. Oppose-toi à ça ! »

Alia regarda le beau visage de son frère, son nez joliment déformé. Elle sentit une crampe à l'estomac comme lorsqu'il avait dégusté sur le ring et qu'elle avait vu son visage en sang.

« Je ne sais pas comment te le dire autrement, ma sœur, dit clairement Joe. C'est tout simplement mal ! »

Ils croisèrent des hommes barbus en turban et tenue colorés, d'autres avec des péots vêtus de caftans gris. À côté d'eux passaient des femmes en short qui rentraient des îles et des jeunes gens avec des sacs à dos.

« N'oublie pas de payer le loyer tous les mois », rappela Fourmi à Joe pour la énième fois. Elle remettait en place sa perruque d'une main et, de l'autre, serrait un gobelet de lait qu'elle avait acheté à Starbucks. Alia ne l'avait jamais vue boire de lait chaud avant cela. « J'ai réglé trois mois d'avance seulement, je n'avais pas assez pour payer davantage. » Le gobelet en papier se déforma un peu sous les doigts couverts de bagues de Fourmi.

« Ne t'en fais pas, maman chérie que j'aime le plus au monde. » Joe prononça la phrase de son enfance. « Je t'enverrai de l'argent dès que j'aurai trouvé du travail. »

Il posa la valise de Fourmi sur le tapis roulant et adressa quelques mots et un sourire à l'hôtesse qui enregistrait les bagages. Les doigts de celle-ci accrochèrent à la poignée une bandelette portant le nom de leur mère et l'inscription « Kinshasa ». Fourmi tendit le reste de lait à sa fille.

« Rappelle-toi de ne pas le laisser épouser une Blanche, Alia ! Riva... » Elle s'adressa à son plus jeune fils : « Toi, tu sais déjà ce que tu dois faire, mon enfant. Tu le sais. »

Elle se tourna vers sa fille.

« Et toi, Alia... fais quelque chose avec tes cheveux ! »

Quelques minutes plus tard, ils regardaient leur mère tendre son passeport à un douanier assis derrière une vitre. Fourmi s'arrêta encore un instant, les regarda comme si elle allait dire quelque chose, mais au lieu de cela, elle remit en place son foulard sur l'épaule.

« Ne t'en fais pas pour nous ! Ni pour les sous, je t'en enverrai bientôt ! » lui lança Joe, mais elle avait déjà disparu.

Alia regarda son frère d'un air suspicieux.

« Qu'est-ce que tu trafiques, encore ?

— Je dis juste ça pour calmer maman. » Il sourit. « À ce propos, tu n'aurais pas de l'argent pour me dépanner ? »

C'étaient ses doigts à elle qui enserraient désormais le gobelet. Sous le logo Starbucks, elle lut le prénom de sa mère, écrit avec soin au feutre bleu foncé : « Tatu ».

« Ça veut dire "troisième enfant", expliqua Riva, qui avait suivi son regard.

— Le troisième ? s'étonna Joe. Mais maman était l'aînée.

— Non, sa mère avait accouché avant elle de deux petites filles, mais elles sont mortes. Son mari lui reprochait que c'était de sa faute, parce qu'au lieu de s'occuper de ses enfants, elle préférait danser. Il la renvoya chez ses parents et prit pour femme sa plus jeune sœur. Il pensait qu'elle lui donnerait des fils. »

Alia pencha la tête comme si elle s'attendait à une histoire dont les aurait gratifiés Eddy s'il avait été là. Mais Riva n'avait pas hérité du don de tisser des histoires.

« On ne sait même pas comment s'appelait la mère de Fourmi, murmura-t-elle.

— La mère qui danse ? dit Joe en haussant les épaules.

— Shani, le corrigea Riva. Ça veut dire “divine”. C’est comme ça que s’appelait notre grand-mère, la mère de maman. »

Ils sortirent de l’aéroport et s’immobilisèrent. Des voyageurs les dépassèrent. Des taxis s’arrêtaient devant les portes en verre, les gens se disaient au revoir, se faisaient des signes de la main. Alia songea que c’était bien silencieux, sans sa mère.

« Je dois filer au travail. » Elle regarda sa montre et jeta le gobelet à la poubelle.

Joe eut un geste comme pour la retenir, mais elle fit semblant de ne pas le voir. Elle adressa un geste de la main à Riva et fourra quelques billets de banque dans la poche de Joe. Elle les regarda s’éloigner et, dans sa tête, se fit sentir le rythme des noms Alia, Tatu, Shani, Alia, Tatu, Shani… Sa famille.

Mais où était-elle, cette famille ?

8 septembre 2014. *Le Matin,* informations locales :

L'homme que l'on avait retrouvé dans l'armoire métallique est mort dans la nuit à l'hôpital, sans avoir repris connaissance. La victime de la bande de sadiques reste donc anonyme, comme l'Afghan de douze ans qui avait été maltraité physiquement et psychologiquement. Des recherches sont toujours en cours pour retrouver Youssouf, décrit par Ibra, la seule victime ayant accepté de témoigner.

Pendant le procès, le procureur a produit les résultats des recherches menées sur les mécanismes psychologiques susceptibles de pousser les individus à commettre des crimes. « Dépasser leurs limites les excite. Ils recherchent les poussées d'adrénaline. Pourquoi ? Pour certains d'entre eux, parce qu'ils s'ennuient, tout simplement », a-t-il résumé.

Freddy Lagarde, l'avocat d'un des auteurs des crimes, dit dans sa défense : « Si les gens sont capables d'accomplir de telles brutalités, on ne peut l'expliquer autrement que par la pression du groupe. Seuls, ils n'auraient jamais commis de tels actes, mais contraints de le faire par le groupe, ils ont fait ce qu'ils ont fait. »

« Oh putain, mais c'est Laura ! » Darren avait les yeux rivés sur l'écran, le visage blême. Paolo accourut et regarda par-dessus son épaule.

« Comment tu le sais ? dit-il en penchant la tête sur le côté.

— Je reconnais son tatouage, là, sur la fesse gauche. »

À présent, tout le monde s'était approché du bureau de Darren.

« Monte le son », ordonna l'Entraîneur.

Des gémissements émanèrent du haut-parleur.

« Ce n'est pas sa voix. » Darren acquiesça.

« C'est la voix de Joy ! rétorqua Pascale.

— Où est-ce que tu as eu ça ?

— D'un des informaticiens. Il m'a dit que je devrais voir ça. »

Mariusz émit un drôle de glapissement, un sourire ironique apparut sur son visage. Darren s'arracha de son bureau et l'attrapa par le col de la chemise.

« Pour qui tu te prends, putain, le chevalier d'une demoiselle immaculée ?! » Mariusz se dégagea et lissa ses vêtements.

« Je t'interdis de regarder ça ! » Darren, que Paolo avait maîtrisé, se débattait.

L'Entraîneur se pencha vers l'écran.

« J'ai bien peur que le film ait déjà des fans, murmura-t-il. Il circule sur le Net depuis…

— … depuis la descente au studio à Botanique ? » l'interrompit Pascale.

Il hocha la tête.

« Qu'est-ce qu'il y a encore, avec ce studio ? » Laura jeta son sac sur son bureau et s'avança vers eux.

Elle portait un jean et une chemise blanche sans manches, elle avait l'air d'avoir rajeuni de dix ans pendant ses vacances. Ses cheveux avaient poussé et s'étaient éclaircis, sa mèche tombait sur ses yeux vert clair. Quand elle posa les mains sur ses hanches, les muscles de ses bras se contractèrent sous sa peau tatouée. Elle leur lança un regard interrogateur et s'approcha du bureau de Darren. Alia se planta devant l'ordinateur pour le lui cacher, mais Pascale la fit s'écarter. Laura se pencha et regarda l'écran.

Ils ne la rattrapèrent pas quand elle s'élança hors du bureau. Seul Darren eut un geste vers elle, mais elle le repoussa.

« On les retrouvera, on les retrouvera, répéta Nawal en regardant Darren.

— Sois pas naïve », murmura Pascale, tout bas pour que Darren ne l'entende pas.

Laura ne répondait pas aux appels d'Alia. Celle-ci finit par lui laisser un message disant qu'ils avaient retiré le film du Net et avaient confié l'affaire au service de lutte contre la cybercriminalité. Ils avaient eux-mêmes déjà interrogé quelques personnes. Le garçon avec qui elle avait couché pour le film avait veillé à ce qu'on ne voie pas son visage, mais ils pouvaient l'identifier grâce à une cicatrice sur la clavicule et un tatouage au poignet. Pour l'instant, ils savaient que l'enregistrement datait d'il y a deux ans, à en juger par la coiffure de Laura ; elle avait cette coupe quand ils avaient commencé à travailler sur l'affaire des « cinéastes du Botanique », comme ils les appelaient entre eux.

Alia s'engagea dans la passerelle qui menait à l'ascenseur des Marolles. Tandis qu'elle descendait vers la partie basse de la ville, elle observait la féerie des lumières. Les portes s'ouvrirent et des bruits de pas, de cris, de klaxons et d'ambulances envahirent l'ascenseur. Dans la partie basse, les rues étaient plus étroites, les vitrines plus sombres, les passages des porches plus étroits. Les lampadaires allumés ne pouvaient gommer le passé de cet endroit, ancien vivier de malfaiteurs transformé en quartier d'artistes. Le soir, l'ancien esprit du lieu émergeait des pavés, s'écoulait des gouttières, suintait des murs fissurés.

Elle passa devant la tête de vache, affublée d'un bandeau rouge à la Rambo, qui souriait au-dessus de la boucherie. Elle ouvrit la porte de son immeuble et gravit l'escalier. Elle dépassa les débarras entre les étages où les locataires stockaient leurs vieilleries ou machines à laver. Elle entendit un programme de la télévision portugaise derrière la porte du premier étage, à un volume trop élevé, comme d'habitude. Quand elle arriva à l'avant-dernier palier, elle s'arrêta.

« Aide-moi, ma fille, j'ai si froid », lui dit sa voisine.

La vieille femme portait des chaussures vernies roses et des mi-bas en résille blanche (« parce que le médecin avait dit de porter des chaussettes »). Autrefois, elle était danseuse, elle n'avait que la peau sur les os. Alia la retrouvait souvent recroquevillée dans l'escalier. Elle y était aussi ce jour-là, assise sur la dernière marche, glacée malgré l'été. Ses saisons intérieures ne coïncidaient pas avec celles de l'extérieur. Alia courut dans son appartement et sortit de l'armoire une couverture thermique qu'ils utilisaient lors des patrouilles pour réchauffer les victimes.

« Venez chez moi, madame Bowles, je vais faire du thé. » Elle posa la couverture sur ses frêles épaules.

La vieille dame fit non de la tête. Ses cheveux gris étaient coiffés avec soin.

« Je viendrai un jour, ma fille, mais avec un gâteau et des fleurs, comme il se doit. »

Alia prit une douche, brancha son ordinateur et chercha sur YouTube « Sir Samuel/Mental Offishall Ft. Féfé ». Elle mit le volume légèrement trop fort, comme d'habitude. Madame Bowles se réchauffait non seulement sous la couverture thermique, mais aussi au son du hip-hop. Alia savait que la danseuse d'antan était assise, emmitouflée dans du papier argenté, les jambes collées au radiateur, et qu'elle marquait le tempo du pied.

Alia se mit à balancer sa tête au rythme de la musique puis s'assit sur le sol, le dos collé au mur froid. Rien d'étonnant à ce que la voisine grelotte dans son appartement stuqué avec style. Alia attrapa le pied branlant de sa table de chevet Ikea.

« C'est ma maison, c'est ma maison », elle chantait ses propres paroles sur l'air de la chanson. Elle était assise exactement comme le premier jour, juste après son emménagement. Elle se réjouissait de son nouveau départ, à l'époque. À présent, elle avait peur. Pas de ce qui était arrivé à Laura, Laura était policière. Alia avait peur du froid qui émanait de la solitude, du sort de Madame Bowles.

Ce jour-là, elle espionna Paolo qui, sur les ordres de l'Entraîneur, faisait du chantage à Nawal. Mais Nawal restait inébranlable, bien qu'elle eût peur pour ses enfants. Alia la comprenait parfaitement – elle ferait n'importe quoi pour ses proches, elle aussi. La famille d'Alia se décomposait depuis des années. D'abord Eddy avait disparu, puis Mama Issa et grand-mère Feza, et enfin Fourmi. Ses frères aussi avaient pris chacun sa route. Riva était devenu juriste et s'était marié à une Flamande, Joe s'installait régulièrement chez une nouvelle femme, il s'occupait d'affaires illégales. Où étaient passés ses proches ?

Elle avait, en revanche, sa « famille de police ». Ce sont ces gens-là qui se souvenaient de son anniversaire, qui riaient avec elle, pleuraient avec elle, se taisaient. Il en avait été ainsi jusqu'à ce qu'elle apprenne qu'ils frappaient des « étrangers ».

Elle ne savait pas quoi faire, vers qui se tourner. Darren insistait pour qu'ils aillent parler aux supérieurs de l'Entraîneur, mais Paolo les fit vite déchanter : ils étaient au courant de tout et approuvaient en silence son initiative. Ils n'allaient sûrement pas foutre en l'air leur carrière en se mêlant d'une affaire aussi puante.

Darren disparut de leur vie, mais sans pour autant quitter la ville. Il avait sa famille à Bruxelles, personne ne le quittait, il ne partait nulle part et personne ne l'abandonnait. Ses parents prenaient soin de lui, ses frères et sœurs l'aimaient. Il avait des amis rencontrés au lycée et pendant ses études, issus de familles installées ici depuis des années. Des familles riches et aisées, sûres qu'elles étaient à leur place.

« Personne ne m'obligera à frapper des gens innocents ! » Alia se souvint des mots de Nawal. Elle aussi était une immigrée et, pendant des années, elle avait subi comme Alia petites humiliations, rejets et tourments. Elle portait le voile et faisait le ramadan. Alia préférait ne pas imaginer la situation si elle-même avait été croyante. Les religions divisaient les gens, parfois plus qu'une simple couleur de peau.

En rentrant chez elle le soir, elle était tellement plongée dans ses pensées qu'elle ne remarqua pas que quelqu'un lui barrait le passage. Lorsqu'elle vit Dorian debout devant elle, elle fut traversée par une étrange vague de fatigue. Ce n'était pas physique, mais elle avait du mal à trouver ses mots, même les plus familiers pour le saluer.

« J'ai guetté ton arrivée. » Elle entendit la voix grave de Dorian et s'étonna de ne pas l'avoir oubliée durant ces sept années. « Mariusz m'a dit que tu rentrais à cette heure-ci du travail. »

Elle lui était reconnaissante d'avoir pris l'initiative de la conversation. Il n'avait pratiquement pas changé, juste un peu minci. Elle se demanda si lui aussi s'était mis à boire après son divorce, comme Mariusz, mais Dorian n'avait pas l'air abîmé. Bien au contraire : sa barbe était soigneusement taillée, il était radieux, reposé.

« Tu regardes ma barbe. » Il sourit.

Elle se souvenait de ce regard provocateur. Il leur avait parfois suffi d'un échange de regards pour atterrir au lit, ils ne parlaient qu'après.

« Je ne pensais pas être attirée par les derviches », murmura-t-elle.

Il la serra contre lui d'un geste rapide, elle sentit le tissu de sa chemise, l'odeur familière de sa peau. Elle aurait voulu qu'il ne la lâche plus, mais il lui désignait déjà un bar de l'autre côté de la rue.

Ils allèrent ensuite manger des frites et boire une autre bière. Ils marchèrent dans la ville jusqu'à minuit. Dorian racontait qu'il s'était installé à Bruxelles, il était devenu le porte-parole du principal commissariat de police de Molenbeek. Il avait eu beaucoup de travail, récemment.

« Tellement que tu dois sûrement aller dormir ? » Alia pencha légèrement la tête sur le côté et le regarda, les paupières mi-closes.

Elle se demandait comment il la voyait, à présent. Elle faisait toujours ses entraînements matinaux, ce qui avait musclé ses épaules, sa silhouette était svelte. Son visage avait perdu sa rondeur enfantine, ses pommettes étaient plus saillantes. Elle s'était laissé pousser les cheveux, non pour suivre la mode du retour aux coiffures plus naturelles pour les Noires, mais parce qu'elle les préférait longs au toucher. Ils formaient autour de sa tête une auréole sombre, qu'elle maintenait avec un large bandeau. Au travail, elle les tirait en arrière, sinon pendant les réunions elle cachait la vue à ceux qui étaient assis derrière elle.

«Je ne sais pas pour toi, mais moi je ne compte pas dormir.» Dorian se pencha sur elle et l'embrassa au coin des lèvres.

Ils l'avaient emmenée encore une fois dans le vieux bâtiment. Cette fois, Alia avait vu Laura craquer. Après que la vidéo porno eut été diffusée sur le Net, elle avait fait arrêt maladie sur arrêt maladie. Elle ne répondait pas au téléphone, ne laissait personne entrer chez elle, même si chacun d'entre eux était passé frapper à sa porte. «C'est une policière, et elle a dû se sentir comme une femme victime d'un viol», chuchotait-on au poste. Alia finit par entendre dire que l'Entraîneur s'était rendu chez Laura. Elle ne savait pas ce qu'il lui avait raconté, mais il avait dû se montrer convaincant, car ensuite Alia la revit dans le bâtiment où se déroulaient les «formations».

Quand Laura arrêta de frapper, Mariusz poussa Alia à l'extérieur. Le cri de Nawal, qu'ils avaient aussi obligée à regarder, résonnait dans ses oreilles. «Espèce de salope, tu es riche et blanche! Pourquoi tu fais ça? avait-elle hurlé à Laura. De quoi ils te menacent?!»

Crier, c'est tout ce qu'il restait à Nawal. La force de son propre cri. Elle avait peur que l'Entraîneur ne fasse quelque chose à ses enfants, et c'était la seule raison pour laquelle elle n'avait pas déposé plainte auprès du procureur. «De toute façon, qui croirait une musulmane?» avait-elle lancé avec résignation. Alia ne la comprenait que trop bien. Elles n'avaient pas le choix, elles étaient victimes de leur amour pour leur famille.

Alia ne parla pas à Dorian de ce qu'elles avaient été obligées à regarder. «On ne peut faire confiance à personne», les mots de Laura résonnaient encore dans son esprit, et son visage crispé de douleur hantait ses pensées. Tout comme sa grimace qui avait rappelé à Alia le sourire de Joe après leur premier vol. Il y avait dans cette grimace un retour à la cruauté enfantine, au bonheur de braver les interdits.

Elle se recroquevilla sur le matelas et laissa Dorian promener ses doigts sur son corps, presser son dos, frôler son crâne, souffler dans son cou. Elle ne protesta pas quand il lui ôta son pantalon et lui laissa le reste de ses vêtements, comme s'il se frayait un chemin étroit vers un objectif minutieusement désigné.

Il la berça ensuite par-derrière, lui fit l'amour dans l'apaisement, il caressa ses tétons, si bien qu'elle se cambra et cria. Ce fut un appel étrange, rythmique, sourd, comme si un animal criait, et non un être humain.

Une vague d'excitation indescriptible la submergea. Elle se retourna et se mit à lécher sa peau en sueur, à lui mordre la poitrine, le visage, jusqu'à sentir tous ses muscles se raidir. Il éjacula, elle perçut sa chaleur dans le bas-ventre, mais son orgasme à elle tardait, comme effrayé par quelque chose. Elle continua à se frotter contre Dorian, ne prêtant pas attention au fait qu'il ramollissait. Elle finit par se recroqueviller près de lui, la tête sur sa poitrine, suçant son propre pouce. Elle pleura longtemps sans pouvoir se calmer. Le 26 juillet 2014, elle se réveilla avec la sensation de ne pas s'être reposée. Un moustique avait passé la moitié de la nuit à voleter au-dessus de ses oreilles, mais il s'était bien entendu caché à présent. Ah non ! Il repassa encore une fois, l'imprudent. *Pam !* Il n'en resta qu'une tache rouge et collante dans le creux de sa main.

Elle plissa les yeux, aveuglée par les reflets du soleil sur la coupole du Palais de justice. Elle se leva, enfila un pantalon de sport et versa de l'eau du robinet dans une bouteille en plastique. En descendant les marches, elle avala une barre de céréales et fit tomber les miettes qui parsemaient son T-shirt dans les escaliers. L'ampoule de la cave avait grillé.

Elle parvint à tâtons jusqu'à son sac d'entraînement et ouvrit la fenêtre teintée. La lumière pénétra dans la pièce en même temps que les bruits de la ville, les hurlements des ambulances, les cris en plusieurs langues, l'odeur de la viande suspendue aux crocs du boucher Chez Ludo. Elle se pencha vers son sac de sport et en sortit un gant de boxe noir et doré qui était patiné. Elle chercha le second, en vain. Elle l'avait visiblement remonté là-haut la veille pour le talquer. Elle devait être perdue dans ses pensées pour ne pas remarquer qu'elle avait laissé l'autre en bas.

*Demain c'est loin*, de IAM, donna le rythme à ses poings, elle frappait le sac, les mains seulement protégées par les bandages. Après être remontée, elle remarqua le second gant au dessin doré dans un coin de sa chambre. La veille, au lieu d'en tapisser de talc l'intérieur, elle l'avait jeté là.

Elle alluma son ordinateur et vérifia ses e-mails. On n'avait toujours pas retrouvé l'avion malaisien qui avait mystérieusement disparu des radars. L'Irak frémissait, l'Ukraine était en pleine crise. Le président Obama mettait en garde la Russie contre des sanctions, menaçant Poutine du doigt aussi sérieusement que Bill Clinton avait déclaré un jour : « Je n'ai pas eu de rapports sexuels avec cette femme. Je le jure ! »

Facebook l'accueillit avec l'information : « Alia fête son anniversaire, aujourd'hui ». Aucun message ni vœu. Elle retira son T-shirt trempé de sueur et son pantalon, aperçut dans le miroir le reflet de ses épaules luisantes, ses cheveux maintenus par un foulard noué sur le front, le dessin de sa silhouette longiligne, associant les hanches larges de sa mère et les poignets fins de son père.

Elle se savonna les mains sous la douche, ses phalanges meurtries la piquèrent. Les filets d'eau tambourinaient sur sa peau, lui rappelant le son de sa première pluie belge. Elle avait alors cinq ans et se rappelait sa stupéfaction : la pluie qu'elle connaissait au Congo était un mur d'eau tombant du ciel, taillant sans pitié les feuilles des arbres. La pluie européenne dégoulinait comme si elle hésitait, gouttait, s'arrêtait, avant de reprendre. Quand elle entendit ce bruit pour la première fois, Alia avait failli réveiller Mama Issa chez qui ils habitaient à leur arrivée en Belgique. Elle s'était retenue de le faire, mais le lendemain l'attendait la honte : elle s'était réveillée dans des draps mouillés, elle avait fait pipi dans le lit qu'elle partageait avec ses parents et Joe, âgé d'un an.

« Une enfant de cinq ans qui se pisse dessus ! avait râlé Fourmi. On devrait peut-être te mettre des couches, comme au petit ? »

Tous s'étaient mis à rire, même le visage de son père s'était illuminé d'un drôle de sourire.

La mousse du savon tourbillonnait dans le bac de douche, Alia augmenta le débit du jet. L'eau frappait à présent le rideau de douche telle une caisse claire, à l'instar de la pluie congolaise, de grosses gouttes frappant les feuilles de manguiers et de figuiers, ruisselait sur le sol sombre qui en absorbait des litres avant de disparaître sous l'eau. C'est ainsi que devait sonner l'autre pluie, même si son image avait disparu depuis longtemps de sa mémoire, comme si quelqu'un l'avait effacée à la gomme.

La sonnerie du téléphone se fit entendre. Le répondeur se brancha automatiquement.

« ...iiiaaa... ? » La voix de sa mère était plaintive, comme toujours. « Tu sais pourquoi je t'appelle, alors pourquoi tu ne décroches pas ? Aaaliaaa... »

Elle serra plus fort les extrémités du foulard rouge qui retenait ses cheveux, elle avait un peu d'eau dans une oreille. Elle posa les pieds sur le carrelage froid. Les carreaux de couleur crème étaient décorés d'un bleuet entouré d'arabesques marron. On en trouvait dans de nombreux immeubles à Bruxelles, certains détestaient ce motif, d'autres dépensaient pour l'acheter des fortunes chez les marchands de la place du Grand Sablon. C'était devenu vintage.

« ... Je te téléphone, et toi tu ne réponds pas. Je suis ta mère, quand même ! »

Alia dirigea le jet d'eau pour rincer la mousse tachée du sang de ses phalanges meurtries.

« ... On est le 26 juillet, aujourd'hui, tu te souviens ? Le 26 ! Tu devais en envoyer via la cousine Kesa, mais elle m'a dit que tu ne lui avais rien donné. Et c'est presque la fin du mois ! Alors qu'est-ce que tu vas faire, Alia ? Quand est-ce que tu vas m'envoyer cet argent ? »

Elle s'habilla, descendit les escaliers, ses talons claquaient en heurtant les marches. Elle sortit dans la fournaise de juillet, ses pansements se décollaient de ses doigts – elle était en nage avant même d'avoir mis le nez dehors. Elle chaussa des lunettes de soleil et avança droit devant elle dans la ville basse. Elle repéra instinctivement dans la foule le visage des femmes dont les lunettes noires ne servaient pas tant à protéger leurs yeux qu'à cacher des bleus. L'une d'elles avançait avec un enfant dans une poussette, ses cheveux décolorés étaient noués en une queue-de-cheval, sa jupe allait jusqu'aux genoux pour dissimuler sa cellulite. Un bleu s'étendait du sourcil à la tempe, elle avait dû recevoir une sacrée gifle. L'autre était une adolescente qui mâchait un chewing-gum tout en fumant une cigarette. Elle marchait vite, d'une démarche chaloupée qui faisait rouler ses hanches. Ses contusions commençaient au nez et formaient une ecchymose violette jusqu'à l'œil. Une épaisse couche de fond de teint près de la bouche dissimulait la trace d'un autre coup. Les lunettes à la Audrey Hepburn couvraient les yeux gonflés, mais pas le bleu sur la pommette.

Alia remit en place ses pansements. Elle ne voulait pas songer à ces femmes. Elle regarda le ciel, puis baissa les yeux à cause du soleil. À une fenêtre elle aperçut une silhouette voûtée. C'était un centre de soins pour handicapés. Elle passait devant tous les jours et voyait parfois quelqu'un, la bouche grande ouverte pour crier, mais la vitre étouffait tous les bruits.

À une autre fenêtre, un homme ouvrit les rideaux d'un geste impatient et s'essuya le front avec un mouchoir en tissu. Ce devait être le dernier homme sur terre à utiliser des mouchoirs en tissu, et non en papier. C'était l'avocat Freddy Lagarde qui se préparait à aller déjeuner. Alia savait qu'il se rendrait dans un bistrot situé à deux cents mètres de son cabinet, qu'il commanderait des endives en gratin ou des boulettes à la sauce tomate. Il se permettrait sans doute d'y rester plus longtemps, ce jour-là, devant sa bière. Le regard d'Alia s'arrêta sur une affiche à l'entrée qui représentait un ange – un footballeur noir des Diables Rouges doté d'ailes blanches accrochées dans le dos. L'affiche annonçait l'exposition de photographies de Stephan Vanfleteren.

La porte du café où s'installerait dans un instant Freddy Lagarde étant ouverte, Alia put entendre les informations. À la vue des footballeurs, sur l'écran de télévision accroché en hauteur, les passants s'arrêtaient. Alia s'immobilisa elle aussi. Elle vit les Diables Rouges descendre d'un autocar et des Brésiliens que l'on interviewait hausser les épaules avec désinvolture. « La Belgique ? C'est quelque part en Afrique ! », lança un vendeur de cacahouètes. La petite foule agglutinée devant le café réagit à ces propos, pour moitié amusée, pour moitié offusquée. Alia ne retrouva le sourire que lorsqu'un autre Brésilien déclara bien connaître Bruxelles et Bruges, et garder un bon souvenir de ces deux villes. La Brésilienne qui cita d'une traite les frites, le chocolat et la bière comme étant les symboles de la lointaine Belgique les fit rire, mais aux mots du commentateur : « La Belgique, capitale de l'Europe », l'attention de la foule commença à se dissiper. Ils n'eurent pas la curiosité de regarder le reportage suivant portant sur l'impasse politique où s'enlisait la

Belgique et dans lequel les images du palais royal s'accompagnaient des termes « kamikaze », « tripartite » et « centre droit ».

Alia quitta le groupe qui se dispersait. Elle ne vit pas non plus le reportage sur l'arrestation de quelques membres du groupe Hells Angels pour cause de trafic de cocaïne, ni les visages des politiciens participant aux commémorations de la bataille d'Ypres, l'une des plus meurtrières de la Première Guerre mondiale. Un demi-million de soldats alliés et un quart de million d'Allemands périrent dans la boue, mais la mort épargna Adolf Hitler. Alia s'éloigna sans voir sur l'écran la chancelière allemande Angela Merkel aux côtés du président français François Hollande. Son regard se riva sur les mains tendrement enlacées d'un couple qui marchait devant elle et sur leurs alliances dorées flambant neuves, aussi solides que des menottes.

Le propriétaire chauve du café, au crâne en forme d'ampoule, passa la tête au-dehors ; il avait peu de clients à cette heure, mais le soir, pendant le match, l'endroit serait plein à craquer. Les recettes sur la bière et les cocktails dépasseraient celles de la marihuana échangée sous la table. Dans la boutique attenante, en revanche, derrière la vitre couverte d'inscriptions invitant à utiliser Internet et à passer des appels à tarif réduit, les ventes de cocaïne et d'amphétamines allaient baisser, ce soir-là. Le cafetier chaussa les lunettes qui se balançaient sur sa poitrine. Son regard s'arrêta sur les pansements aux phalanges d'Alia.

Elle entra dans le magasin d'alimentation au coin de la rue, prit une bouteille de Fanta glacée dans le réfrigérateur et l'appliqua sur ses joues pour se rafraîchir. À la radio, les informations parlaient de l'injonction des islamistes d'exciser toutes les femmes âgées de onze à quatorze ans. « Près de quatre millions de femmes devraient être rituellement mutilées... », concluait la journaliste.

« Mieux vaut ne pas y aller pour l'instant, même si tu veux juste rendre visite à ta famille, dit à Alia un vieil homme coiffé d'un chapeau beige, une sorte de casque de liège.

— Mais ça se passe au Mali. » Alia haussa les épaules, comme si l'âge avancé de l'homme l'avait ramenée, par un esprit de contradiction, à l'âge de l'adolescence rebelle. « Et moi, je suis du Congo.

— Ça fait rien. N'y va pas, en Afrique, ma fille. »

Alia jeta un regard sur le chapeau du vieillard. Elle le dépassait, si bien que le haut de son couvre-chef lui arrivait au niveau des yeux.

« Je ne me souviens même plus du Congo, lança-t-elle soudain. Je me souviens seulement d'y être née. »

Après le meeting, elle partit avec Mariusz patrouiller dans leur secteur, mais il ne se passait rien, comme si la canicule avait rendu impuissants les clients potentiels des prostituées. Alia vit avec soulagement sa journée de travail se terminer. Elle décrocha son arme, sa matraque et ses menottes, rangea le tout dans son placard à côté de son insigne et de son brassard réfléchissant. Elle observa la longue pièce dans laquelle ils travaillaient. Pascale discutait au téléphone, les jambes posées sur son bureau, Paolo fixait l'écran de son ordinateur, Mariusz fouillait dans un tiroir et Laura s'affairait au chargeur de son pistolet. Alia se rendit aux toilettes. En passant devant le bureau de l'Entraîneur, elle le vit ranger quelque chose dans un grand sac de sport, comme s'il allait à un entraînement.

Elle se lava les mains et sortit son téléphone de sa poche – aucun message. Mis à part sa mère, qui avait appelé de Kinshasa pour réclamer de l'argent, personne ne l'avait contactée. Pas même Dorian. Il était parti pour une conférence internationale sur les moyens de lutte contre le terrorisme. Elle ne se rappelait pas si elle lui avait dit quel était le jour de son anniversaire.

Lorsqu'elle sortit des toilettes, elle balaya la pièce du regard, étonnée : il n'y avait plus personne. Elle mit son sac sur l'épaule et s'apprêtait à sortir quand ils surgirent en criant :

« Surprise ! Joyeux anniversaire ! »

Des ballons colorés s'envolèrent au plafond, un gâteau d'anniversaire atterrit sur son bureau. Pascale alluma les bougies tout en grommelant qu'elles étaient bien trop nombreuses. Alia ne les compta pas, mais il y avait, semblait-il, le nombre juste, trente-neuf, ils n'avaient pas arrondi. Mariusz s'approcha d'Alia et lui donna une tape dans le dos, un peu trop fort.

« Joyeux anniversaire ! »

Nawal vint lui faire la bise, l'expression sérieuse de ses yeux soulignés d'un trait d'eye-liner noir contrastait avec son sourire forcé. Elle lui chuchota à l'oreille quelque chose qu'Alia n'entendit pas à cause du chant des autres.

« Joyeux anniversaire, joyeux anniversaire, joyeux anniversaire, Alia, joyeux anniversaire ! »

L'Entraîneur fit son apparition sur le seuil et se joignit au chœur. Mariusz entonna la chanson polonaise

*Sto lat*, ignorant les autres qui tournaient en dérision ses sons chuintants. Pascale mit le gâteau sous le nez d'Alia.

« Fais un vœu. »

Alia ferma les yeux. Du chaos des images surgit celle de l'année précédente : eux tous, sa famille de police, s'engouffrant en gloussant dans son petit appartement des Marolles, du champagne et des chips à la main.

Elle prit une inspiration et souffla si fort que certaines bougies se renversèrent. Laura fit un bond en arrière par réflexe, Paolo la saisit dans ses bras en lui parlant en italien. Pascale applaudit, suivie des autres. Alia perçut le regard de l'Entraîneur.

Soudain, quelque chose en elle se mit à trembler, elle se retourna.

« Ce n'est pas terminé, avec les surprises. » La voix de l'Entraîneur couvrit le brouhaha. « On a un cadeau pour toi. »

Elle s'essuya les yeux de la main, son regard se posa sur les clefs de voiture dans la main de Mariusz.

« On y va », lui dit-il en se dirigeant le premier vers la porte.

Alia attrapa son sac, détacha son bandeau et observa son reflet dans une vitre sans tain – ses cheveux formaient une auréole noire autour de sa tête, ils étaient l'antithèse de l'ordre, le contraire de l'image d'une policière. Ils vivaient leur propre vie.

« On va en boîte ? demanda-t-elle à Mariusz dans la voiture. Une boîte polonaise ? »

Il ne répondit pas, mais il brancha la musique très fort. Elle sortit son portable de sa poche et lut le message de Joe : «Joyeux anniversaire, ma sœur ! Beaucoup de choses sont contraires aux règles, c'est pourquoi ça vaut la peine de les faire. C'est ce que tu m'as appris et c'est ce que je te souhaite. »

Le moteur se tut, seule la musique continuait. Le regard d'Alia se posa sur une forme qui lui était familière. Ainsi, le cadeau, le seul cadeau qu'elle recevrait le jour de son anniversaire, l'attendait dans le bâtiment abandonné.

Mariusz descendit, fit le tour de la voiture et lui ouvrit la portière dans un accès de galanterie feinte. Elle descendit sans un mot. Ils montèrent les marches en silence. Avant d'entrer dans la pièce, Mariusz lui prit la main pour regarder ses phalanges blessées. Elle voulut la retirer, mais il la tenait fermement.

«*Do wesela sie zagoi*, murmura-t-il en polonais, avec un sourire en coin.

— Quoi ?

— "Ça guérira d'ici ton mariage", un proverbe polonais. »

La porte s'ouvrit devant eux et, à la lumière des lampes torches, Alia reconnut Pascale, Paolo, Laura et l'Entraîneur. Dago se tenait couché à ses pieds, ses pattes arrière tremblaient légèrement, comme s'il s'apprêtait à bondir. Elle distingua encore les grands yeux de Nawal. Il y avait une autre personne présente, dont elle s'efforça de voir le visage, mais la lumière était dirigée sur le corps. Le jeune homme noir était agenouillé, il avait les coudes éraflés, comme un enfant qui vient de tomber de vélo.

«Il avait de la marihuana dans son sac. » La voix de l'Entraîneur surgit de l'obscurité. «Apprends-lui que ça ne doit pas se reproduire. Tu as des talents de pédagogue, Alia, tu as élevé tes frères. Le fait que l'un d'entre eux ait tourné dealer, comme celui-ci, c'est une autre chose. Comment s'appelle ton frère, déjà ? Joe ? Si tu n'apprends pas à Joe qu'il doit arrêter, c'est nous qui nous en occuperons. Comme à lui, là. » Il désigna un autre homme agenouillé. « C'est clair ? »

Le sang pulsait dans les tempes d'Alia. La chaleur monta en elle, la colère se mit à bouillonner.

Elle sortit sa lampe et balaya de son faisceau la silhouette de l'inconnu. Il était jeune, encore imberbe. Sa face était barrée d'une profonde cicatrice.

Elle se souvint des mots que l'Entraîneur leur répétait, à l'époque où ils étaient à l'école de police : « Les premières quinze secondes d'un combat servent à connaître son adversaire. Observez bien. » Elle fit passer la lumière de sa lampe sur lui, puis sur Dago et Pascale qui frappait d'un rythme régulier sa matraque télescopique contre sa jambe.

« C'est ton cadeau. » Pascale mit la matraque dans la main d'Alia et referma fermement ses doigts sur le manche.

Ses phalanges blessées la brûlèrent, la douleur se transforma en chaleur.

« N'aie pas peur de la douleur », lui répétait Jamal, son ancien entraîneur.

La chaleur était montée jusqu'à la pointe de ses cheveux. Elle allait bientôt l'emplir entièrement.

Elle appuya la main sur le manche de la matraque.

Et la souleva.

15 septembre 2014. *Le Matin,* informations locales :

Des manifestations et des émeutes ont eu lieu devant le Palais de justice.

L'opinion publique est bouleversée par le fait que les tortionnaires des sans-papiers étaient des policiers.

Le tambour gronde dans le noir, son rythme se répète, tel un mantra, un chant désespéré. Des coups plus forts suivis d'une nouvelle plainte, répétition mécanique. Crescendo du djembé, point culminant et, soudain, le silence.

Le projecteur fait émerger des ténèbres la figure d'une femme sur la scène. Elle est grande, les hanches généreuses, une tempête de cheveux noirs. À ses poignets fins brillent des bracelets qui ressemblent à des menottes.

« Écoutez. » La voix de la femme s'élève au-dessus d'un océan de visages qui la fixent. « Écoutez ! L'histoire continue. Je vous la raconte, moi, et toi, tambour, chante, chante tout ce que tu sais !

« Ça va remuer ! Ça va bouger !

« Ça va remuer ! Ah, ça va re-mu-er ! »

La femme tourne sur elle-même, sa tunique blanche se colle à son corps, elle lève les bras au-dessus de la tête.

« *C'est la dernière histoire, écoutez-la donc avec attention. C'est une histoire dans laquelle on frappe et on tue. Les mots ne donneront rien ici, car la peau des victimes – attention, tannée avec soin ! – parlera d'elle-même. C'est elle qui trahira l'identité des tueurs, elle la chantera, la rythmera. Et vous, vous les jugerez, vous aurez leur peau !* »

La silhouette tourne de plus en plus vite, tel un fuseau blanc, ses poignets fins s'entrelacent au-dessus de sa tête en une pointe aiguisée.

Soudain, elle s'arrête et tend le bras comme pour envoyer le cercle de lumière devant elle. Le projecteur court sur la scène tel un rayon de soleil, puis nimbe le djembé de clarté.

« Cet instrument chante les prénoms des assassins. » La voix provient de l'obscurité. « Et moi, je vous salue. Je vous salue et je m'en vais, car d'autres histoires m'attendent. Et celle-ci, je vous l'ai racontée, moi, la conteuse, la Furie de partout. »

Ma plus profonde gratitude va à Alain Mabanckou, le parrain de l'édition française de *Furie,* pour son précieux soutien et parce qu'il croit au fait que la littérature ne connaît pas de frontières. Les écrivains sont des êtres solitaires ; c'est pourquoi leur soutien mutuel est touchant. Alain, merci de tout mon cœur.

Un grand merci à mon éditrice Emmanuelle Collas pour avoir cru en mon roman et, avec lui, en la force de la littérature polonaise. Merci d'avoir pris ce risque. Merci pour toute l'énergie que tu déploies pour que *Furie* existe au-delà de la Pologne. Travailler avec toi est une belle aventure.

Merci à ma chère traductrice Cécile Bocianowski. Je garde de très bons souvenirs de nos rencontres dans les cafés bruxellois. Et j'espère qu'il y en aura d'autres.

Merci beaucoup à l'excellente équipe qui a travaillé sur *Furie* : Sophie Bagur, Astrid Dujardin, Virginie Migeotte et Estelle Roche, pour leur énergie créative, leur enthousiasme, leur travail dynamique et, ce qui est le plus important, l'étincelle d'une compréhension mutuelle.

Merci à Amal et Dick De Clercq de m'avoir accueillie à Kinshasa, où j'ai eu la chance de rencontrer Papa Wemba, Riva Lombume Kalimazi et tout un groupe d'artistes congolais talentueux. Je remercie Joss Kalim pour son hospitalité, ses soins et ses mets qui sont des œuvres d'art à part entière, ainsi que pour nos tours dans Kinshasa. Merci à Pitcho Womba Konga, qui m'a inspirée. À Naomi, mon amie boxeuse, pour nos escapades à Matonge.

Je suis également reconnaissante à Jeanne d'Arc et à ses chevaliers pour m'avoir permis d'observer le travail des policiers belges et pour les moments où, malgré la gravité de la situation, je me tordais de rire. Merci à James, qui m'a parlé de son travail de policier bruxellois, y compris de l'intervention pour un pigeon mort (certaines choses ne pourraient être inventées, même par un écrivain). Merci à Szymek de m'avoir fait connaître la réalité du travail dans la police polonaise et ses histoires à glacer le sang racontées de telle sorte que j'en avais parfois des fous rires.

Pour leurs cours sur la littérature orale, je remercie les professeurs d'Études africaines de l'université de Bruxelles (ULB), Xavier Luffin et Koen Bostoen.

Mes plus chaleureux remerciements à mes garçons chéris, pour leur amour, leur attention et leur patience. Vous savez ce que signifie «la décompression» pour un auteur, surtout quand il n'y en a pas…

PAPIER À BASE DE FIBRES CERTIFIÉES

Le Livre de Poche s'engage pour l'environnement en réduisant l'empreinte carbone de ses livres. Celle de cet exemplaire est de :
300 g éq. $CO_2$
Rendez-vous sur www.livredepoche-durable.fr

Composition réalisée par Lumina Datamatics, Inc.

Achevé d'imprimer en France par
CPI BRODARD & TAUPIN (72200 La Flèche)
en janvier 2020
N° d'impression : 3037232
Dépôt légal 1re publication : février 2020
LIBRAIRIE GÉNÉRALE FRANÇAISE
21, rue du Montparnasse – 75298 Paris Cedex 06

80/9165/4